第1部

「国学考」の記憶と記録

編集　国民学校と学童疎開を考える会

《巻頭の辞》　学童疎開は平成時代の象徴に

二〇一九（平成31）年四月三十日、平成時代が終焉した。

明仁天皇が平成天皇になるときには同時に、学童疎開の象徴にもなる。なぜなら、子どものとき、疎開体験があるからだ。

〔象徴〕とは日本国憲法第一章天皇の第一条――天皇は、日本国の象徴であり日本国民統合の象徴であって、この地位は主権の存する日本国民の総意に基く。

〔疎開〕とは疎らに展開する戦略。ナチスドイツにも鬼畜米英にもレジスタンのフランスにも、都会を真空にする eva cuation 戦術が開戦と前後して実施された。日本は家族制度が崩壊するのを危惧し、昭和十九（一九四四）年と遅い。しかし、いずれにしても疎開は子どもにとって受難であり、戦争が大人の行なら最大の愚行である。さて、明仁皇太子の疎開とは――、

①昭和一九年三月千葉県三里塚皇室御料牧場へ、ここが米軍の上陸時、最前線になるというので、五月一五日、②沼津へ、学習院五年生のとき集団疎開。ここも駿河湾沖に潜水艦が出没するようになり、③日光へさらに奥日光の湯本へ、三個小隊編成二百四十名や戦車十二両に護衛され、おまけにそっくりさんを選んでの影武者戦法。みんなは金谷ホテルを寮にしたが、ひとり田母沢の用邸から特別弁当持参で授業参加、やがて給食になり、はじめて空腹も味わったという。

これらのことはあまり知られていない。皇太子の逃避行自体、極秘事項で、箝口令下にあり、報道の自由などなかった。

一方、正田美智子さんもカトリック系の国民学校から、①神奈川県の藤沢市へ、②群馬県の館林市へ、③長野県の軽井沢へ転々と個人疎開し、戦後テニスコートの恋とやらで揃って、戦後民主主義の象徴に。

美智子妃は八十歳の記者会見で、「疎開での日々は、それまでの長閑な暮らしからは想像もできなかったものでした。疎開中と戦後の三年近くの間に五度の転校を経験し、その都度、進み方の違う教科書についていくことがなかなか難しく、そうしたことから私は何か、自分の基礎になる学力を欠いているような不安をその後も長く持ち続けてきました」

学童疎開は皇太子の特別疎開のほか少国民の集団・縁故・残留があり、都と鄙の確執が表面化し、疎開もんは袋叩きにあい、残留組は残留組で棄民扱い、集団疎開はやがて哀しきノミシラミのようにいじめが発生した。

学童疎開の本質は集団にあり、アッツ島の玉砕をはじめ、ひめゆりの塔の集団自決など、集団がつくと、政治が絡み、暴力を伴い国家は戦争を公然と正当化する。

集団疎開の本質も実は、次期戦闘要員の確保にあった。それは皇太后のビスケット付き和歌に隠されている。このこともあまり知られていない。

つきのよを　せおふ　へきみそ　たくましく
たたしく　のひよ　さとにうつりて

〝たたしく〟とは長期戦を前提にした次期天皇確保のことで、集団疎開に行ったものは危機一髪皇太子の親征隊ならずにで生きのびた。

その集団疎開も縁故も残留も今や、八十路なかば。「いじめられた」「ご飯を取られた」とか、「お母ちゃんむかえにきて、毎日拝んでいます」とか、私怨や個人の泣き言を言っている時間はない。

考えてみると、おじいさんの時代で、おじいさんが、「この怨み晴らさでおくものか」というのはまだしも、「お母ちゃん、お母ちゃーん」とはいえまい。

そこで国学考（国民学校と学童疎開を考える会）は広く、少年兵や女学生の勤労奉仕や満蒙開拓団や台湾・朝鮮の国民学校卒に呼びかけ、語り部活動をしながら語り継ぎ部の養成にも力を入れてきた。疎開は、歳上の国民学級に比べて被害も軽いし、勝ち組と負け組では捉え方に微妙な差があるが、平成時代は確実に終焉した。ならばこの際、疎開体験のある明仁前天皇が平成天皇と呼ばれるとき学童疎開の象徴として逆に引き寄せ、学童疎開を日本歴史の中に位置づけておきたい。それが本書の試みである。

第一部〈国学考の記憶と記録〉は「国学考」結成以後の記憶を記録にし関連資料を収録、会員の具体的かつ貴重な証言。

第二部〈戦争と生きのびた子どもたち〉は一九九〇（平成2）刊の復刻版。世界にも学童疎開があった展の記録。〈戦争を生きのびた子どもたち〉、アンケートには黒柳徹子・山田太一・早乙女勝元や故永六輔・故灰谷健次郎の名もある。

世の中には、もう一度戦争ができる国を想定した憲法改悪草案もあり、共謀罪も成立した。この遺言集は時宜を得た出版といえる。そして誰もいなくなる前に責任というバトンを大人と子どもにタッチして、二度と騙されないように、国に騙されていたと二度といわないような心境で、灰、さようならするつもりである。

さようならを左様奈良と表記すると、薄暗い本堂で家に手紙を書いている少年少女の姿が瞼をよぎる。

本誌『学童疎開を語り継ぐ』が、点字本にも電子ブックにもなって、国会図書館に永久保存されることを願いつつ……。

――二〇一九（平成31令和1）年五月三十日

国学考代表　奥田　継夫

第1部「国学考」の記憶と記録　目次

育ての親

死を悼む＝

理事長

奥村誠一 氏

「国民学校と学童疎開を考える会」を生み、育てていただいた二人のリーダーが相次いでお亡くなりになりました。

「国学考」にとりましては誠に大きな痛手であり悲しみであります。ここに謹んで哀悼の誠を捧げます。

お二人ともに昭和七年の生まれで、国民学校六年生の時に学童疎開を体験されています。

この会の初代理事長奥村さん（西区　西六国民学校から島根県出雲へ）は、疎開先の出雲との交流を活発にされていることでマスコミにもよく記事になる存在でしたが、大阪空襲で妹さんを亡くす悲しみを抱えながら、廃校となった西六校思いの熱血漢で、駆け出し時代のこの会を立派にリードされました。

平成二十八年の秋ころから不調を訴えられ翌年七月十日に亡くなられました。

『国学考』 生みの親

＝お二人の

事務局長
寺師一清 氏

この会の生みの親である寺師さん（都島区の淀川国民学校から石川県羽咋へ）は、東京の全国学童疎開連絡協議会の役員として活躍され、当会発足の際の事務局を務め、綿密な事務作業で会の基礎を築かれました。

役員会には東京在住にも関わらず新幹線で必ず出席されました。

大阪に自宅がありながら妹さんを住まわせての一人暮らし。学童疎開資料センターの業務の間を割いて、寺師一族の歴史執筆中での孤独死でした。平成三十年三月十日ご逝去です。

残された私たちは、故人を偲びながらも、学童疎開の大御所、奥田継夫先生、赤塚康雄先生お二人のご指導を受けながら「語り継がなければならない』使命感でこの会を引き継いで行くことが故人への恩返しと考えます。

ありがとうございました。安らかにお休みください。合掌

吉田房彦

学童疎開75年の回顧

「あの体験」を次代へ語り継ぐために

昭和19年6月30日、政府は学童の集団疎開を決定しました。75周年を機に、次世代へ語り継ぐための体験記録の朗読会を行います。

（浅田ひでこ氏画）

日時　令和元年7月21日(日)
午後1時30分〜4時30分
（開場　1時）

会場　大阪市立中央図書館 5階大会議室
大阪市西区北堀江 4-3-2
(Osaka Metro 千日前線 / 長堀鶴見緑地線「西長堀」駅下車7号出口すぐ)

入場　無　料　当日先着300名

第1部　朗読会1時30分〜2時30分

司　会		国学考編集委員長　福山　琢磨
挨　拶		国学考会長　奥田　継夫
報　告	国民学校と学童疎開	国学考副会長　赤塚　康雄
活動報告	「国学考」10年の歩み	国学考事務局長　吉田　房彦
朗読発表会	①戦争は終戦になっても終わらない	国学考会員　神崎　房子
	②両親と離れても懐かしい疎開の生活	国学考会員　山下　良寛
	③弟二人を連れ下市に縁故疎開	国学考会員　秋山美代子
	④台湾でも日本人学童が集団疎開	国学考会員　田中　洋子
編集担当	「記憶は一代、記録は末代まで」	国学考編集委員長　福山　琢磨

休　憩　　2時30分〜2時45分（15分）

第2部　映画　2時45分〜4時30分

映画『ボクちゃんの戦場』（1時間42分）　原作・奥田継夫　監督　大澤　豊

大阪で暮らす源久志ことボクちゃんは、国民学校の４年生。担任の渡利先生にも信頼される級長である。ボクちゃんは学校で、集団疎開とは立派な兵隊となるべく訓練を受けに行くことだと訓話され、母や姉妹の反対を押し切って島根県へ疎開する。疎開生活が始まると、同級生の牧野が、いじめや脅迫で次々に子分を増やし、ボクちゃんを圧迫する。度重なる牧野の挑発を、腕力に自信のないボクちゃんは受けて立つことができず、先生や級長としての権威を利用して逃げる。 やがてボクちゃんは級長の座を追われ、優等生という肩書きに隠れていた自分の卑小さを痛感することになった。その間にも戦局は悪化、空襲が始まり、食料不足が進む。少年たちは食べ物を得るために盗みをはたらき、弱者を虐げ、強者におもねる。極限状態の中でボクちゃんは、信頼していた先生や政府の言葉の嘘や裏が見えるようになった。空襲にあっても、将来兵隊になっても、結局は「殺される」のだと気づき、母のいる大阪へ逃亡を決意する。それを助けてくれたのは、親友の朝比奈と、仇敵の牧野だった。

共催　国民学校と学童疎開を考える会　大阪市立中央図書館

問合せ先：大阪市立中央図書館利用サービス担当 06-6539-3326

会員投稿

学童疎開の体験記

先生の号令で少国民として体を鍛えるための腕立て訓練（「大阪春秋」No.154から、松田尚士氏提供）

集団疎開　縁故疎開　受入れ

芦池国民学校
片山忠昭（82歳）

昭 12.3.21 生まれ。
昭和 20 年 4 月から滋賀県長浜の総持寺へ疎開

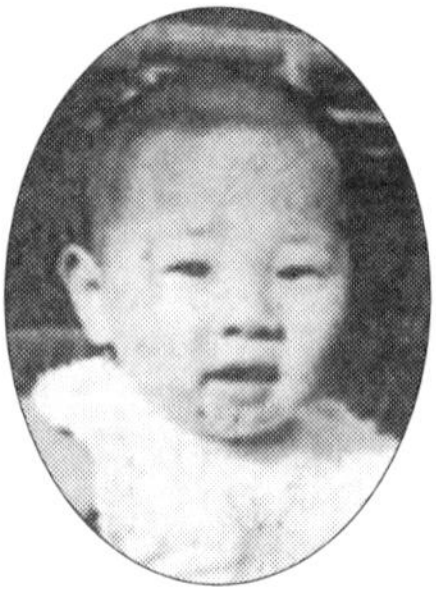

私の疎開生活は白飯で天国だった

ウソだといわれるが総て実体験

昭和十六年十二月、真珠湾攻撃から、対米戦争が始まった。当時五歳の身には戦争のなんたるかは理解できないが、戦勝ムードの中、提灯行列や分列行進（軍隊パレード）など、世の中が浮き立っているような思いがあった。

翌年、幼稚園には何時も通り行っていたが、遊具は木刀や竹刀での戦争ごっこが日常の遊びになるなか、一年生からは偕交社（陸軍幼年学校）に行くという級友を羨望の目でみていた。

明けて十八年四月、晴れて国民学校一年生として芦池校に入学した。その時の記念写真を見ると、付添いの母親は皆一様に着飾った着物姿で、我々生徒も一張羅の服で福よかに写っているが、男は全員丸刈り、女子はおかっぱ頭に統制されており、戦時色を感じる。母親たちの着物姿は一年後にはモンペ姿で見られなくなっていきました（贅沢禁止令）。

学校も若い先生は応召され、担任先生のおられない中、教頭先生が教鞭を取られた。やがて担任の先生が赴任された。国民服にゲートル巻きの見るからに少国民を育成する軍国の先生だった。

昭和 15 年頃の家族写真（私は最前列の白いエプロンを付けている）

私は赴任早々のこの先生に、生まれて初めての体罰を受けた。忘れ物をした時、教室の後ろに連れて行かれ、羽目板に両手をついて立たされたと同時に思いきり尻を引っぱたかれた。小さな私は、羽目板に思いきり頭をぶっつけ床に転倒した。今なら絶対あり得ないことだが、私にはK先生の名前と共に、一生忘れられない思い出である。

戦局は日々に悪化して疎開する人が増え、近所に空き家が目立つようになった。そんな状況の中で、十九年の正月には、式典に登校し、紅白饅頭を貰った記憶がある。芦池校も生徒が減り閉校が決まり、四月からは少し離れた長堀の渥美校に編入されることが決定した。

編入という肩身の狭い思いで進級したが、担任のM先生が若い女の先生なのが嬉しかった。世の中から物が無くなるなか、給食があり、パンと味噌汁だったが、毎日が楽しみだった。しかし戦局はますます厳しくなり、疎開の話が出て、一泊の疎開訓練などがあった。先ず縁故疎開で行けない生徒は、学校単位の集団疎開であり、三年生以上が対象となった。

六月三十日に政令化され、夏休みが終わって登校すると三年生以上は疎開に行っており、先生方もほとんで付き添いでおられなくなる。そのため、二年生だけの少数学級となった。

給食もなくなっていて、ガラーンとした学校で過ごしていても、サイレンが鳴ると慌てて下校という日が続き、いつの間にか学校にも行かなくなり食糧事情の悪化が深刻となり、私たち家族は食糧を求めて食べもの店に行列するのが日課となった。

十九年の暮れ正月用の特配があるので母が「一番大きなザルを持って配給を貰ってきて」と言うので、配給所へ行って並んだ。順番が来て大根が一本貰えた。帰って母に渡すと「これだけかい」と言って、ジーッと眺めていた姿は今も忘れられない。

私は八十回の正月を迎えたが、餅のない正月はこの年だけであった。戦局はますます逼迫して、連日サイレンが鳴り、夜中に地下壕への避難は日常茶飯事となり、何時でも飛び出せるように、防空頭巾、リュックサック、靴を枕元に置き、着の身着のまま寝ていた。

サイレンで飛び起き地下室へー。暫くすると解除となり、家に帰らずそのまま食堂へ行列する日々、食堂で食べ物にありつけても代用食ばかりで雑炊(重湯に大根の葉が入ったもの)や海草で作った真っ黒いうどん、たまに肉があればイルカのシチューで、その悪臭に辟易しながらも、飢えには勝てず無理矢理腹に収めた。

そして三月十三日の夜半、サイレンの音で起き、地下室へ避難。解除のサイレンを待っていたが、その日は一時間以上たっても鳴らない。そのうち遠くでドーン、ドーンと太鼓を叩くような音が聞こえ、地下室にうっすらと煙が入って来た。何時もと様子が違うと思っていると、父が入ってきて「ここは危ない。すぐ大丸へ逃げろ」と言って、また出て行った。母は弟を背負い、私と妹を両手に繋ぎ、表に出ると、周囲はすでに火の海。私が熱いというと、母は近くの防火用水のムシロを水に漬け頭から被って、距離にして二百メートルほどの大丸百貨店を目指し、御堂筋の中央を大勢の人々と走り抜けた。左右の立看板や銀杏の生木がボウボウと燃えていた。大丸に着いた時、ムシロから湿気とも煙ともつかぬような物が立ち昇っていた。大丸も大勢の人達でごった返していた。頭髪や背中から煙の出ている人、大声で喚く人、人……。

すると誰かが叫んだ。「ここは危ない。地下鉄が

出征時の父と僕（昭和 16 年、4 歳のとき、自宅前で）

動いているから天王寺へ逃げろ」と。私達は地下で直結している心斎橋駅へ降り、走り込んで来た電車で天王寺に着いた。天王寺は空襲を受けてなく平素のままだった。

私達は階段の踊り場で大勢の避難者と座り込んでいた。疲れていた私はそのまま寝込んでしまった。朝になり、探しに来た父と共に知人宅を転々とした。

四月に入り、私は滋賀県長浜市の総持寺に学童集団疎開に行った。体験者の九割は飢餓、いじめ、蚤、虱と悲惨な思いしかないというが、私の集団疎開は体験はわずか六ヵ月だが、虱にこそ悩まされたが、いじめも空襲もなく、三度の食事は白飯で悪い印象は何一つない。それでも両親の居る大阪への思いは強くあった。しかし戦後帰阪した時に待っていた生活こそ悲惨そのものであった。

後年、私の疎開体験を話すと、多くの他の体験者は嘘だ、信じられないと反発されるが、総て事実である。機会があれば私の体験を詳しく書きたいと思っている。

入江国民学校

川口耕三郎（82歳）

昭 10.8.19 神戸市生まれ。
兵庫県朝来郡梁瀬町の楽音寺、４年生から与布土の玉林寺へ疎開。

母と弟、神戸空襲で永遠の別れ

楽しかった川遊び　原木運びの手伝いも

私が集団疎開に行ったのは昭和十九年八月頃だったでしょうか。太平洋戦争はもう始まっていた。入江国民学校の三年生だった。場所は兵庫県朝来郡の楽音寺。六年生の姉は朝来郡与布土の玉林寺だった。簗瀬町はJR簗瀬駅周辺であり、与布土は簗瀬駅から約約八キロぐらい山に入ったところだ。姉は国民学校を卒業後、神戸に帰郷、私は四年生の二学期なかばまで与布土の王林寺にいた。

私たちが集団疎開に参加するようにしたのは母親だろう。私達が三年生になった頃から戦況が悪くなり、米・英国の空襲が心配されるようになってきた。当時母親は愛国婦人会の役員をしていて日本のおかれている状況がある程度分かっていたのだろう。子どもたちを集団疎開に出すのが安全と考えたのだろうと思う。

私はそれまで長距離の列車になど乗ったことはない。神戸駅から山陽線姫路駅まで、さらに播但線で和田山駅終点まで、また山陰線で梁瀬駅までの長距離列車旅行である。行先がどんなところか想像もつかない。国民学校三年児はほとんどみな同じだと思う。姫路で山陰線に乗り換え和田山に向かったが、ちょうど昼食時になっていたので弁当を食べた。母親たちは長年の子ども達との別れになるので真心をこめたお弁当をつくってくれたろう。それも列車の中、楽しくおいしくいただいた。播但線には長い三つのトンネルがある。列車内は煙でむせ、あわてて窓を閉めたりしたが、これも初めての経験。四時頃、和田山に着いた。

しばらく待って、山陰線の簗瀬駅に向かう。和田山駅だから十分間くらいだろう。そのため簗瀬駅から楽音寺まで歩いた。

集団疎開での初めての夜の食事をどんな気持ちで食べたか、初めての夜をどんなに過ごしたかは覚えていない。家族と離れて淋しさ一杯で夜を過ごした児童もおれば、わくわくした気持ちで一夜を過ごした者もいただろう。

朝を気持ちよく迎えた児童もおれば、親兄弟がいない淋しさ一杯の友人もいただろう。それに対処した先生方、寮母さんたちも大変だっただろうな。

楽音寺のすぐ向かいの山に歩いて登るのは気持ちよかったな。山中で鬼ごっこなどをして遊ぶのも楽しかったな！

楽音寺のすぐ近くを柳瀬川が流れている。川巾四～五メートルぐらいで水の流れは美しく、泳げるものは泳いだし、川中でよく遊んだ。堤防には桑の木が並木のように植えられ、夏が近づくときれいな花が咲いていた。桑の木には蚕が巣をつくり成長する。蚕は成長してまゆになるがまゆから絹糸に変化させられる。これは製糸工場で糸にかえられるのだが、更に絹の布に生産される絹の布は高級な着衣だ。この工場が簗瀬にあった。

小川で遊ぶのは楽しい。川岸から飛び込むのも気持ちがいいし、友達と泳ぎっこするのもいい。柳瀬川は、私たちにとっていい遊び場だった。

昭和二十年春から楽音寺のある簗瀬からさらに川北へ三キロぐらい行った与布土村の玉林寺へ移った。川の名も与布土川に変わる。ここの川巾は柳瀬川よりやや狭かった。桑の木は植えていなかった。

楽音寺にいる時、姉イチ子が寄宿している玉林寺に、春一人で尋ねたことがある。アスファルト道ではなかったが、簗瀬町、与布土村、その他の町村を結ぶ道として発展したのだろう。一度、楽音寺から玉林寺へ行ったことがある。その距離は十キロ以上はあっただろう。村の人たちに道をたずねながら歩いて四時間はかかっただろう。帰りは二時ごろ玉林寺を出て楽音寺に帰り着いたときはうす暗かった。

先生や寮母さんに叱られた覚えはないが、叱られて当然だったろうな。

集団疎開した時の作業で忘れられないのが、「原木運び」という作業。原木とは松その他炭にする木から枝を取りのぞき、一本の材木にして材料とする。これを原木というが、それを炭焼き場まで運ぶ。これを原木運びというが、私達集団疎開生もやったことがある。かなりきつかったな。

私は国民学校三年生から四年生の間、約一年二カ月集団疎開に行っていたが、その間に神戸の空襲で母親と弟が死亡した。このことがなんといっても一番悲しいことだ。誰を怨むということもできないことだ。

集団疎開の時のことを思い出すのはほんとうに懐かしいことである。一年二か月の短い期間だったが、楽しい思いも、悲しい思いもさせてもらった。共に暮らしをいとなんでいる人に気づかうことからいい心をはぐくんでもらったと思っている。

渥美国民学校

小阪恭亮（84歳）

昭 10.3.16 大阪市南区生まれ。
滋賀県長浜市総持寺へ疎開

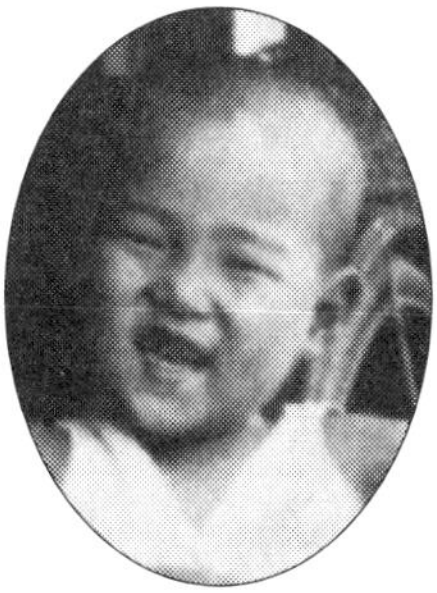

「僕はこの家のぼんぼんやぞ」

卵焼きをもらえず、おばさんに叫ぶ

戦時中は父母のもとを離れて昭和十九年八月一日より南船場の渥美国民学校から滋賀県に学童疎開し翌昭和二十年八月十五日寄宿先の長浜市総持寺で終戦を告げる「玉音放送」を聴きました。

終戦翌週、いち早く母と姉が迎えにきて帰阪しました。帰り列車は天蓋のないトム貨車で復員兵が満載、トンネルでは汽車の煙にむせながらもやっとの思いで着いた大阪は、御堂筋から難波まで見通せるまでの焼け跡を見て呆然としました。

自宅は戦災で焼失のため、元いた松屋町より長堀通りを東へ二丁に移転していて、家族全員が揃って私の帰りを喜んで迎えてくれました。

九月に入り、表通りに進駐軍の米兵がジープに乗ってやって来るようになりました。米兵がチョコレートなどのお菓子を配ってくれるので、友達をまねて英語で「ギブミーチョコレート」と言って貰ったのが進駐軍の携帯食でした。中にはチョコレートの他にガムやクッキー等も入っていたので羨まれましたが、父に卑《いや》しいと叱られて一度だけにしました。

別のある日、米兵四人が店先に来て大手を拡げて「ＪＡＰＡＮＥＳＥ　ＦＬＡＧ日の丸《ヒノマル》」と言って店内を物色し、帳場に置いてあった「五玉算盤」を見つけて興味本位で持ち去ろうとしました。算盤は商人の命だと言って父は外まで取り返しに行ったところで先の米兵に取り囲まれ諍いとなりましたが、ジープの傍で見ていた子供達とＭＰが見回りに来たので事は収まりました。暴行を恐れて母と姉は二階に隠れていました。

三島のおばあさん

三島のおばあさんは、店の薬品など仕入に来る時は決まって弁当持ちで家族と一緒に昼食をしながら家から持ってきた美味しいおかずを分けていたようです。

私の家族は、両親と、七歳上の姉、四歳上の兄と三歳下が弟で、私が学童疎開から戻ってやっと六人揃ってお膳を囲むようになりました。

十月初旬、枝豆をもって三島のおばあさんが来たので初めて挨拶しましたが素っ気無く感じました。昼食はこれまで通り、お客のおばあさんと私達家族揃って頂きました。

この日、おばあさんはドカベンに一杯詰めて持ってきた「卵焼き」を皿に分けて家族に配られたのに私には無かったので怪訝な顔をしていたら、おばあさんが、〝ああ、ぼんさんも欲しかったんかいな、一つあげる〟と言って卵焼きを直箸で渡されたので、子供心でも泣くほど悔しくて〝おい、おばあァ、僕を誰《だれ》と思てんねん。店のぼんさんと違うて家《うち》のぼんぼんやぞ〟と思わず言ってしまいました。（恥ずかしながら綺麗な大阪弁では言えません）

父は雰囲気をみて暫らくは何も言わず後で戒められました、おばあさんには母が代わりに謝ってくれましたが、戦前の店には何人かの使用人（ぼんさん）がいたので、十一歳丸刈り頭ではそのように間違われて当然だったと、今もって兄弟家族のお笑い種《ぐさ》になっています。

第二次世界大戦のころ幼少期だった者たちは、戦前戦後の食糧難について辛い経験と食生活の変化に戸惑っていました。

国が亡ぶような戦争も、実際に経験者が残り少なになっていくのも、それと同時に戦争というものがどんなに理由があっても許されないものであるということも次第に薄れてしまうのでしょうか。戦争を経験した私達は、今こそ、次の世代を担う者たちに、あの戦争の悲惨さを語り継がねばならない使命感を覚えて止みません。

昭和皇后下賜のお歌とビスケット

昭和19年12月23日、皇太子11歳の誕生日にあたり、皇后陛下よりのお歌「疎開児童の飢えを思いて〈つきの世をせおふへき身そ　たくましく　たたしくのひよ　さとにうつりて〉」を、疎開学童並びに教職員に対しお菓子一袋ずつ（ビスケット25枚入り）が下賜される旨、前日の22日に発表された。

菓子製造　明治産業（現明治製菓）川崎工場にて製造（発送1月11~2月24日）

支給菓子　集団疎開学童36万8,258人、先生・寮母・作業員・嘱託医などの教職員4万8,513人　合計41万6,771人

支給時期　昭和20年1~3月に伝達式を行った。

地元学童　疎開学童に支給されたビスケットは、地元学童にも分けるよう文部省への指示があった結果、実際に疎開学童が受けとったビスケットの枚数は場所により差異がある。さらに学校側の指示により、「皇后の思し召し」を親元に伝えるため、残り少ないビスケットの中から、さらに何枚かを親元に送った。

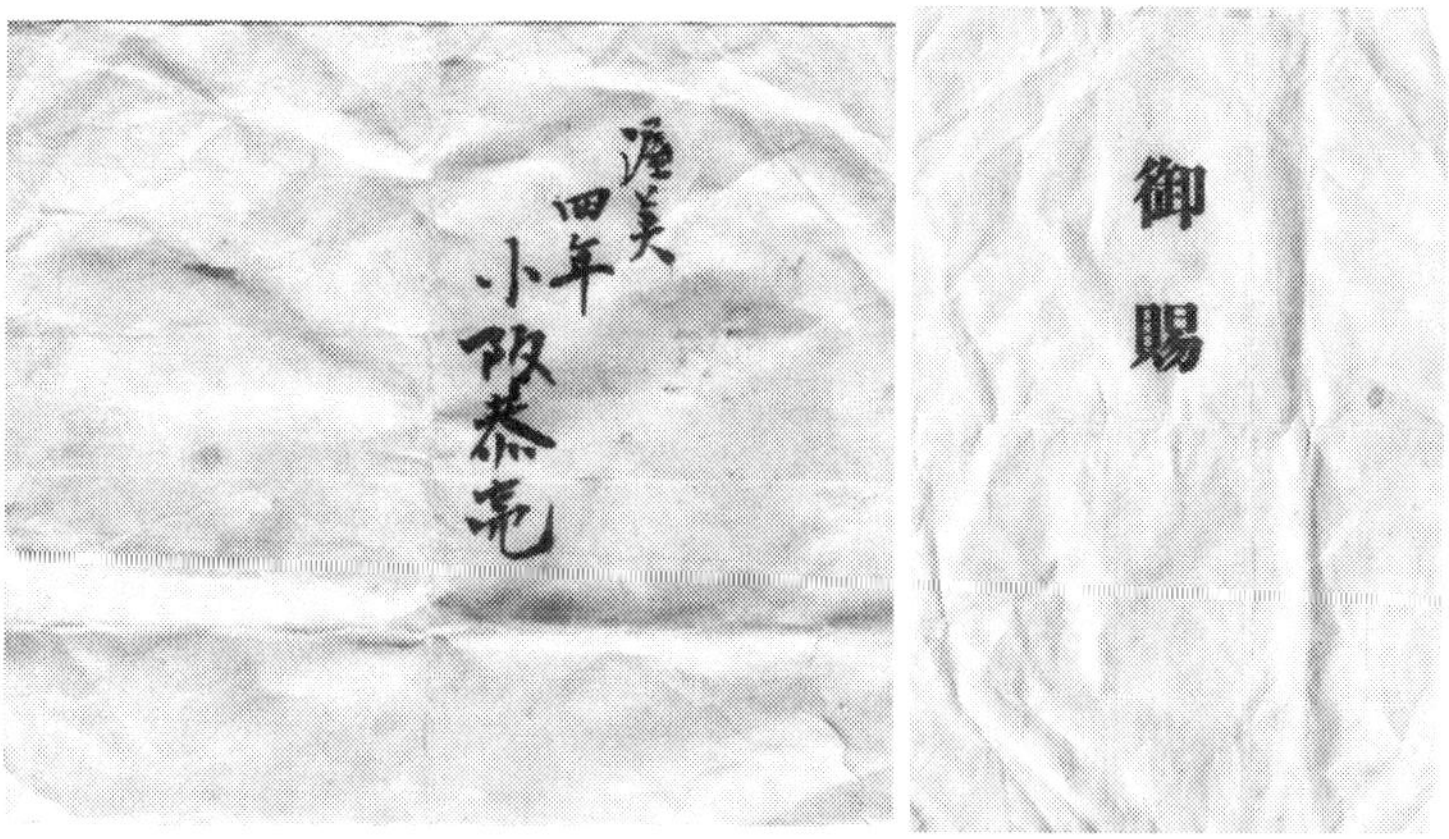

皇后下賜の御菓子の袋

集団疎開　縁故疎開　受入れ

東京都澁谷区常盤松国民学校

鈴木哲朗（86歳）

昭 7.10.4 横浜市神奈川区新子安生まれ。
富山県東礪波郡城端町西本願寺別院へ疎開
都立第 15 中学校　都立青山高校
東京都立大学理学部化学科：大学院博士課程
シオノギ製薬（株）研究所
京都薬科大学・放射性同位元素研究センター

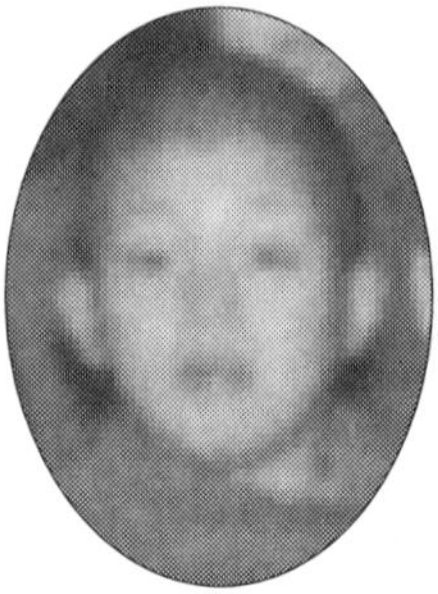

富山県の西本願寺別院で集団疎開

そして焼夷弾の雨降る帝都

お菓子も配給制になり、行列買いが一、二回あったが、入荷は途絶えて店のケースは全て空になった。その後は羽子板や大小の凧が飾られ、夏には金魚やグッピー・エンゼルフィッシュの水槽が並んだ。「欲しがりません　勝つまでは」の標語の習字は四年生の時だった。長引く戦争の先行きは益々暗くなり、サイパン島が米軍の手に落ち（一九四四年七月）疎開が急がれた。常盤松国民学校の受け入れ先は、富山県城端町、西本願寺別院に決まった。未だ明るい初秋の夕刻、校庭の大勢の見送人を後に、疎開の一団は渋谷駅から上野へ向かった（学童百八十二名）[*1]。大阪行きの夜行列車は翌朝直江津で北陸本線に入り、騒がしく親不知を過ぎ、昼過ぎ乗り換えの高岡に着いた。秋の陽を浴び、一番端の屋根のない城端線ホームで列車を待つ低学年の子等は本当にかわいそうに見えた。

別院は「次々に門が現れ、広いのに驚いた」と弟（君仁男、当時三年生）は述懐している。別院の庫裡は広く大囲炉裏が切られ、高い天井には縫いぐるみが釣り下がっていた。庫裡から本堂への廊下脇に、急

別院住職・野口校長・塩野入寮長・先生方・保母さん・城端町町長ほかと六年生。　学童　前から三列目　向かって右から８番目　筆者

遠手洗いが増築された。荒削りの材木そのままの造りは木の香が強かった。

城端町の人達は暖かく迎えて下さった。着いて早々近隣国民学校の運動会見学が二、三校あり、保母さんも一緒の林道鉱泉遠足、蝗とり、薄の穂採集、そして城端の生徒と合同の栗拾いと続いた。地元の生徒の声はすれども姿は見えず、後追いの疎開組は虫食いばかりであった。町の銭湯へは十数人が本橋先生に引率されて通った。貸し切り風呂であった。晩秋、父（誠一）は隣組の山田さん等と遠路、面会に来てくれた。山田さんはお団子屋で、出発時に息子さんと同様に私達兄弟にもお赤飯のおむすびを持たせてくれていた。今生の別れ覚悟の親の心　子知らず、早過ぎるなと私は思った。父は小声で「この戦争は負けるか、よくて引き分けと」と早くから語り、「勝つ」と言い張る私と口論であった。横浜生糸検査所勤めの父には海外情報が入り、公平に見ればそうかとは思ったが、日本は勝たねばならなかった。

学童全員が町の家々に呼ばれた。佐藤有材君、菅間昭君と私の三人は城端校の六年生女子の案内で金田卯太郎様宅に伺い、お腹一杯ご馳走になった。ご子息は東京へ遊学中のようだった。お手洗いは広い畳敷きの部屋であり、お暇時見上げた欄間・天井は彫刻・彩色されていた。

　大牧温泉へも出掛けた。「大牧温泉へは船で行った」と弟は覚えている。兄弟部屋で弟を酷く叱り、保母さんに「小さい子には優しく接しなければ」と窘められた。布団の上げ下げ、近くの流れで野菜を洗う保母さんの白い割烹着姿は母に重なっていった。聯隊の司令官が立ち寄り玄関先で激励してくれた。小柄な陸軍将官であった。暮れに大きな地震[*2]があり庭へ避難した。池の水がゆっくり大きく揺れており、遠くの大きな地震を思わせたが、報道はなかった。

　廊下の窓が雪囲いで暗くなり、藁沓が全員に支給された。立野ヶ原スキー場へも出掛けた。橇に乗せ一緒に滑ってくれる地元の先生は引っ張り凧であった。雪の舞う中、積雪を鋸で角柱に切り取り荒縄で括って背負い、黙々と川へ捨てては戻る男の人達の姿が目に浮かぶ。晴れた日、普段は見ることのない若い人達の姿が本堂の屋根上にあり、雪下ろしの元気な声が響いていた。室内で課せられた部品加工の作業をしていた時に「♪ 三百年の伝統を誇る産業城端の♪ 織物組合全員が挙って……」の歌が流されていた。城端は古くから産業の栄えた豊かな町であるを知った。城端校での合同学芸会[*3]で疎開の六年生は「♪山は白銀……」の「スキー」と、「♪藍より蒼き……」の「空の神兵」を合唱した。その頃「♪今日増産の帰り道　みんなで摘んだ花束を　英霊室に供えたら　♪次は君等だ　わかったか　しっかりやれよ♪」の「勝ちぬく僕等少国民」を私達は口遊んでいた。私達は後事を託された。

　話は替わるが、「初年兵は後ろに引っ込んでいろ！」と命令し、古年兵達は彼らの軽機関銃を取り揚げて激戦地に出て行った。比島バターン半島コレヒドール要塞攻略戦（一九四二年四月三日）で生き残った親戚の有賀一男氏の話である。[*4]「若い者は生き残れ」の命令で、「後を頼む」であった。

　お世話になった人達と別れ、弟や妹達を別院に残し、六年生は雛祭りの日（一九四五年）、帰京の途についた。半年振りの城端駅、駅舎の樋からの雪解け水で黒い土が現れ始めていた。皆の後を追い改札を通った。高岡からの夜行列車は翌朝、熊谷辺で空襲警報に遭い停車した。座席を窓に立て掛け姿勢を低くして待機した。敵機は上空を通過し無事上野に着いた。山手線の窓から見る神田や新橋駅前は瓦礫であり、安穏な気分から戦時下の緊張に戻った。校庭で解散し独り帰る通学路は卒業の初めて味わう淋しさであった。氷川神社の参道側から見る中通二丁目停留所前の店はマッチ箱のような小さかった。店を抜けると裏の土間は煙で満ちており、煙の中に乳児（妹かほる）を背にする小柄な姿が見えた。石油缶の竈に紙をくべるが、苦戦している姉（春美）の笑顔が迎えてくれた。

　帰宅の夜から床下に掘った防空壕に出入りした。夜空は赤く染まり遠方の大火を示しており、防空頭巾に煤けた顔の二人連れ、三人連れと避難の人達が電車通りを明け方まで絶えなかった。[*5] 渋谷、水天宮間の都電が複旧し、父と二人で深川に住む祖父（幸蔵）らの安否を尋ねに行った。水天宮前からは歩いて八名川町へ向かった。見渡す限りの焼野原で人通りは殆ど無く、新大橋の袂に憲兵が二人立つのみであった。父に連れられて度々訪れ、泊まったことも幾度もの家、残っている筈はなく焼け跡に伝言文があったか、小学校で壁側に坐わろうとしている祖父を見付けた。叔母（田中静子）達も無事の様であった。

　進学相談から帰宅した父は坐る前から「河田先生は青山学院など薦めていたが」「でも哲朗は都立だよ」と決めていた。家に最も近い都立十五中に願書を出した。発表を見に行ったが正門に大きく「全員合格」の立て看板、学区内の他の都立中も全員合格であった。

　中通り（現、明治通り）の渋谷川沿いの店や歯医者などは全て強制疎開になった。空になった店に憲兵が点検に廻って来た。小学校時代を過ごした家にお別れであった。隣のテーラー斎藤さん一家と共同で、筋向いの氷川映画館の裏辺りに家を借り、一夜を二家族で過ごした。翌日母（孝子）は空き家探し出て、比丘橋寄りの氷川町外れに、見付けてきた。

私共は再び引っ越した。[*6] 同じ頃、横浜新子安の私と弟の生家も強制疎開になった。家族が東京渋谷へ移って、母がきくや菓子店を開業した後も、生家には夜具など残してあり、夏休みには子供達が海水浴と釣りの寝泊りに利用していた。母が親切な八百屋さんに借りた荷車を兄（誠）が曳き、新子安へ向かった。私は電車で往き、帰りは後押し役であった。仲間を追って原っぱを横切り、土手に坐って列車を眺め貨車の数を数えた、懐かしい思い出数々の生家も、風呂桶や夜具などを荷車に満載し見納めであった。鶴見、川崎から六郷を渡る東海道は天気も良く、荷車の後を気持ち良く歩いた。然し道中私達と同様に家財を積んだ荷車、リヤカーが文字通り右往左往しており、その光景は雑誌で見た戦乱の城下町の挿絵に余りにも似ており、失望であった。暗くなっての五反田から目黒駅への登り坂、往復歩きの兄は力尽き、私の後押しも効かずであったが、親切な人達の助けを借りて、登りきった。恵比寿へは下り坂、家への僅かの坂は家人の応援で無事到着した。

新聞には「本土決戦」の見出が多くなっていた。一年生から受験可能になった陸軍幼年学校に私は願書を出した。誰も生き残ることは難しい戦局であった。

夜毎の空はサーチライトに照らされたＢ29の編隊、そして花火の様に飛び散る焼夷弾であり、乳児はその都度母の背で歓声を挙げていた。今夜（一九四五年五月二十三日）[*7] は危ないと、母は幼い二人（千鶴子四才とかほる）を連れ氷川神社参道の二本の大欅前に避難し、私と姉は家へ戻った。父は出張で留守であった。真正面から来る敵機からザーと、夕立の音と共に焼夷弾が落下してきて、火の玉が二つ、三つ隣組の屋根を突き破った。集まっていた大人達が「それ！」とバケツ、火はたきを手に散っていった。隣組に落下したのは消し止めたが、何時の間にか、正面家の玄関が明るくなるや燃え上り、左側の家の二階の窓からも炎で、袋小路は昼間の様に明るくなった。兄は懸命に井戸のポンプを壊れんばかりに漕ぎ、姉と私がバケツで水を掛けた。家の玄関のガの前庭に煙が静かに流れ込んで来た。家の玄関のガラス戸を引き倒す人影が見えた。破壊消防は最早手遅れだった。煙が充満してきて、いよいよ裏手へ避難と思った時「ワッショイ！　ワッショイ！」の掛声が聞こえてきた。ポンプが袋小路への坂を上ってきたのであった。左崖上の家、左隣、我が家、袋小路の渋谷側東西の線で焼け残った。風が無かったのが幸いであった。一夜おいての空襲は裏手の渋谷・青山方面であった。*8 防空頭巾の上から水を被り、裏手角の酒屋前で防火用水の水を掛けた。用水桶が小さく感じられた。酒屋前の家が燃え始めており奥に人影があった。影は玄関まで来て立止まり、煙の中徐に天井を見上げる所作の和服女性の姿になった。どうしようと思った瞬間男の人が飛び込み抱えて助け出した。姉も同じく防火作業であったが「お前達は帰れ！お母さんの所へ！」と子供扱いされたと言っている。酒屋を角に氷川町の我が家を含む一画は焼け残った。

徹夜で迎えた朝、同級の佐々木繁君（強制疎開前の隣組クリーニング店の長男）と十五中に向かった。常盤松小、青山学院高等部の脇を経て青山通りに出た。車庫に入るカーブで都電が立ち往生していた。神宮表参道近くに来ると、黒焦げのマネキンが二つ三つと、また道の奥にも転がっていた。洋服屋が焼けたのかと思った。マネキンは数を増し、重なって山と言ってよい程になった。人形屋が焼けたにしても多いなと交差点まで来た。広い通りを渡った街路樹の根元もマネキンで、その顔を一つ一つ覗き込む男と女の人を見て、私は現実を理解したが、それ以上は考えられなかった。木造二階建ての校舎は焼失し、土台に囲まれた白い灰であった。金庫が一つ転がっており、事務室のあった場所を示していた。市村先生（生物）が灰の中を探し、小さな熔けたガラスの塊を拾い上げ、山同先生（数学）らに示した。顕微鏡のレンズであった。先生の無念さが伝わってきた。校門脇の「壕にも犠牲者が」と生徒が騒いでいた。周囲に蛸壺の掘られた広い運動場に、斜めに突き刺さった雨後の筍同然の六角柱焼夷弾ケースの数の多さは、直撃を受けた人もと思わせた。焼け跡に集まったのは先生三、四人と二十人足らずの生徒であったか。一人の級友がこうもり傘一本を手に青ざめた顔で登校してきた。彼の家は表参道辺であった。降り注ぐ火の粉を傘でしのぎ逃げ遂せたが家族の安否は如何であったか。彼は皆と離れ、独り傘を杖に焼け跡に立っていた。

中学の授業は鮮烈な印象であった。澤登校長は「誠」と大きく板書した。英語は敵性言語の扱いがあったが、軽んじられる事はなかった。上林中尉（配属将校）は暴力なしの温厚な軍人で、教練は木銃を肩に行進するのが主であり、近隣民家の強制疎開の手伝いもした。梁に綱を付け、音頭をとり皆で曳き倒した。ホコリが凄く舞い上がった。上級生が動員で、空いた教室では兵隊検査が行われており、開放された窓や戸口から下校の一年生が覗いていた。

被災後一、二年生の授業は新宿御苑近くの六中の教室を借りて行われ、私は恵比寿駅から新宿への通学になった。

遠く恵比寿駅まで見渡せるようになった前の焼け跡に、兄は深い穴を掘っていた。関東ロームの赤土は掘り易かった。兄は壕舎を計画していたのだろう。青空の下、上半身裸の兄が掘り、地上で私がバケツの土を受け取っていた。白雲の浮かぶ八月六日午前であった。数多の尊い生命が犠牲になり、莫大の損害・損失を国家に与え、国民に不幸を齎した戦争は、無条件降伏で終わった。

日本中が食糧難であった。親と共になら何とかなったが、疎開の集団生活ではどうしようもなかったであろう、秋に城端から帰京の弟を学校へ迎えに行ったが、案の定皆痩せて帰ってきた（一九四五年十月）。最近弟に疎開の印象を尋ねたら、「何も不満の無い　一年であった」の答えが返って来た。

平和への不断の努力が必要である。

＊1：「学童疎開の記録　東京・常盤松小学校」塩野入万作編著　昭和四十六年十二月十五日　青い鳥社。

＊2：一九四四年十二月七日　東南海地震　死者千二百五十一人　M七・九　理科年表。

＊3：「学童疎開　国民学校から青空教室まで」別冊一億人の昭和史。毎日新聞社（一九七七年）。

＊4：中支戦線から比島の戦へ、生き残りマラリヤに罹患、重症になる。マニラ、台湾そして、広島の病院を経て帰隊、大阪へ帰ったが、再びの動員で下関から南方へ。シンガポールを経てベンガル湾の英軍基地、南アンダマン島ポートプレアーに上陸、ジャングルに家を造り、防衛陣を構築、乏しい食糧の中、風土病にも悩まされる苦労の末、敗戦を三日後に知らされた。

復員（一九四六年五月）後、故郷大阪で動力機の修理・販売を手掛け、二児を育て、昨年九十七才で逝去の有賀一男伍長談と手記「記憶の中に」他。

＊5：一九四五年三月十日　東京下町被災。

＊6：渋谷区氷川町四十八番地周辺は都内の焼け残り区画の一つとなる。

＊7：一九四五年五月二十四日　恵比寿方面被災。

＊8：同年五月二十六日　渋谷・青山方面被災。姉は女学校三年生、女子挺身隊として「米英撃滅火の用心！」の夜回りをし、鉄道省大崎被服工場で外套の釦付け作業をしていた。兄は神田の無線電信局で三交代勤務であったが、赤紙を受け、隣組の人達、親戚家族に見送られ氷川神社で武運長久を祈り出征し、父と祖父が付き添い甲州身延山に参拝後、浜松航空隊へ入営した。発疹チブスの退院直後で、痩せ細っていた兄は還された。飯田橋の逓信病院入院中は姉と私が交代で付き添いであった。伝染病棟の廊下は丸太で仕切られ、それを跨いでの入室であった。子供の付き添いは禁じられていたので、院長先生回診時は、私はお濠の土手で回診の終わるのを待っていた。「電燈が大波の様に揺れ、階段の所まで歩けなかった」と母の語る震災（一九二三年九月一日　関東大震災　死者十万五千人　M七・九）の時、赤子だった兄は母に抱かれ、母子は火に追われて逃げた。「その荷物を捨てろ」「その荷物を捨てろ！」。「荷物ではありません！赤ん坊です！」。「何遍言われたことか」と母は嘆息混じりに子供達に震災の話をしていた。初め小船に逃れ、渡しの板を下駄履きで走るように渡って、大船に乗り移り、その船が隅田川に出て母と赤子は助かった。船で一人の学生さんに親切にされ「鎮火したら焼け跡に行くよう」にと励まされた。船上の学生さんに感謝し、こよなく歌舞伎を愛する母であった。

阪南国民学校

土井盛夫（84歳）

昭9.7.11 大阪生まれ。
和歌山県紀の川市貴志川町へ疎開。
大阪学芸大学（現大阪教育大学）卒。
大阪市内小学校教諭・校長を経て大学非常勤講師。現在、奈良県香芝市国際交流市民の会で大阪教育大学への留学生と交流活動中。

戦争の受難を生かし若者に期待する

玉音放送聞き車座になって話し合う

日本が世界から驚異の戦後復興と称賛されたものの、現在の政治的・社会的劣化は多方面で顕在化し一部指導者の倫理観と職責上の潔さ、誇りの欠落はひどい。

我々疎開した者は、戦中戦後を真剣に生きてきた。ならば、現在の物質的な豊かさの中で、日本の将来を託せる心の豊かな、芯の強い人間をどのように育てるか。

私は改めて疎開生活を振り返り、少しでも身についたものはないか、敢えて探し出してみたい。

まず、克己心、そして忍耐力がついたこと。空襲で、いつ生命を落とすかも知れない親と水盃を交わす思いで疎開地へ送り出される。こんなことは、そうそう経験できない。また、家族のいない疎開地でのいじめは悲惨である。世界の伝統校では、幼少より寮生活をさせ、その意義は認められているが、これは状況が異なる。ただし、共通の利点は、自己管理の必要から、自立心が養われることである。

次に、疎開地では、神社参拝や夜間行軍、加えて畑仕事に薪運びなどと相当歩かされた。今の車時代の子どもとは大違いだ。これで歩くことを苦にしない人間に育てられた。今のところ、タクシーに乗るのは、目的地へ早く着きたいためである。私の携帯電話は、万歩計としての働きの方が大きい。

また、疎開に限らず、当時の食料不足は、後の人生に食べることへの執着心を持たせ、必然的に食べ物を大切にすることに結びついた。(そう言いながら、今にして運動不足とメタボに苦しむ。貴志―疎開地―ではなく、意志の問題ではある。)

高度経済成長と大量消費時代は、消費は美徳とばかりに節約の習慣をなくしたが、やはり疎開体験を通して、水・電気・食物・紙等身近な生活の中に節約の意識は息づいている。これは、昨今社会的に最大の課題である脱原発につながる。

こんなこともあった。疎開地で、夕食後本読みの上手なA君の周りに自然と人が集まり、腹ばいになって名調子の物語をよく聞いていた。広島に原爆が落とされた時、珍しく誰かが新聞を持って二階へ上がってきた。わっと人が集まった。幾日かして終戦の詔勅放送があり、子どもなりに事態の深刻さを察知したのであろう。腹ばいは、自ずと車座になり敗戦の原因から日本の将来にわたり真剣に話し合っていた。階段を上がりきっていない寮母さん(子ども達の身辺の世話をしてくださる人)が、その雰囲気に気押されて発した「やはり五年生は違うね。」の一言は忘れられない。当時、国の情報操作により真実が伏せられていても、子どもは子どもなりに国を憂え、心中秘かに期するものがあったのであろう。それ故に、集団暴行死や見境いのないいじめによる自殺を生むことがなかったのではないか。

帰阪一年半後、夜行軍の少年兵は、日本再建の戦士に変身。大正区から今の阿倍野ハルカス付近まで歩いて机・椅子を運び、新制中学創設に関わる。

その後、日本を支えてきた八十代半ばの我々後期高齢者は、〝高貴功労者〟と自負し、貴志の会は、貴有志の会として生き延びて行く。

現今、世界の現状を見る時、どうしても我々の手に負えない難題が次々と出てくる。日本の子ども達が健康で、安全に育つ国にするため、戦争の悲惨さを真から理解し、血肉化させたい。しかし、時間が足りない．世界の変化のスピードが加速度的であるから。

　それでも、子ども達には、不正と戦う人になってほしい。自分達の将来の展望を拡げ、力を合わせて問題を解決する意欲と能力を身につけてほしい。

　それには、むずかしい理屈はいらない。人間として最も基本的な倫理である、盗るな・うそをつくな・いじめるな　の三つである。この三か条は、僧籍にもあった大先輩の師から在職中に子ども達と一緒に教えられたものである。歳月と共に殆んど忘れてしまった先輩方からの指導の中で、今でもしっかり心に残る単純にして、古今東西に通じる箴言である。また、世界の政治的指導者への警鐘でもある。

　平和を希求する心の源流は、人間の在り方であり、全人的な教育に溯るものである。

人間として最も基本的な倫理

南百済国民学校

中西　明（86歳）

昭 8.7.17 大阪生れ。
大阪府南河内郡古市町西浦村へ疎開
府立今宮工業高校、大阪工大専、電気科卒、放送大学卒。
電電公社へ 28 年入社、29 年から高校野球審判員。63 年から連盟事務局長。

食糧難で昼食は馬鈴薯と大豆

今が在るのは、先生・村人のお陰

五年生のときの疎開先真蓮寺では、男女別に八班を編成、全員が一緒に本堂で勉強も食事も睡眠もした。日曜日は授業も作業もなく、近くの川や山へ遊びに出かけたが、地元の子供たちとはいつも対立していた。

面会は月に一度だったが、家族が持参したお菓子を食べすぎて体調を崩す子がいる半面、何か月も面会がなく、寂しい思いで仲間外れになる子もいた。

疎開先では冬の厚着、着替え、入浴間隔、薬剤不足などで全員が虱《しらみ》もち。陽だまりの縁側でシャツの縫い目から除去したり、頭に薬布のターバンを巻いたりした。

六年になると男女が別の寺院へ分かれたが、男子の宿舎元勝寺（西浦村）は丘陵の上にあり、毎朝、食事用、洗濯用の水を百メートルほど下の共用井戸から汲み上げ、桶で運ぶのが日課だった。

宿舎が丘陵上にあったので視界が広く、大阪空襲の夜は米軍の焼夷弾で花火を見ているようだった。

空襲警報で裏山に避難している時、低空で飛来したグラマン戦闘機の搭乗員を見たが誰も声は出さなかった。

天土御代《あめつちみよ》の御恵みと、父母への感謝の言葉を唱えての食事

担任の先生の実家は五キロほど離れていたが、ご両親が農業をしておられ、月に一度、大人用の自転車で野菜をもらいに行くのが私の仕事だった。村の人は親切で二、三日おきに村へ風呂を開場前に利用させてくださったり、芋掘りに誘ってもらい一部をもらったりした。

昭和二十年春ごろから急激に食料が不足し始め、村人に裏山で食べられる茸を教えてもらい、採ってみそ汁の具に入れてもらった。昼食に、蒸した馬鈴薯一個と煎った大豆が盃一杯という状況もあった。

終戦の詔勅は、本堂前の庭で東を向いて整列し、放送を聞いた。よく聞き取れなかったが、先生の訓示は今も覚えている。「卑屈になるな」「君らが大人になっていつかは米、英に負けない国に戻るんだ」と。その場にいた六年生男子は誰も泣かなかった。

八月末、二つの寺院に分宿していた男女六年生と、弟や妹ら全員が、村の神社に集合し、村長さんにお礼のご挨拶をし、電車が回復していなかったので、約十三kmを全員歩いて無事帰校した。

今もこれを書きながら、その時のシーンが目に浮

宿舎での勉強風景。白い頭布を着けているのは虱取りの薬のため（前列右から６人目）

６年生に女子は自分の１年生の弟や妹の世話もしなければならないので大変だった

かぶ。五年後、男女が分宿した両寺院へ七、八人でお礼に訪問、寺院本堂正面に「紫雲」の扁額を奉納した。

私は現在八十六歳、戦後の物資欠乏と混乱の中を生き抜いてきたが、学童時代のこの経験が心身を強くしてくれたことは間違いない。

男女が一緒に村の方のご厚意に参加しているところ。秋（昭 19.10 月）頃かと思う。６年生は春から男女別々の在所、お寺も別々になった。

東粉濱国民学校

外山禎彦（84歳）

昭和 9.10.20　住吉区粉濱東之町で生まれる。

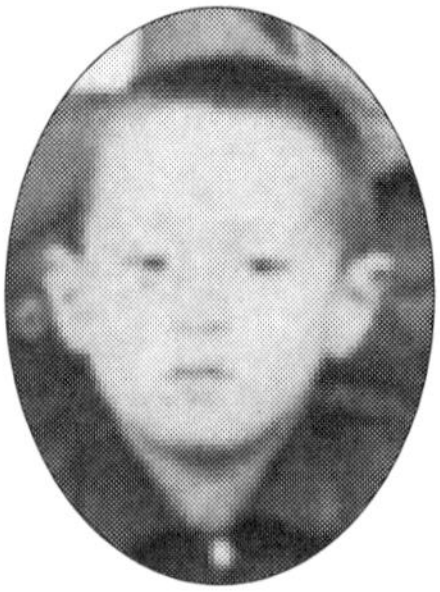

マルヤの面会、粗悪なお椀

先生の前でのどを詰まらせながら食べた芋

集団疎開先での食事は、木の弁当箱に軽く入った飯とお椀に少し何か具が入った汁が常であった。

そのお椀は、各自が家から持参したものであった。疎開に参加することとなったので、私の親は家庭にあった有り合わせの物ではよくないだろうと、ちょっと奮発して新しいものを購入し、疎開用に用意してくれたのであった。それが裏目に出たのであった。当時、売り出されていたお椀は、戦時下で物不足の時であったから、見た目にはさらっぴんでも、上塗りなど粗悪で、熱い汁などを入れると悪臭を放つ代物であった。

だからといって疎開先では、そのお椀を使わずに代用品を用意してくれるような親切な対応は全く期待できなかった。洗剤などない時代であったから、砂でごしごし洗うほかの手立ては考えられなかった。しかし、そんなことをしても悪臭が消えるはずもなかった。極度に食料が貴重な時代であったから吐き気を催すような悪臭がするお椀の中に入っている食べ物でも、胃袋に詰め込まざるを得ないのであった。思案に余った私は、家への手紙にお椀を届けてほしいと書き送ったのである。

何日かたったある日、「お前とこのおっちゃんが来てるで」との声で私はすっ飛んで行った。そこに親父がいて、お椀とその中の新聞紙に包んだ芋を差し出してくれたのであった。私はそれをひったくるように受け取ると、逃げるようにその場を立ち去ったのであった。

早くも注進が届いたのであろう、その場から引き返す途中で呼び止められ、先生の部屋に連れて行かれたのであった。「それは何や」「お椀です」とだけ言って私は芋のことは言わなかった。たちまち次の追及が来た。「その中は」、隠しようもなかったので「芋です」と私は答えた。「それはここで食べて行け」ということになり、私はその芋をむしゃむしゃと食べた。お茶を出してくれるわけもなく、怖い顔をした先生の前でのどを詰まらせながら、味も何もわからないまま、もぐもぐと食べたのであった。

その後この事件は、闇の、との意味で、マルヤの面会と、上級の六年生あたりから揶揄されることとなり、しばらくの間、いやな思いをしたのであった。

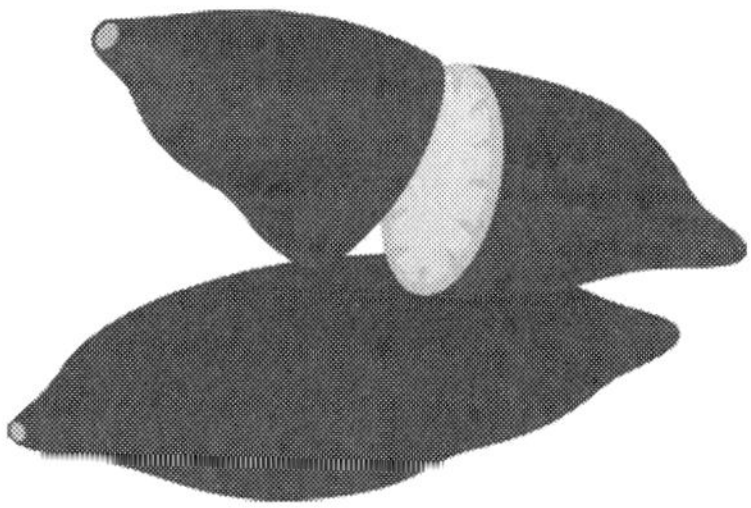

集団疎開　縁故疎開　受入れ

久寶国民学校
沼田浄子（84歳）

昭和10年大阪の船場で生まれる。
昭和20年春、滋賀県近江八幡軍人会館へ疎開、後に八日市寄りの平田村、市辺村へ再疎開。（旧姓中村）

私の疎開中に家族全員が焼死

八幡も危なくなり平田村に再疎開

一九四五年春、滋賀県近江八幡軍人会館の前庭でママゴト遊びに、散り始めた桜の花びらをご馳走に遊んでいた久寶国民学校四年生の私達は、大阪船場から学童疎開で来ていました。母と最期に会ったのは前年十一月の面会日でした。

三月十四日未明の空襲で大阪は焼野原となり、ビルで空襲も大丈夫と考えていた私の家は雨あられと降る焼夷弾の直撃に地下室で五人全員窒息死したのです。後に小山仁示先生のご本にて、この日B29が二百七十四機襲来、一機当たり千四百四十個の焼夷弾が投下されたとあります。シャッターの隙間から入った火は三日の間、五階までぶすぶすとくすぶっていたとのことです

母の叔父が母たちの葬儀のため迎えに来られ大阪駅で目にした瓦礫化した光景は七年前の東日本大震災、津波の時と同じ何もない遠くまで見渡せる光景でした。

四天王寺でもう骨箱に納まっていた家族と対面し、亡くなったことも呑み込めないまま前年九月からの八幡の集団生活に戻りました。

軍人会館前４年女子組、中央が受け持ちの橋本先生（昭和 20 年３月）

食事は黒いベークライトの食器で雑炊などでしたが、三食食べることができました。八幡での最初の食事で食べた今では見ることができない大きなモロコの煮物の味は忘れられません。久寶校下の方々の好意でフレッシュバターが温かいご飯の上に載っていたこともあり、七十四年前の味覚は今も健在です。

わら半紙を束ねて付けていた食事日記、母からの手紙等大切にしていたのに結婚の時失くしてしまい悔やまれます。

昭和天皇の皇后さまより疎開児童に恩賜のビスケットが配られました。あまりの美味しさに家に送る分も思わず食べてしまいました。

その時御歌も賜りました。「つぎの代をになうべき身ぞたくましく、正しくのびよ里にうつりて」。

戦局はますます悪化し、八幡も危ないとのことで八日市寄りの平田村、市辺村へ再疎開、私たち五年生は平田村光明寺寮で寝起きし、平田国民学校の生徒と一緒の授業となり、農作業や開墾も初めての経験で「疎開の子」と白い眼で見られないよう勉強も作業も精一杯頑張りましたが、校長先生が手加減し

平田村光明寺で秋、疎開解散前の５年生と先生方（昭和 20 年 10 月）

てくださったそうです。

八幡では町のお風呂屋で入浴でしたが、こちらの村では農家へ数人ずつ分かれての「もらい風呂」で、土間の牛小屋の横にぽつんと風呂桶があり、湯は膝下ぐらいしかなく上から菰をおろして蒸し風呂です。それでも帰りにお茶と少しばかりのあられを出して下さるのが楽しみで、いじましい子供時代の思い出です。

大阪で習っていた「予科練の歌」のダンスを地域に駐屯している兵隊さんの慰問に何度も行って踊りました。本堂の横の空き地を開墾し、休日の青空学級で使い、本堂の縁にオルガンがあり、男の先生が手振りおかしく藤原義江の歌曲「舟歌」などを弾いてくださいました。夜は狸の鳴き声のする離れた所にある便所へ、衣類の洗濯は虱退治のため大鍋で煮洗いを寮母さんがしてくださいました。

昭和十九年八月末に六年生から三年生までの三百人が親元を離れて集団疎開し、二十年八月十五日終戦を迎える頃には六年生は卒業、私たちの学年も三分の一以下に、私は疎開解散の十月まで引率下さった先生方、寮母さんにお世話になり、リュックに南瓜一つをお土産に久寶校と合併した愛日国民学校へ帰阪しました。

この一年二か月の経験でひ弱かった私が八十四歳のこれまで大病もせず生きてこられたのは、綺麗な空気、規則正しい集団生活、粗食のお蔭と感謝です。引率下さった若い先生方、寮母さん本当に有難うございました。

久寶校下の戦前の地図を完成できず心残りですが、私の脳裏にはあの頃の街の様子がなつかしく残っています。一人っ子の私を学童疎開に送り出して下さった親のお蔭で今の私の人生があるのです。

ピースおおさかの中庭にある戦没者名。上から５段目が私の家族名です

東須磨国民学校

橋尾信子（87歳）

昭6.5神戸市生まれ。県立龍野高女へ疎開。昭和20年、神戸市立第一高女入学、学制改革で湊川高をへて奈良女子大卒業。私立中高教師をへて県立北条高教師。退職後は童話、エッセイや小説に挑戦。学童疎開の体験を紙芝居に作り、あさだひでこ氏に絵を書いてもらい、ピースおおさかで演じている。

国が守ってくれると思った

教員退職後、紙芝居で語り部活動

昭和十九年六月三十日、国民学校（小学校）三年生から六年生を安全な地域に移すという学童疎開が決まりました。国の宝である子どもは国が守ってくれるのです。

昭和十六年から始まった太平洋戦争は、勝ち戦は初めのころだけでした。ミッドウエイで歯車が狂ってからは敗退が続き、十九年末ごろからアメリカの飛行機が本土を襲い、日本国民は毎日警戒警報や空襲に怯えていました。街は次第に焼け野原になっていきました。

私は神戸の東須磨国民学校（山下元治校長）六年生でした。八月二十一日、女子八十名のうち六十三名が龍野に集団疎開をしました。宿舎は龍野高等女学校です。付き添いは池内若信先生と井内淑子先生でした。

母や姉と離れる不安もありましたが、国が守ってくれるという安心の方が大きかったのです。遠足に行くような気分でした。荷物は行李や木の箱に教科書と僅かな着替えを詰めて教室の窓際に並べ、私たちの集団疎開の生活が始まりました。それから翌年

昭和 20 年３月県立竜野高女校門前、井内組　後列　井内淑子先生
前から３列目、左から３人目　橋尾信子（松田信子）

の三月まで八カ月を龍野で過ごしました。

南瓜のご飯、南瓜の味噌汁、南瓜のおかず。毎日南瓜攻めだったのは今も思い出します。私はそのことを母へのハガキに書きました。その夜先生に呼びつけられました。南瓜は地元の寄付によるものだ、と知らされました。不満どころか、そのお蔭で私たちは飢えなくて済んだのです。感謝の気持ちを綴らなければいけなかったのです。

集団生活で毎日お腹を空かせながらも、何よりの楽しみは面会でした。飴やおはぎを持って来てくれるかもしれないのです。日曜日は校門の傍で、バス停を見つめていました。面会人を待つのです。私の他にも十人ほど仲間がいました。

私には姉が面会に来てくれていました。大学生の恋人と一緒でした。しかし、十二月ごろから姉が一人で来るようになりました。特攻隊に行ってしまったのです。

《欲しがりません。勝つまでは》と言い聞かされ、食べ物も着るものも寂しさも我慢しました。我慢していれば戦争に勝つと信じていました。やがて疎開

昭和１９年１１月　竜野国民学校講堂から『落下傘部隊』の合唱を全国にラジオ放送した。伴奏は井内淑子先生。前列左から４人目橋尾信子（松田信子）、男子１人は近くの寺に集団疎開していた６年男子（東須磨国民学校）の代表が挨拶をした。

仲間の兄の戦死が届きました。その子は大声で泣きわめきました。しかし、私たちは慰める言葉をかけませんでした。皆で《海ゆかば》を合唱して英霊を称えるしかないのです。お国のためならば、どんな悲しみにも耐えなければいけないのです。

そのころ、私たちは薙刀を教わるようになりました。アメリカ兵が日本に上陸してきたら、薙刀で打ち殺せ、というのです。子供でもお国のために戦うのです。私は懸命に稽古をしました。当時は真剣に「やっつけるのだ」と思っていました。

全員同じ環境で生活しているのに、服装の粗末な子、臭いを発する子は避けていました。やがて、私たち全員が頭やシャツにシラミを持つようになりました。自分のことは棚に上げて、頭の毛にシラミの卵が見える、とはやし立てていたのです。

ひもじさも恥ずかしさも、それから悲しみさえも全てお国のためにと耐えました。

集団疎開の生活の中でも、楽しい体験もあります。その時にしかない嬉しい出来事でした。

一日の締めくくりに毎晩終礼があります。ときどき班ごとの演芸会が行われるのです。そのとき誰かの面会人の持ってきたお菓子が全員に配られるのですが、一等になれば飴が一粒加えられます。飴一粒のために私たちは何もかも忘れて脚本を作り練習しました。

また、週二回、町の銭湯へ行くのは嬉しかったです。営業時間の前に入れてもらえます。そこのおばさんにもらった冷たい麦茶は今も忘れません。

東須磨尋常小学校の奉安殿

卒業のために昭和二十年三月に神戸に帰りました。とたんに警戒警報や空襲に見舞われました。

国民学校の卒業式も女学校の受験もあったのですが、いつだったのか記憶にありません。たしかに女学生になっていましたが、学校に行こうにも空襲や警戒警報が続きます。六月五日には空襲で家が焼けてしまい、母と姉と三人で知人の家を転々と逃げ回りました。

女学校に行ったのは九月になってからだったでしょうか。生徒は少なくなっていました。疎開から帰っていない人、空襲で死んでしまった人があるのです。その中でも龍野に一緒に疎開した友だちが空襲で死んでいたのは、言いようのない悲しさでした。近所のお父さんやお兄さんが戦死しているのも知りました。姉の恋人も戦死したのを知らされました。戦争は悲しいもの、残酷なものだと初めて知りました。

戦争は人間を殺すのです。正義のための戦争なんてないのです。どんな人にも人間を殺す権利はありません。

集団疎開　縁故疎開　受入れ

久寶国民学校
樋口良次（86歳）

昭和7年8月19日生　彦根市
神戸大学　大阪音楽大学
IT企業　代表取締役就任（丸紅・鐘紡・東洋紡績合弁会社）
その他趣味
ギター演奏／月村嘉孝氏・近藤敏明氏に師事；
ギター演奏歴55年

とわ（永久）のたから（寶）に

良き船場・第二の故郷の集団疎開想い出

集団疎開始まる

昭和十九年七月七日、追い詰められた日本軍約三千名は、最後の総攻撃を敢行して、全滅、玉砕。七月九日、アメリカ軍はサイパン島の占領を宣言した。七月十八日、東条内閣が総辞職、戦局が悪化する一方の昭和十九年八月四日、時の小磯内閣は本土決戦に備えて「国民総武装」を閣議決定した。これにともなって、女性をはじめとする銃後の国民は、竹槍の製造と訓練を行うようになる。大人たちは、戦局に対する不安を持ち始めた。政府は、空襲を受ける危険のある大都市の初等科三年生から六年生までの児童を集団疎開させる決定を下した。先生の引率のもと、地方へ疎開した児童は全国で五十万人に達したといわれている。大阪東区の久寶国民学校の疎開先は近江八幡と決まった。児童の保護者会の有力者が、近江八幡ご出身の大店、西川甚五郎店の方に「不便な田舎より、開けた町へ行かせてやりたいので、久寶校を八幡町で受け入れていただけないか」とお頼みされたとお聞きした。

昭和十九年八月三十一日学校で出発式、大阪市中

が学童出陣の声と万歳とに包まれた。市電本町二丁目は見送り家族でふくれ上がった。上気したお母さん達の顔が窓を追って走る。私達は精一杯、「行ってきまアす」と声をふりしぼる。日の丸の旗が振り回される。

　こんな状態を感情のルツボということなのだろうか。

　大阪駅から乗った汽車が浜大津を出るとチラリと琵琶湖がのぞいた。だれかが「あっ、琵琶湖や」と叫んだ。二時に近江八幡着。六年生の男子と三年生の男子合わせて百人の宿舎は八幡公会堂になった。他の学年は二つの会館と二つの寺院に分かれた。晩になって初めての給食が出た。一汁と、もうしわけばかりの漬物、それにこれまた少量の麦の入ったご飯だったが、文句を言うどこでない。食事を済ませると私たちは一ぺんに元気づき畳の上でほたえ始めた。最初の日とあってか皆異常興奮状態で、床についても寝付かれず、まるで卒業旅行のような騒ぎだった。疎開して五日目に最大の危機が来た。望郷病患者の続出である。茫然と窓の外を眺めながら、

図②

図①

トランクの持ち物を並べている後輩がいる。ヒヤリとしたものが背筋を走りさった。いくら元気づけても一向に顔色がさえない。

学芸会

　八幡学芸大会が開かれた。三日間ぶっ通し、町を挙げての大祭りだ。毎日広い講堂が大入り満員の騒ぎ。私達も劇「太陽を囲む子供」「土と兵隊」を引っさげて参加した。当日幕を開けると、さあ大変。学芸会の人気をかっさらってしまった。「疎開はよ

うやるのう」とのつぶやきが聞こえた。疎開児と、町の子供たちやその保護者達との心が、一つになった。甘く温かい夢を見る三日間だった。私達は僅かの間戦時下の苦しさも忘れ、身の上も忘れ、いつか故郷の姿までしばし瞼から消え去っていた。

東海大地震

忘れもしない。十二月七日、大昭奉戴日の前日のことだった。その日の昼過ぎだった。公会堂の二階で手紙を書いていたら、グラッグラッと建物全体が大きく揺れた。「地震だ」ダダダッと階段を駆け降り、前庭に飛び出した。地面が動いてひっくり返ってしまった。池の水がジャブン、ジャブンとしぶきを上げ荒れ狂っている。窓ガラスがビビビッ、柱がギギギッと音を立てている。公会堂が倒れると思った。幸いにも収まって点呼。全員無事。本当に怖かった。千三百人が亡くなられたマグニチュード七・五の熊野灘大地震だった。

八幡の極寒

また、この年は、ひどい寒さだった。リヤカーで薪を運び、タドンも作った。暖房は、大きな公会堂に半畳ぐらいの四角い木製の火鉢が一つあるだけ。二階に火の気は無い。みんな座布団の上で足踏みし、

手をこすり、寒さをこらえた。手足に霜焼けができて包帯を巻いている生徒が、寮母先生の部屋に一杯。薬を塗ってもらう順番待ちである。二階には、風邪をひいて寝ている者が、いつも四、五人、ひどいときは十五人もいた。熱が出ると宇野病院

で診てもらいに行ける。「あそこはストーブがあってあったかい」「病気になったら、家に帰れるかも。」と、病気を待っていたようだった。

盲腸炎

また突発事件もあった。A君が朝からおなかが痛いという。寝かせても一向に痛みが止まらない。医院に診せたら、なんと盲腸炎だという。さあ大変、手遅れになったら命が危ない。皆は立ったり座ったり。警察から電話があって八日市に外科があるから送ってやるとのこと。やれ助かったと思ったが、やって来たのはサイドカー。そのころの田舎道は悪路だから砂ぼこりと一緒にガタガタ揺れる。病人の体にこたえないように抱きかかえたまま手足で支え、自分自身をクッションにしたから、当たる背中が痛い。「おい大丈夫か！しっかりしろ」とささやくとうなずく。救われた思いになった。三週間ほどの入院ののち、A君は家に帰ることなく無事に公会堂に戻ってきた。一同拍手して帰寮を祝った。

八幡の上空にも、とうとう本物のB29がやってきた。空襲警報のサイレン、「山に逃げろ」ちょうどお昼の食事時。食べかけのご飯を抱えて八幡山に駆け込み、木陰に隠れた。真っ青な空を行くB29のキラキラ光る銀翼と飛行機雲のなんと美しかったことか。戦局は、ますます不利になる。寮母さんのご主人が戦死、英霊になられて帰ってこられた。神風特攻隊出陣。B29が東京を空襲。大阪もいつやられるかわからない。今後は面会は一切中止。教室の黒板に〝常在試験場〟と書いてある。先生が「大阪は、ご馳走の材料が手に入らない。面会どころではない。いま、お母さんは、君たちの上の学校のことで頭がいっぱいのはずだ。今日から本格的に勉強する。冬休みは無し無し。」それからというもの、毎日毎晩、全員有名校をめざし必死に受験勉強が続いた。八幡町のメンソレータム近江兄弟学園か

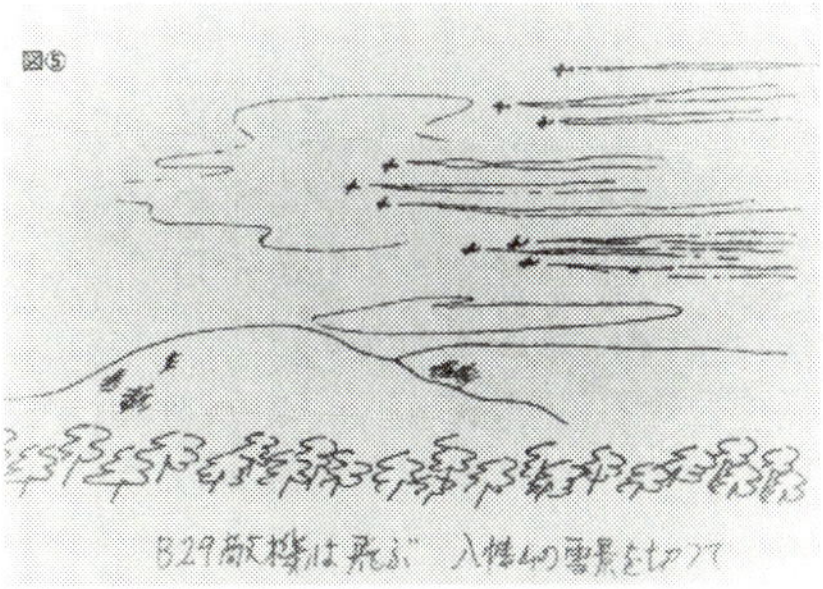

ら「空襲が心配な大阪へ帰るよりも、うちの学園寮に残って近江兄弟学園に進学しては」との有難いお話があったが、親元に帰りたい一心の私たちは、また親たちもそのような気持ちにはなれなかった。このように昭和十九年は暮れていった。

昭和二十年

年が明け昭和二十年二月十二日。昨夜から粉雪が舞っていた。六年生は小荷物を持って公会堂の池の端に並んだ。別れを告げて歩き始めると、寮母さんや作業のおばさんが手を振ってくれる。子供ごころにホッとしたものと逆に、馴染んだ第二の故郷を捨てるやるせなさ。汽車に乗ったとき、やっと大阪へ向かっているのだな、と実感がわいた。すると違った緊張感が胸を締め付けた。大阪はもう銃後ではなかった。天満に爆弾が飛び散り、灯火管制下の東区は少し見ぬ間に強制建物疎開跡が不気味な空間をのぞかせていた。父母達は動員に演習にその日を生き抜くことに忙しかったのだ。

答　辞

明日は卒業式だという日に、答辞を読む稽古を担任の先生と済ませて、私が帰宅した時間は晩の七時を回っていた。まさか数時間後に先生と熟読した別れの答辞の言葉【いよいよお別れの日が参りました。お母さんに手を引かれて、胸を躍らせながら学校の門をくぐった六年前の春、天も地も私たちの行く手を幸福と笑顔で迎えてくれた希望の春。歳月は水車のように廻って、再び六回目の春が私たちに訪れてまいりました。この年月、私たちの国民学校の生活中に、日本が生まれ変わったのです。

それは、六年前の春夏秋冬、春雨に燦々降り煙る堺筋の洋館にチラホラ灯がついて、窓ガラスに影法師がそよぎ、夏は蒸し暑い土用に坐摩神社の賑やかな夏祭り。沸き立つ神楽太鼓の音に、家々の紺の暖簾がはたはたと揺れて、秋風が吹き始めると、御堂筋の銀杏がホロホロとわくら葉を散らし、冬は横堀川の川水が、ちゃぶんちゃぶんと、黒いしぶきを上げるたびに、寒々と小舟が流れていった。

こうした風情の中に育った私たちの平和な低学年

時代、それが十五年戦争、支那事変から大東亜戦争へ、小学校から国民学校、そしてまた久寶、浪華両校の統合へ、日本歴史の転回にあった私たちの目まぐるしい国民学校の想い出、しかも最後に突如として学童集団疎開の命令下る。学童出陣、それこそ一生涯忘れ得ない追憶でありましょう。私たちの平和な低学年時代、それぞが支那事変から大東亜戦争へ、尋常小学校から国民学校へ、そして久寶、浪華両校の統合へと、学童出陣。私たちは、万歳の声に送られて先生とともに緑滴る湖畔の町へ出発したのでした。あの鶴翼山に抱かれた古城のほとり、静かな町の灯よ、町筋が碁盤の目のように正しく並んだ町。それは、優しさに満ち溢れた町、汽車の煙が青空一面にたなびいて絵のように走る町、岡山村の貝拾い、水泳に遠足に、「秋晴れや　鳶が輪をかく　長命寺」と、詠ったあの一筋道の往還を皆さん思い出しませんか。和楽の会、傑作を飛ばして、先生と一緒に何もかも忘れて笑い転げた公会堂、それから秋の八幡山。しかもその暮れ、あの華やかな照明に照らし出した学芸大会。雪の八幡山。しかもその麓からどこまで続くか黒い一条の轍《てつ》の跡《あと》。

私たちの喜びと寂しさをじっと見守ってくれた八幡山よ、山麓よ、私たちはきっと大きくなって琵琶湖の空を天翔ける若鷲となって、あなたに感謝の誠を捧げよう。久寶集団疎開万歳、久寶校よごきげんよう、ごきげんよう！さようなら！神よ。遥かなる八幡の友よ、栄光あれ！。】遂に私の手中に握られたままこの祝辞は演壇にあがることすら、かなわなかった。

大阪大空襲

何の宿縁か泣き笑いの人生の一齣を一緒にした友達だったのに、別れの式さえはかなく散るものか。それ以後、私と友達や父母たちに懐かしいあの校舎で再び一堂に会することはなかった……」。

集団疎開　縁故疎開　受入れ

西船場国民学校
久下謙次（86歳）

昭7.6.13大阪市西区靭生まれ。
島根県簸川郡出東村保寿寺へ疎開
昭和26年大阪府立今宮高校卒業
昭和30年大阪府立大学農学部卒業
府立大卒業後から75歳までの51年間、
公私立中学校の理科教諭として勤務

語りつたえる『奪われた命』
誤った選択しないように

戦後七十四年を迎え、戦争の記憶の風化が懸念されている。私は戦時中の出来事を家族にもあまり語ることはなかった。十年ほど前、地元の会合で「国民学校と学童疎開を考える会」と出会った。奥村誠一さんとは、同じ生まれ年、西区の出身、島根が疎開先という関係もあり、この活動に加わることになった。

　私は自らの記憶を呼び起こし、多くの方々に戦争を伝える「語り部」の活動をしてきた。数年前、ある小学校で五年の児童と学習したあと、質問に移ると「特攻隊は何をした人ですか」と男児のまじめな発言、私たちには知っていて当たり前のことが、子どもたちは知らないことと、時代の流れを実感した。

　私たちの学校時代を振り返ってみよう。昭和十四年（一九三四）尋常小学校に入学十二年からの日中戦争は、大陸で戦火が拡大し、町では毎日のように出征兵士を送る万歳の声が聞かれた。

　十六年、国民学校になり、朝礼の皇居遙拝や氏神さんへの戦勝祈願の参拝などの行事が加わった。

十七年になると物資統制令が出され、米、味噌な

昭和 17 年春、長男府立天中入学時の家族写真。筆者は右より３人目（当時国民学校４年生）

どは配給制になり生活は苦しくなっていった。学校では「ほしがりません勝までは」と教えられた。

十九年の二学期が始まると、ある者は田舎の親戚に縁故疎開に、残った私たちは島根への集団疎開が告げられた。出東村保寿寺での疎開生活は、本堂の両脇の部屋に、柳行李とふとんが積まれ寝起きの部屋に、食事と勉強は本堂の真中に机を並べての毎日だった。午前は勉強、午後は勤労奉仕で農家のお手伝いに行った。季節は収穫の秋、稲刈り、脱穀などの農作業も経験した。遠い島根の疎開生活では、家族の面会もなく（当時遠距離の鉄道は許可制）地元の方から温かい援助もあり、真冬には大阪で見たことのない銀世界を体験し、比較的恵まれた疎開生活であった。

二十年三月、卒業のため帰阪、第一回目の大阪大空襲に見舞われる。卒業式の前夜Ｂ29二百七十四機による焼夷弾の洗礼を受ける。通りの両側に並ぶ木造家屋は炎に包まれ、その中を、火が燃え移る荷物を捨てながら、懸命に逃げたことを今でも覚えている。靭の町は焼け野原になった。焼け跡の近くの川

空襲で焼け野原になった鞆地域は、戦後 GHQ の飛行場となった。東西に延びた滑走路に「OSAKA」とある。1962 年撮影（写真提供・大阪市）
読売新聞タモリ（2000.6.21）「今日的遺跡探検 1955」から

には、焼けただれた遺体が流れているのを見た。「何も感じなかった。感覚がまひしてしまった」私たちは、恐ろしい負の体験をしてきた。

我が国には、過去、戦争という不幸な時代があった。その後、七十年あまり平和な時代が続いている。しかし、未来にわたって戦いが起きない保障はどこにもない。私たち国民学校の体験者は、八十歳を超えた。「私たちと同じ体験を子どもたちにさせたくない。多くの人が亡くなった事実を伝え、子どもたちが、誤った選択をしないように」と文集づくりの一ページに、私の学校時代をまとめた。

集団疎開　縁故疎開　受入れ

大阪市立五条国民学校

藤渓純子（85歳）

昭8.10.8 大阪市天王寺区生まれ。
奈良県吉野郡吉野町花中寮へ疎開
大阪府立夕陽丘高等学校卒
関西学院大　文学部心理学科卒
大阪府公務員
（心理職）を経て現在住職（浄土真宗本願寺派

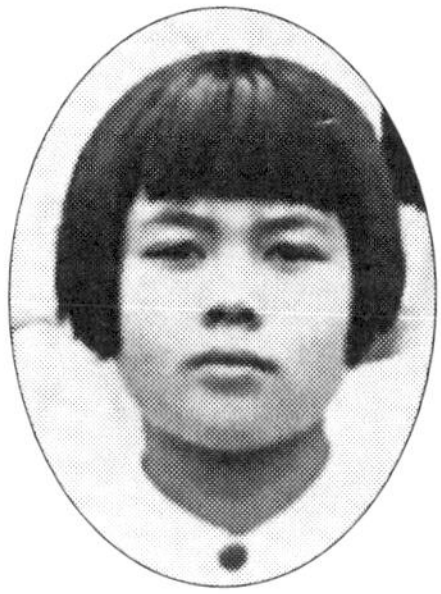

風化させてはならないこと

花の吉野は美しくも悲しい

「今日はどうしても会いたかった。私はドーナツ泥棒と違うのよ」と真顔でOさんは、私達同窓生に言った。その日は国民学校卒業から何年も過ぎた初めての同窓会であった。

昭和十九年九月二十三日から約一年余り五年二組の三十二名は吉野山の花中寮に疎開していた。その頃、週一度大阪の家へ手紙を書き、先生が検閲後大阪へ運ばれた。

或る日検閲した先生が、Oさんを呼び出し、皆の前で彼女の手紙を読まれた。手紙の最後に「ドーナツを食べたい」と書いてあった。先生は二本の指で彼女の額を何度も突き、Oさんは後ろへよろけていた。その日の彼女の黄と黒の模様の服とモンペ姿を、私は今でもはっきりと覚えている。その場の私たちは、水を打ったように静かであった。戦後教育は唯々〝欲しがりません勝つ迄は〟であった。

その後のある日、おやつに配られたドーナツが一個足りなくなっていたため、Oさんはドーナツ泥棒の汚名を負わされ、そのまま年月が経ち、汚名を晴らした同窓会であった。戦後、彼女は父親に自分がドーナツ泥棒でなかった旨、受け持ちの先生に言ってほしいと頼んだが、父は「自分の無実を後になってとやかく言うのは不味い」と娘に諭したと。父上は敬虔なキリスト教徒であった。それでこの件は一応丸く収まった。

次は、すき焼き事件である。当時日本国民は飢餓道に落ちていた。児童の中のMさんの父親が始終リュックを背に吉野山へ来られた。先生は「Mさんのお父さんは、大阪と山の連絡に来てくださっている」と私たちに説明していたが、私はそんなはずはないと思っていた。先生とお父さんは夜になると酒宴をする。私達の消灯時間が来るとすき焼きの匂いが漂ってくる。次に寮母さんが「Mさん一寸」と呼びに来てMさんは酒宴の部屋へ行く。後は想像のとおりである。疎開地では、大人にとっては子供は何も解らない虫けら、いや解っていても構わない虫けらであった。Mさんは次第に村八部のようになった。

ある夜、私は先生の部屋へ呼ばれ、何故か叱られた。「先生はどれほどお前たちのことを心配しているのが解らないのか」との主旨であるが、何が悪いのかは、はっきりとは言われなかった。が私がMさんをいじめていると思っているのだと解った。叱られている間、ずっと「吉野駅迄は七曲りを下って後は線路を辿れば天王寺駅だ」考えていたが、勇気がなかった。次の日の日記に「私は先生のご努力が解らない駄目な子であると反省している」と書いた。提出した日記を先生は皆の前で読み、「僕は涙が出た」と宣《のたま》った。虚々実々。いびつだが丸く納まった。

もう一つはビスケット事件。当時珍しく皇后陛下から恩賜のビスケットが配られた。大阪の学校近くのお菓子屋さんが職員室へ納めた直後、納品書を渡し忘れて戻ったら、先生方が包みを開けてビスケットを食べているではないか。お菓子屋さんは驚き、「枚数に余分がないので困る」と段ボールを包み直して私宅へ報せに来られ、私の父がすぐ職員室へ行き「新聞社に告げる」と抗議した。その場で先生が謝られたので、これもいびつだが丸く納まった。この件は私が戦後我が家へ帰ってから姉から聞いたが、父は私には何も語らなかった。

以上三つの事件はすべて人間の基本的欲求である食欲に関わっている。だから些細だが大切なのである。当時の特攻隊員の死、広島、長崎の原水爆投下、沖縄のひめゆりの塔、それから勿論都市の大空襲による戦災等比べれば、語るに足らない出来事かもしれない。しかし、今語らねば風化してしまうだろう。だから敢えて些細なことかも知れないが書く。

先頃、集団的自衛権容認が閣議決定された折、詩人のなかにし礼氏が「平和の申し子たちへ―泣きながら抵抗を始めよう」という題の詩を発表した。その中に「君は銃で人を狙えるか、君は銃剣で人を刺せるか、若き友達よ―君は戦場へ行ってはならない」と。（平成二十六年七月十五日、毎日新聞夕刊）。また今年の沖縄慰霊の日に、弱冠十四歳の相良倫子さんが、平和の詩を朗々と披露された。その中に「平和とは、当たり前に生きること。その命を精一杯に輝かせて生きることだ」と。（平成三十年七月十五日、毎日新聞夕刊）。

私は語り部として若い人たちに話す時、この詩二編を読み、微力ながら非戦の魂を伝えている。

愚かな戦争の歴史的事実が忘れられようとしている平成最後の今、集団疎開の事実も風化させてはならない。平和は、世界中の為政者は勿論のこと国民も全ての人間の知性に基づいた努力なしには、勝手にやってくることはない。いびつだが丸く納まっていること等は平和とは言えない。

全山桜の花の花の吉野山は、美しかった。花霞の中へ吸い込まれそうに感じた。今も、その頃の幼友達とは、ことのほか仲が良く、時々集まっている。

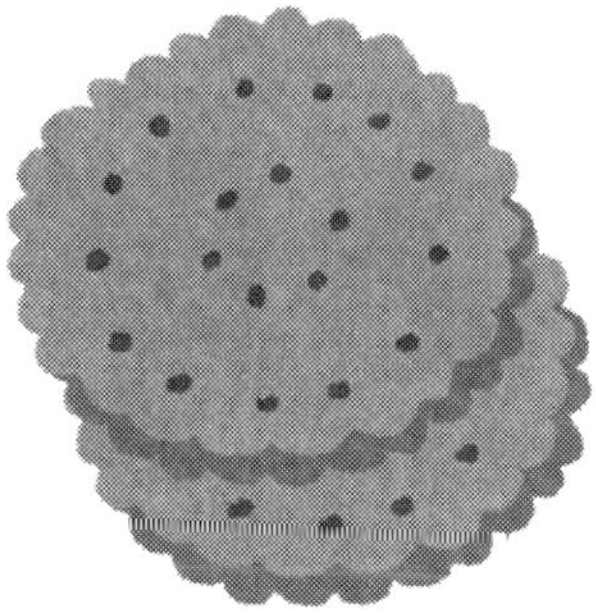

集団疎開　縁故疎開　受入れ

南百済国民学校

松井　朌（86歳）

昭 7.4.22　大阪市東住吉区生まれ。
大阪府南河内郡古市の筧永寺へ疎開

トイレに行くのが怖く布団の中で

先生の悪口を言ったため、弟もにらまれる

南百済国民学校（現在の南百済小＝大阪市東住吉区）の六年生だった昭和十九年の九月から年末までの約三カ月間、南河内郡（当時）の近鉄・古市駅近くにある筧永寺というお寺に疎開しました。

昭和十九年の九月二十七日は、学校から疎開先の古市まで歩いていきました。道中は「きょう、こうして行けるのはお国のために戦った兵隊さんたちのおかげ」と皆で歌いながら進みました。

先生には校門を入る時「あいさつしなさい」と言われ、宮城がある東の方を向いて頭を下げた。当時は学校の校庭に天皇陛下の御真影が奉安殿に祀られていて、毎朝朝礼のときにあいさつし、軽い体操をしてから教室に入るのが日課でした。

そして、疎開先に着いたその日、歯痛になってしまった。夏休み前に病院へ行って必ず身体検査をしておくよう言われていましたので、担任の黒瀬先生にひどく怒られたのを覚えています。

筧永寺は、お堂が六十畳ある大きなお寺で、三十～四十人ほどが一緒に生活をしました。朝は四時頃に起き、おばさん二人が庭掃除をされているのを手伝いました。ぐるりにある廊下は毎朝拭き掃除をし、障子の張り替え方も教えてもらって上手になりました。日中は勉強らしい勉強もせず、先生は「自習せよ」と言いながら帳面もないことですし、ただ、だらだらと何とも寂しい生活で、何度も帰りたいと思いました。

庭には犬が這い回っていて、夜にトイレに行くのが怖かった。門を入って右手に三段の木の階段があり、便器の形に切った板が張ってあり、穴を掘っただけのものをむしろで囲った、にわか作りです。トイレットペーパーの代わりに新聞紙が置かれていました。おしっこに行きたいわ、犬が吠えているわで、仕方がないから布団の中でおしっこして、背中で乾かしたこともありました。

お寺は高台にあったので御陵がたくさん見えました。遠くで大阪市内が空襲に遭っているのが見えて、自分の家が焼けたんちゃうかと泣いて騒いでいる子もいました。今はそのお寺もなくなり、すっかり様子が変わっているようです。

二つ下の妹の疎開先は、同じ近鉄沿線の駒ケ谷です。わたしが朝の掃除を手伝っていると、おばさんたちから庭にできたミカンを一つ、二つくれるときがあり、線路の上やら脇やらを歩いたり、走ったりしながら二回ほど妹のところへ持っていってやりました。今、地図を広げてみると、古市から駒ケ谷は結構な距離があるのでびっくりしています。行くと、妹がひざを抱えてお寺の入り口に座っていたのが忘れられません。妹は喜んでくれていました。

あるとき、二十歳ぐらいの若い寮母さんが夜中に床の間でろうそくに火を付け、ごそごそと話をしていたのです。何を話しているのかなと聞き耳を立てると、私たちは毎日おかゆを食べる生活だったのに、大人たちはお米を売る相談をしているという。

ある日、お寺に訪ねてきてくれた一回り上の姉に、たまたま「毎日何を食べてるんや」と聞かれたので、うっかりそのことを言ってしまった。それを聞いた姉が学校関係者に言ったらしく、それをきっかけにわたしは担任の先生から嫌われるはめになったのです。皆の前で「松井、お前は毎日おかゆさんを食べてるのに太ってきてるやないか」と吊し上げられたこともありました。

それは学校へ帰ってからも続きました。数学のテストで九十点以上を取っているのに、通知表の評価が低かったので、それを見た父は「学校に言いにいってやる」と怒っていました。わたしが卒業してから、弟が運悪くその先生の受け持ちになったときは「りょうちゃんのせいで目の敵にされる」と嘆いていました。

頭にはシラミをいっぱい付けて帰りました。シラミは髪の毛にまとわり付いて取れません。今でも六月ごろになると当時の疥癬を思い出し、手のひらがかゆくなるときがあります。自宅では玄関の外に立たされて、母に熱いお湯をかけられ、敗戦後は米兵に頭からＤＤＴをかけられました。

疎開から帰ってきた翌年の昭和二十年、三月の卒業式では、わたしは卒業証書をもらっていないんです。前の日に東京で空襲があり、次は必ず大阪がやられるということで、学校に着くと先生から「早よ帰れ」と言われ、通知票だけをもらい、家に帰ったからです。

そして、その日のうちに父と姉ら四人で四国へ行くことになったのです。駒ケ谷にいた妹はまだ集団疎開から帰っていませんでした。父に連れられて尾道まで行き、まっ暗な海を見詰めて船が来るのを待ちました。そのときは警報も鳴っていて、暗がりから船が到着し、乗り込みました。

愛媛に着いたときあたりはまだ暗く、手探りで船から出て、暗がりを海岸沿いに歩いたのです。漁師や歯医者の家を転々とし、海岸沿いでは機銃掃射され、山の中にも隠れながら歩き回りました。その後は連絡船に乗って石川県に向かい、大聖寺で終戦を迎えました。

当時は怖い思いをしましたが、今の尾道は見違えるほど発展している。ぜひ行ってみたいと思っています。

大阪市立新高国民学校

山條美代子（94歳）

大正 14.2.6 北区芝田町で生まれる。旧姓髙田。昭和 12.3 大阪市済美第一尋常小学校卒業。17.3 金蘭会高女卒。19.3 大阪第一師範女子部卒。19.4 大阪市立新高国民学校、20.4 集団疎開引率。20.12.31 新高国民学校。鳥取県浦安国民学校、堺市立五個荘小、堺市立浜寺石津小、東三国丘小へ勤務、退職。

二年目から担任として同行

部室を仕切って学年ごとに授業

昭和十九年十月。三年生以上が集団疎開に行くことになり、私は大阪府三島郡新田村（現在の豊中市上新田）の残留組を担任しました。翌年の四月（第一回大阪大空襲の後）には一、二年生も疎開することになり、私は担任として引率することになりました。男子生徒は公民館、女子は近所の少し離れたお寺での生活が始まりました。

授業は教室がないため部屋を仕切って、各学年に分かれての授業でした。一、二年は天理教の二階を借りて私が担当しました。

食事の時は、閉鎖されていた大きな竹の子工場に長い机と椅子があり、そこでいただきました。炊事婦さんがおられ調理してくださったのを三食いただきました。食事といってもジャガイモに砂糖のないキナコをつけたものや、大豆がほとんどでご飯粒は少しだけと汁物の毎日でした。

夜は寮母さんと一緒に布団を敷き、終礼のあと就寝しました。お風呂はないので児童たちは寮母さんに身体を拭いてもらっていたと思います。疎開中に二回だけ、竹の子を湯がく大きな釜で湯を沸かし、三年生以上が四、五人ずつ交代で入り、一、二年生は私たちが一緒に入りました。

終戦後も、疎開が解除になる十月半ばまで疎開地にいましたが、児童たちは病気もせず元気に過ごしてくれたことに感心しました。

地元の学校は焼失したので、解散後は近くの学校を借りて過ごしました。

学校を卒業して二年目の未熟な私、二十歳も歳の離れた男の先生の指示を受けながら児童とともに生活しました。児童たちが寝てから、別室で明日の授業の準備をしました。

私自身が児童に、何もしてあげられなかったことを後悔しています。

昭和 20 年 4 月の疎開参加者。前列右から横田寮母（32）、寮母（38）、後列一津田訓導（21）、高田訓導（21 歳）、塚本寮母（22 歳）

昭和 9 年 1 月、左から姉花子（22）、次男（7）、美代子（10・私）、時子（15）

集団疎開　縁故疎開　受入れ

高津国民学校

吉田房彦（83歳）

昭10.10.12 大阪市南区生まれ。
滋賀県犬上郡豊郷村へ疎開。母、姉と離れて暮らした１年２ケ月。疥癬の治療に大阪に帰り、大空襲に遭遇。火の海を逃げ惑う。この２つの体験を戦争を知らない人たちに語り継ぐことをライフワークとして活動中

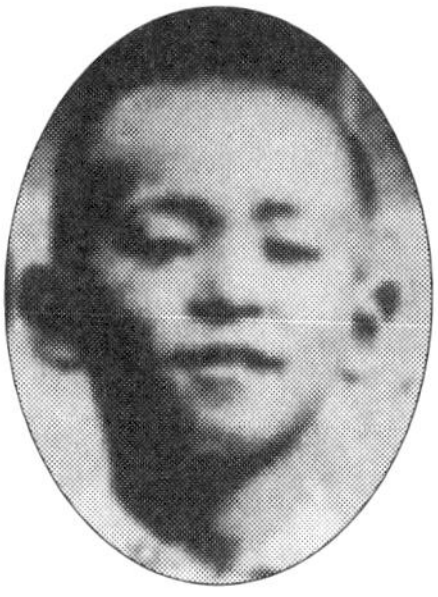

多くの方から背中を押される

「国学考」で育まれた私の〝語り部〟活動

語り部としての私の戦争体験は、学童集団疎開と大阪大空襲遭遇の二つしかない。戦時中は、戦地で戦う兵隊さんのことを思って、「欲しがりません、勝つまでは」と誓い、一生懸命生きのびてきたのだ。太平洋戦争で、多くの人が数々の悲惨な体験をされていることについては、大人になって知った。五十五歳という年齢を迎えるまでは、自分が生活していくのがやっとで、疎開も空襲も頭の中になかった。目の前に起こる事象に懸命に取り組んで、一歩前に進むしかなかったのだ。

平成二年の春、二人の子供が社会人として巣立ったのを機会に、思い切って転職を試みた。新しい職場の下見を兼ねて、その会社の工場見学に行ったのが滋賀県愛知郡の秦荘村、その隣が犬上郡豊郷村と知って、私の「疎開と空襲」が目覚めた。早速、疎開でお世話になった豊郷駅前の山月楼に寮母の西山み祢さんを訪ねた。「級長さんの吉田はんでっか」と歓迎していただき、引率の安部先生と級友の住所や当時の写真をいただいた。

その後の級友探しは、四十五年という月日の経過

で挫折の連続となり、あきらめの境地にあった時、『大阪の学童疎開』の図書購入がご縁で、著者の赤塚康雄先生から全国学童疎開連絡協議会の会合が大阪であるので参加しないかとの連絡を受け出席した。平成二十一年七月二十五日のことである。

この初めての会合で、奥田継夫、赤塚康雄両先生にお会いした。「疎開協」の寺師一清氏、初参加の奥村誠一氏とも初対面であった。印象に残る言葉があった。奥田先生は、「僕の疎開は二十年前に終わってんねん」。奥村さんは「疎開は楽しかった。嫌なこともなく、今も疎開先との交流が続いている」である。奥田先生の言葉にはきょとんとしたが、今では先生の思いが十分に理解できるようになった。奥村さんの言葉にも驚いたが、同じ学童疎開でも行く先、学年によっていろいろ違いのあることがわかるようになった。疎開先との交流があることは、誠に羨ましいことである。

寺師さんは、平成三年十一月の疎開展で、私がノートに書き遺した記録（山月楼で一緒に暮らした仲間探し）をコピーして持っておられ「吉田さん、継続してこの会に出席し、級友探しをしなさい」と言ってくださった。この言葉があって今の私は「国学考」の一員であり続けている。

次に、私を語り部に導く出会いは、ピースおおさかであり、ピースの学芸員の常本さんである。戦争と学童疎開、そして平和を勉強し、語ることの重要性に目覚めたとき、赤塚先生の疎開に対する学者としての見識と正確な知識の一言、一言を心とノートに刻んでいった。

私の幼い時の体験を原点として語ることに自信を持ちかけたとき、出会ったのが奥田先生の絵本『おかあちゃん、おかあちゃん、迎えにきて』であった。疎開の様子を言葉のみで話した時、二時間かけても伝えることは難しい。しかし、先生の絵本の中の言葉、筋書き、構成により、十分間の読み聞かせで、疎開と戦争の悲惨さが聞き手に届くことを見つけた。

この話を私から聞いた常本さんが、「吉田さん、この絵本を紙芝居にしよう」と言われ、奥田先生と出版社の了解をもとめた。常本さんは、他にピースおおさかで紙芝居を演じているグループを結び付け

『語り部紙芝居』として月四回の事業として常設され、今も続いている。

国民学校と学童疎開を考える会（略称「国学考」）は、平成二十一年九月十二日、中央区民センターで発会し百十二名の参加を得た。その後の何回かの役員会で会の目的、名称などを以下の通り決定した。
①東京の「疎開協」の関西支部的なものでなく、独自色を出す。
②国民学校（昭和十六年から二十二年までの）六年間の出来事、満蒙開拓青少年義勇軍、予科練、軍事教練、学徒動員　特攻隊、空襲、引き揚げ、孤児、食糧事情、政府発布令等について資料を集め研究し、発表していく。
③国民学校時代の文集、歌、日用品等の収集。
④疎開生活の語り部活動。
⑤9条の会や空襲被災者の会のように何かを要求することはしない。
「国学考」の一員となって、役員のお手伝いをする中で「語り部」としての研鑽に努めた。その結果、九年経った私の語り部活動の実績は次表のとおりとなっている。

長年活動を続けておられる先輩に及ぶべくもありませんが、この九年間の実績積み上げは、聞いていただいた方々の感想文とともに私の晩年のライフワークの宝物となっている。

できるだけ長く生きて、語り継ぎをして頂ける方へ、すべて申し送りたいと考えているが、残る時間が少なく、焦りの日々である。

学童疎開生活の寂しさ、いじめ、ひもじさとの格闘や衛生状態の悪さや栄養失調からくる皮膚病のつらさはだれもが記述する。私にとって最もつらかったのは親戚縁者のいない田舎でのきわめて貧困な母子家庭の生活だった。良くできた姉だが高校にもいかず女工となって働き家計を助けた。

私が大学入学のため大阪へ帰ったのは、疎開から十一年後のことである。四年生になりアパートを借り母と姉を大阪に迎えたが二人にとっては十五年振りの大阪であった。罪もない家族を苦しめた戦争の悲惨と平和の尊さを語り続けるのだ。

	学校、施設		ピースおおさか		合計	
	回数	人数	回数	人数	回数	人数
21年度	2	116	0	0	2	116
22年度	3	326	9	374	12	700
23年度	2	121	12	350	14	471
24年度	3	583	12	342	15	925
25年度	9	979	13	858	22	1837
26年度	7	1009	6	805	13	1814
27年度	10	1099	10	732	20	1831
28年度	3	290	12	587	15	877
29年度	13	1791	12	593	25	2384
30年度	14	1738	12	436	26	2174
	66	**8052**	**98**	**5077**	**164**	**13129**

主な施設・学校　　31，03、31現在

三郷町図書館　品川歴史館　滋賀県平和祈念館
あさひ西交流センター　天王殿　河内長野市民ホール
法善寺　関西学生卓球連盟　大阪商業大学石黒教室
近府県小中学校 ひまわり保育園　宮崎県中学修学旅行

ピースおおさかでは毎月第１木曜日 10 時から
本人の学童疎開、大阪大空襲体験は大阪春秋№.154（H 26）に記述済

集団疎開　縁故疎開　受入れ

神戸市立西郷国民学校
米倉澄子（86歳）

昭 10.10.10 神戸市灘区で生まれる。淡路島へ集団学童疎開、のちに兵庫県出石郡へ二次疎開。
23 年 3 月、西郷小学校卒業。同年 4 月、神戸市立原田中学入学。26 年 4 月、神戸市立葺合高校入学。29 年 4 月、㈱東食入社。35 年 4 月結婚。平成 8 年、神戸の学校で戦争体験を語り、現在に至っている。

集団疎開は飢えとシラミの闘い

戦後の生活の方が苦しかった

大東亜戦争がはじまった翌年、昭和十七年春、神戸市立西郷国民学校一年生に入学。同時に、少国民としての教育を受ける。

♪勝ち抜く僕ら少国民　天皇陛下の御為に　死ねと教えた父母の　赤い血潮を受け継いで　心の決死の白襷　かけて勇んで突撃だ！

こんな歌をうたって英雄になった気分の一年生。

二年生になり、血液型と住所と名前を書いた名札を防空頭巾や上着につけ、モンペ姿で学校へ行き、毎日敵をやっつける訓練ばかりしていた。

三年生になり学童集団疎開で淡路島の佐野へ。出発の時、見送りに来ていたお母さん達は、これがこの子と最期の別れと思い泣いていた。

学童疎開は五年生の男子と三年生の女子が同じお寺での集団生活が始まる。飢えとシラミの戦いであった。

淡路で佐野の八浄寺に着いた時、お寺の住職さんからお経の本を渡された。「早く覚えなさい。覚えないとご飯が食べられないよ」言われて必死で覚えた。

真っ白いご飯が食べたい！何度思ったかわからない。夢の中で真っ白いご飯が出てくる。山盛りに盛られた真っ白いごはん。食べようと思ったら目が覚める。

毎日の食事は米粒の少ない雑炊ばかり。その雑炊にお寺の天井が写っているのを見て、男の子が「天井がゆ」と名付けた。

みんな栄養失調で塩分が欠乏している。海へ行って波打ち際に流れてくるワカメを必死になって食べた。何よりの栄養源である。

男の子は近くの馬小屋からウマの餌を取ってきて食べていた。

淡路でお正月を迎え春になり、男の子は六年生に、私たちは四年生になる。

そんな頃に淡路島にも空襲がはじまった。

私たちはもっと安全な所へ再疎開することになり、五月の末に神戸へ帰る。九か月ぶりに家族の元へ、うれしかった。三日ほどいる間に毎日、空襲におびやかされ、防空壕へ。

六月二日、省線（今のＪＲ）の六甲道駅でみんなに見送られて次の疎開地へ向かった。

いくつものトンネルを抜けて着いた所は兵庫県の北の端、江原という駅からトラックに乗って山奥の出石のお寺に着いた。

四方八方山に囲まれたとても淋しいところである。

三日後の六月五日、神戸に空襲があり、学校もわが家も焼けてしまった。

先生は「家族はみんな無事だから」と言われたが、家族が亡くなった友もいた。私達には知らされなかった。

それからの生活は、飢えとシラミの戦いであった。食べるものを求めて、山や畑へ、近くの農家の畑から、細い大根引き抜いて川の水で洗って生で食べた。またまだ中身の入っていない豆の袋を開けると白い液が……。「うわ！牛乳や！」と必死で舐めた。お風呂にも満足に入れず、五右衛門風呂に男子が入った後、お湯はわずか。頭も満足に洗えない。頭や身体中に虱がいっぱい。女の子の髪の毛を梳き櫛ですくとパラパラと下へ落ちてくるシラミを親指の爪でつぶす。血が出てくる。

栄養失調とシラミにかまれたため、体中にふきでものがいっぱい。血とウミガ出てくる。それをふき取る紙がない。お寺の障子紙を破って拭いたので後でお寺の奥様からひどく叱られた。そんなある日、男子全員がお寺から脱走するという悲しい出来事があった。

近くの農家からさつまいもを盗んだことが原因で先生にひどいおしおきをされたことの反抗だった。

みんなで力を合わせて、汽車の線路を歩いて神戸に帰ろうという約束だった。

その夜おそくなって駅で村の人達に支えられてお寺に帰って来た。

そして、八月十五日終戦、日本は戦争に負けた。しかし私たちは、日本は神の国である。神風が吹いて戦争に勝つと信じていたので負けたとは思っておらず、終わったと理解し、これで神戸に帰れると大喜びした。しかし日本の国は戦争中より戦後の方が大変で、なかなか帰れない。十月末にやっと神戸に帰ることができた。

三宮駅に着いた時、驚いた。焼け跡の中をジープが走っていた。進駐軍の兵隊さんがいっぱい。

やっとわが家に着いた。当時の姿は全くない。焼け跡に造られたバラックに私のふとんが送り返されてきた。それを囲んで九人家族が冬をしのいだのである。

それから、戦後の苦しい生活のはじまりだ。「人を見たらドロボーと思え!」まさにこの言葉どおりの戦後であった。

集団疎開　縁故疎開　受入れ

台湾・台東国民学校
田中洋子（85歳）

昭和８年９月、台湾台東で生まれる。昭和20年４月、台東県のブルブル（霧鹿）へ集団疎開。昭和21年４月６日鹿児島港へ上陸。鳥取県東伯郡橋津へ。昭和22年、学制改革のため羽合中学２年生となる。24年県立倉吉高校へ入学。27年卒業し大阪大学医学部看護学校へ入るも５月自己退学。繊維会社勤務。昭和30年結婚、２人の息子に恵まれる。

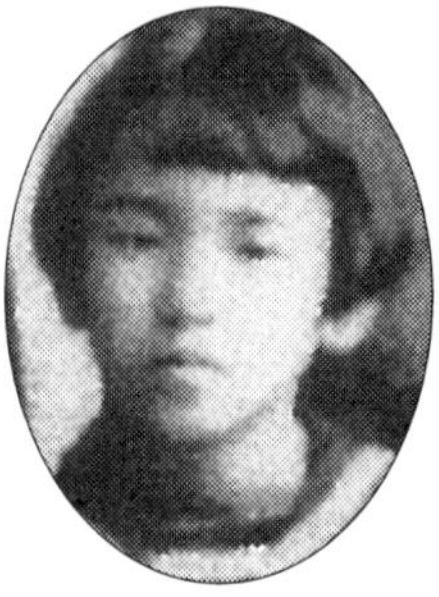

台湾でも日本人学童が集団疎開

米軍の空爆が激しくなり山中のブルブルで

昭和二十年四月の夜、台東国民学校の三年生から六年生の学童達は、台東駅に停車中の汽車の中にいた。これから学童疎開のため『ブルブル＝霧鹿』へ向けて出発するのである。みんな修学旅行にでも出掛けるかのように、はしゃいでいた。

この学校は現地に居住する日本人の子供たちが学ぶ日本人学校で、校長の松本先生はじめ他の先生も日本人ばかりである。生徒は各学年とも四十〜五十人であった。私たちは知るよしもなかったが、沖縄では米軍が上陸し、激戦が展開されており、台湾でも空爆が激しくなり、学童疎開が実施されていたのである。

同級生のカッチャン（長谷川和子さん）を見ると、お母さんと窓際で泣いていた。私も別離の重大さを感じて、思わず涙ぐんでしまったが私の母はすこし離れた所に立っていて、涙一つ見せない。私は何か言おうとしたが、汽車は闇の中へ向かって発車してしまった。

暗い窓の外を見ながら、母のことを思った。私の兄や姉達は、父の任地の都合で小学校に上がると寄

昭和 18 年、兄修（21）入営の前夜写す。前列左端が私。

宿舎生活をしていた。私が五歳になった頃、台東の町に引っ越して来た。その代わり製薬会社の技師だった父は、マラリヤなどの薬草栽培のため山地への単身赴任となっていた。

私は母が平静を装ってくれたお陰で、淋しさが余り尾を引かずにすんだ。列車は夜中に関山という駅に着き、その町で一泊し、翌朝、トラックで山の中を三十～四十分ほど走った。山道《さんどう》を登り、もう道がない所で降ろされた。これからは自分の足で歩くのだ。山ひだを縫うようにずい分歩いたと思った。先生がはるか彼方の山を指して、「あの山の集落がブルブルだ」と言われた。しかしそこへ行くには、まだ山ひだを越さねばならなかった。昼過ぎやっと到着すると先発隊の仲間達が迎えてくれた。

そこには現地の高砂族（先住民族）青年達の教習所があったようだ。彼等は義勇軍として、南方の戦地にかり出されていたのか姿は見かけなかった。正面に石段があってその両側に大きな桜の木があり、白い花が満開であった。川端先生が「ここは高地で内地の気候に似ているから、桜の花もきれいに咲くのだよ」と言われた。私はまだ行ったこともない内地を肌で感じた。中庭を挟んで宿舎は運動場の隅の方に細長い茅葺きのバラックが二棟建てられていた。それは丸太ん棒で組み建ててあり、青竹で床を張りその上に乾燥した茅を敷きつめ、さらに目の粗いゴザが敷いてあった。

私達学童は六班に分けられ、一～三班は北寮、四～六班は南寮になった。私は五班の女子の班長になった。一班が男女それぞれ十人ぐらいずつである。

北寮は向かって左側に職員室があり、南寮は右端に寮母さん達の部屋がそれぞれ茅の壁で仕切られていた。その他は、ぶっ通しの部屋であった。明かりは各班毎に一ヵ所で、椀に油を入れ芯に火をつけるだけの灯心《とうすみ》である。火を灯す頃になると、時たま母恋しさに涙でぼやけて見えた。

ある晩、山間《あい》の彼方の空が、ほんのり赤くなっていた。先生が「台東の街が空襲されているようだ」と言われた。

数日後、北寮の四年生の男の子が、いなくなった。みんな手分けして探したが、見つからなかった。誰かが「脱走だ」と言った。

幸いその子は麓の駐在さんに保護され、無事親元へ帰されたそうである。先日の空襲で家が焼けたとの連絡があって、いてもたってもおられなくなり、実行したのであろう。

それにしてもたった一人で暗い山道をどんな思いで降りて行ったのであろうか。

私も淋しかったが、みんなとの共同生活では自分の勝手は許されず、大いに学んだ。そして忍耐力も培われたように思う。

父は任地へ単身赴任しており、私たち４人で暮らしていた（台東で）

伝法国民学校

三好良子（85歳）

昭9年8月24日生まれ。香川県三豊郡詫間町へ疎開。
昭和22年3月、此花区伝法国民学校修了。家庭の事情で父の仕事場へ住み込む事になり中学校へは行けなかった。還暦に自分史を書いた。

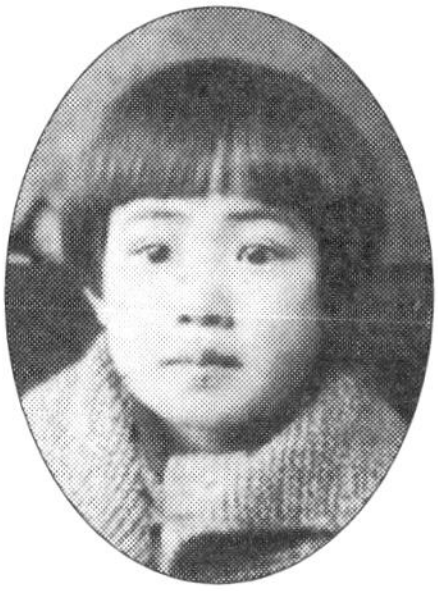

山の段々畑で機銃掃射に遭う

逃げる時、ぬげた草履に機銃弾の穴

私の疎開地は香川県の詫間町である。詫間には海軍の航空隊があった。

昭和二十年八月、当時は毎日、警戒警報や空襲警報のサイレンが鳴り響いていた。警報解除のサイレンが鳴ったので、今のうちに精米所に出してある麦を取りに行くことになった。急いで段々畑を下り降りた。

我が家は段々畑の登り切った山の中腹にある。約四キロの麦を背負って、尾根伝いに上り、〝もうすぐや〟と思い、見上げると大きな鳥が二羽？と思うと同時に、耳が破れそうな爆音が急降下してくる。とっさにすぐ横の木の根元、雑草が生い茂っている中へ転がり込んだ。

〝機銃掃射だ〟三十センチほどの間隔に砂煙がバッバッバッと舞い上がっていく。飛行機が私の目の前を飛び去った。乗っている人は二人、パイロットの後ろに乗っている人の顔が見えた。転がり込んだ時に脱げた草履は機銃の銃弾が貫通していた。私は暫らく動けなかった。命拾いした私であるが弾丸に当たる運命だったのだろうか？

我が家の周囲には詫間海軍航空隊の整備兵第十三部隊があり、避難のため山の斜面に添わせた三角小屋がたくさん建っていた。炊事場は我が家のすぐ横に建て、井戸水も一緒に使った。風呂は上官だけが我が家のを使用した。軍に協力していたのである。

兵隊さんは方々から来ているので、いろいろ教えてもらって親しい隣人というような感じであった。副官の小屋には体罰を与えるための精神棒があった。太いのや細いのが並んでいた。これで叩かれたら痛いやろなと思った。平手で叩かれるのは何度も見た。五年生の私は軍隊の生活の一部分をも見た。楽しい演芸会も見た。順番が回ってきて芸無しでは許されません。「ハトポッツポ」を歌った人もいた。一番面白かったのは落語。気狂いと字違いが落ちで終わった。私はそのまねを今でも時々する。

終戦のあくる日のことである。裏の空き地で焚き火が始まった。上官の命令で軍に關係ある物は全部焼却処分する。海軍の兵隊はそれぞれ大切なものを入れる手箱を持っている。日記や手紙、軍人勅諭も入れてある手箱を開けずそのまま投げ込む人や、大切なものだけ取り出す人、やけくそ気分の人もいる。手箱の中には鉛筆や消しゴムも入っている。それをもらうつもりで村の子供たちが集まってきている。私が見つけた箱には、きらきら光った弾丸が三つあった。持ってみるとすごく重たいので文鎮にしよう、みんなに見せようと思ってポケットに入れた。それを見ていた母が「こんな危ないもの持ってたらあかん」と言って焼却処分のつもりで焚き火の中へ投げ込んだ。暫らくして、バンと大きな音がした。私は足に熱湯がかかったと思った。焚き火の中に竹があって節が弾けて中の水が湯になって足にかかったのだと思った。またバンと音がした。顔にかかったら大変だと思い走って逃げた。が、ころころと転がったような気がした。両手で左足を抱きかかえていた。姉が来て私の足をさわった。姉の手が血で真っ赤になった。私はそれを見てびっくりした。黒いもんぺなので濡れていると思っていたが、足の裏まで血に染まっていた。

三度目のバンの時は松の木が燃えたが、兵隊さんがすぐ消してくれた。二回目の爆発音の時、私の身体が吹っ飛んだと姉から聞いた。

私をおんぶして町医者へ連れて行ってくれたのも兵隊さんだった。「急所は除けているので、このまま肉を盛らしましょう」とのことで毎日傷の手当に通った。黄色い薬のしみこんだガーゼの詰め替えである。深い穴に差し込んだり抜いたり、痛い痛い我慢に耐えて、二か月ほどで全治した。小さい丸い傷跡が残った。

成人した時に摘出するつもりで厚生年金病院へ行った。先生は「取るための傷からおこる傷害の方が遥かに大きい」とのことで、今も太股に残っている。

九条は不動であれと祈りおり
　平和であれよ後の世までも

なぜ私が艦載機に乗っている人と顔を見合わせたのかは、山の偏りの地形であります。私は尾根伝いに登ってきた。機は谷部を飛んでいたので、はっきり見えたのであります。

ふる里は不動の宝　我が香川
　逆さにしても〝わがかがわ〟なり

五十五年間営んだ鍼灸院を終え、現在は高齢者ホームで夫と余生をゆっくり暮らしています。

若かりし頃の生活頑張りて
　「しわ」と「あせ」して今はしあわせ

穏やかに深まり行くや老の道
　心豊かに笑顔忘れず

年齢《とし》積ね目耳足腰衰えり
　疲れ知らぬはしゃべる口のみ

集団疎開　**縁故疎開**　受入れ

大阪市立東中本国民学校
秋山美代子（86歳）

昭8.2.15 大阪市生まれ。
奈良県吉野郡下市町寺内願行寺へ疎開
大阪市の小学校教員、退職後放課後活動“いきいき活動”の指導員
傍ら「戦争の語り部」を続けている

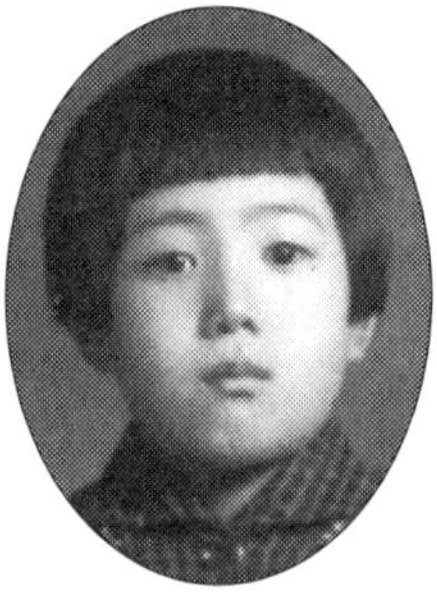

弟二人を連れ下市に縁故疎開

疎開は子どもに厳しいものでした

疎開する以前、弟二人と奈良県の下市にある願行寺（下市御坊）へ遊びに行ったことがあった。寺の中を巡り回って迷い子になった。あのスリルと広さ、佇まいが思い出された。願行寺は母の叔母の寺であった。

昭和十九年六月末、学童疎開が決まったのだ。縁故疎開をする者はそこへ。縁故疎開地がない者は、集団疎開することになった。

私（六年）は、達夫（四年）、正彦（二年）の弟二人を世話する約束で、下市の願行寺へ縁故疎開で行くことになった。

折しも願行寺には、大阪市立河堀国民学校の四年生、五年生が集団疎開で来ていた。

現在の天王寺区にある大阪市立聖和小学校である。

畳数が五百畳もある広い寺である。河堀国民学校の児童達は、本堂と大広間で起居していた。大広間の前の中庭を挟んだ部屋が職員室、その隣が私達三人の部屋であった。

私達三人は、町立下市国民学校へ通った。

河堀校の児童たちは、本堂や大広間で勉強していた。

毎日、軍事訓練や百二十四代にわたる歴代の天皇の名前を覚える国史、馬酔木（アセビの異称）から油を取ると聞かされ、日曜日は山へ行き、馬酔木を背中一杯に取ってくるのが宿題であったりの毎日であった。

食べる物は、米粒を探さないと見つからないほどの「大和の茶がゆ」、甘味もなく、すじばかりのさつまいもの種いもなどで、おかずが思い出せない。

夜はひもじくて納屋にあった「ぬか」を火鉢で焙烙の上にのせ、煎って食べたものだ。

そして、私がたいへんだったと記憶するのが弟二人の靴下の繕いであった。

戦争中、配給される靴下は、ステープル・ファイバー、いわゆる「スフ」で作られていた紙の繊維で編んだ靴下である。

元気盛りの弟二人だから、すぐに破れるのだ。寒い冷たい部屋で毎晩のように靴下を繕わねばならなかった。

裏山が借景になっている佇まいの寺であったので、よく裏山に駆け上がって栗の実を拾ったり。「東屋」で休憩して三人でおしゃべりをしたり、楽しいひとときもあった。

虱がわいて、河堀校の先生方が地輪という大きな鍋で、子ども達の衣類を炊いて虱を駆除することを毎日のようにしておられた。大きな鍋のお湯の表面に無数の虱がもがいていた。

「奈良の三名庭園」の一つと言われていた願行寺の庭の縁側で子ども達が日向ぼっこをしながら、ずらっと並んで「虱つぶし」をしていたのが思い出される。

私達三人も、虱退治をよくしたものだ。

朝の読経も河掘校の児童達と本堂でした。

集団疎開の児童の慰問に来られた時は、私達三人も参加させていただいた。

私は翌年の三月に、下市国民学校を卒業、県立吉野高等女学校を受験した。戦時中であるので口頭試問のみであった。

「サイパン島から日本までB29は、何時間で来ると思いますか」

丁度、サイパンが玉砕し、アメリカの基地になった時であった。日本への爆撃の始まりであった。

「最近、天皇に一ばん畏れおおいことはなんですか」

私は「三種の神器が祭られている熱田神宮が空襲に焼けたこと」と答えた。

戦争と天皇が一辺倒の時代を象徴していた。

入学はしたものの、下駄ばきでの通学、一日も学習した記憶はない。毎日、畠の手入れであった。

上級生は、勤労動員で学校には行かなかった。

夏休みになり、私は弟二人を下市において、大阪に帰っていた。

そして、八月十四日、森之宮から京橋にかけてあった陸軍砲兵工廠へのアメリカ軍の「最後の爆撃シリーズ」の空襲で、私の家は、本堂も庫裡も壊れた。

翌八月十五日　敗戦。

家もなく、食べる物もなく、着る物もない。

私は、これからどうなるのか不安で、毎晩のように月を見上げて泣いた。

下の弟二人が、栄養失調で死んだ。

もう戦争は嫌だ！

「心に、平和の砦を……」

北野弘之助叔父の出征時の家族写真（昭和 19 年）
（後列右から３人目が叔父で、その前が私）

集団疎開　**縁故疎開**　受入れ

高津国民学校

河原田眞砂子（83歳）

昭10.4.8 大阪市天王寺区生玉町生まれ。44年夏に佐賀県の伯父宅に縁故疎開。45年6月家族の避難先（大阪府阿武野村現高槻市）の農家に転居。。45年11月佐賀を経て父の郷里熊本へ転居。50年春に京都山科に転居。現在京都市在住

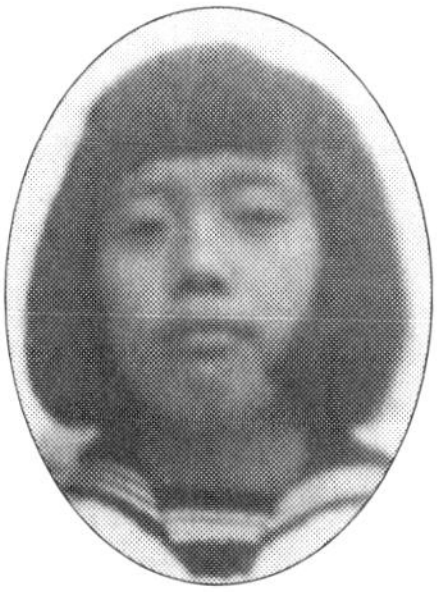

佐賀の伯父宅へ私一人で疎開

大阪大空襲で自宅焼失、あわや孤児に

生魂玉神社の北門のすぐ隣に両親と祖母四人兄弟の次女として生まれた。

家は高台にあり、物干しからは大阪市内が一望できた。父は会社員で戦争が始まるまでは、幸せな暮らしがあった。昭和十九年国民学校三年の夏に佐賀の伯父宅に疎開。姉は女学生だったので家に残った。大学生の兄と九州まで始めての長旅だった。汽車を何回か乗り換えて、やっと伯父宅に着いた。佐賀平野は一面に田んぼが拡がっていた。伯母が近所の人や友達の方言の通訳をしてくれた。従姉妹の恵美子さんは私をよくかわいがってくれた。学校は北川副国民学校で、子供の足で歩いて三十分ぐらいはかかった。村の同級生（ともえさん、初枝さん）の三人で通った。驚いたことには皆さん裸足だったことだ。仕方なく私も裸足で歩いた。初めは苦労したが、そのうち慣れてきた。ともえさんは家によく遊びに来てくれた。おやつと言えば堅い空豆の炒ったのをポリポリと噛むぐらいで、甘いものはなかった。ともえさんとは今でも交流がある。伯母さんに頂いたイチジクがとても美味しかった。今でもその季節に

なると、思い出すといってくださり、感激した。最初は初めて親元を離れて不安だったが、伯母さんたちによくして貰ったので、すぐに不安は消えた。昭和二十年二月に弟修（四歳）が病死、はしかから肺炎にかかり当時よい薬もなく、食料も少なかった。三月の大阪大空襲で、自宅は消失し、自宅裏の生玉さんの空き地に避難していた姉たちの数メートル先に焼夷弾が炸裂していて、危うく命を落とすところだった。よく生きていてくれた。私は孤児になるのを免れた。その後、知人のお世話で、大阪府の阿武野村（現高槻市）の農家の座敷を借りた。食器などは焼け跡の防空壕から掘り出したものがあり、未だにある。佐賀に疎開していた私を六月頃、母が迎えに来てくれた。満員の汽車に長時間揺られてやっと着いた大阪駅は、ショックだった。見渡すかぎりの焼け野原だった。大阪の街は完全に消えていた。母と姉は朝早くから畑に出て収穫などの手伝いをしていた。父はそこから大阪の会社に通った。私は阿武野国民学校に転校をして、毎日もんぺをはいて通い、警戒警報が出る度に防空ずきんを被って家に帰った。時々B29が低空飛行していて、怖かった。度々空襲があり、大阪の空が真っ赤だった。七月のはじめ頃、大学を中退し、久留米の見習い士官学校に行っていた兄が、休暇でひょっこりと帰ってきた。広島の連隊にしばらくいて、どこかに配属される予定とのことだった。それが兄との最後の出会いとなった。八月六日広島に新型爆弾が落ちたらしいと聞き、母は広島に向かった。兄は比治山の陸軍の連隊で、朝の鍛練中に被爆して、全員即死とのこと、遺骨は合葬で分骨され、市内の学校に安置されていた。八月十五日の玉音放送は、農家の方と一緒に座敷で聞いたが、なんだかよく分がらなかった。家も失い、息子二人を亡くした失意の父は、余生を故郷の熊本で過ごすことを決意、十一月頃再び佐賀の伯父宅で暫くお世話になった後、熊本へと向かった。私か大阪に帰った後で、北川副の学校が空襲にあい焼けてしまっていた。子供たちはあちこちのお寺に別れて授業を受けていた。

翌二十一年二月頃、熊本県鹿央町に着いた。遠縁の農家の座敷を借りてしばらく過ごした。荒れ地を開墾して、からいもや粟蕎麦などを育てた。私は夕食の用意をした。夕食といっても、からいもを大鍋で炊いたり、だんごじるなどだった。お米は貴重品だった。父は隣村に住むすぐ上の兄さんの大工さんに教えてもらって、仏壇を作った。今でもその仏壇がある。

　四年生の三学期に千田国民学校に転校した。小高い山の上にあり、集団登校で、上級生が連れて行ってくれた。雨が降ると急な坂道で滑るので、高下駄を履いて上手に登られるのには感心した。しばらくして、家を建てることになった。大工さんの伯父の指導のもとに、父も材木を杉林から切り出すところから始まり、びっくりした。丸太の柱を建て、土壁を塗っただけの小さな掘っ建て小屋だったが、ずっと間借り生活を続けていた私たちにとっては、やっとくつろげる家ができた。

　父は農協に勤め、私は千田小学校を卒業して、米の岳中学に入学した。近所の方や友達もよく父の元に話に来られた。しかし、こんな生活もあまり長くは続くかなかった。私か中学二年の秋だった。父が心臓発作で急逝した。あまりの突然のことで、しばらくは信じられなかった。五十四歳だった。父がいなくなって、このままここで暮らすのは無理だと思った母は、父が元いた会社の社長さんに相談して、京都山科のお宅でしばらくお世話になり、姉もその会社に勤務した。こうして私は山科中学に三年のときだけ在籍した。思えばこの戦争で何回も転校し、家族も失ったが、八十三歳になった今も毎日を元気に過ごさせてもらっていることに感謝している。たくさんの人々に支えられ助けられて、今のわたしがある。今、離れて暮らす子供や孫たちとも常に交流があり、幸せである。どうか平和な世の中が続きますように。

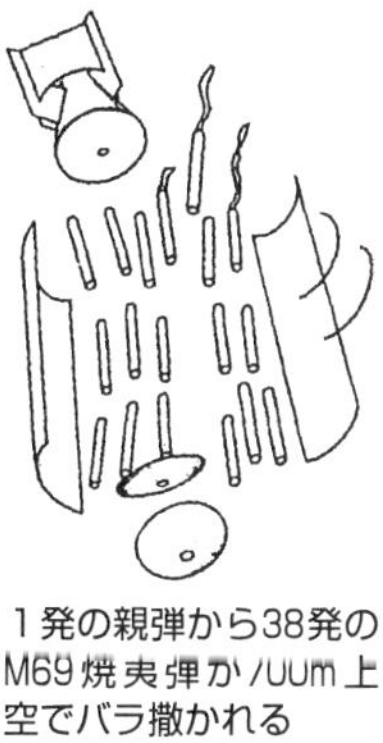

1発の親弾から38発のM69焼夷弾が700m上空でバラ撒かれる

集団疎開　**縁故疎開**　受入れ

兵庫県立篠山国民学校

森田由利子（83歳）

昭11.5.5 大阪市東成区林寺町生まれ。
兵庫県多紀郡篠山町上河原町、祖母の家へ疎開（写真は２年生の頃）
５年生の時、尼崎市立西小学校へ編入。中学、高校と私立校。母校給品部に就職。結婚。家業と育児、老親介護に明け暮れる。子ども文庫奉仕継続中。

夏、校庭で何度も倒れる

軍国少女だった私

昭和十九年七月下旬、二年生の私は大阪市浪速区恵美須町から母の郷里の兵庫県多紀郡篠山町へ縁故疎開をした。母と姉、五月に生まれた弟の四人で祖母の家へ行った。縁故疎開はその地の国民学校に転入するのだが、篠山町も全校で十人以上は転入していたように思う。

二学期になって運動場に整列し、宮城遙拝や校長先生のお話を聞いているとバタバタ誰かが倒れる。決まって「疎開の子」で、私も一回ならず倒れ母に心配をかけた。学校も仕方なく、そんな子を運動場に面した「理科室から外のみんなを見ているように」ということになった。男女五人はいた。

二年生は勉強していたようにも思うし、二部授業だったようにも思う。というのは尼崎市の城内国民学校の人達が「集団疎開」で来ていたし、兵隊さんも校内にいた。秋になると、ビンや布袋の先に竹筒をつけたものを持って田んぼへ行き、蝗（イナゴ）を百匹とって「お日様が真上に来たら学校へ帰って来るように」とのことでこわごわの蝗取りをした。なかなか百匹もとれず、学校へ帰ると塩ゆでにして干し、冬には粉末にして雑炊になった。

近くの山へ冬のストーブのための柴とりに長い行列をつくって行った。行きはよいよいであったが、いざ下山となると目も眩むような急坂をすべり下りなければならない。上でうろうろしている男女児は疎開の子ばかりで、そのうち大人も誰もいなくなり、行列の最後尾もみえないので必死ですべりおりて追いかけた。

海軍兵の父に送った家族写真（昭和19年７月、写真館で写す。２年生）

昭和二十年、三年生はどうしていたのだろう。算数は三角定規や分度器がなく、消しゴムや帳面もなく、いらついたことのみ覚えている。私は虚弱児で家で寝てばかり。誰もいない暗い家の中から庭ばかりぼんやり見ていた気がする。毎日の食卓は貧弱で、昼はきまって甘藷、馬鈴薯、南瓜の蒸したもの。夜は雑炊か団子汁だった。白いご飯は遠い昔に食べたきりで「御飯」とはひと握りの米の入った麦ご飯だった。

校門の前に横一列に並び、英霊を出迎えたことがあった。白布に包まれた遺骨を胸にした人々が途切れることなく続く。荘重な「海行かば水漬く屍、山行かば草むす屍……」が流れていた。ずっと頭を下げていて苦しかった。

或る日、空襲警報が鳴ってきた。防空頭巾と肩掛けの布カバンを下げて校門を出、町の中を走る。春日神社の参道も走り、普段は眺めているだけの社殿の向かいの森の中の階段を走って駆け上がる。先生の「とび込めえ」の号令に深い穴の中へ夢中でとび込んだ。一つの穴に何人入っていたのか覚えがないが、すぐに大きな轟音がして来て、空じゅうがB29になった。高い木々のすき間から見える空はB29で覆いつくされている。あそこから爆弾が落ちてきたら「必ず死ぬ」と思った。三百機近いB29が翼を接してゴーン、ゴーンとゆっくりと移動して行く。いつ通りすぎるのかと思うほどの数と時間で恐ろしかった。

六月のある夜、空襲の音がして裏の篠山川の河原へ出た。遠い空が真っ赤でどこかが空襲を受けているのだ。（後で神戸と分かった）

新型爆弾の情報の後、八月十五日正午、ラジオから雑音で聞きとれない放送が聞こえて、終戦を知った。子どもの私はカンカン照りの表に出た。暑いギラギラした白い道には誰もいず、心は何も感じなかった。

誰もいなくなった部屋で、私は母に小さな声で、「神風吹かなかったね」。母も「神風吹かなかったね」と。軍国少女の私はアメリカ兵が来たら台所の包丁で一太刀浴びせようとまだ思っていた。

讀賣報知

戰爭終局へ聖斷・大詔渙發す

帝國政府 四國共同宣言を受諾

萬世の爲に太平開かむ

畏し 敵の殘虐・民族滅亡を御軫念

神州不滅・總力建設御垂示

御親ら御放送 けふ正午

詔書

忍苦以て國體護持

國運を將來に開拓せん

内閣告諭

最後の御前會議

憂國の至情交々吐露

社説 大御心に歸一せん

終戦の日の新聞

集団疎開　**縁故疎開**　受入れ

大阪市立阪南国民学校
山下良寛（83歳）

昭 10.7.11 大阪市天王寺区出生。
京都市伏見区竹田内畑町築山家へ疎開
昭和 33 年 3 月 10 日　佛教大学佛教学部卒業
昭和 59 年 3 月 27 日　宗教法人　法善寺住職に就任

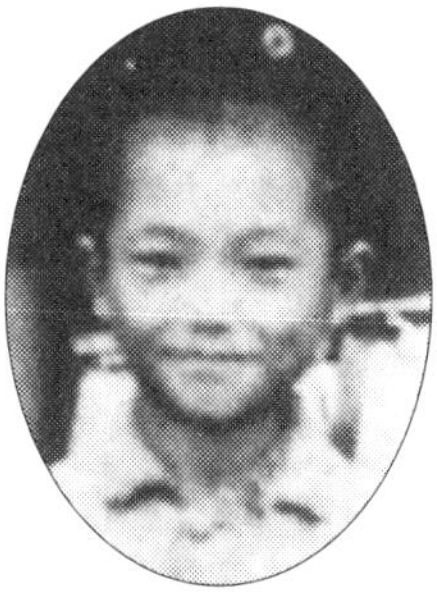

懐かしい疎開の生活
優しかった祖父母の眼差し

昭和十九年の八月の終わり頃、二つ下の妹と、母親の里築山家での生活が始まった。住居は近鉄奈良線の竹田駅に近いところにあり、農業を営んでいた。家族は祖父母と叔父二人、叔母一人の五人であったが、上の叔父は出征の身であった。

私は幼少の頃、城南宮の秋祭りに父母に連れられてきていたし、妹が傍にいるので、両親と離れて生活しても、さほど淋しい思いはしなかった。

通学は居宅のすぐそばの竹田国民学校であった。この学校の運動場のほぼ中央に、創立を記念して植樹されたと思われる楠の木が枝葉を広げているのが、とても印象に残っている。先生とか級友については、ほとんど記憶がないけれど、図画の時間にアメリカの軍艦に日本の飛行機が爆弾を投下している場面をよく画いていた。ある日、休息時間に鉄棒で遊んでいて、過って地面に落下し、脳震盪を起こしたが、すぐお医者さんに看て頂けるよう手配してもらったので助かったと聞いている。

農家での生活では、まだ幼少だったので、お手伝いするほどのことはなかったが、近くの小川に沢山いるどじょうを網で掬い、バケツに入れて持ち帰り祖父に渡すと、どじょうを鉄板の上で焼き、米ぬかと、きざんだ野菜を混ぜ合わせ、鶏に与えると、良質の卵を良く生んだといって喜んでもらえた。ただどじょう掬いをしている時にヒルが足に吸い着き困ったことも忘れ難い。また野菜を載んだ荷車の後ろを押し、市場まで行ったこともあった。

秋の城南宮のお祭りで久しぶりに父に会い、妹と三人でかしわのすき焼きを食べ、鯖街道で運ばれた鯖を使ったお寿司を頬張った。

昭和二十年のお正月が過ぎ、四月に私は四年生、妹は二年生に進級した。

梅雨になるとどこからともなく牛がえるの鳴き声が聞こえてきた。日が暮れると、蛍が田んぼの上を飛んでいるのを目にするようになった。

八月十五日、終戦を知るが、「ああそうなのか」と思ったぐらいで、心が揺さぶられることはなかった。出征していた叔父は、後日仏間に遺影が掲げられているのを見て、戦死されたのを知った。

終戦の翌日は、盂蘭盆の五山の送り日にあたり、次々と点火され、燃える炎を見てとても感動した。

八月下旬のある日、翌日に父が迎えにくると聞いた時、今まで感じなかった里心が頭をよぎり、自分の家に帰れるんだと思うと、嬉しくてたまらなくなった。

この文集に応募するに際し、妹（鹿児島在住）に疎開した時の思い出話を電話で聞いたところ、「兄と一緒だったので、安心感があり、平穏な毎日だった。野菜を運ぶお手伝いをしたことを憶えている。教室の床の下に防空壕があったような気がする。近くに住む双子の男の子とよく遊んだ。また少し広い川にかけられた巾のせまい板の橋を、最初はこわかったが、何回も往復すると、平気で渡れるようになった」という返事があった。

「国民学校と学童疎開を考える会」に入会して、集団疎開をした人たちの話を聞き、自分の疎開とあまりの違いに驚いた。疎開をせざるを得ない状況に追い込んだ太平洋戦争について、十分に考察しなければならないが、最も忘れてならないのは、多くの尊い人命が失われた事実である。この人達の死を無

駄にすることは許されない。今でも何故戦争を回避することができなかったのかという思いが脳裏を去来する。

僧侶の立場から、釈尊のことばを集めた「法句経」の中から、一句をご紹介したい。

「実にこの世に於いては、怨みに報いるに、怨みを以ってしたならば、ついに怨みの鎮まることがない。怨みをすててこそ鎮まる。

これは永遠の真理である。」

憎しみと報復の連鎖を断つことこそ、平和への誓いにつながるものと考えている。

「楠の木」の説明文

疎開当時の楠の木は今も健在。訪れた日は日曜日だったので、地域の人がゲートボールを楽しんでいた。右は竹田小学校正門（平成三十一年四月二十八日撮影）

集団疎開　縁故疎開　受入れ

中浜国民学校

大橋總子（84歳）

昭和９年９月６日生まれ。
昭和19年９月、福井県遠敷郡小浜町新小松原の松福寺、20年３月、香川県観音寺に縁故疎開。

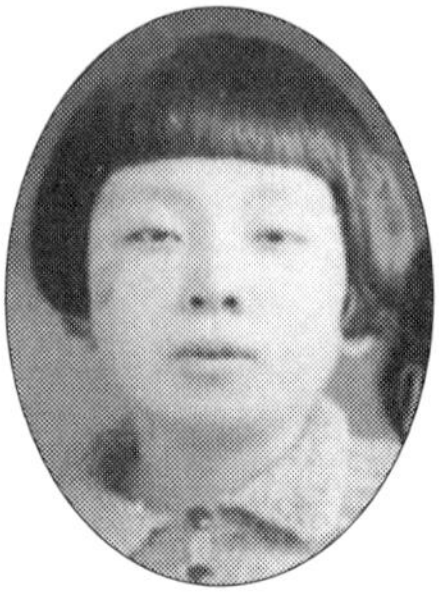

母恋しさに部屋中、泣き声

家族と一緒にと母の実家で暮らす

福井県遠敷郡小浜町新松原の松福寺内は懐かしい住所だ。第二の故郷というべきこの住所から大阪の実家へ何度便りを出したことだろう。楽しく暮らしている生活の報告や一ヵ月に一度の娯楽会の様子も絵に画いて送ると、実家ではとても好評で感想などを書き送ってくれた。それをまた皆で読み返しワイワイと楽しかった。

お寺は門を入ると広い境内で、右へ行くと本堂、まっすぐ進むとお墓の敷地で松林が続く。その先が遠浅の海で波打ち際が続く小浜湾だ。

寄せては返す波の音、風の強い日は松林のざわめきの音に、夜は大阪恋し母恋しと涙し、一人が泣くとまた一人と連鎖し、部屋一杯の泣き声に先生や寮母さんも困っておられただろう。

本堂を中心に左右の部屋が私達疎開児童の部屋で、朝起きると先ず私達身づくろいをして一斉に掃除をし点呼があり、中央のお堂に正座して和尚様の先導に従い、お経を唱和し法話を聞き、終わると朝食である。食事の内容は何も覚えてないが、若狭カレイがよく思い出される。

地元の今富国民学校にも時々行った。秋の運動会も一緒にした。私達の競技は「三竿だんご」といって、ルーズベルト、チャーチル、蔣介石の顔を下書き通り順々に墨で描く。出来上がった顔を竹竿にさし運動場を一巡して皆さんにみせる。ヤンヤの拍手をもらい、一生懸命走った。

三ヵ月後、順番に親たちが面会に来てくれた。近所だった同級生のテーちゃんのお母さんと私の母と弟の三人で小浜駅前の旅館に泊まり、写真館に行き写真を撮った。母と弟の三人では数が悪いとテーちゃんが入り四人で写した。いい記念になったと大切に持っていたが、その折の母達の気持ちや思いはどうだったか…と今でも写真を見るたびに涙が出る。母子の寂しい別れのためだったかと…。

その頃の母達は「国防婦人会会員」として出征する兵隊さん達を見送ったり、千人針を作ったり、薙刀の代わりの竹竿で「ヤア、ヤア」と練習をしたり、道路を広くするため家屋疎開の手伝いをしたり、また戦死した兵隊さんの英霊を出迎えたりと毎日忙しく立ち働いていた。「一億一心」という言葉のもとに国民全員が戦争をさせられていたことになる。

戦況が激しくなって一年生、二年生も疎開せねばならなくなり、一年生だった弟も行くことになれば、家族がバラバラになるので、私も呼び寄せ母の里に行くことになった。ちょうど学年度終わりの三月に福井県にサヨウナラをして香川県観音寺に縁故疎開をした。

四月の新学期に間に合うように、三月に荷物を送るため、国鉄玉造駅に行くとホームで大勢の捕虜が作業をしていた。垣根越しに初めて見る外国人、背が高く薄いピンク色の顔に髭がモジャモジャ「ウワー、こんな人達とは仲良くできない」。戦争をするのは仕方がないと勝手に納得してしまった。

五年生になり薙刀の科目が増えた。勿論千人針の仕方も練習するので裁縫の時間も増えた。近所の子ども達と集団登校するので、大阪からの疎開の子としてとても親切に接してくれ、楽しい毎日だった。

祖母の家の防空壕は大きな酒樽を土に埋め、胴の部分にドアを付けて出入りできる、とても広い壕だから、そこが勉強部屋であり遊び場だった。空襲警

運　動　会

報が鳴り編隊を組んで大阪方面へ飛んでいくのを見ると、お父さんは大丈夫かな…と心配になり遊んでいても楽しくない。

「今日は天皇陛下のお話があるから」とラジオの前に正座し、近所の人達を待っていると、ガアガア雑音がひどく何を言われているのか解せぬまま終わると、大人たちは「戦争に負けた」と激しく言い争っている。何が何だか分からないまま、「日本は勝つ」と大人は言っていたし、私もそう思い込んでいたのに…と酒樽防空壕で泣いていた。

戦争とは兵士が戦争で殺し殺されるだけではなく、国家の名のもとに、国民は老若男女を問わず人として自由に生きることを奪われることだと思う。太平洋戦争で失ったものは、人命だけではない。自然や国土や建造物等枚挙にいとまがない。それらを代償としてからくも生き残った人たちと、その後に生まれた人たちの忍耐と努力の積み重ねで今日を迎えることができた。そのことを考える時、平和の維持を願うなら、あの時代を生きた人間としてやらねばならないことが多くあることを強く意識する。

神津国民学校

神崎房子（85歳）

昭9.5.30 大阪市生まれ。
池田市に疎開、のちに能勢田尻村へ再疎開
豊中市梅花中学校、豊中市立桜塚高等学校定時制卒。遠山産業へ就職。

戦争開始当時の我が家族と疎開・終戦後

戦争は敗戦になっても終わらなかった

昭和十六年十二月、大東亜戦争は始まった。当時、私は国民学校入学時に買ってもらったランドセルを背負い、戦争の恐ろしさなど理解できず、ひたすら学校へ行くのが嬉しくて仕方がない年齢だった。しかし父親は「戦争だ、戦争だ」と言って、ひどく慌てた様子で家の内外を走り回っていたのを記憶している。

それから間もなく鉄工所を営んでいた父の工場は軍需工場に指定されてしまい、それまでいた幾人かの工員は召集や徴兵されて工場はガランドウになった。しかし間もなく今まで見たことのない兄ちゃんやオッチャンの「工員」が不慣れな手つきで旋盤を動かしている姿が見られるようになった。子どもの私が不可解だったのは「新工員」の傍で手を背後に組みながらただ彼らの手元をひたすら眺めているだけのオッチャンの存在だった。一年生の私はただ突っ立っているだけでなく、なぜ自分も一緒になって旋盤に取り組まないのか、なぜ彼は働く工員の傍でただ突っ立って眺めているだけなのか、彼の存在が不可解だった。後で知ったのは『新工員」は警察

懐かしい国民学校時代、友たちとの写真

などで拘束を受けている犯罪被疑者や犯罪者自身であり、突っ立っているだけの男は彼らの監視を務めている刑務官だった。

父親が「日本語で表すなんて無理……」とぼやいているのを夕食時によく聞くようになった。何のことかと尋ねると「工場の道具や機械を全部横文字から日本語に直せ」と命令されたという。工場の工具や機械はそのほとんどが横文字名称である。横文字の国から入ってきた機械などはそのままの言葉で使用されていたのでいまさら日本語に直せといわれてもその前例も歴史もないので、スパナやドリルを日本語でどう表現するか、誰も知らない。それらの日本語名称をしっかりと父親から聞いておけばよかったと今になって後悔している。

私の集団疎開生活は四年生に始まり、五年生の秋に終わる十五か月ほどになるが、実はその前に「縁故疎開生活」がある。両親とも大阪市出身なので疎開地になる田舎を持たない。父は仕事関係の伝手を求めて隣の豊中市に、ある人の家を疎開先として届けたようだが、疎開するのは四年生と三年生の二人だけだ。親は軍需工場を維持するため、子どもの私らは通常の親と一緒の生活はできず、子ども二人だけの疎開になった。近くの国民学校へ入学手続きはしたが、父は軍需工場経営のために親と一緒の生活はできない。

親の目の届かない他人の家では学校へ行かずに朝から遊びほうけ、今でいう「登校拒否」を続けていた。それがばれ、翌年の集団疎開に参加するようになったらしい。

当時の集団疎開の生活費は一人十円だ。二人の子供に毎月二十円の出費が負担になり、後に集団疎開は私一人だけになった。

疎開の思い出といえば「ひもじい・蚤・虱・疥癬」だ。今から考えるとよく大きな病気にならなかったものだと思う。いや、病気になった仲間がいたが、医者はもちろん、医療具も薬品も持たない学童疎開先に子供を預ける危険に、親たちは耐え切れなくなり、戦火激しい土地へ子どもを引き取り、親とともに危険承知の生活をせざるをえなかった。その後彼らはどんな暮らしや学習をしたのか誰も知らない。戦火の最中、その命の確認まで確かめられない。特に身障者の子ども達はどんな生活をしたのだろうか。

戦争中のお礼をしたいと、戦後かなりたってから集団疎開地を尋ねた。幸い食事担当だった女性に会えた。戦時中、彼女の夫は兵隊にとられ、わが子二人との生活を維持するため、集団疎開地で「賄い」という仕事を得て生活をしたのだと話された。

お世話になったお寺も訪ねた。疎開児童が去ったあと、蚤・虱の巣窟となった本堂の畳を一斉に外へ放り出し、全部焼却して新しい畳と入れ替えたという。国からは謝罪の一言もなく、もちろんその費用の負担もないと聞いた。

敗戦後、爆弾投下の心配はなくなったが、食糧事情はすぐに改善されない。なんば粉（とうきびの粉?）で自家製の箱型簡易器で不味いパンを作っていやいや食べたり、配給のメリケン粉をパン屋へ持参してパンと交換した時期がかなり長く続いた。食糧確保のため、小学生でも闇米担ぎをして警察に追われた経験がある。そのたびに母の着物は消えていった。農家から小さい男児のコートを要求された時、母は泣いていた。私たちにとって戦争は終戦になってもすぐには終わらない。

東京都高井戸第四国民学校
武之内みどり（86歳）

昭8.3.31生まれ。国民学校6年生だった私たちは、宮城県登米郡佐沼町の西田屋旅館でお世話になり、佐沼国民学校へ通学。地元の方々の心の温かさにはぐくまれたことは私の人間形成に役立っており、感謝にたえない。翌年私は母の実家である長野県に縁故疎開したが、大人の醜い争いに巻き込まれ、母の言葉を支えに生きた。

集団疎開の温かさ今も続く

縁故の逆縁「曲がった真鍮の火箸」

昭和二十年四月、母と私たち弟妹は母の生家がある長野県小県郡武石村（現上田市）に縁故疎開した。父は四年前に出征、留守家族だった。軍属だった伯父一家が満州に行かれ家には祖母が一人で暮らしていた。

父小林実は東京杉並区で京染め店を営み、職人さんやお手伝いさんも一緒の大世帯だった。父は働き者だったが、一枚の召集令状が平和に暮らす家族を引き裂いてしまったのである。

十六年七月、三十二歳だった父は松本の五〇連隊に入隊、満州国黒瀧江省へ。やがて新京（現長春）を経て河原部隊は南海派遣となり、父との通信は十九年三月で絶えた。

十九年六月、東京では空襲から子どもたちを守るための学童集団疎開が閣議で決まり、八月から実施された。当時杉並区高井戸第四国民学校の六年生だった私は、宮城県登米郡佐沼町（現登米市）の西田屋旅館でお世話になり、佐沼国民学校へ通学していた。しかし翌年、母は「親子は生きるも死ぬのも一緒」と私が卒業式で自宅へ帰ったのを機に言い、

昭和 19 年 10 月、学童疎開先の宮城県登米市で（後列右が私）。シラミ対策で強制的に髪を短くされた

前出の祖母の家へ疎開させてもらったのである。

営々と築いてきた店舗のことなど、母にとって生き残るための苦しい選択であったと思う。

働き手を戦場に引き出され、平地の少ない村の自給自足の生活は厳しく、配給になるお米は殆ど玄米に近い代物で、ほんの少し食べ易くと精米所に持ちこむと、掲き賃はしっかり取り、必ず二割ほどの米が削られていた。そしてそのお米を疎開者に法外な値で売ることが公然と横行していたのである。

祖母の家の田畑を手伝うことは学校から帰ると日課になっていたが、慣れない鍬や鎌を持って開墾もやった。山の畑には粟が作られた。芋や豆も作られた。生きるためであった。

八月十五日は日本の長い悪夢が終った日である。もう戦争で死ぬことはなくなったと誰もが思った。しかし私たち母子にとっての本当の〈戦争〉はここから始まった。昭和二十一年二月、父戦死の公報が届くと親戚はみな手の裏をかえすようになった。

その年の秋、満州から伯父の一家が引揚げてきた。「居候はさっさと出て行ってくれ」伯父の言葉は冷酷極まりなかった。やむなく上田市街にいる父方の祖父母の近くに移り住むようになったのはその翌年の三月だった。

その引越しの朝のこと、伯父は母を罵っていた。突然私の目の前で囲炉裏の火箸を振りかざし母の頭を何度も打ち据えた。そのすさまじい形相に、私は母が殺されるのではないかと恐ろしく震え上がった。真鍮の火箸は弓なりに曲がっていた。母は腫れた顔を抑えながら「決して伯父さんを恨んではいけないよ、でも今日のことは忘れるな。苦しい時はこれを見て気持をしっかり奮いたたせ、強く生きていこう」と、その火箸を新聞紙にくるんで荷物に入れた。

平成十五年七月、九十一歳になった母は、子や孫、ひ孫にも見送られ、六十二年振りに父の許へと旅立った。その面影は眠っているように穏やかであった。戦後の苦しい生活の中で一層親子の絆を固くしたあの曲がった火箸は、今も母の遺品の中にある。

私の書いた疎開体験が入選し「孫たちへの証言」第11集へ掲載されたのが平成10年であった。嬉しさのあまり佐沼小学校へ一冊お贈りすると「一度生徒たちにあなたの体験を話してほしい」と言われ驚いた。調子にのって話しに行くと感想文が送られてきて腰を抜かした。しばらくすると先生が、その感想文も織り込んでお芝居にして下さった。「学年末の発表会をするのでぜひ見に来て欲しい」と招待され感激してしまった。こんなことがご縁となり、毎年語り部活動をやらせていただいている。

佐沼小学校体育館での語り部活動（平成 16 年 11 月）

縁故疎開　集団疎開　受入れ

伝法国民学校
名佳千栄子（84歳）

昭 10.3.14 生まれ。
昭和 20 年 4 月から愛媛県川之江の東洋紡女子寮へ疎開

川之江の東洋紡女子寮へ集団疎開

死ぬなら家族一緒にと父が迎えに来てくれた

私が伝法国民学校三年生の時でした。一時集団疎開一泊、池田のお寺の本堂に女性のみ全員泊りました。父母から離れて一泊したのは初めてのことでした。それから間もなく集団疎開が始まりますと同時に縁故疎開も行われました。大阪を離れ田舎に親類のある人は父母の出身地へ預けられました。同級生はバラバラに都会を去りました。

私は茨木から木炭バスで一時間くらい、山のてっぺんにある竜王寺という修験者の行場近くにある母方の叔父の家に預けられました。農家の働き盛りは兵隊や学徒出陣、家には六十過ぎのおじいちゃん一人、夜は炭焼きに出かけ八歳の私一人。隣は田んぼ、向かいは山。遠くの町茨木の灯が見える。隣の家は二百メートルも先にある。昼間は上級生の人が迎えにきてくれて学校へ行った。白然がいっぱいで藁を打って縄や草履つくりを習った。また、スイカを冷やすのに池や川へ行くと蛇がいて怖かった。青大将が道を横切ったり、押し入れでとぐろを巻いている。蚊帳の中に入ってこないように棒を置いたりした。水は井戸からバケツでくみ出す。それをたんごにかついで風呂に入れ、火吹き竹で息を送って涙を流しながら枯枝を燃やす。五右衛門風呂は底板を沈めるのが難しかった。風呂から見える田んぼには蛍がいっぱいいて美しかった。

友達と畑のトマトを取り、小さなジャガイモをゆでていただくとおいしかった。友達は木登り、平行棒、何でもできるが私は畦道を歩いても田んぼに落ちた。ただ一つ、都会の学習で国語が進んでいたので声読がうまくでき得をしました。

縁故先では皆さんに大事にしていただきましたが、母が一人を不安がって第二次の集団疎開、愛媛県川之江市にある東洋紡績女子寮に申し込みをしました。第一次の人が先に生活していたので不安はありませんでした。でも、遠くで汽笛が聞こえるとさみしくなり、皆で布団を被って泣きました。五年生の人が私を抱き寄せて、布団をかけてくれたこと忘れません。冬、外は雪。横並びの机で父母に合掌し朝食。机の下にお茶碗のふたが回り、沢庵一切れを六年生に差し出します。今考えたらおかしいことです。学校では川之江の生徒と一緒に朝礼、教室、廊下の拭き掃除、あかぎれ、しもやけに泣きました。靴はなく藁草履での雪道、水の出ないときは雪を溶かして洗面しました。

学校から帰ってのおやつは干したサツマイモ、町の婦人会からの差し入れ、生のカンコロが心づくしの差し入れでした。天気の良い日は海岸の浅瀬に、あおさを取りに行きお味噌汁の中に、おいしかった。雀をかごで取る方法も習いました。

寮のお姉さん、海軍の兵隊さんと歌を歌ったり、おゆうぎをしたことも思い出です。親の面会も楽しみですが、貧しかった私の母にはお土産がなく、皆からのけ者にされました。島にも空襲警報が鳴り不安になりましたが、その時大阪は焼野原になったそうです。同じ死ぬなら家族一緒にと父が迎えにきてくれ、連絡船で岡山に向かうとき赤いクラゲを見ました。そして慰問にきていただいた海軍の兵隊さんに教えられた唄を思い出しました。少し間違っているかもしれませんが、書き遺してお国のため亡くなられた兵隊さんを偲びます。

「暁映ゆる瀬戸の海、戦況聞くたび島影に　忍ぶ

任務の尊さや　御所の命畏みて　兵（つわもの）我は海の子は　御稜威（みいづく）姓（かばね）と身を捧ぐ　噫（ああ）忠烈の潜伏隊」

八十四歳になった今、〝みんな帰りたかったやろうな〟と改めて思いました。二十五年前、介護の仕事しているとき一人の患者さんと出会い、その方と川之江国民学校の校庭でともにいたこと知りご縁の深さを感じました。生きのびた私たちは、このような時代があったことを語り継がなければなりません。

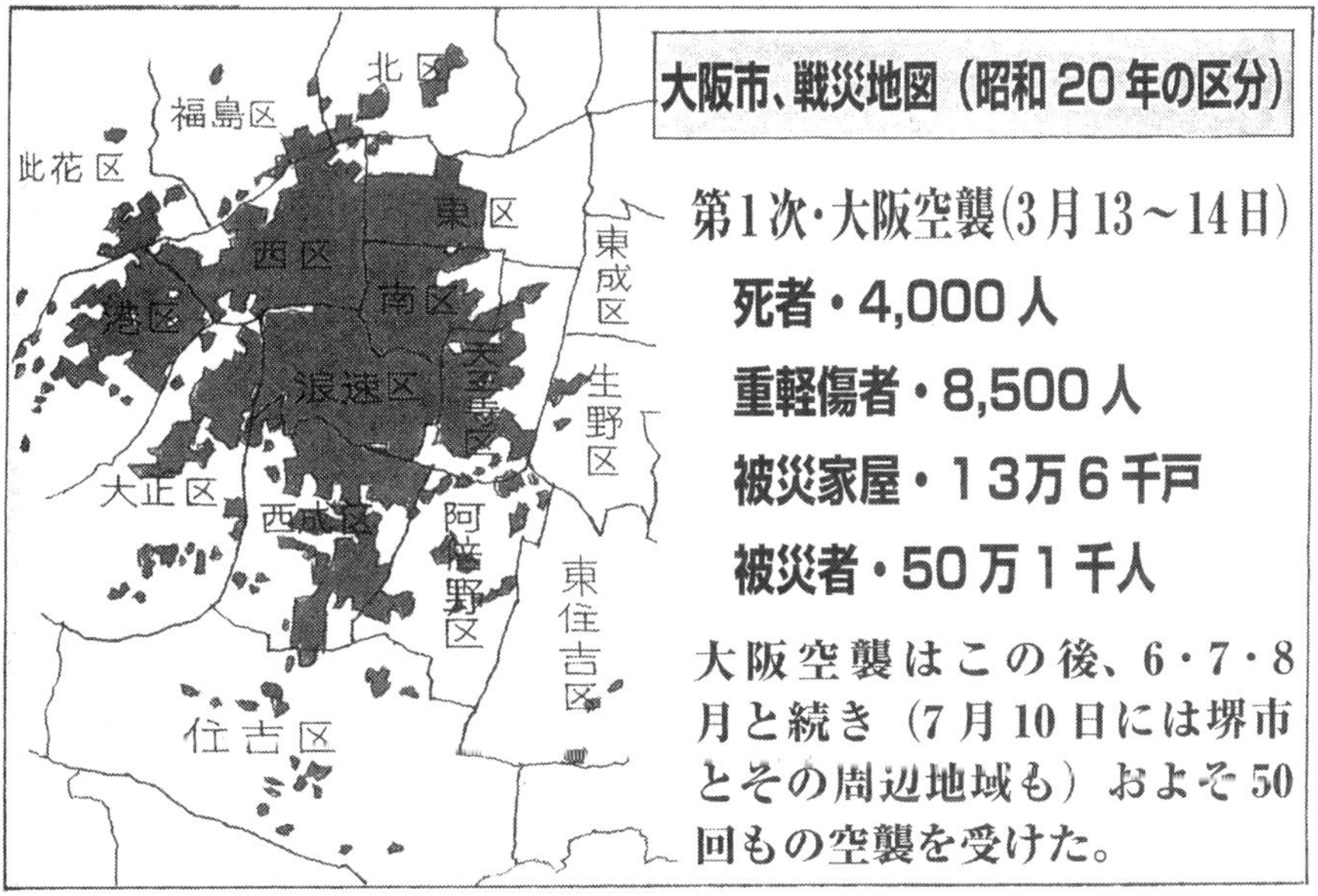

大阪市、戦災地図（昭和 20 年の区分）

第1次・大阪空襲(3月13～14日)

死者・4,000 人

重軽傷者・8,500 人

被災家屋・13万6千戸

被災者・50万1千人

大阪空襲はこの後、6・7・8月と続き（7月10日には堺市とその周辺地域も）およそ50回もの空襲を受けた。

大阪府空襲被災■死者・12,620 人・重軽傷者・31,088 人
行方不明・2,173 人・被災家屋・344,220 戸・被災者・1,224,533 人

京都府上狛国民学校

赤塚康雄（84歳）

昭 10.2.7 京都府生まれ。
受入校　上狛国民学校（京都府木津川市）
職　歴　大阪市教育研究所員・教育センター主任指導主事を経て天理大学教授
写真　左　兄入営の家族写真から。上狛国民学校５年生（1945.6）。右「学童疎開70」シンポジウム（大阪春秋主催　大阪市立中央図書館）から（2014.5）。

私と学童疎開史研究

あの戦争への嫌悪感消え難く

田舎育ちの私には、当然ながら学童疎開の思い出はない。通学校は、京都府南部、南山城と呼ばれる奈良県境に近い上狛《かみこま》国民学校で、四十人余りだった私のクラスは、縁故・集団それぞれ数人ずつが加わり、戦争末期には六十人ほどに膨れ上がっていた。そんな田舎にも、米軍の機銃掃射は、容赦なく襲ってきて、慌てて教室の机の下に潜り込みながら、葡萄畑から拾ってきた鋭く尖った爆弾の破片を咄嗟に思い浮かべ、今日は長袖で登校すべきだったと後悔した日のあったことを思い出す。

あの戦争への嫌悪感は消え難く、近現代教育史を専攻しながら、戦時期を避けて、戦後期の研究を対象としてきた。結果として、修士論文は「新制中学校の成立過程に関する研究」をテーマに選んだし、初期の著作も『新制中学校成立史研究』（明治図書）、『戦後教育改革と地域』（風間書房）など、戦後史に集中した。

こうした経緯で戦時史としての学童疎開史研究はかなり遅れ、最初の取り組みも、集団疎開で生まれた戦争孤児の戦後生活と教育保障の追究であった

（『大阪民衆史研究』第六七・六八号誌上で報告）。

戦争孤児研究の端緒は、学童疎開展（一九九〇年・大阪）に合わせて刊行された文集『戦争を生きのびた子どもたち』（本書第二部）掲載作品「白い、からけし」に衝撃を受けたことにある。そこに「敗戦後寺田町の焼け跡や闇市をうろついたこと。兵庫県の高穂、滋賀県のどこか、京都の御所の近く、大阪の寺田町と親類の間を廻されて育てられた」ことが縷縷述べられていたからである。集団疎開先で孤児になったことが判明し、且つ親類縁者のある学童はそこへ預け、養育させるのが国の方針であった。

一方、大阪駅に出迎えなく、初めて自分の境遇を気付く学童もいた。この場合は付添教員もよって大阪府市管轄の施設へ送り届けられた。「東大阪の孤児院へ預けて、門の前の桜並木を帰りながら思わず涙した」（『錦校同窓会誌』）との一教員の回想が残る。このネットから漏れて浮浪児となるケースも認められる（笹田三千蔵編『正しく伸ひよ里にうつりて』）。

先ず鋭意解明を試みたのは帰阪前に孤児であることが判明しながら行き場のない学童たちでそうした

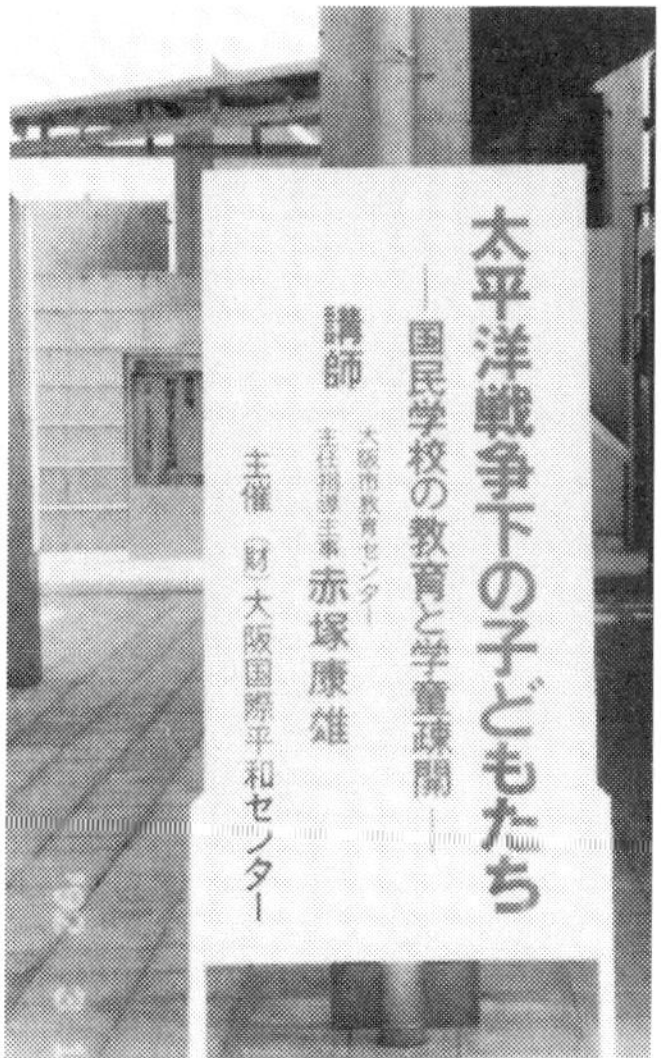

大阪国際平和センターでの講演と案内板（1992年3月10日）

ピースおおさか開所の1992年度3月、第一次大阪大空襲に因む最初の平和講演で、いまは「大阪大空襲平和記念事業」として実施されている。

戦争孤児は、疎開地引き揚げ後、病虚弱児用の大阪市郊外国民学校（現・泉大津市・柏原市）で教育を受けた。やがて新制中学校制度実施に伴い、地域やＰＴＡの支援を受けて大阪市立中学校五十二校が発足したが、そうした応援を得られないのが彼らの置かれた位置であった。そこで彼らの教室、宿舎の建設と食糧自給用農場づくりを自らの手で行っていく。

　彼らが活動した跡地は、いま羽曳野市学園前に広がる住宅地、四天王寺関係の教育施設となっている。現地に残るのは気象クラブの中学生が拠点とした三角点と「大阪市立郊外羽曳野中学校・学園跡」碑のみである（拙著『新制中学の誕生　昭和のなにわ学校物語』（柘植書房新社）第六章第一節参照）。

恩賜と書かれた袋に入った皇后からの下賜ビスケットは、元集団疎開学童の間で、今もよく話題に上がる。

　一方で、ビスケットなど貰ったこともないし、歌（つきのよをせおうへき身そたくましく　たたしくのひよさとにうつりて）も聞いた覚えがないという疎開学童もいる。全国の集団疎開学童が受け取ったといわれるが、そうでなかったようだ。例えば港区の疎開地である香川県へ明治製菓川崎工場からビスケットが出荷されたのは二月十六日、県庁での奉戴式は二十八日。その時既に六年生は入試と卒業式を控えて帰阪していた。文部省が計画したのは、前年十二月七日であまりにも遅い（写真『不忘山』）。

　戦闘配置についた最年少兵・集団疎開学童始末記である。

鳥取県・上北条国民学校
福山琢磨（85歳）

昭和９年５月７日、鳥取県東伯郡上北条村で生まれる。河北中学卒業後上阪、夕刊紙「国際新聞」に勤務しながら、市立扇町二商高入学、新聞部。高校新聞協会事務局長、卒後、編集指導。40年㈱新聞印刷設立。59年「記入式自分史ノート」考案。63年㈱新風書房設立。自分史を中心に「孫たちへの証言」「大阪春秋」など出版。

軍隊式呼称となり「第４小隊」

都会の縁故疎開児と言葉通じず

鳥取県には東部に千代川、中部に天神川、西部に日野川の三大河川が、農業を主体に地場産業を形成している。その天神川下流の西方に広大な穀倉地帯、北条平野が広がっており三つの村がある。その一つ上北条村大字中江が私の住所で、通学していたのが上北条国民学校であった。

昭和十九年、四年の二学期になったころから、転校生が次々入ってきた。都会からの縁故疎開である。戦局も最後の防衛線であるサイパン、グァムが陥落し、本土への爆撃が必至の状況になったため、政府が学童疎開を決断したからであった。

私の学校では五年の六月から「第四小隊」という軍隊式の呼称になっており、手作りの帳面に第五学年ではなく第四小隊と記している。副級長をしていた伊東倫子さんの任命書は「初等科第五学年　伊東倫子　右上北条国民学校学徒隊第四小隊女子分隊長ヲ命ス　昭和二十年六月二十二日　上北条国民学校学徒隊長　藤田一夫」と校長名が書かれているのを後年確認した。

『大阪の学童疎開』著者である赤塚康雄先生にお

父正則が出征した昭和１３年６月に自宅の庭で撮った写真と思う。前列左が私（４歳）

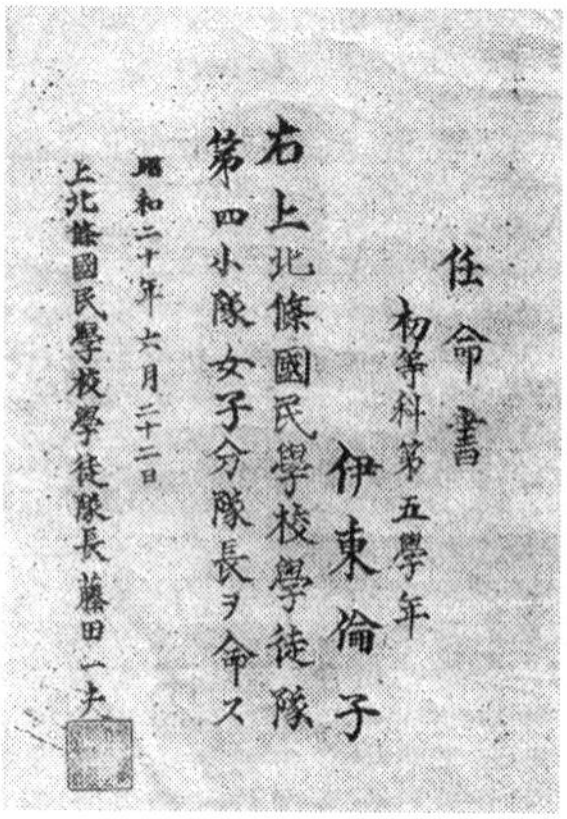

任命書
初等科第五學年
伊東倫子
右上北條國民學校學徒隊
第四小隊女子分隊長ヲ命ス
昭和二十年六月二十二日
上北條國民學校學徒隊長 藤田一夫

同窓の伊東倫子さんが保存されている当時の（昭和２０年６月２２日）任命書

聞きすると、私の学校でもそのようになり、職員室に入る時は「第○小隊赤塚康雄入ります」と、軍隊と同じでした」と話された。ネットで調べると「戦時教育施行規則（妙）（昭和二十年五月二十二日文部省令第9号）の第1条に「学校毎ニ組織スル学徒隊ハ左ニヨリ之ヲ組織ス」とあり、さらに「（イ）学徒隊ハ原則トシテ学部、学科、学年、学級等ヲ単位トシテ之ヲ組織ス（ロ）学徒隊ニ学徒隊長ヲ置キ学校長ヲ以テ之ニ充ツ（ハ）学徒隊ハ必要ニ応ジ大隊、中隊、小隊、班等ニ之ヲ分チ其ノ長ハ教職員及学徒ノ中ヨリ学徒隊長之ヲ命ズ」（以下略）とあった。わずかの期間で終戦になったためか、私も記憶になかった。

五年生では体操の時間に竹槍訓練もさされた。各自作ってくるよう先生に言われ、家の手ごろな竹を選んで作った。先端を斜めに削り、菜種油をつけて軽く焼いた。節はかんなを裏返し、竹をまわして削った。担任の福井健次先生に、良く出来ているとほめられた。校庭の桜の木にワラ人形をくくりつけ、ヤーッと雄叫びを上げて突進した。それで敵を殺せると信じ込んでいた。

疎開による転校生は最終的に五～六人で終戦時、総勢五十五、六人だった。転校生の中で大阪からの片山君は良家の子らしく、初めてみる新しい国民服を着ていた。それにまるで白粉でもぬっているような白い肌で、クリッとした目が可愛らしく、

当時の竹槍を持ち、友人の父（中尉）の軍服を着て写す（83歳）の時

国民学校４年生の時に、戦争をイメージして描いたクレヨン画「空の激戦場」

キューピー人形のように思い、未だに強く印象に残っている。早く彼等と仲良くなりたいと思い声をかけたが、なかなかかみ合わない。彼らのいうことはなんとなく分かるのだが、こちらの言葉は方言が多く、しかもアクセントも強いので、通じないのだ。たとえば「それをしては駄目」は「そがなことをしたら、いけん」と言うからである。私は片山君には大阪のことを聞きたかったので、話しかけてみたが、しっくりいかないのでやめてしまった。彼らにとっては「よそ者」扱いされていると思っただろうが、話が通じ合わないところに、要因があったのである。

縁故疎開は、その地域の学校に転校するので生徒と交わるが、集団疎開の場合は地域の学校に行くが、疎開した学校の「分校」で教室を借りているに過ぎない。教えるのも引率してきた先生が教えるので、一緒に学ぶことはない。

親恋しさに逃亡し引き戻された事例はあちこちであった。また集団生活になじめず、親が引き取った事例も少なくない。ボスがグループを作るなどイジメもさまざまな形で横行した。多くの問題が起きたが終戦で、根本的な対策がとられることはなかった。あの時代を体験した我々が文字化し、記録にとどめなければ、やがて風化してしまう。二度とあってはならない。書けば子々孫々に伝わっていくのである。

紙芝居　集団疎開　縁故疎開　受入れ

岡山県西阿知小学校
浅田ひでこ（77歳）

昭 17.6.30 岡山県西阿知町西原生まれ。
疎開はなし。

コンクールの出会いから始まる

紙芝居「学童疎開の八ヵ月」に想うこと

私が、紙芝居「学童疎開の八ヵ月」の制作に関わることになったのは、淡路島に住む友人からの一本の電話でした。

「紙芝居の絵を描く人を探しているの。私よりあなたの方がピッタリだと思う。引き受けて」

彼女は手作り紙芝居コンクールで出会った友人で、お互いの作風はわかっていましたが、私は、昔話や自身の子どもの頃の思い出など、たわいない話を描く程度で、とても学童疎開などという重いテーマを描けるとも思いませんでした。

「急いでいるの。会いましょう。」

彼女に説得されて、とりあえず会うことにしました。

二〇一二年十一月十八日

その人、橋尾信子さんは、小柄で、もの静かな老婦人でした。彼女は六年生の時、神戸東須磨国民学校から龍野高等女学校へ集団疎開をしています。自分たちが体験した戦争、集団疎開という特殊な体験を、二度と子供たちにさせたくないとの思いから、一緒に疎開した仲間たちの証言を集め、『青い風はいつ』という本にまとめています。しかし、本だけでは訴える力が弱い！

その後、橋尾さんは「国学考（国民学校と学童疎開を考える会）の存在を知り入会。そこで、「ピースおおさか（大阪国際平和センター）で学童疎開の紙芝居を上演している人に出会ったのです。

「これだ！紙芝居を作ろう！」

物静かな語り口ながら、ゆるぎない信念が感じられ、次第に引き込まれていきました。一週間後、私は龍野に向かいました。

たつの市は、揖保川の流れにそって広がる城下町です。本を片手に、少女たちの歩いた道を辿っていきました。本龍野駅を出て、醤油工場を右手に揖保川に架かる龍野橋を渡る。男の子たちが疎開した円光寺を過ぎ、出征兵士武運長久を祈った龍野神社へ。少女たちが疎開した龍野高等女学校は今は無く、もとのお城が再建され、歴史文化資料館もできている。龍野市街が眼下に広がり、紅葉に染まる鶏籠山も美しい。また、「赤トンボ」で有名な三木露風の生家も近く、少女たちが通った朝日湯は数年前に消失していましたが、武家屋敷や昭和の風情も残る建物も多い。

夕焼けの街角で、路地裏で、ふと、少女たちの姿が目の前をよぎった気がした。

（描こう！　描かなければ…）

しかし、橋尾さんの思いを描き切れるか？はたして、四月からの上演に間に合うか？大きなプレッシャーでした。

二〇一三年四月二十六日　初演

以来、「ピースおおさか」のリニューアル工事中の期間を除いて、毎月第四金曜日午前十時から紙芝居の上演を行っている。

橋尾さんを中心に彼女と共に疎開した佐野悦子さ

ん、四年生で福井県に疎開した大橋聡子さんと私の四人で、グループ「かみしばい・赤とんぼ」を結成。総タイトル『学童疎開の八ヵ月』として、『戦争に勝つために』『わかもと』『めんかい』『集団疎開から帰って』の四部作を順番に上演している。

与えられた時間は二十分。はじめの挨拶と疎開の説明に五分。紙芝居に十分、まとめと質疑応答に五分。

観客は小・中学生の社会見学がほとんどで、講堂が満員の時もあれば、観客ゼロの時もある。子どもたちはあわただしく館内のあちこちを見てまわり、次の社会見学場所へ移動するか、紙芝居後に上映されるアニメ『十六地蔵ものがたり』を観る。

もっと時間が欲しい。もっと観てもらえる機会を増やせないか。

そこで「出前紙芝居」を思いつき、引率の先生や来館者に声かけし、「どこでも行きます」と訴えた。少しでも私たちの活動を知ってもらおうとツテを頼ってもみた。これまでに小学校三校、中学校一校、老人会、教職員の研究集会、連合青年部学習会など。しかし思うようには広がらない。

根気よく続けていくしかありませんが、私たちに残された時間は限られています。戦争体験者の高齢化は避けられず、記憶が消えないうちに「語り継ぎ部」を養成しなければなりません。一日も早い取り組みが必要ですが、ボランティアの一個人や小さなグループの努力だけでは限度があり、やはり「ピースおおさか」からの支援は欠かせません。養成講座を開き、そこへ私たちボランティアも協力していくという形が良いのではないかと思います。そして、そこから、次代を担う『語り継ぎ部』が誕生したら、どんなにうれしいことでしょう。その日を思い描いて、これからも、毎月の上演を務めていきたいと思います。

資　料　編

急な坂道を登る水汲みは大変（「大阪春秋」No.154から、松田尚士氏提供）

終戦直前大阪市国民学校学童集団疎開地・疎開児童数一覧表

～昭和二〇年七月一日付報告書から～

(一) 北区（滋賀県）

1松枝《まつがえ》校　一五六人
伊香郡木ノ本町（浄信寺）、高時村（龍泉寺　青年会館）、余呉村（大沢邸、熊谷邸）

2滝川校　三二七人
伊香郡北富永村（理覚院、公会堂）、南富永村（存法寺、勝徳室、養蚕室）、古保利村（円行寺、公会堂、会議所、個人宅）、七郷村（公会堂、会議所）

3菅南校　一三八人
高島郡海津村（明治大学ボート部合宿所、湖西寮、石井田邸）、西庄村（長光寺、長願寺、栄照寺、栄敬寺）

4堀川校　二四二人
高島郡今津町（泉慶寺、西福寺、曹沢寺、今津幼稚園、今津中学、愛光寺）

(5)西天満校　一八九人
高島郡饗庭村（正伝寺、本養寺、永正寺、覺伝寺）、新儀村（真行寺、徳乗寺、大善寺）

6堂島校　二二一人
高島郡青柳村（徳正寺、勝安寺）、安曇町（勝満寺、真光寺、信光寺、明光寺、枡屋旅館）、広瀬村（昌福寺、光盛寺、妙楽寺、東円寺）

7梅田東校　二〇八人
長浜市（田勝寺、円法寺、薫徳寺、妙立寺、安明寺、雲西寺、西黒田国民学校）。此花区桜島国民学校転入。

8天満校　一七〇人
坂田郡大原村（大原国民学校）、春照村（春照国民学校）、柏原村（柏原国民学校）。此花区西島国民学校転入。

9北天満校　一二三人
坂田郡醒井村（法善寺、源海寺）、東黒田村（了教寺、西福寺）

10北野校　一八〇人
東浅井郡田根村（蓮愛寺、西照寺、光現寺、飯田寺）、小谷村（丁野《ようの》公会堂）

(11)済美校　一三四人
長浜市（昌徳寺、養善寺、仏厳寺）

12曽根崎校　二一三人
東浅井郡虎姫町（五村別院広間、同茶所、魚作料理店）、湯田村（誓願寺、成満寺、誓順寺）

13菅北校　二二三人
東浅井郡速水村（念慶寺、速水国民学校）、竹生村（源慶寺、真勝寺、雲外寺、慈栄寺）。此花区朝日国民学校転入。

(二) 都島区（石川県）

14 **都島校**　三三四人
江沼郡大聖寺町（本善寺、願成寺）、山中町（燈明寺、恩栄寺、辻いし旅館、さわや旅館）、山代町（末広旅館、立美屋旅館）

15 **中野校**　三一七人
鹿島郡能登部町（乗念寺、長楽寺）、鳥屋町（安養寺、林照寺）、田鶴浜町（悦叟寺、得源寺）

16 **南都島校**　三三七人
河北郡津幡町（徳願寺、弘願寺）宇野木村（教燈寺、誓海寺）、七塚町（龍賢寺、正楽寺）、高松町（光専寺）。大正区大正・港南国民学校転入。

17 **北都島校**　二二八人
金沢市（本龍寺、宝集寺、大豊楼）。大正区三軒家東国民学校転入。

18 **桜宮校**　四二八人
石川郡松任町（本誓寺）、美川町（徳證寺、浄願寺）、野々市町（隣保館）、額村（社会館）、出城村（妙達寺）。大正区鶴町国民学校転入。

19 **東都島校**　一七九人
鳳至郡輪島町（山次亭）、穴水町（法性寺、方満寺）。大正区泉尾北・中泉尾国民学校転入。

⒇ **淀川校**　二二八人
羽咋郡羽咋町（正福寺、栄通寺、本念寺）、志雄町（専勝寺、唯徳寺、本行寺）。邑知町（願正寺）。大正区三軒家西・南恩加島国民学校転入。

21 **高倉校**　五九五人
小松市（聖徳寺、蓮光寺）、能美郡根上町（法林寺）、寺井野町（称仏寺、本覚寺）、山上村（辰口説教所、宮竹青年会館）、国府村（鍋谷教会、鍋谷青年会館、鍋谷保育所、奥鍋谷青年会館、個人宅）。大正区三軒家南国民学校転入。

(三) 福島区（広島県）

22 **上福島校**　二七九人
深安郡神辺町（西福寺、万念寺）、大津野村（光円寺、上之坊寺）、引野村（引野国民学校、医王寺）、市村（市村国民学校）、千田村（千田国民学校、天理教会）

23 **福島校**　一七四人
沼隈郡金江村（大東坊、広福寺）、藤江村（正蔵坊、福照坊）、浦崎村（法運寺、勧正坊）

24 **玉川校**　三五一人
沼隈郡松永町（喜楽旅館、県立松永高等女学院）、今津町（蓮花寺、薬師寺）、本郷村（東蔵寺、昌源寺）、東村（持光寺）、西村（力福寺）、神村（来福寺、萬福寺）

25 **野田校**　三四六人
沼隈郡水呑村（妙顕寺、重顕寺）、鞆町（円明寺、天徳寺）、山南村（宝光寺、光源寺、悟真寺、西福寺、

本光寺）、熊野村（常国寺、本松寺）、瀬戸村（光満寺、福成寺）

26吉野校　三一六人
芦品郡宣山村（宣山国民学校）、戸手村（戸手実業学校）、近田村（宝泉寺）、服部村（宝泉寺）、福相村（福性院、西教寺）、有磨村（正満寺、本安寺）、駅家村（歓喜庵、明泉寺、広徳院）

27新家校　二四六人
深安郡竹尋村（蓮乗院）、御野村（金光教会、稲荷教会、国分寺）、道上村（護国寺、浄光寺）、加法村（正福寺、宝憧寺）

28大開校　二六二人
芦品郡広谷村（善行寺、徳円寺、常福寺）、岩谷村（荒谷分教場）、河佐村（安全寺）、阿字村（実厳寺）

29鷲州校　三三二人
芦品郡新市町（至誠塾）、国府村（宝合院、慶照寺、明浄寺、光円寺）、栗生村（神宮寺）、網引村（中興寺、天理教会）、常金丸村（西福寺、光秀寺、多聞寺）

30海老江西校　二六六人
御調郡市村（青年会館）、河内村（稚蚕飼育場）、上川辺村（円龍寺）、下川辺村（青年学校）、今津野村（青年学校）

31海老江東校　一六七人
御調郡原田村（稚蚕共同飼所）、美之郷村（三成青年学校）、木ノ庄村（木ノ庄西国民学校）、深田村（深田国民学校）

（四）此花区（愛媛県）

32西九条校　一二五人
周桑群丹原町（遍照寺）、壬生川町（長福寺）、小松町（香園寺）、吉岡村（観念寺）、庄内村（実報寺）。二〇年度は南区大宝国民学校へ転籍疎開。

33春日出校　九一人
松山市（太山寺本坊、佐々木旅館）。二〇年度は南区東平国民学校転籍疎開。

34四貫島校　八七人
温泉郡北條町（辻町公会堂）、正岡村（村民集会所）、河野村（柳原公会堂）。未提出につき五月報告分で補正。二〇年度は南区道仁国民学校へ転籍疎開。

35梅香校　一〇四人
越智郡桜井町（法華寺、国分寺）、下朝倉村（満願寺）、富田村（歓喜寺、天祐寺）。二〇年度は南区桃谷国民学校校へ転籍疎開。

36島屋校　九四人
伊予郡郡中町（栄養寺、米湊集会所）、北山崎村（常願寺）、上灘町（天理教会）。二〇年度は南区桃園国民学校へ転籍疎開。

37恩貴島校　一二二人
喜多郡大洲町（元地方事務所、天理教大洲分教会）、新谷村（善安寺）、天神村（香林寺）。二〇年度は南区渥美国民学校転籍疎開。

38**桜島校**　五五人
伊予郡南伊予村（正園寺）、郡中町（下吾川協議所）。
二〇年度は北区梅田東国民学校へ転籍疎開。

39**酉島《とりしま》校**　八二人
西条市（妙昌寺、保国寺、前神寺）。二〇年度は北区天満国民学校へ転籍疎開。

40**朝日校**　五六人
温泉郡三内村（金毘羅寺）。同郡久米村から再疎開。
二〇年度は北区管北国民学校へ転籍疎開。

41**伝法校**　一二六人
宇摩郡川之江町（富士瓦斯紡績寄宿舎）、三島町（興願寺、善法寺、森下邸）、小富士村（眼寿院）、土居村（晩翠館）。二〇年度は南区高津国民学校へ転籍疎開。

42**高見校**　一四二人
松山市（不退寺、来迎寺、法華寺、浄福寺、御幸）。
二〇年度は南区精華国民学校へ転籍疎開。

（五）東区（滋賀県）

43**南大江校**　二五二人
蒲生郡日根野町（西本誓寺、東本誓寺、観風社）、西大路村（常福寺）。七月分未収集につき、五月分で補正。港区築港北国民学校転入。

44**錦郷《きんごう》校**　二一三人
北蒲生郡北比佐村（照光寺、清徳寺、北比郡佐国民学校）、南比郡佐村（南比郡佐国民学校）。港区八幡屋北国民学校転入。

45**中大江校**　二〇四人
神崎郡南五箇荘村（弘善寺）、北五箇荘村（淡海女学校寄宿舎）。港区石田国民学校転入。

46**中大江東校**　一一四人
蒲生郡金田村（金田国民学校浅小井分教場）、老蘇村（老蘇国民学校）

47**北大江校**　一一〇人
蒲生郡八幡町（本願寺八幡別院、蓮照寺、真成寺）

48**集英校**　一一一人
蒲生郡東桜谷村（仲明寺、善光寺）、西桜谷村（念法寺、慶安寺、会議所）。港区魁国民学校転入。

49**久宝校**　九一人
蒲生郡市辺町（大蓮寺、法徳寺）、平田村（光明寺）。
同郡八幡町から再疎開（四月）。

50**愛日校**　一七七人
蒲生郡朝日野村（涌泉寺、妙厳寺、橋本邸、堀井邸）、桜川村（敬念寺、敬円寺、外地邸）。港区音羽国民学校転入。

51**森之宮校**　一七〇人
蒲生郡桐原村（興願寺、遍照寺、桐原国民学校）、馬渕村（園願寺、西来寺、産業会館）。港区市岡国民学校転入。

52玉造校　一七〇人
蒲生郡苗村（東光寺、地蔵堂、常信寺）、鏡山村（光浄寺、円覚寺、善通寺、栄勝寺）。同郡中野村、玉緒村、御園村から再疎開（四月）。港区東市岡国民学校転入。

（六）西区（島根県）

53西船場校　一九九人
簸川郡出東村（保寿寺、喜見寺、西光寺、万蔵寺）、久木村（東光寺、覺専寺、月光寺）。

54江戸堀校　一八八人
大原郡加茂町（東林寺、慶用寺、仁王寺、隆法寺、神原公会堂、観松楼）。西淀川区野里国民学校転入。

55明治校　一六一人
簸川郡平田町（妙寿寺、法恩寺、本妙寺、大林寺）、国富村（康国寺、三玄寺）。西淀川区姫里国民学校転入。

56広教校　一七八人
能義郡広瀬町（洞光寺、城安寺）、飯梨村（誓願寺、本成寺、光厳寺、萬松院）。西淀川区姫島国民学校転入。

57西六校　二一三人
簸川郡荒木村（日光寺、八雲館、明月館、長迫邸）、大社町（加善館、大和屋、加藤館、竹野屋）。西淀川区福国民学校転入。

58堀江校　一七八人
簸川郡荘原村（宗玄寺、西念寺、吉成寺）、直江村（興林寺）、伊波野村（吉祥寺、富田寺）。西淀川区千船国民学校転入。

59高台《たかきや》校　二二〇人
邑智郡川本町（信楽寺）、吾郷村（教円寺、教願寺）、浜原村（専修寺、西光寺）、粕渕村（円光寺）。出雲市からの再疎開。西淀川区大和田東国民学校転入。

60日吉校　一六〇人
邑智郡都賀村（西圓寺、高善寺、西念寺）。簸川郡神門村からの再疎開。西淀川区大和田西国民学校転入。

(61)花園校　一〇一人
邑智郡口羽村（宗林寺）、阿須那村（教専寺）。出雲市からの再疎開。

62本田校　二一六人
簸川郡大社町（法海寺、願立寺、乗光寺、神光寺、ますや館、えびす屋、森亀館、板倉邸、奥谷寮）。西淀川区佃国民学校転入。

63九条東校　二二〇人
大原郡木次町（圓覚寺、洞光寺）、大東町（長安寺、祥雲寺、宗専寺）、海潮村（弘安寺）。西淀川区香簑国民学校転入。

64九条南校　一六一人
簸川郡桧山村（大慶寺、本寿寺、多宝寺）、久多

美村（東満寺、為久寺）

65九条中校　二〇一人

八東郡恵曇村（法船寺、海浜ホテル）、佐太村（善福寺）

66九条北校　二二五人

出雲市（玉泉寺、円光寺、万福寺、霊雲寺、龍善寺、蓮光寺）

（七）港区（香川県）

67市岡校　九二人

三豊郡仁尾町（覚城院、吉祥院、常徳寺、金光教会）。七月分未収集につき五月分で補正。二〇年度は東区森之宮国民学校へ転籍疎開。

68本市岡校　五五人

香川郡香西町（万徳寺、常善寺）。二〇年度は浪速区日本橋国民学校へ転籍疎開。

69東市岡校　七二人

中多度郡瀧川村（金倉寺、西福寺、本正寺、大和講舎。未収集につき五月分で補正。二〇年度は東区玉造国民学校へ転籍疎開。

70八幡屋北校　一〇〇人

坂出市（西招寺、薬師院、原青年会場）、綾歌郡松山村（松浦寺、松井邸）。二〇年度は東区錦郷国民学校へ移籍疎開。

71魁《さきがけ》校　八七人

中多度津郡多度津町（多聞院、勝林寺、道隆寺、高福寺）。高松空襲（七月四日）後、町内常蓮寺へ再疎開。二〇年度は東区集英国民学校へ転籍疎開。

72音羽校　一二九人

本田郡平井町（西徳寺、法専寺）、井戸村（四恩会堂）、氷上村（長覚寺）。二〇年度は東区愛日国民学校へ転籍疎開。

73波除《なみよけ》校　一一八人

綾歌郡山内村（万善寺、鷲峰寺）、滝宮村（光貴寺、常善寺）、陶村（長楽寺）。二〇年度は浪速区立葉国民学校へ転籍疎開。

74田中校　一三八人

綾歌郡長炭村（慈泉寺、超勝寺）、造田村（称名寺）。二〇年度は浪速区稲荷《いなり》国民学校へ転籍疎開。

75八幡屋校　一一八人

三豊郡観音寺町（薬師寺）、中新町（乗蓮寺）、大和町（専念寺）、八幡町（総持寺）、高室村（宝珠寺、羅漢寺）。二〇年度は浪速区敷津国民学校へ転籍疎開。

76石田校　六〇人

三豊郡下高瀬村（法華寺）、吉沢村（吉祥寺）。二〇年度は東区中大江国民学校へ転籍疎開。

77南寿校　八八人

仲多度郡琴平町（松竹園、日本館）、榎井村（恵島屋、菊屋、法蔵寺、興泉寺）。二〇年度は浪速区塩草国民学校へ転籍疎開。

78三先校　一〇九人
綾歌郡山田村（法専寺、永覚寺）。二〇年度は浪速区大国国民学校へ転籍疎開。

79南市岡校　七九人
三豊郡比地大村（出雲教会、惣官寺）、本山村（本山寺）。二〇年度は浪速区桜川国民学校へ転籍疎開。

80錦校　九二人
綾歌郡宇多津町（西光寺、浄教寺、本妙寺）、坂本村（宮井住宅）。二〇年度は浪速区逢坂《おうさか》国民学校へ転籍疎開。

81吾妻校　七八人
香川郡川岡村（正音寺、教円寺）、一宮村（光安寺）。二〇年度は浪速区元町国民学校へ転籍疎開。

82筑港北校　一八人
仲多度郡神野村（光教寺）。二〇年度は南大江国民学校へ転籍疎開。

83筑港南校　五四人
仲多度郡吉原村（覚善寺、千額寺）。同郡琴平町からの再疎開。二〇年度は浪速区恵美国民学校へ転籍疎開。

84湊屋校　一六一人
小豆郡土庄町（西光寺）、渕崎村（本覚寺、宝生院）、池田町（光明寺、田中屋）、大鐸村（多聞寺）。二〇年度は浪速区日本橋国民学校へ転籍疎開。

85磯路校　六一人
仲多度郡高篠村（西念寺、円浄寺）。二〇年度は浪速区浪波津国民学校へ転籍疎開。

86池島校　五一人
仲多度郡吉原村（万福寺、曼荼羅寺、覺善寺）。二〇年度は浪速区難波国民学校へ転籍疎開。

（八）大正区（徳島県）

87三軒家東校　四二人
麻植郡西尾村（持福寺、日蓮宗道場）。二〇年度は都島区北都島国民学校へ転籍疎開。

88三軒家南校　五六人
美馬郡脇町（東林寺、本覚寺）、穴吹町（天理教会）。二〇年度は都島区高倉国民学校へ転籍疎開。

89三軒家西校　一一六人
阿波郡八幡町（尊光寺、大野寺）、林町（西福寺、常円寺）。二〇年度は都島区淀川国民学校へ転籍疎開。

90泉尾東校　一〇七人
三好郡佐馬地村（小西旅館、梅の家）。那賀郡立江町、平島村からの再疎開。二〇年度は都島区桜宮国民学校へ転籍疎開。

91泉尾北校　八五人
麻植郡鴨島町（徳住寺、常教寺）、牛島村（通玄寺）。二〇年度は都島区東都島国民学校へ転籍疎開。

92中泉尾校　一〇七人
名東郡国府町（大坊、観音寺）、名西郡高川原村（東禅寺）。二〇年度は都島区東都島国民学校へ転籍疎開。

93大正校　七〇人
三好郡辻町（開月旅館、同別館）。二〇年度は都島区南都島国民学校へ転籍疎開。

94鶴町校　八八人
名西郡石井町（地福寺）、藍畑村（宝憧寺）、高原村（宝光寺）。二〇年度は都島区桜宮国民学校へ転籍疎開。

95北恩加島校　八九人
三好郡池田町（松又旅館）。那賀郡富岡町、宝西村、見能林村からの再疎開（五月）。二〇年度は都島区高倉国民学校へ転籍疎開。

96南恩加島校　七四人
美馬郡半田町（半田青年学校）、郡里町（西教寺、願正寺）。貞光町（真光寺）は火災で引き揚げ（一月）。二〇年度は都島区淀川国民学校へ転籍疎開。

97港南校　七八人
三好郡三好町（長好寺）、三庄村（極楽寺）。那賀郡桑野町、見能林村からの再疎開（六月）。二〇年度は都島区南都島国民学校へ転籍疎開。

98新千歳校　六七人
三好郡池田町（政海旅館）。未提出につき五月分で補正。二〇年度は都島区南都島国民学校へ転籍疎開。

（九）天王寺区（奈良県、大阪府、島根県）

99天王寺校　二〇二人
奈良県宇智郡五条町（桜井寺、天理教五条分教会、天理教南和教会）、宇智村（栄山寺）、南宇智村（吉祥寺、光明寺、牧野村（青年会館）

(100)大江校　一〇五人
島根県飯石郡三刀屋町（善徳寺、妙法寺、浄土寺、西雲寺）。大阪府中河内郡縄手町、英田村からの再疎開（五月）。港区築港北国民学校転入。

101聖和校　二五五人
奈良県吉野郡吉野町（吉野館、美芳野館、戎館）

102五条校　二八一人
奈良県吉野郡吉野町（佐古屋館、湯川館、辰巳屋、千本桜、花中屋、歌藤屋館、米田屋）

103桃丘校　一〇七人
島根県飯石郡吉田村（西福寺、長寿寺、円寿寺、桂昌庵）。大阪府中河内郡縄手村からの再疎開（五月）。

104河堀校　一五一人
奈良県吉野郡下市町（願行寺、立興寺、宮前寺、龍上寺）

105桃陽校　一四〇人
大阪府中河内郡大戸村（有楽庵、等覚寺、神習教

会、称名寺、観音寺)、孔舎衛村(境智院、大乗寺)

106 **生魂校**　二〇八人
大阪府中河内郡枚岡町(枚岡荘、勧成院、玄清寺、枡屋旅館、金光教会)

107 **上本町校**　六四人
島根県飯石郡東須佐村(高松寺、万行寺)。大阪府中河内郡八尾町からの再疎開(五月)。

108 **清掘校**　二五一人
奈良県吉野郡上市町(西方院、澤井寺、浄宗寺、大西寺、一美桜)、吉野町(本善寺、金龍寺、大地教会)

109 **味原校**　一〇五人
大阪府中河内郡柏原町(山井寺、天理教泉河分教会)、南高安村(法立寺、来恩寺)

110 **真田山校**　二九三人
奈良県吉野郡吉町(八木屋館、芳雲館、小林飲食店、ほととぎす館)

(十)南区(滋賀県)

(111) **桃園校**　三五七人
坂田郡息長村(岩長寺、浄宗寺、宝福寺、明徳寺、吉居邸、公会堂)、坂田村(蓮成寺、西證光寺、東證光寺、広林寺)。此花区島屋国民学校転入。

112 **桃谷校**　二五三人
坂田郡鳥居本村(浄琳寺、安立寺、専修寺、正蓮寺、光明寺、教専寺、明願寺、上品寺)。此花区梅香国民学校転入。

113 **金鷗校**　一六一人
長浜市(神照寺、金法寺、燈影精舎、浄沢寺)

114 **渥美校**　一九六人
長浜市(円光寺、総持寺、福泉寺、徳明寺、順慶寺)。此花区恩貴島国民学校転入。

115 **大宝校**　三三五人
犬上郡高宮町(妙蓮寺、円照寺)、多賀町(多賀青年学校)、西甲良村(西甲良国民学校)、東甲良村(東甲良青年学校)。此花区西九条国民学校転入。

116 **道仁校**　二一一人
愛知郡愛知川町(専光寺、延寿寺、蓮泉寺、勝光寺)、奏川村(浄光寺、正覚寺、住宅)、日枝村(住宅三戸)。此花区四貫島国民学校転入。

117 **高津校**　二五〇人
犬上郡豊郷村(唯念寺、山月楼)、河瀬村(河瀬青年学校)、亀山村(亀山青年学校)、日夏村(日夏青年学校)。此花区伝法国民学校転入。

118 **精華校**　三〇四人
愛知郡東押立村(平松会議所、湯屋会議所)、西小椋村(池庄会議所、西福寺、慈眼寺、安楽寺、小倉会議所、妹会議所、曽根会議所)、角井村(百済寺、引接寺)。此花区高見国民学校転入。

119 **東平校**　二二二人
愛知県稲枝村(稲枝国民学校、本照寺、本念寺)、葉枝見村（葉枝見国民学校、光明寺、信行寺、国威道場、万宗旅館、富江邸）。此花区春日出国民学校転入。

（十一）浪速区（滋賀県）

120 **難波校**　六八人

栗太郡老上村（教善寺、願林寺、浄安寺）。港区池島国民学校転入。

121 **立葉校**　一五三人

甲賀郡石部町（西福寺、天理教会）、三雲村（三雲国民学校）、岩根村（八紘社）。港区波除国民学校転入。

122 **塩草校**　二〇三人

野洲郡速野村（徳成寺、了福寺、真正寺）、中洲村（善久寺、正賢寺、西念寺）。港区南寿国民学校転入。

122 **元町校**　二〇三人

野洲郡守山町（守山女子工芸学校）、野洲町（宝泉寺、照覚寺、顕了寺）、祇王村（丸屋館）。港区吾妻国民学校転入。

124 **稲荷校**　一八〇人

甲賀郡甲南町（青年学校錬成道場、寺庄会議所、福井邸）、大原村（慈済寺、常光寺、魚善館）、油口村（龍泉寺、極楽寺）。港区田中国民学校転入。

125 **桜川校**　七五人

滋賀県小松村（徳浄寺、聞明寺）、木戸村（安養寺）。港区南市岡国民学校転入。

126 **芦原校**　一〇〇人

栗太郡葉山村（長久寺、慶崇寺、光円寺、真教寺）。大津市からの再疎開（三月）。

127 **敷津校**　一八一人

甲賀郡水口町（西国民学校、心光寺、蓮華寺、善福寺、天理教会、中西家借家）。港区八幡屋国民学校転入。

128 **大国校**　二三〇人

滋賀県真野村（法界寺、正源寺、西勝寺、専修院）、和邇村（上品寺、慶専寺、真光寺）、仰木村（龍光寺、真迎寺）。同郡堅田町寮舎廃止。港区三先国民学校転入。

129 **恵美校**　二〇二人

栗太郡笠縫村（明光寺、最勝寺、順光寺、弾正青年学校）、山田村（八紘寮）。港区築港南国民学校転入。

130 **浪速津校**　一二七人

粟田郡瀬田町（雲住寺、安養寺、西徳寺、正善寺）。七月分未収集につき五月分で補正。港区磯路国民学校転入。

131 **戎校**　一三〇人

甲賀郡貴生川町（天理教甲賀大教会）

132 **栄校**　四八人

野洲郡守山町（専光寺、永順寺、宝善寺）。大津市からの再疎開（三月）。（註）南栄国民学校の初等科を吸収（昭和二〇年六月）。

133 **東栄校**　一二一人
滋賀県坂本村（生源寺、戒蔵院）、雄琴村（福道寺、寿命寺）

134 **逢阪校**　一四七人
粟田郡草津町（伝久寺、浄教寺、養専寺、天理教会）、治田村（専光寺）、志津村（無量寿寺、西方寺）。港区錦国民学校転入。

135 **日東校**　一六四人
野洲郡中里村（錦織寺、西隣寺、養円寺、養因寺、田中旅館）。港区本市岡国民学校転入。

136 **日本橋校**　一九五人
野洲郡河西村（西方寺、円立寺、延令寺）、小津村（小津国民学校）、玉津村（東本願寺別院、西本願寺別院）。港区湊屋国民学校転入。

（十二）大淀区（京都府）

(137) **中津校**　一三四人
天田郡河合村（常楽寺、自性院、法釋《しゃく》寺）。福知山市からの再疎開（八月一三日）。七月分未収集につき五月分で補正、児童数八月分。

138 **中津南校**　一四五人
天田郡上六人部村（長川寺、来迎院）、中六人部村（洞楽寺）、下六人部村（善光寺）、西中筋村（洞玄寺）

139 **豊崎本庄校**　一二八人
天田郡中夜久野村（荻野邸、玉照寺、東源寺）、下夜久野村（瑞光寺）。福知山市からの再疎開。

140 **豊仁校**　二五五人
天田郡菟原村（福林寺、龍源寺、天理教会）、細見村（広雲寺、久法寺、興雲寺）

141 **豊崎校**　一七二人
天田郡上川口村（教念寺、長命寺、大信寺、天寧寺）、下川口村（永明寺、西方院）

142 **豊崎東校**　二四六人
天田郡上夜久野村（専福寺、清大院、本光寺、浄念寺、瑞林院）

143 **北豊崎校**　一二三人
天田郡金谷村（安養院、誓応寺、青蓮院）。七月未収集につき五月分で補正。

144 **豊崎西校**　一四八人
天田郡下夜久野村（妙龍寺、東光寺、善照寺、大智寺）

145 **大仁校**　二三〇人
天田郡三岳村（瑞応寺、威光寺、蓮秀寺、金光寺）、金山村（普光寺）、雲原村（龍雲村）。福知山市からの再疎開。七月分未収集につき八月分で補正。

146 **浦江校**　三〇九人
福知山市（蓮正寺、長安寺、願成寺、福泉寺、大興寺、無量寺、観音寺、養泉寺、今安公会堂）

（十三）西淀川区（香川県、徳島県、大阪府）

147 **香簑校** 一〇六人
香川県木田郡庵治村（専休寺、願成寺）、無礼村（洲崎寺、開法寺）。二〇年度は西区九条東国民学校へ転籍疎開。

(148) **野里校** 一一二人
徳島県板野郡藍園村（光善寺、東光寺、観音寺、千光寺）、応神村（成興寺）。二〇年度は西区江戸堀国民学校へ転籍疎開。

149 **大和田東校** 一二六人
香川県大川郡長尾町（長尾寺、秀円寺、極楽寺、伝西寺）、石田村（徳勝寺、光明寺）、富田村（養専寺、善楽寺）。二〇年度は西区高台国民学校へ転籍疎開。

(150) **大和田西校** 九三人
徳島県板野郡板西町（金泉寺）、板東町（霊山寺、極楽寺）。二〇年度は西区日吉国民学校へ転籍疎開。

151 **佃《つくだ》校** 二二〇人
香川県大川郡白鳥本町（有明会館、引田別館、荒馬別館）、誉水村（誉田寺）、引田町（積善房、天理教会）。二〇年度は西区本田国民学校へ転籍疎開。

152 **姫島校** 二四五人
香川県大川郡志度町（真覚寺、金剛寺、円通寺、志度寺、西説教所、東説教所）、鴨庄村（山本別館）、鴨部村（長福寺）。二〇年度は西区広教国民学校へ転籍疎開。

153 **福《ふく》校** 一一三人
徳島県板野郡大山村（金光寺、大聖寺）、松島村（光源寺）。大山村から東光村へ再疎開（八月）。二〇年度は西区西六国民学校へ転籍疎開。

154 **川北校** 一三〇人
香川県小豆郡草壁町（清見寺、極楽寺）、安田村（栄光寺、増屋旅館）。二〇年度は西区花園国民学校へ転籍疎開。

155 **千船校** 八二人
香川県大川郡津田町（実相寺、光西寺）。二〇年度は西区堀江国民学校へ転籍疎開。

(156) **姫里校** 四二人
徳島県板野郡松坂村（荘教院、泉福寺）。二〇年度は西区明治国民学校へ転籍疎開。（註）佃国民学校の高等科を吸収（昭和二〇年六月）。

157 **柏里校** 大阪一三二人 徳島四六人
大阪府三島郡五領村（本證寺、一乗寺）、徳島県板野郡北灘村（禅定寺、長寿寺）。板野郡撫養町からの再疎開。

（十四）東淀川区（大阪府）

158 **北中島校** 一四二人
高槻市（神峯山寺）

159 **三国校** 一七一人

豊中市（梅林寺、正安寺、常楽寺、安楽寺、報恩寺）

160 **新庄校　二六五人**
豊能郡東能勢村（遊仙寺、妙霊教会、法性寺、切畑集会場、朝川寺、木代青年会館、法輪寺、北谷集会場、浄光寺、浄福寺、郵便局官舎）

(161) **神津校　一三六人**
豊能郡田尻村（上田尻集会場、中田尻集会場、下田尻集会場、田尻村青年道場）。七月分未収集につき八月分（一日付）で補正。池田市からの再疎開。

162 **十三校　〇人**
豊能郡南豊島村（東光院、誓願寺、法華寺、天理教豊能分教会）、中豊島村（西法寺、西林寺、長興寺、藤井寺）に、二四四人疎開中のところ（五月報告）第四・五次大阪大空襲（六月一五日、一六日）により、寮舎全半壊に至り退寮。

163 **三津屋校　二三〇人**
三島郡島本町（常春寺、釈恩寺、妙本寺、西福寺、宝城寺、阿弥陀院、西光寺、広瀬公会堂）

164 **啓発校　一三〇人**
三島郡豊川村（朝日寺、玄通寺、正念寺、理照寺、法泉寺、本成寺、天王山往生寺）。備考欄に「六月七日ノ空爆ニヨリ校下八割爆焼ノタメ家族疎開スル者多ク従ッテ疎開児童ノ引上モ頻出ノ状態ニアリ」の記載。

165 **東淡路校　三五二人**
豊能郡萱野村（願生寺、宝珠院、阿弥陀寺、浄国寺、正願寺、善福寺、浄円寺、常照寺、勝満寺、教学寺、法正寺、坊島公会堂、石丸公会堂、北芝公会堂、今宮公会堂）

166 **西淡路校　三三四人**
豊能郡西能勢村（妙円寺、臥龍院、慈眼寺、観音寺、少林寺、洞雲寺、常慶寺、木光寺、広福寺、玉泉寺、大泉寺、西林寺、月峯寺、蓮華寺、桂林寺、宿野天理教会）

167 **豊里校　四七人**
豊能郡吉川村（西方寺、考聞寺）。二〇年度から集団疎開実施。

168 **大隈校　一八五人**
三島郡清渓村（長徳寺、教願寺、教恩寺、教円寺）、見山村（勧農道場）。七月分未収集につき五月分で補正。二〇年度から集団疎開実施。

(169) **南方校　一一九人**
三島郡阿武野村（万徳寺、浄流寺、妙覚寺、浄正寺、公会堂）。二〇年度から集団疎開実施。

170 **田川校　一一三人**
豊能郡歌垣村（妙法寺、安穏寺、涌泉寺、本縁寺）

171 **木川校　一六八人**
豊能郡東郷村（真如寺、清普寺、円珠寺、法華寺、興徳寺）

172 **菅原校　二九八人**

三島郡春日村（善照寺、明教寺、乗雲寺、妙寿寺、證西寺、徳要寺、上野説教場）、福井村（遍照寺、真龍寺、無量寺、中公会堂、公会堂）
(173)野中校　七二人
三島郡富田町（教行寺）
174新高校　一〇六人
三島郡新田村（公会堂、真覚寺、天理教会）
175成小路校　一四六人
豊能郡箕面村（一方亭大阪府健民道場、栄松寺、宝積坊、法林寺）
176加島校　一八六人
三島郡富田町（冨田本照寺、清蓮寺、慶瑞寺、円通寺）

（十五）東成区（奈良県）

177大成校　一八七人
磯城郡三輪町（大神教会、おだまき館）、織田村（天理教織田分教会、慶田寺、慶運寺）
178中本校　二六六人
北葛城郡高田町（正行寺、順照寺、弥勒寺、名称寺）、馬見村（馬見羊緬飼育場）、瀬南村（南郷公会堂）
179中道校　二二九人
宇陀郡大宇陀町（更治旅館、岩中屋、大黒屋、森藤旅館、東京亭、万法寺、生駒旅館、大和屋、大神屋）
180北中道校　三〇二人
南葛城郡忍海村（極楽寺）、御所町（真龍寺、円照寺）、大正村（浄土寺、専念寺、天理教会、九品寺、等覚寺）、秋津村（法谷庵）、葛村（大乗寺、正福寺）
181神路校　四四三人
高市郡畝傍町（井上旅館、植田旅館、大経教会、大久保教会）、高市村（橘寺、岡寺、岡教会）
182今里校　一七二人
磯城郡多武峯村（朝日屋旅館）
183東小橋校　一七九人
宇陀郡榛原町（宗祐寺）、三本松村（大野寺、正定寺）、室生村（室生寺）
184東中本校　二二一人
磯城郡田原本町（浄照寺、天理教会、中和速算学校、不二実行教会、金光教会）
185深江校　三三五人
磯城郡桜井町（妙安寺、天理教明和大教会、天理教桜井大教会）、安倍村（文殊院）、香具山村（法念寺）
186片江校　三四六人
磯城郡初瀬町（備前屋、花水館、白木屋）、桜井町（来迎寺、大願寺、天理教鳥見山分教会）

（十六）生野区（奈良県）

187鶴橋校　二一八人
生駒郡安堵村（天理教大道教会）、龍田町（浄慶寺、

東光寺)、昭和村(天理教今国府分教会)

188北鶴橋校　二三五人
高市郡金橋村(徳広寺)、今井町(称念寺)、真管村(光専寺)、八木町(観音寺)、畝傍町(畝傍館)

189御幸森校　二七八人
奈良市(魚佐旅館、金波旅館、南都旅館、好生館、吉田屋、大文字屋、日の出旅館)。玉屋旅館焼失(二月)。

190勝山校　二〇九人
吉野郡龍門村(西蓮寺、扇屋旅館、生河館)、中龍門村(法雲寺、善行寺、香東元分教場)、国樔村(林泉寺、浄土寺、小川宣教所)

191生野校　八〇八人
奈良市(新温泉ホテル、朝日館、きく屋、大仏家、朝日軒、小松屋、松乃屋、春日野ホテル、白銀家、崇徳寺、称名寺)、添上郡大安寺村(大安寺)、添上郡櫟本町(極楽寺、興願寺、天理教櫟本分教会、善福寺)

192東桃谷校　一九二人
生駒郡生駒町(東京館、若月、うろこ旅館)、南生駒村(天理教生駒分教会)

193小路校　二九五人
生駒郡三郷村(岡島旅館、一富士旅館、三好旅館、柿本旅館、七福旅館)、生駒郡龍田町(西光寺、仙光寺、天理教斑鳩教会)、北葛城郡王寺町(達磨寺、岩松寺)

194中川校　五九六人
生駒郡郡山町(円融寺、報土寺、実相寺、天理教郡山北教会)、矢田村(大門坊、念仏院、南僧坊、奉泉寺)

195林寺校　四七九人
奈良市(薬師寺、三松禅寺)、生駒郡郡山町(光慶寺、光伝寺、西向寺、洞泉寺、常念寺)、平城村(天理教菖蒲池北分教会)、伏見村(富久の屋旅館)

196東中川校　三一〇人
生駒郡平群村(成福院、千手院、金勝寺、千光寺)、南葛城郡吐田郷村(龍王寺)、葛城村(船宿寺、地蔵寺、弥勒寺、極楽寺)、掖上村(満願寺)

197東小路校　二二二人
北葛城郡当麻村(護念院、千仏院)、磐城村(現徳寺)、新庄町(北山天理教会)、陵西町(大谷別院)

(十七)旭区(大阪府、島根県)

198古市校　一五六人
北河内郡四条村(龍光寺、称迎寺)、田原村(月泉寺、法元寺、正伝寺、病院)。同郡寝屋川町からの再疎開。

199清水校　二七一人
北河内郡四条村(本泉寺、光円寺、正法寺、西教寺)、水本村(正縁寺、西方寺、明光寺、極楽寺、氏本邸)

200 **城北校　三四一人**
三島郡安威村（華園八品教会、大念寺、善永寺）

201 **大宮校　四二四人**
北河内郡交野町（無量光寺、光通寺、想善寺、明遍寺、善通寺）、星田村（光林寺、慈光寺、光明寺）、津田町（専光寺、善広寺、円通寺、明善寺、勝円寺、称念寺、西方寺、来雲寺）

202 **生江校　一二九人**
島根県邑智郡矢上村（明賢寺）、中野村（西念寺）、井原村（天蔵寺）。大阪府北河内郡庭窪村からの再疎開。

203 **大宮西校　二〇三人**
三島郡三島村（総持寺、当称寺、西光寺）、玉櫛村（蓮照寺、仏願寺、専念寺、勝光寺）

(204) **思斉校　三六人**
泉北郡南池田町（光明寮）。高等科を含む。昭和二〇年四月一五日〜昭和二一年一一月四日。学校特別支援学校。

（十八）城東区（福井県）

205 **城東校　二七四人**
大野郡勝山町（夕照庵旅館）、大野町（花月旅館）

206 **諏訪校　一八八人**
南条郡武生町（引接寺、陽願寺、本興寺、超恩寺）。同郡湯尾村、宅良村、南杣山村へ再疎開（八月七日）。

207 **鯖江校　二六二名**
今立郡味真野村（毫摂寺）、岡本村（唯宝寺、上坂工場）、粟田部町（加藤料理店）

208 **聖賢校　二二五人**
足羽郡酒生村（円照寺、浄福寺）、六条村（光福寺）、上文殊村（瑞応寺、真光寺）、下文殊村（平乗寺）。福井市からの再疎開

209 **今福校　二〇三人**
三方郡南西郷村（龍沢寺）、十村（円成寺）

210 **榎本校　三八四人**
今立郡鯖江町（万慶寺、南光寺）、新横江村（證誠寺、法常寺、円誠寺）、朝日村（龍生寺、三村料理店）、織田村（西楽寺）、船津村（西福寺）

211 **鴫野校　一三〇人**
吉田郡東藤島村（東超勝寺、西超勝寺）、松岡町（蓮光寺、慶崇寺）

212 **榎並校　五七一人**
坂井郡芦原町（開花亭旅館、角惣）、三国町（唯称寺、妙海寺）、加戸村（本流院、西向寺、常楽寺）、金津町（明善寺、永臨寺）、本荘村（龍雲寺、興源寺、福円寺）、北潟村（勝願寺、浄満寺、要願寺、正賢寺、照順寺）、吉崎村（東別院）。同郡雄島村からの再疎開。

213 **関目校　一八六人**
坂井郡丸岡町（白道寺、細巾小角織物工場、法栄

寺、桑橋邸)、七月分判読不能につき五月分。

214 中浜校　三一七人

遠敷郡小浜町(長源寺、浄行院、安全院、松福寺)、今富村(高成寺、瑞雲寺、発心寺)、瓜生村(諦応寺)、大飯郡佐分利村(意足寺)、高浜町(余米支店)

(十九)阿倍野区(和歌山県)

215 晴明丘校　三一四人

伊都郡学文路村(玉屋本店、同支店、大仏堂、高野館)、九度山町(四方館)、河根村(中屋、日輪寺、桝井邸、葭岡邸)

216 常盤校　四〇三人

伊都郡橋本町(竹屋旅館、〇一旅館、菖蒲谷国民学校、高松邸、平田邸)、隅田村(隅田第一国民学校、慈願寺、極楽寺、隅田第三国民学校)、恋野村(下上田公会堂、中道観音寺)

217 高松校　二一五人

伊都郡紀見村(矢野邸、真道天理教会、紀北天理教会、西福寺、旧村役場)、山田村(集荷場、柏原集会場)

218 丸山校　四一五校

伊都郡高野口町(葛城旅館、水野旅館、地蔵寺、公会堂、前田邸)、応基村(守内旅館)、妙寺町(和田寺、遍照寺、東光寺、亀屋旅館、斉藤邸、久保邸)、笠田町(国民学校分教場、天理教会、宝来山神社、キリスト教会、神願寺)

219 金塚校　二六一人

那賀郡中野上村(亀屋、亀屋別館、田中屋、大光寺、法然寺、天理教会、森脇邸)、北野上村(正善寺、実相寺、工場寄宿舎)、東野上町(山岡百貨店、元役場、油屋)

220 阿倍野校　四二八人

那賀郡粉河町(粉河寺十禅院、粉河寺御供所、婦人会館、ゑびす旅館、金徳旅館、三笠旅館)、名手町(岩辰旅館、佐田屋旅館、安養寺、船津屋旅館)、麻生津村(農業会館)

221 長池校　二八八人

海草郡岡崎村(鷺森別院、教明寺、桃善寺、西教寺、成覚寺)、西山東村(浄徳寺、普門寺、光沢寺、興徳院)、東山東村(西応寺、伝法院、願成寺、平尾観音寺、西林寺、木枕観音寺)

222 阪南校　一五四人

那賀郡東貴志村(ふみのや旅館、萩家旅館)、根来村(大伝法院)

(二十)住吉区(大阪府、島根県)

(223) 墨江校　二五九人

泉北郡南松尾村(松尾寺、宝瓶院)、南池田村(和田青年会場、天受院)、北池田村(明王院、府立市岡中学養正道場)

224 安立校　三五五人

泉大津市(法蔵寺、天理教取石分教会、天理教泉中分教会、生福寺、浄福寺、蓮華寺、天理教上条分教会、専称寺、蓮正寺、天理教泉北分教会)、泉北郡忠岡町(常然寺)、和泉町(妙泉寺)

225 **敷津浦校　九四人**
島根県能義郡母里村(永昌寺)、井尻村(祐福寺)。大阪府南河内郡南八下村からの再疎開。

226 **加賀屋校　二五七人**
南河内郡野田村(照念寺、念照寺、浄教寺、西宝寺)、日置荘村(妙覚寺、真光寺、大念寺、観善寺、天理教日置荘分教会)

227 **長居校　一九七人**
泉北郡久世村(了源寺、正念寺、天理教陶器分教会、天理教八田山分教会)、上神谷村(常真院、法道寺、天理教大島大教会)

228 **依羅校　大阪一五五人　島根一四五人**
泉北郡西陶器村(高倉寺、観音寺、豊西寺、天理教陶器分教会)、島根県能義郡能義村(地福寺、宗見寺)、安田村(常楽寺、長見寺)、大塚村(善福寺、原料理屋、三沢料理屋)。昭和一九年度大阪府泉北郡、昭和二〇年度は島根県へ。

229 **遠里小野校　二六九人**
貝塚市(明円寺、珀琳寺、道教寺、常照寺、明教寺、安楽寺、善正寺、上福寺、正福寺)

230 **粉浜校　三八六人**
泉北郡高石町(松浜館、羽衣館、小谷荘、島荘、不断寺、円徳寺)、取石村(専称寺)、堺市(浄信寺、奥野邸、大阪市立西商業学校校外学舎)

231 **東粉浜校　二一〇人**
泉北郡山滝村(食治楼、牛滝館、紅葉館)

232 **住吉校　四九一人**
岸和田市(浄福寺(下松町)、浄福寺(箕土路町)、浄念寺、円満寺、正楽寺、西教寺、正源寺、阿弥陀寺、成願寺、福智院、神於寺、光円寺、久米田寺、花厳院、明王院、多聞院)

233 **清水丘校　一九八人**
岸和田市(西向寺、正光寺、浄満寺、極楽寺、称名寺)

(二十一)東住吉区(大阪府、島根県)

234 **平野校　四九二人**
大阪府南河内郡富田林町(西方寺、浄谷寺、妙慶寺、興正寺、明王寺、常念寺、泉龍寺、教蓮寺、専光寺、極楽寺、光盛寺)

235 **平野西校　二一八人**
南河内郡道明寺村(極楽寺、誓願寺、真光寺、安福寺、西法寺、西光寺)

236 **南百済校　四八六人**
南河内郡古市町(真蓮寺、西念寺、円光寺、全田寺)、駒ヶ谷村(願永寺、専光寺、西応寺)、西浦村(覚永寺、天理教会、元勝寺、西向寺)、埴生村(野中寺)

237 **育和校　四〇三人**
南河内郡富田林町（西徳寺、月光寺、桜井青年会場、明尊寺、大深青年会場、正信寺、川西青年会場）、磯長村（叡福寺、善久寺、光福寺、了徳寺）

238 **喜《き》連《れ》校　一三六人**
島根県邑智郡出羽村（羽住屋旅館）、高原村（西福寺）、田所村（真清寺）。昭和二〇年度から集団疎開実施。

239 **桑津校　一八二人**
島根県安濃郡佐比売村（浄善寺、宗正寺）、川合村（川合青年学校）、迩摩郡久利村（福昌寺）、大森町（栄泉寺、西性寺）。大阪府南河内郡高鷲村からの再疎開。

240 **田辺校　三六八人**
南河内郡長野町（汐ノ井旅館、金剛寺、天理教小山田分教会）、天見村（南天荘旅館、地蔵寺）、千早村（西恩寺、天理教千早分教会）

241 **北田辺校　五一七人**
南河内郡丹南村（来迎寺、法雲寺、天理教丹上教会）、丹比村（光明寺、不動堂、多治井集会所）、黒山村（西迎寺、天理教黒山教会、専称寺、空円寺）、狭山村（天理教狭山教会、東池尻青年会館、西池尻青年会館、風輪寺、東野西迎寺、東野青年会館）

242 **南田辺校　二九六人**
南河内郡石川村（顕證寺、大念寺、善正寺）、山田村（林光寺、仏陀寺、正泉寺、山田村大道組合後屋組合）、中村（光当寺、楠学寮、中村寛弘寺組合）

243 **東田辺校　二〇一人**
島根県邑智郡川本町（法隆寺、光永寺）、吾郷村（覚法寺）、粕渕村（浄土寺）、浜原村（妙用寺）。大阪府南河内郡藤井寺町からの再疎開。

（二十二）西成区（大阪府、和歌山県、滋賀県、島根県）

244 **弘治校　三一八人**
泉南郡熊取村（正永寺、正法寺、慈照寺、芳元寺、法禅寺）、大上村（西光寺、善徳寺）、日根野村（慈眼院、浄雲寺、西上寺）

245 **長橋校　一四三人**
島根県飯石郡来島村（西雲寺、万善寺、西蓮坊、福蔵坊）。大阪府泉南郡孝子村、淡輪村、下庄村、西鳥取村からの再疎開。

246 **萩之茶屋校　一六七人**
泉南郡樽井町（南泉寺、受法寺）、西倍達村（明覚寺、安楽寺、西光寺）

247 **今宮校　二六九人**
泉南郡尾崎町（尾崎別館、善性寺）、東鳥取村（湖音寺、祐道寺、大願寺、青年会館）。七月分未収集につき五月分。

248 **橘校　二六一人**
和歌山県海草郡紀伊村（善勝寺、阿弥陀寺、影臨

寺、毘沙門寺、正福寺)、山口村(祇園寺、遍照寺)、川永村(大蓮寺、永正寺)

249 **松宮校　二〇九人**
和歌山県有田郡箕島町(常楽寺、浄応寺、天理教会《ひらき》、法正寺、浄妙寺)、保田村(称名寺、地蔵寺)。

250 **開校　一七七人**
泉南郡信達町(真如寺、青年会場、往生院、了安寺)、新家村(宗福寺、因超寺、兎田青年会場、上ノ村青年会場)。未収集につき、五月分で補正。

251 **玉出校　三一〇人**
和歌山県有田郡湯浅町(深専寺、天理教此花分教会、仙光寺、天理教南有分教会、福蔵寺、有田高等女学校)、広村(耐久中学記念館、養源寺、円光寺、安楽寺)、田殿村(浄教寺、松林寺)

252 **岸里校　二四六人**
滋賀県甲賀郡佐山村(浄善寺、祐宝寺、長久寺、法蔵院、広潭寺)、大野村(地安寺、東光寺、長泉寺、長園寺)。和歌山県海南市からの再疎開(八月五日、六日)。

253 **千本校　二七三人**
和歌山県海草郡安原村(西方寺、広原寺、大林寺、永教寺、遍照寺)、亀川村(専称寺、光明寺、浄念寺、正覚寺、妙台寺)、巽村(西念寺、願成寺)

254 **津守校　一一一人**
滋賀県甲賀郡伴谷村(渓蓮寺、伴中山区会議所、西栄寺)、下田村(慶円寺)。和歌山県海草郡加太町からの再疎開(八月二日)。

(255) **南津守校　五七人**
和歌山県海草郡有功村(法然寺、大同寺、一楽寺)

256 **北津守校　六一人**
大阪府貝塚市(称念寺、妙順寺、翼賛館、遍照寺、孝恩寺)。七月分未収集につき八月分(二三日)。

257 **梅南校　一五四人**
滋賀県甲賀郡土山町(永雲寺、常楽寺、常明寺、津神社、妙乗寺)、山内村(長松寺、宝泉寺)。和歌山県海草郡和佐村、西和佐村、和歌山市からの再疎開。

258 **徳風校　六二人**
和歌山県海草郡直川村(浄永寺、明光寺)

259 **天下茶屋校　二七九人**
和歌山県有田郡鳥屋城村(天理教有田分教会、金屋青年会館、小川青年会館)、御霊村(大乗寺、徳伝寺)、石垣村(歓喜寺、岩間寺)

付記
(一) 本表には、大阪市国民学校初等科二五九校の昭和二〇年七月一日現在の集団疎開地、寮舎、児童数を記してある。記載順は大阪市区番順、校番順によった。
(二) 記載内容は各国民学校から大阪市学童疎開部

事業課へ提出された昭和二〇年七月一日付の「学童集団疎開地一覧（府県別）」（大阪市立中央図書館所蔵）に負うている。

（三）前記「学童集団疎開地一覧（府県別）」の未収集校一一校及び原文書判読不能校については、他の資料（例えば石原佳子、『大阪市学童集団疎開地一覧（上）（下）』、大阪市史編纂所発行）等で補った。

（四）戦局を反映して四国地方への集団疎開不可となった大正・西淀川・港・此花各区の国民学校は、滋賀・石川・島根県下疎開校に学籍を移し、集団疎開を実施した。その疎開方式を初めて明らかにした山本仁一の研究成果『大阪空襲後の集団疎開児童の減少と転籍疎開（『大阪の学童疎開はクリエイティブ2』発行）』に拠り転籍校と受入校を本表に記入した。また、朝日新聞昭和二〇年三月三一日付記事も参考にした。

（五）防空防衛上、食糧不足、寮舎被災等の事情で昭和一九年度疎開先から、昭和二〇年五月以降、再疎開を命じられた学校がある。本表作成の資料とした「学童集団疎開地一覧」にも、再疎開の実情が現れている。該当校欄には元の疎開先及び再疎開先を記しておいた。

（六）本表の学校番号に（）印をつけてある国民学校は初等科・高等科併置校（一六校）であることを示す（昭和二〇年七月一日現在）。ちなみにこの時点での高等科国民学校は以下の通りである。①東野田校（都島区）、②八阪校・③西野田校（福島区）、④中春日出校（此花区）、⑤田中校・⑥菊水校（港区）、⑦西今里校・⑧阪東校（東成区）、⑨大池校・⑩猪飼野校（生野区）、⑪高殿校（旭区）、⑫福道校（城東区）、⑬昭和校（阿倍野区）、⑭西粉浜校（住吉区）、⑮広野校（東住吉区）、⑯浜田校（西成区）及び昭和二〇年六月一日付で改組されたばかりの⑰南栄校（浪速区）である。なお、南栄校とは、前年度、集団疎開対象校からはずされた元有隣国民学校のことである。

（七）大阪市国民学校の集団疎開状況を対象としたので、国民学校でなかった大阪市立盲学校、大阪市立聾唖学校の疎開は取り上げていない。同様に府立の盲学校、聾口話学校、国立の大阪師範学校男子部・女子部附属国民学校及び私立の大阪偕行社学院、帝塚山学院、大阪博愛公民学校の疎開についても割愛した。

（担当　赤塚康雄）

学童疎開に関する重要決定事項

資料1　学童疎開促進要綱（昭和十九年六月三十日閣議決定）

防空上ノ必要ニ鑑ミ疎開ノ促進ヲ図ルノ外特ニ国民学校初等科児童（以下学童ト称ス）ノ疎開ヲ左記ニ依リ強度ニ促進スルモノトス

記

一、学童ノ疎開ハ縁故疎開ニ依ルヲ原則トシ学童ヲ含ム世帯ノ全部若ハ一部ノ疎開又ハ親戚其ノ他縁故者アル学童ノ単身疎開ヲ一層強力ニ勧奨スルモノトス

二、縁故疎開ニ依リ難キ帝都ノ学童ニ付テハ左ノ帝都学童集団疎開実施要領ニ依リ勧奨ニ依ル集団疎開ヲ実施スルモノトス　他ノ疎開区域ニ於テモ各区域ノ実情ヲ加味シツツ概ネ之ニ準ジ措置スルモノトス

三、本件ノ実施ニ当リテハ疎開、受入両者ノ間ニ於テ共同防衛ノ精神ニ基ク有機一体的ノ協力ヲ為スモノトス

四、地方庁ハ疎開者ノ適確ナル数及疎開先ヲ予メ農商省ニ通知スルモノトス

資料2　学童集団疎開問答（上）（情報局編発行『週報』第四〇六号、昭和一九年八月二日）抜粋

戦いの場に一抹《まつ》の女々《めめ》しさもあってはならない。

少年正行《まさつら》は年齢《ねんし》僅か十一にして桜井の駅に父正成《まさしげ》の言葉に従ひ、健気《けなげ》にも恩愛の袂《たもと》とわかちて武士の子の道を歩んだ。

いま一億ひとしく戦ひの場にのぞみ、楠公父子の尽忠を己の心として起つ。われらにまた何の女々しさがあらう。時に冷厳として恩愛の袂をわかって戦ひの道をゆかねばならないのだ。

全国　主要都市に学ぶ数十万の子らとその父に母に、今それが要請されているのだ。予期せられる空襲への防衛態勢を完成するために、さらに皇国を継《つ》ぐ若木の生命《いのち》を、いさゝかなりとも傷つけ失ふことなきを願ふ国家の大愛のしるしとして実施される学童集団疎開である。

父も母も子も、欣然、昭和の楠公父子となれ。ここに餞《はなむけ》として疎開問答を贈る。

資料3　集団疎開児童選定方ニ関スル件（大阪市教育局長発各国民学校長宛昭和十九年八月十二日付通知）

近ク実施ノ集団疎開ニ関シ之ガ参加児童ノ健康ニ就テハ左記事項ニ留意シ疎開要否ノ適正ヲ期セラレ度旨大阪府内政部長名ヲ以テ通牒有之候ニ付キ直チニ学校医ノ検診ヲ受ケ疎開要否決定相成度此段及通知候也

記

一、法定伝染病　法定伝染病ノ疑アル者
保菌者
恢復期ノ者
二、結核性疾患　要注意者、要休養者、要療養者
三、肋膜炎
四、腺病（開放性ニシテ伝染ノ虞アル者）
五、喘息
六、心臓疾患（高度ノ者）
七、貧血（高度ノ者、特ニ原因ニ留意スルコト）
八、脱腸
九、精神障害及性格異常
十、癲癇
十一、夜尿症
十二、トラホーム
十三、伝染性皮膚病（疥癬其ノ他）
十四、栄養不良（高度ノ者）
十五、身体虚弱（高度ニシテ一般学童ト共ニ学習及体錬ヲ課スルニ適セザル者）

十六、精神薄弱（一般学童ト共ニ生活及学習スルニ適セザル者）
十七、現ニ疾病及異常ヲ有シ療養又ハ介助ヲ要スル者
十八、重病後ノ衰弱甚シキ者
十九、其ノ他共同生活ニ支障アリト認ムル疾病及異常

以上

資料４　集団疎開学童ノ教育ニ関スル取扱要綱（文部省国民教育局長　昭和十九年八月二二日）抜粋

二、集団疎開学童ノ教育ニ関シテハ左ノ事項ニ留意シ地元国民学校ノ協力ニ依リ之ヲ実施スルコト
但シ集団疎開ニ依ル教育施設ハ疎開側国民学校ノ分教場ノ取扱トシ又地元委託ノ如キ実情ニアル場合ニ於テモ之ト同様ノ取扱トスルコト

1、学童集団疎開ノ意義ヲ体シ愈々志気ヲ昂揚シ必勝ノ信念ヲ培ヒ環境、設備、時間等ノ活用ニ留意スルコト

2、授業ハ成ル可ク地元国民学校、中等学校等ノ教室其ノ他教育ニ適当ナル施設ノ供与ヲ得テ之ヲ行ヒ地元側ハ積極的ニ之ニ協力スルコト　寮舎ニ於テ授業スル場合ニ於テモ少クトモ一週一回ハ地元国民学校ノ施設ノ供与ヲ得テ授業ヲ行フヤウ務ムルコト

七、集団疎開ノ寮舎及分教場ニハ其ノ学校名ヲ冠スルコト

資料５　大阪市立国民学校児童集団疎開規則（大阪市教育局臨時学童疎開部、昭和十九年一一月五日）抜粋

第一条　政府ノ指示ニ依ル本市立国民学校児童ノ集団疎開ニ関シテハ本規則ノ定ムル所ニ依ル
第二条　集団疎開ヲ為シ得べキ者ハ本市立国民学校初等科三年以上ノ在籍者ニシテ市長ニ於テ集団生活ニ適スト認ムル児童トス
第六条　保護者ハ集団疎開ノ実施期間中児童ヲ退舎セシムルコトヲ得ズ但シ市長已ムヲ得ザル事由アリト認ムルトキハ此ノ限ニ在ラズ
第八条　保護者ハ集団疎開ノ経費ノ一部トシテ児童一人ニ付毎月十円ヲ納付スベシ但シソノ月ノ収容期間ガ十五日以内ナルトキハ半額トス

資料6　学童疎開強化要綱（昭和二〇年三月十六日閣議決定）

第一　方針

昭和二十年度学童集団疎開継続ニ関シテハ本年一月十二日閣議決定ヲ経タル処其ノ後ノ戦局ノ推移ニ鑑ミ左ノ要領ニ依リ学童疎開ノ徹底教化ヲ図ルモノトス

第二　要領

一、現下ノ戦局ニ鑑ミ防空防衛上ノ見地ヨリ学童ノ疎開ヲ必要トスル地域及疎開受入ニ適当ナル地域ニ関シ関係各省協議ノ上基本計画ヲ樹立スルモノトス

二、学童疎開ヲ実施スル地域ヲ甲地域乙地域ニ別チ甲地域ニ於テハ徹底的ナル疎開を実施セシムルコトトシ乙地域ニ於テハ概ネ現在行ヒツツアル程度ノ疎開ヲ実施セシムルモノトス

三、甲地域ニ於ケル初等科第三学年乃至第六学年児童ハ極力縁故疎開ヲ為サシメ之ヲ為シ得ザルモノニ付テハ集団疎開ノ方法ニ依リ全員ヲ疎開セシムルモノトス

四、甲地域ニ於ケル初等科第一第一学年及第二学年児童ハ強力ナル勧奨ニ依リ縁故疎開ヲ実施セシムルモノトス縁故疎開ヲ為シ得ザルモノニ対シテハ学校ニ於ケル授業ハ之ヲ行ハザルモ実状ニ応ジ適当ナル方法ニ於テ訓育ヲ主トスル教育ヲ継続スル方途ヲ講ズルモノトス但保護者ノ申出アリ且当該都道府県ニ於テ適当ト認メタルトキハ集団疎開ヲ為サシメ得ルモノトス

五、甲地域ニ於ケル高等科児童ニ付テモ可及的縁故疎開ヲ為サシムルコトトシ之ヲ為シ得ザルモノニ付テハ男子児童ハ農業増産其ノ他ニ勤労動員スルモノトシ女子児童ハ実情ニ応ジ適当ナル場所ニ於テ軽度ノ勤労ニ服セシムルモノトス

六、甲地域ニ於ケル国民学校ノ校舎ハ事務室等所要ノ一部ヲ除キ部隊ノ駐在其ノ他緊要ナル用途ニ転用スルモノトス

七、甲地域及乙地域ハ関係各省ト協議ノ上文部大臣之ヲ指定シ其ノ範囲ハ実情ニ即シ逐次之ヲ拡張スルモノトス尚疎開受入地域ニ付テモ集団疎開ノ場合ハ勿論縁故疎開ノ場合ニ於テモ関係各省ト協議ノ上文部大

臣ニ於テ大体ノ範囲ヲ指示スルモノトス

八、集団疎開学童ハ地方ノ実情ニ即シ農耕作業、家畜の飼育、薪炭ノ生産等ヲ為サシメ食糧、燃料其ノ他生活必需物資ノ自給ニ資セシムルモノトス

九、疎開学童受入府県ヲシテ集団疎開学童ニ対スル教育養護ノ協力ヲ一層徹底セシムルト共ニ縁故疎開学童ニ対スル受入施設ニ付テモ亦之ヲ整備セシムル措置ヲ満ズルモノトス

十、本要領実施ニ伴ヒ別途必要ナル予算的措置ヲ講ズルモノトス

備　考

（一）現在ノ集団疎開受入地ニシテ防空防衛上不適当ト認ムルニ至リタルモノアルトキハ之ガ再疎開ヲ実施スルモノトス

（二）空襲等敵ノ行為ニ因ル罹災学童ニシテ集団疎開ニ該当スルモノアルトキハ其ノ保護者ノ申出ニ依リ其ノ学童ノ在学スル国民学校ノ集団疎開ニ急速ニ参加セシムルモノトス但シ縁故疎開ヲ希望スルモノニ対シテハ極力之ガ便宜ヲ図ルモノトス

（三）本年一月十二日ノ内閣決定ニ於テハ学童疎開実施期間ハ之ヲ昭和二十一年三月迄延長スルコトトナリ居ルモ戦局ノ推移ニ依リテハ更ニ之ヲ延長スルモノトス

資料7、疎開学童ノ復帰ニ関スル件（昭和二〇年九月二六日発、文部次官ヨリ地方総監宛）

時局急展後ニ於ケル学童ノ集団疎開ニ関シテハ八月二十二日発国一七一号通牒ニ依リ御措置相成リ居リタル処其ノ後ニ於ケル諸種情勢ノ推移ニ鑑ミ今般左記ノ要項ニ基キ疎開学童ヲ復帰セシムルコトニ決定致シタルニ付テハ右御了承急速実施方御手配相成度依命通牒ス

記

一、集団疎開学童ニシテ左ニ該当スルモノハ復帰後ニ於ケル児童ノ保全竝ニ之ガ収容スベキ学校施設ノ状況ヲ考慮シ可及的速ニ計画輸送ヲ為スコトトシ遅クモ十一月中ニハ復帰ヲ完了セシムルコト

（1）直チニ復帰（父兄ノ疎開先ヘノ復帰ヲ含ム）セシムルモ復帰後ニ於ケル児童ノ生活及就学ニ支障

ナキモノ
（2）大集団ノ地域竝ニ食糧事情不良ナル地域ニ疎開セルモノ（第二、第三項該当者ヲ除ク）
（3）学寮施設竝ニ寝具等ノ関係上越冬困難ナル地域ニ疎開セルモノ（第二、第三該当者ヲ除ク）
二、差当リ復帰困難ナル学童ニ付テハ復帰後ニ於ケル児童ノ保全竝ニ学校施設ノ状況等ヲ考慮シ前項復帰ニ引続キ成ルベク速ニ之ガ計画輸送ヲ為スコトトシ原則トシテハ本年十二月迄ニ復帰ヲ為シ得ザルモノハ来年三月迄ニ必ズ之ガ復帰を完了セシムルコト
三、集団疎開学童ニシテ戦災孤児其他家庭ノ事情ニ依リ復帰困難ナル児童等ハ九月十七日発国一八五号戦災孤児集団合宿教育ニ関スル件依命通牒ニ基ク施設ニ至急収容スル様措置スルコト
四、学童ノ一部復帰ニ依リ疎開学寮ニ余裕ヲ生ジタル場合ハ残存学童ハ食糧事情及宿舎施設等比較的良好ナル学寮ニ統合収容スル様措置スルコト
尚残存学童ノ食糧其ノ他生活物資ノ配給竝ニ之ガ学童ノ教育ニ関シテハ疎開側受入側ニ在リテハ一層其ノ協力ヲ緊密ニシ本施設有終ノ美ヲ完ウスル様努力スルコト
五、縁故疎開児童ノ復帰ニ関シテハ大体前各号ノ趣旨ニ準ジ取扱フコト

資料8　戦災孤児市立郊外学園ニ収容ノ件（大阪市教育局長発　関係国民学校長宛昭和二〇年一〇月八日付決裁文書）

集団疎開ノ児童中戦災孤児並ニ之ニ類スル者ニシテ疎開地引揚後適当ナル引取人ナキ者ニ付テハ既報ノ通リ本市立郊外学園ニ不敢取収容スベキニ付、左記注意事項御含ミノ上万遺憾無キヲ期セラレ度
追テ本件ニ関シテハ爾後事業課体育係宛御連絡相成度

記

一、入園時の注意事項
1　引揚児童大阪駅ニ到着シタルトキハ曽根崎国民学校ニ集合セシムルコトナク駅ヨリ直チニ城東線若クハ地下鉄ニ依リ学校職員付添ノ上男児ハ長谷川郊外学園ニ、女児は助松郊外学園ニ送リ届ケ、左ノ書

類ト共ニ学園長ニ引渡スモノトス
社線ニ依リ又ハ省線大阪駅以外ノ駅引揚ノ学校ハ前項ニ準ジ適当ナル処置ヲ講ズルモノトシ、尚本月十日以後ニ於テハ一斉引揚前ニアリテモ随時学園ニ収容シ得ルモノトス
入園児童ト共ニ学園長ニ引渡スベキ書類
（イ）学籍御抄本
末尾欄外ニ孤児トナリタル理由（保護者ノ戦災状況）又ハ引取人不明ノ事由ヲ詳細記入ノコト
（ロ）身体検査表写
（ハ）成績通知表
（ニ）転出証明書
（ホ）所持品明細書（様式別紙）
2 入園児童の所持品モ同様学園持込ミ迄ハ学校ニ於テ責任ヲ持ツモノトス
二、入園後の注意事項
1 入園児童ノ学籍ハ何分ノ指示アル迄ハ現在籍校ニ置クモノトス
2 学園収容後ト雖モ極力正当引取人ノ調査ニ尽力セラレ度
適当ナル引取人アリタル場合ハ事業課並ニ学園ノ双方ニ連絡ノ上引取ラシムルモノトス
3 関係学校長及担任タリシ教職員ハ学園トノ連絡を密ニシ少クトモ月一回ハ学園ニ出向セラレ度
（別紙）略
（最重要決定事項のみ掲出　赤塚康雄）

「国民学校と学童疎開を考える会」１０年の歩み

事務局　吉田房彦

年月日	場所	事業、会合名	内　容	備　考
H21,07,25	中央区民	**設立準備会**	会の目的①学童疎開記録②語り部活動③疎開研究会の組織　代表奥田、副代表赤塚、事務局寺師	９条の会や空襲戦災補償等何かを求める行動はしない
08,15	**朝日新聞掲載**	会発足の呼びかけ	武田肇記者が取材。学童疎開経験者２名　藤渓、吉田	寺師一清、発足事務局
09,12	中央区民センター	**発足集会**	講師の上田博章氏が学童疎開命令の講話	同氏父文部省　参加者１１２
11,12	**江戸東京博物館**	疎開協学童疎開展	映画「ぼくちゃんの戦場」解説　奥田継夫	吉田見学、交流。疎開協会長阪上氏ほか
11,28	真法院	**第１回理事会**	役員人事、会則検討	藤渓理事宅真法院にて
12,14	中央区民ｾﾝﾀｰ	会則案作成	国民学校６年間の出来事を調べる	奥田、赤塚、寺師、奥村、高山、広野、片山、吉田
H22,01,15	ピース	打ち合わせ	常本学芸員と打ち合わせ	理事８名出席
01,21	梅田	産経取材	奥村、片山、吉田参加、期待するも記事にならず	
01,23	真法院	**第２回理事会**	８月15日のピース行事中心に討議	８名
02,24	ピース	**語り部面接**	奥村氏が語り部の出来る人面接	面接７名
03,20	ピース	ピース打ち合わせ会	ピースで常本学芸員を交えて	６名
04,24	真法院	**第３回理事会**	語り部パネルﾃﾞｨｽｶｯｼｮﾝ内容検討	会計引継ぎ寺師、高山、吉田
05,20	新風書房	**臨時理事会**	８月15日チラシ検討	８名
06,26	ピース	**語り部シンポジュウム**	赤塚副会長ｺｰﾃﾞｨﾈｲﾀｰ	50人
07,15	ピース	ＮＨＫ打ち合わせ	笠松デイレクターと	
07,22		ＮＨＫ収録	語り部紙芝居収録	前日テスト録画、奥村氏
07,23		朝日新聞記事掲載	前日の記事掲載	
08,15	ピース	**終戦記念日シンポ**	**玉音放送と学童疎開**　福山理事、司会吉田	２８０名
09,25	**河内長野文化会館**	学童疎開展	赤塚副会長基調講演子供たちの戦闘配置　河内長野と北田辺国民学校	理事５名出席、見学懇談
11,22	神戸	会計引継ぎ	奥村理事長立会い	高山会計Ｋら吉田へ
12,07	王寺郵便局	会計受入れ	貯金口座開設　16304 3円	
H23,01,22	上六百楽	**第５回理事会**	新年顔合わせ、今年の目標	15名
02,13		教育委員会宛て	大阪市、府、堺、吹田、河内長野、羽曳野、豊能町	語り部活動依頼文発送
03,05	ピース	**臨時理事会**	今年度のピース行事	６名
03,18	ピース	**東北大震災義捐金**	ピースおおさかを通じて寄付	
03,18	吹田市教委	語り部採用依頼	浦田氏と面談　奥村、吉田	期待したが吹田市の引継ぎ十分でなく頓挫
03,22	ピース	小委員会	年会費、アンケート検討	5名
04,09	ピース	小委員会	総会準備	６名
04,23	ピース	**臨時理事会**	総会準備　クレオ大阪候補	９名
05,22	ロイヤルＨ	三役会議	奥村、寺師、吉田	この間、理事長、事務局長電話会談
06,02	クレオ大阪	井上、吉田打ち合わせ	クレオＯＨＰ等機器操作下見	
06,04	クレオ大阪	**総会**	通常総会審議と満蒙青少年開拓義勇軍経験者３人　欠席委任35成立	大谷義武　高増文弥　元義００
06,09	ピース	**常任理事会**	総会の反省と今後の対策	
07,29	ピース	**理事会**	８月14日ピース大阪行事チェック	

年月日	場所	事業、会合名	内　　容	備　　考
08,14	ピース	**ピースおおさか 20 周年事業**	**シンポジュウム映画ボクちゃんの戦場とメイキングビデオ～考える**	司会赤塚　パネラー奥田、映画出演者
09,04	ピース	第 1 回語り部勉強会	語り部、語り継ぎ部活動を考える	司会吉田　部会長外山
10,22	ピース	第 2 回語り部勉強会	出席 22 名　理事長指示で分科会方式採用	
12,07	ピース	第 3 回語り部勉強会	出席 20 名　分科会をやめ語り継ぎべ養成を検討	この勉強会はこの日で中止決定
H24,01,28	リーガロイヤル 30	**新年会**	出席 23 名	高山理事の体調悪く救急車
03,19		会計決算見通し	理事長、事務局長に報告	
04,05		新会則案検討	理事長事務局長	
04,06	真法院	会計監査	藤渓、山下監査役	
05,14	郵便局	振込入金制度活用	6 月真円度会費から導入　会員が振込易くする	
06,10	新阪急H	総会打ち合わせ	三役	
06,15	西区民センター	**総会**	27 名出席審議事項可決	常本学芸員参加、日日記者取材
07,14	**御津神社**	焼け跡写真展示	ピースおおさか主催行事手伝う	
08,15	ピース	終戦記念行事参加	寺師事務局長来阪参加	語り部紙芝居と青空みかんさん共演
09,15	ピース	**終戦記念事業協力**	**十六地蔵の悲劇を知っていますか　シンポジュウム**	基調講演原田一美（原作者）
10,19	ピース	**紙芝居化追加**	**橋尾さんの「青い風はいつ」を紙芝居に、常本さんと**	浅田ひでこ会員作画、語り手佐野、浅田、大橋
11,11	ピース	戦跡ウオーク体験	男子 15、女子 8　大阪城近辺の戦争跡地をめぐる	
H25,01,22	新阪急H	**新年会**	19 名ピース館長、常本，岡野氏参加	
03,06	中央区民	三役会議	寺師、奥村、吉田 6 月総会打ち合わせ	
03,14	ピース	語り継ぎべ育成行事	ネットワークづくり 11 団体プレゼン	14 名出席
03,16	**品川歴史館**	**全国学童疎開連絡協議会**	語り部紙芝居を 2 回口演	4 月ピースおおさか常本学芸員突然の退職
05,10	阪神百貨店１０Ｆ	役員連絡会	総会準備打ち合わせ	奥村、寺師、片山、吉田
06,06	真法院	会計監査	Ｈ 24 年度決算監査	藤渓、山下、吉田
06,19	中央区民	**総会**	Ｈ 25 年度総会議事承認可決	
07,03	ピース	**理事会**	理事担当職務決定、9，15 ピース事業案討議	出席 6 名欠席 3 名
07,27	ピース	**臨時理事会**	9，15 ピース事業決定	出席 6 名
08,13	**滋賀県平和祈念館**	同館終戦記念事業	語り部紙芝居、疎開先は滋賀豊郷	36 名地元ＴＶ
08,30	ピース	9，15 行事打ち合わせ	9，15 行事ピース岡野、田中	寺師、米倉、片山、吉田
09,15	ピース	開館記念行事	**関西三都空襲。京都の空襲の実態を語る**	国学考主担行事
09,30	ピース	理事会		事業、広報両委員会は中止
12,08	ピース	ピース開館記念映画	大阪大空襲と証言集	
同	ピース	ピース終戦記念行事	3 時から臨時理事会寺師、片山、藤渓、福山、米倉、	橋尾、小松、浅田、吉田
H26,01,27	新風書房	**理事会**		
02,17	大枡	新年会	11 名	島根県関係　大枡
02,18	新風書房	事業部会	今年の計画、新風書房の疎開特集協力	8 名
03,13	ピース	語り継ぎ部養成	奥村理事長出演、久保、伊賀さん 3 人発表	10 名
04,07	中央区民センター	総会打ち合わせ	三役	
04,25	新風書房	部会打ち合わせ	5，10 中央図書館で開催の学童疎開シンポジュウム	寺師、外山、奥村、吉田、藤渓、井上、片山、

年月日	場所	事業、会合名	内　容	備　考
05,10	**中央図書館**	**新風書房シンポ**	大阪春秋学童疎開シンポジュウム「学童疎開への道」140 人	赤塚（大阪の学童疎開）石原（大阪市史資料調査員）
06,05	真法院	会計監査	平成 25 年度決算報告	藤渓、山下
06,21	中央区民	**総会**	後童疎開展ジャズピアノと語り好評、図書売上入金あり	一般入場者 100 名
08,31	なんばパークス	「時空の旅」出版記念	学童疎開 70 年成瀬画伯個展	精華国民学区から疎開体験　連日にぎわう
09,01	ピース	**リニュウアル閉館**	**来年 4 月まで改装のため閉館**	
11,07	大阪大丸Ｈ喫茶	**理事会**	新年度行事検討	8 名
12,02	大阪大丸Ｈ喫茶	**理事会**	新年会打ち合わせ	候補、中之島レストラン
H27,01,22	新年会	**中之島レストラン**	29 名出席料理はよいが個室でなかった。	次回個室留意
01,24		記念碑祝い金	十六地蔵記念碑が建立され祝い金を送る	
04,30	ピース	**新装オープン**	4 月 30 日から開館中	8 か月の休館
05,13	Hｸﾞﾗﾝﾋﾟｱ	**理事会**	総会関係打ち合わせ	6 名
06,11	上六	会計監査	総会打ち合わせ	7 名
07,01	西区民	**総会**	議決事項終了後奥田先生基調講演	語り部体験発表、片山、米倉、吉田
09,20	ピース	午前中打ち合わせ	ピース職員からシンポジュウムの進め方	
09,20	ピース	午後映画	**ボクちゃんの戦場　奥田先生基調講演**	2 部学童疎開を伝える
11,14	法善寺	お十夜	疎開写真展および学童疎開を語り継ぐ	山下、片山、中野、吉田
H28,01,27	上六百楽	**新年顔合わせ**	26 名出席	
03,28	寺田町	会計引継ぎ	吉田会計退任、会計は藤渓理事に	引き継ぎ完了
06,01	真法院	会計監査	藤渓、山下監査役監査終了	吉田手伝い
06,01	寺田町	寺田町郵便局へ通帳移管	担当は藤渓理事	
09,16	ピース	**開館記念日事業**	**国学考主担、戦後を生き抜いた戦災孤児たち**	出演荒木準一郎氏、解説片山理事
H29,01,25	上六百楽	**新年顔合わせ会**	会員の交流と親睦、情報交換を図る会	
06,01		年度決算事務	寺師事務局長から決算作成依頼	藤渓理事と連絡精査
06,17	Hｸﾞﾗﾝﾋﾟｱ	**理事会**	総会運営と 9 月 17 日ピース大阪事業協力	8 人
06,24	ピース	**理事会**	ピース事業担当会議、駒井さん出席	奥田、赤塚、寺師、米倉、藤渓、吉田
07,07	西区民	**総会**	出席 28 名、委任状欠席と合わせ成立、議案可決	4 人会員発表好評、粕野、神崎、土井、秋山
07,10	西宮	奥村理事長逝去	国学考として弔電、供花	出席、寺師、吉田、米倉、藤渓
09,01	ピース	開館記念、行事打合わせ	平成の終わりで学童疎開もさよならかのテーマ	映画とシンポジュウム
09,07	ピース	語り部活動	吉田の語りを聞いた人、この日で一万人突破	堀江小 134 名、小坂小 64 名
09,17	ピース	**暴雨風雨のため**	**ピース会館閉鎖、開館記念行事中止**	
10,26	ｱｰｳｲﾝH	**臨時理事会**	国学考、今後の運営検討会	奥田、赤塚、寺師、米倉、藤渓、山下、吉田
11,09	上六	同	1 月 25 日臨時総会開催を決め、予約。	
H30,01,25	上六百楽	**臨時総会と顔合わせ会**	役員人事会長奥田、副会長赤塚先生。理事長寺師、文集委員長福山	出席 17 名　　　吉田理事復帰
01,28	新風書房	**第 1 回文集委員会**	福山委員長進行役	「学童疎開修士論文」薛頌平氏（大阪大）受理
02,25	新風書房	**第 2 回文集委員会**	会員への通知案作成。ＮＰＯ法人は見送り	
03,21		寺師事務局長逝去の件	連絡がつかないため警察に。孤独死発見。上京し調査	3 月 10 日逝去（吉田上京。会長了解）
03,22		同	一泊し遺族に協力。今後の処置	

年月日	場所	事業、会合名	内　容	備　考
03,25	新風書房	第３回文集委員会	上京、寺師氏逝去報告。と今後の対応	吉田事務局長指名
05,27	新風書房	理事会、第４文集	総会議案の審議、文集の現況説明	総会会場未定。会場なし
06,01		会員宛て通知	７.月６日総会開催通知、新年度会費納入依頼	発送５９通
07,05	ピース	打ち合わせ	９月１６日ピース開館記念行事、当会に依頼あり	
07,06	西区民	**平成３０年度総会**	大雨のため欠席多数あるも開催。各種議決。	９，１６ピース申し出受諾決定　編集メモ配布
07,07			欠席者へ理事会資料送付　ピースチラシ同封	
07,27	ピース	**奥田会長と館長面談**	「国学考」新体制報告および９月１６日開館記念行事の件	吉田同行。この日佐野悦子さん紙芝居上演見学
08,22	ピース	９，１６打ち合わせ		引き続き、ピースで理事会、編集委予定　発送済
09,16	ピース	**開館記念行事**	映画「みんなわが子」。シンポジュウム時代とともに学童疎開もさよならか	出演、赤塚、奥田、吉田　米倉
09,30	文集原稿締切日			
10,20	新風書房	第５回編集委員会	編集方針再確認。発刊記念行事検討来年６月中旬	欠席　片山、神崎、樋口　新年会予定０１，２５
11,01	新風書房	打ち合わせ	吉田入力分ＵＳＢ提出ほか	
H31,01,27	上六百楽	編集委、新年初顔合わせ	第６回編集委員会１１時、新年初顔合わせ１３時	
	上六百楽	新年初顔合わせ会	編集方針確定	出席２３
01,28		上記報告文作成	欠席会員に発送	
02,10		会員宛て文書発送	全会員にピースチラシ及び諸連絡	
03,31	新風書房	第７回編集委、理員会	校正、収支計画、　１０周年記念内容	出席９
03,31	新風書房	理事会、第７回編集委	総会および出版記念、文集校正、収支計画	出席１０
04,25	中央図書館	７，２１打合せ	申込書受理、担当２人交代するも引き継ぎあり	福山氏に同行
04,27	新風書房	文集校正	文集の最終校正原稿本人校正依頼	出席７
05,10	新風書房	打合せ、追加原稿、	最終編集委員会、理事会打ち合わせ	会長、副会長報告
05,25	新風書房	理事会、第８回編集委	６，２９総会付議事項審議。最終編集委員会	
今後の日程				
06，上旬	真法院	会計監査		
06,29	西区民センター	令和元年総会		
07,21	中央図書館	文集発刊	１０周年記念文集発刊記念の集い	

会の目的、名称決定までの経緯

① 東京の「疎開協」の関西支部的なものでなく、独自色必要
② 国民学校（昭和16年から22年までの）6年間の出来事を網羅
　満蒙開拓青少年義勇軍、予科練、軍事教練、学徒動員
　特攻、空襲、引き揚げ、孤児、食糧事情、衛生、政府発布令
③ 国民学校時代の文集、歌等　使用品等の収集、
④ 疎開生活の語り部活動
⑤ 9条の会や空襲被災者の会のように何かを要求することはしない
以上の内容で、会の運営をすることとし、会の名称が決まった。

《後記》 国民学校・学童疎開・そしてこれから

今日、二〇一九（令和元）年六月三十日は、〝われら少国民〟を学童疎開に送り出した「学童疎開促進要綱」が閣議決定されて七十五年目にあたる。この日を目途に「国民学校と学童疎開を考える会」（略称「国学考」）で準備してきた学童疎開の記憶と記録集『学童疎開を語り継ぐ』を予定通り刊行できたことを先ずは喜びあいたい。

というのは、昨年だけでも、本会生みの親ともいうべき寺師事務局長、『ボクちゃんの戦場』のヒーロー朝比奈会員を失うなど、ここ四、五年、メンバーが減り続けていたからである。もちろん、平和への寄与もある。

この『学童疎開を語り継ぐ』は、国学考会員の投稿、疎開地一覧などを収めた第一部と、約三十年前発行の『戦争を生きのびた子どもたち―学童疎開』の第二部からなっている。学童疎開を語り継ぐうえで双方必要であると考えたのである。

国民学校世代は強い兵士になるための、あるいは強い兵士を生む母親になるための教育を強制された。当然、学校では軍隊同様の体罰が跋扈した。国民学校令第二〇条に「体罰ヲ加フルコトヲ得ス」と定められていたにも拘らずである。その挙句の学童の戦闘配置―学童疎開であった。

学校の歴史を振り返ると、それは急に来たわけではない。我が国にも、大正デモクラシーと呼ばれた時期があり、小学校の教科書（一九一八（大正七）年～）は立憲主義の政治的教養や国際的感覚を身に着けさせる教材が並んでいた。これを変更したのは一九三三（昭和八）年登場の教科書からで、「サイタ　サイタサクラガ　サイタ」で始まる一見のどかな一年用国語教科書も、一つページを捲れば「ススメ　ススメ　ヘイタイ　ススメ」の軍国教材であった。

教科書変更の時期に何が起きていたのか。前年一九三二（昭和七）年には満州事変、教科書変更の三三年は国際連盟脱退である。そして三六（昭和十一）年二・二六事件、三七年日中戦争と続き、三八（昭和十三）年には、物も人も必要な時に必要なだけ戦争へ動員できる国家総動員法の制定であった。歴史は回りだすと止まらない。その結果としての一九四一（昭和十六）年の小学校から国民学校への改組と日中戦争から太平洋戦争への拡大であった。

当然、教科書も改訂され、例えば四年の音楽には、戦死のおじを先達と仰ぐ「無言のがいせん」、五年生用には真珠湾攻撃を扱った「特別攻撃隊」の早速の登場であった。疎開学童の愛唱歌は、「父母のこえ」と「勝ち抜く僕ら少国民」である。ただし、これらは教科書ではなく、ラジオから流された国民合唱歌であった。前者は「太郎は父の故郷へ、花子は母の故郷へ」の歌いだしからわかるように縁故疎開の歌であるが、四面楚歌の中で歌えるはずはなく、実際に歌ったのは集団疎開組だった。

後者は「勝ち抜く僕ら少国民　天皇陛下の御為に　死ねと教えた父母の　赤い血潮を受け継いで　心に決死の白襷　かけて勇んで突撃だ」と第一連から荒々しい。今でも空んじている元疎開学童が多いのは、悲壮感漂うメロディーが心の奥底までしみこませたのだろうか。

間もなくの敗戦、集団疎開中に戦争孤児となった大阪市の学童百人をはるかに超え、これに何倍する疎開学童が家へ戻れないでいた。その時、国から届いたのは、何たることか。〝一億総ざんげ〟。当時の大人たちが国民をひどい目に合わせたのは、軍人と軍国主義と怒っていたのを思い出す。

では現在はどうなのか。今評判の書『民主主義の死に方』は、民主主義を壊すのは、軍人ではなく、選挙で選ばれた政治家が、民主主義の制度を使って民主主義を殺そうとしている—と明快である。トランプ米大統領がすぐ思い浮かぶが、わが国の政治も深刻である。これではいつ平和が侵されるかと心配である。〝老兵は死なず、ただ消え去るのみ〟というわけにはいかない現実にあるようだ。

国民学校と学童疎開を考える会　副会長・赤塚　康雄

学童疎開を語り継ぐ

第一部　「国学考」の記憶と記録

第二部　戦争を生きのびた子どもたち

定価　一五〇〇円＋税

発行日　二〇一九年六月三十日・

編集・発行所

編集者　国民学校と学童疎開を考える会

編集委員長・福山琢磨

委員・奥田継夫／赤塚康雄／秋山美代子

片山忠昭／神崎房子／樋口良次

藤渓純子／山下良寛

吉田房彦（事務局）／米倉澄子

発売所　株式会社新風書房

〒五四三―〇〇二一

大阪市天王寺区東高津町五―一七

TEL　〇六―六七六八―四六〇〇

FAX　〇六―六七六八―四三五四

第2部

戦争を生きのびた子どもたち

学童疎開

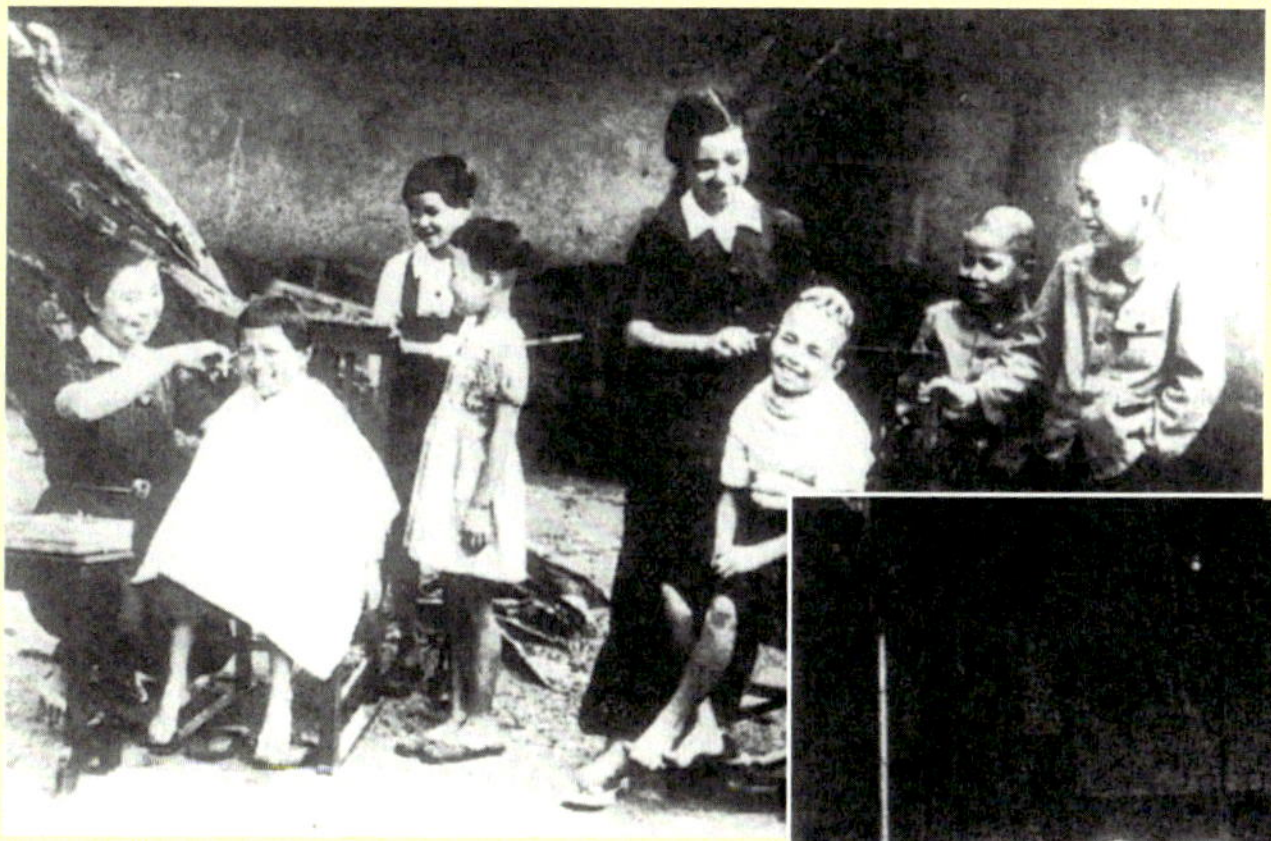

発行　学童疎開展実行委員会事務局

はじめに

一九八八年十月三日付、朝日新聞十月一二日付、読売新聞一二月七日付、毎日新聞に、

――大阪で〝世界学童疎開展〟計画
という記事が載ったとき、全国各地から熱っぽい反応があった。

次々に舞い込んでくる電話・手紙。封筒にはびっしりと体験談が埋められ、写真が付されているものもあった。

集団疎開組の他に残留組や引率教師の手になるのもあった。疎開当時から数えて四十数年たってなお、と言おうか、たってはじめて、胸の裡を明かす大人。大人をここまで熱くさせるものは、大人が起こした戦争に子どもの時に巻き込まれた情念と怨念に他ならない。どの文にも子ども期を凝縮した芯がある。この芯の結集が文集になった。怨み、つらみ、思い出、楽しさ、怒りと人さまざまだが、一文一文には反戦・非核・厭戦への若々しいエネルギーが迸り出ている。このエネルギーがある限り、再び疎開時代は来ないという見通しがたつ。

この文集は〈戦争を生きのびた世界の子ども展〉の一環として編まれたが、本展の準備中にも、日本と世界の学童疎開の実態がますます明らかになっていった。その一部を文集に付した。
一、学童疎開の概要―大阪市の事例を通して
二、世界にも学童疎開があった―疎開の思想
三、疎開、空襲、原爆、引き揚げ、沖縄、世界の文献リスト
である。

この試みが昔、子どもだった大人からの、孫にも当たる子どもへの、平和へのささやかな贈り物になるように願いつつ……。

一九九〇年　夏

学童疎開展実行委員会代表
奥田　継夫

目次

はじめに　奥田　継夫……147

集団疎開

白い、からけし　大阪市吾妻校　立木喜代乃……152
学童集団疎開ッ子　東京第一日暮里校　小林　奎介……157
疎開学童日記　大阪市東粉浜校　外山　禎彦……160
凍る夜の声　大阪市北野校　西尾　一……163
そこにも歌はあった　大阪第一師範学校女子部附属校　穴吹　廸子……165
兄の手紙　大阪市喜連校　繁田　京子……168
集団疎開　大阪市森之宮校　中原　敏雄……172
疎開学童の自殺未遂事件　東京都神宮前校　福田　直……177
父母をはなれて　大阪市清堀校　中西　広全……177
吉野への学童疎開　大阪市清堀校　米田　孝造……189
私の、集団疎開の頃　東京都赤羽校　渡部　邦子……192
『ボクちゃん』と俺　大阪市江戸堀校　朝比奈一蔵……194
疎開体験が人格形成に影響　東京都精華校　嘉藤長二郎……195
思い出の学童疎開　大阪市佃校　広瀬　瑠美……196
あの日、あの時　大阪市大宝校　西脇　明美……197

学童集団疎開体験記　大阪市桃丘校　伊藤　文子……199
集団疎開体験の記　大阪市桑津校　中西　久乃……208
私の空襲体験　大阪市福島校　宮崎　徳蔵……210
座談――僕たちの疎開　大阪市北田辺校　下和佐保雄／吉原　修一／門脇　彰……211
ひとけたの子どもの目　大阪市北田辺校　服部　恵子……213

集団と縁故

縁故疎開・集団疎開　大阪市清堀校　中島　一郎……219
学童疎開　名古屋市矢田校　西川　邦子……225
「集団疎開から縁故疎開へ」に寄せて　東京都平久校　田中　育子……226

縁故疎開

「別れ」・「出会い」　大阪市玉造校　楢崎寿太郎……228
級友の死　大阪府玉島小　門田　嘉弘……230

疎開地をたずねて

43年目に語り合う集団疎開　大阪市天王寺校　小西　久子……231
戦時、戦後体験から得た教訓を次世代へ　大阪市天王寺校　川口　弘……232
村のお寺に疎開の子が来た　京都府上和知校　渡辺　法子……233

手づくりの数珠　大阪府滝井校　西田　新……238

残　留

残留児童からの発言　大阪市玉出校　清水　保……244

付添教員として

浅井君の葬儀　大阪市御幸森校　梅沢　静子……247
私の集団疎開　大阪市菅南校　由上　龍男……248
大阪市西船場国民学校学童疎開　大阪市西船場校　中野　栄……250

青年から

墨絵が動いた　大阪市立市岡商業学校　谷川　照夫……252
壊れた部品　疎開展会員　山本　仁一……253
空襲の日　大阪市浪速区　村田　正信……255

アンケート……258
永　六輔／早乙女勝元／灰谷健次郎／安達　瞳子／石田とし子／山田　太一／
尾島きみ枝／有末　省三／長谷川　潮／尾辻　紀子／黒瀬　圭子／いいだ　よ

〈写真提供〉
森川　良夫
中島　一郎
佐藤　英明

体験記

集団疎開

白い、からけし

大阪市吾妻校　立木　喜代乃

昭和二十年三月、大阪市港区吾妻町の私の家は、父が出征していて、八歳の私と五歳の妹、母と祖母という女ばかりで暮らしていました。私の生まれた二階の部屋はお雛さまを飾る部屋でもありました。その年のお雛さまを片づける頃は警戒警報のサイレンが鳴って、電燈には黒い色のふろ敷がかぶせられていました。妹と「昔々、その昔」と〝お山の杉の子〟という歌を歌って遊んでいるときや、学校からの帰り道にサイレンが鳴りだすこともありました。

空襲警報が発せられて防空壕に入るのは、いつも祖母と妹と私の三人でした。祖母は母に「あなたの夫や、沢山の兵隊さんが戦地で御国のために戦っているのです。銃後の妻は家を守るのが役目です」ときつく言って母を壕には入れずに残していました。母は二十歳で私を生み、三歳違いの妹を生み、母の九年間の結婚生活は、私の父とよりも祖母との生活の方が長いせいか口数が少なく、「本」を読んだりすると祖母に叱られている女(ひと)でした。私たちにはいつもやさしい母でした。甘い物が少なくなっていたので、少しのお砂糖を紙に包み枕の下に一晩敷き固めたものを祖母に内緒でくれたり、色の違った残り毛糸で苦心して楽しいセーターを編んでくれたりしていたことを思い出します。

三月一四日の空襲のときも、私は妹と祖母と三人で、安治川のそばの倉庫のような所へ避難しました。そのときが夕方だったのか、夜だったのか、はっきり覚えていませんが、逃げて行く途中焼けている家の赤い炎がとても恐ろしく思いました。そして暗い空から続けざまに落ちてくる焼夷爆弾が花火のようで子ども心に「きれいだなぁ」と思いながらも一人で家を守っている母が心配で震えていました。

空襲が去って家に帰ってみると、家は半焼けになっていました。母は運び出した僅かな家財道具の横でぼんやりと立っていました。私たちを見ると、よごれた顔がゆがみ二人を抱いて泣きだし、私たちも一緒に泣きました。「二人がお嫁さんになったら着せてあげようと思っていた着物も、お雛さまもみんな焼けてしまったよ」と言いながら水びたしのお米を片づけだしたりしていました。

そんな空襲のあと、縁故疎開に行かない三年生以上の児童は集団疎開に行かなくてはいけないことになり、二年生だった私も四月からは三年生になるということで滋賀県の大津市に疎開に行くことになりました。

「戦争に勝って帰ってくる時は〝日の丸の旗〟で〝吾妻国民学校のみなさん、バンザイ、バンザイ〟と迎えてもらえるのだから、その時まで頑張るのですよ」と聞かされました。父の出征の時の様子や、兵隊さんを見送りに行った時の旗の波を思い浮かべながら駅に向かいました。家族との離別の悲しさは電車が動き出して妹を背にした母の姿が小さくなって行く時まで気づきませんでした。動き出した電車の内は「お母さん、お母さん」と言う声が一斉に起こりました。私たち下級生は泣き出しました。そのあと事態がどのようになるかわからないまま、その時代の流れの中に放り出されたのでした。

大津の駅からしばらく歩いて行った所は、女学校のような所でした。先生たちは一階で、私たちは二階の大きな一室に男女会わせて二、三十人位だったでしょうか、はっきりとは覚えていません。少し離れた所に運動場や講堂のような広い場所がありました。そこには大きな木の机があり、機械が乗っていて何か工作所のようでもあり、昼間は女学生が働いるようでもありました(最近、知ったことですが、大津市在住の山本仁一様が調べてくださったところによれば、どうやらそれは〝守山女子工芸校〟のようです)。

夜は先生たちと私たちだけだったように思います。沢山の布団を並べて一組の布団に二人ずつ寝ていました。昼間は村の学校に行ったり、田んぼの草むしりをしたり、部屋で衣類を入れて持ってきた柳行李のふたを乗り物にして、交代で乗ったり引っぱったりして遊んだりしていました。

夜、布団に入ると、どこからともなく「お母さん、お母さん」と小さな声が聞こえ始め、そのうち部屋中でグスン、グスンという泣き声が広がっていきました。親から離れて淋しい夜でした。朝になると、誰かが〝おねしょ〟をしていて先生に叱られる日もありました。時には無実の〝おねしょ〟で叱られる子どももいました。それは長い廊下の向こうにあるお便所に真夜中にローソクを持って行くのはとても恐いことだったからです。それで自分の布団からころがり出て畳の上や、他の人の布団のはしへ〝こっそり〟ということもあったからでした。

毎晩のきまりは大阪の方へ向かって「兵隊さんは御国のために頑張ってくださっています。私たちも頑張ります。お父さん、お母さんおやすみなさい」と大きな声で合唱していました。食べ物はいろいろな野菜や穀物の入った雑炊やスイトンで一杯ずつ盛り切りです。そのあと残っている分はほしい人がおかわり出来るのですが、上級生から先におかわりの順番で私たちはめったにおかわり出来ませんので、いつもお腹がすいていました。

具体的なことは覚えていませんが村の人たちから「疎開の子どもたちが悪いことをする」という文句がきて男の子たちが叱られていたようでした。ふかしたジャガイモが食べられるときは、とてもうれしかったものでした。そんな食生活の中では親たちが苦労して面会日に持ってきてくれたり、送ってくれる食べ物は本当にわくわくした唯一のおやつでした。スルメとか、いり大豆とか少しずつ分けてもらっていました。

ある時、私に母が〝ミカンの缶詰〟を持ってきてくれました。子どもは缶切りは持っていませんし、食べ物は一応、先生に報告しなければいけない決まりでしたので先生の所へ持って行きました。一つだったか、幾つかあったのか覚えていません。先生は「後で開けてあげるからね」と言われましたが、そのままでした。待ち遠しくなって友だちと二人で渡り廊下の所から先生たちの部屋が見えるところまで行ってみると、先生たちが缶詰を開けて食べているのでびっくりして帰ってきました。「私の缶詰はどうなったのですか」とは、とても聞けませんでしたので、いつまでも悲しい思いがしていました。今では多分、子どもたちみんなに分配できなかったからかなぁとも思ってもいますが、しかし当時の食糧事情が悪かったために起こった事でもあるでしょう。子どもたちの間では甘い物がほしくってクレヨンをなめていたようにも思います。

疎開先にも警戒警報のサイレンが一度か二度鳴って竹やぶに逃げこんだこともありました。大津の駅で電車が機銃掃射を受けて兵隊さんが負傷したとか、下の部屋に運び込まれたとか戦争の影はありました。しかし、戦禍に追われた学童疎開の子どもたちを受け入れてくださった滋賀の土地の暖かい自然の中で八歳の子どもらしい日々もありました。

私にはとても大好きな遊び場所がありました。そこは運動場の向こうで、小川に沿ってゆるやかにカーブした道があり、その小道をさか登って行くと左手には田畠が開け、右手には竹やぶがありました。竹やぶの周囲には椿がびっしりと並び、真っ赤な花が枝いっぱいに咲きみだれていました。小川に落ちた花はくるくる廻りながら流れて行き、小道には沢山落ちていました。私はその花の蜜をすいながら椿の首かざりを作って、以前母が白いクローバーの花で首かざりを作ってくれたことを思い出していました。今度、妹が母に連れられて面会にきてくれたら〝妹にあげよう〟と思ったりもしたものでした。

その小川では洗濯をしている時に、母が母の着物で作ってくれた小豆色のモンペを流れに取られた上、あわてて手をのばした際に胸のポケットから母からもらった櫛を流してしまったこともありました。ある日には、草むしりのため生まれて初めて入った田んぼで、私の足首に出来ていたデキ物にヒルが首をつっこんで食いつき余りの痛さに飛び上がり、友だちが引っぱって取ってくれたりしたこともありました。病気になって大阪へ帰った友だちも一人、二人いましたので、私もひょう疽になったときは指を押さえて「痛いよぅ」と泣きながらも大阪へ帰れるかもしれないと思ったりもしたものでした。

このような日常の中で学童疎開の子どもたちの気持ちはいつも大阪の方へ向いていました。

六月一日の大阪大空襲のことは、私たちの間に電撃のように広がりました。家族全員が全滅した家が二軒あるという噂に子どもたちはおののいていました。空襲のあった日の夕陽、次の日の太陽はいつもより大きく真っ赤なのだと子どもたちは言っていました。そして赤い太陽を見て「あの下が大阪やね」とか言って心配していました。

何日か後、私の家が全滅したその一軒であること。母も妹も、祖母もみんな死亡したということを知らされました。しかし、その時の私は「来年はランドセルを背おって姉ちゃんと一緒に学校に行くねん」と言っていた妹や、母がどうなったか想像もつかなくて、ただ、ぼんやりとした気持ちだったように思います。現実の事として把握できない年齢だったためか、ショックを受けてそうであったのか、いまだにその時の気持ちははっきり思い出せません。母との最後の別れは、五月のいつかに面会に来てくれての帰り道、私が「今度、空襲が来た時は防空壕に入って!」と言うと「そうね」と言って妹を背に帰って行った、あの時になります。

友だちは敗戦を知ってからは「早く大阪へ、お母さんの所へ帰りたい」と言っていました。

やっと十月になって帰れることになりました。村の人たちも喜んでくださり、おみやげにお餅をついてくださったのを背中の袋に入れて、村の中を行進し沢山の拍手でお別れしたことを覚えています。

そして、帰りついた大阪駅のプラットホームは暗く灰色で〝日の丸の旗〟も大勢の出迎えの人波もありませんでした。一人二人と子どもたちは親に連れられ帰って行き、友だちの姿がなくなっていきました。私はとうとう最後まで残ってしまいました。その時の心細さは今も忘れることはありません。誰も迎えにこない私に先生が「心配しなくてもいいよ。先生の家に行きましょうね」と言ってくださった声に私は泣き出しそうになっていました。その時、「吾妻国民学校の児童が帰って来たのですか」と問う人があり、その人は、たまたま通りがかって「親類の子がいるのでは」と聞いてくれたのでした。しかし、その人が誰であったか、始めにどんな家に行ったのか今も思い出せません。私の疎開の記憶は大阪駅の灰色のホームという景色の中でプツンと糸が切れたようになっています。一緒に過ごした先生たちや友だちはどうされたのでしょう。今、当時の友だちの名前は三人の方を覚えています。六年生男子の大江君、若林君、一緒に寝ていた仲良しだった若林清子さん、同級生だったと思います。

ここに書いたこと以外にも思い出すことがありますが、現実にあったことか、夢の中のことか頼りなく、月日の流れの中でさらに段々薄れていくのがとても淋しい気がします。

空襲で死亡した家族の様子は、そののちに聞きました。その話では吾妻町〇丁目の町内の人が入っていた防空壕の後部に焼夷爆弾が落ちて燃え出した。人々が前の入口に殺到したところに直撃弾が落下、その直前に逃げ出した二人を除いて全員死亡した、ということでした。私の家族はその中に入っていたということでした。私の妹は空中に飛ばされて近くの畠に頭から足まで体の半分が黒こげになって落ちていた、ということでした。焼け残った胸の名札で判ったそうです。

茶色の封筒に入った骨をもらいましたが、カサコソと少しだけでした。私は封筒をのぞいてみて「妹なんかやない。白いからけしみたい」と思ったことでした。母や祖母の遺体はとうとう行方不明のままだったのです。私は長い間、道行く人を追いかけて母の姿をさがしました。母は家を守っていて死んだのかなぁ、私が頼んだから壕に入って爆撃されたのかなぁ、と本当のことが判らなくて、子供心にいろいろと考えていました。その時、母は二八歳でした。

半年ほど後に誰かに連れられて焼け跡に行ったことがありました。何も残っていなくて赤茶けた瓦やガレキばかりでした。白い便器のこわれたのがころがっていたのをさわってみました。後でひろってくれば良かったと後悔しました。

頭の中のバラバラの思い出を、こんなふうに書いていると私は八歳の女の子に戻っているようにも思いますし、あれからずーっと八歳のままだったようにも思えてきます。

実際には、敗戦後寺田町の焼け跡や、闇市をうろついた間のこと。兵庫県の赤穂、滋賀県のどこか、京都の御所の近く、大阪の寺田町と親類の間を廻されて育てられた間のこと。五年間の長い病院生活をした娘時代のこと。いろいろとありますが、二五歳で結婚をし一男一女の母となり、死んだ母の倍近い年齢になりました。戦争に殺された母、妹、祖母と三人の分も生きたいと生きてきました。（母、立木サキ。妹、立木多喜江。祖母、立木サワ。　現姓　中畑）

学童集団疎開ッ子

東京都第一日暮里校　小林　奎介

私の家は田端と南千住を結ぶ隅田川線のごく近いところにあった。覆い匿された戦車・大砲などを積んだ貨車、日除けを下ろした窓、車内消灯したまま兵隊を乗せた軍用列車が、昼夜を問わず家を揺るがせながら長く長く続いた。

そして貨物線に沿った両側は、「建物疎開」に指定され強制的に壊されていった。

サイパン島が〝不沈空母〟となってからは足手まとい排除と戦力保全の目的から、老人子どもの「人的疎開」が急速に具体化されていった。夏休みに入って慌ただしく父兄会が度々開かれ、級友は縁故疎開、集団疎開、疎開残留とに三分されてしまった。

昭和一九年八月二五日夜、小柄だった私は号令台の上に立った。大勢の見送る父母兄姉などを前に、児童を代表して「元気で行って参ります。……帝都の守りをお願い致します」諏訪台から幾十人かの父母らは、提灯を振って、列車を見下ろし別れを惜しんだ。

花もつぼみの若桜、五尺の命引っさげて、
国の大事に殉ずれば、われら学徒の面目ぞ
あゝ、紅の血は燃ゆる

〝学徒動員の歌〟を奏でるブラスバンドで地元の熱烈な出迎えを受け、児童約二五〇名は整然と岩代熱海駅頭に降り立った。まるで夕方かと錯覚する程、ねずみ色の低くたれこめた雲の間から、発電所の三筋の鉄管が浮き出されていた。これから先を暗示するいやな天候であった。

児童は、大小四軒の旅館に分宿、六年生を班長に男女別班単位に組織され、各室に五人～八人ずつ配属、ながい旅からくつろいだ。その晩は大変なご馳走で、疲れと興奮が鎮まると、早速家に手紙を書く者、物思いにふける者、そのうちに、各室とも下級生から一斉に泣きはじめ、寮母さんと班長は困惑状態であった。やがて日を追って各自が持ってきた内緒の食べ物が欠乏し、上級生に抑えられるなど、生活の急変は環境のよい家庭に育った者ほど落ち込み方がひどかった。

　本部となった金蘭荘の場合、一～二カ月の間に、低学年を中心に縁故疎開に変更する者が続出し、当初一六〇人が一二〇人に減った。番頭さんの証言によると、一合のめしが七十匁なければならなかったのに、実際には三十匁。ジャガ芋などオヤツの筈が主食に化けた。一カ月足らずの間に、十何俵かの米が横流しされた。東京の保護者会に呼び出され、旅館の主人は、何日間か留置されるという事件があった。先生方は酒食でもてなされて、何ひとつ善処されなかった。

　午後から地元校に、二五分の道程を隊列を組んで向かった。「今日も大根、明日も大根、みんな合わせて大(おお)大根」わけもわからない替歌を唱和して行進した。今、考えると幼な心に毎日大根ばっかり食べさせられたことへの抵抗だったのかもしれない。下校の途中、上級生は、農家の軒先に糸か藁で吊るした干柿や干芋を石で落とし、時には気に入った者にだけ分け与え空腹を僅かでも凌いだ。夜、こっそり抜け出し渋柿を盗み糞づまりになる者が下級生の間に多く発生した。

　低学年の中から脱走者が出た。駅構内に停めてあった貨車に「赤羽」のカードを見つけて、これに乗れば家に帰れると荷物のかげに隠れた。幾日かして目的は達成されたが、発見された時は、寒さと空腹と酸欠状態であった。その晩、六年生男子全員、非常呼集、外套をまとい、団杖を持って山狩めいたことをさせられた。

　六年生の〝横暴〟をならってか、下の室では、体格のよい二人の五年生が温和な六年生の班長を抑え、自らマレーのハリマオだと称して「ハリマオ様」と膝まづかせ、貢がせ、征服にかかるという事件も起きた。

　一方それまでボス的存在だったSを、Mを中心に五人がかりで、布団蒸し、縛り上げて制裁を加えた。班の秩序を回復するという大義名分はあったが。

　ジョセフ・カバロという混血児が一緒に疎開していた。途中から金子信吾と改名した。周囲は何かにつけて、鬼畜米英の血のつながり者として、人の倍の仕事を与えたりして辛く当たった。

　乏しい物資生活の中で、盗みが横行した。盗癖のあったTというのがいた。盗難事件が起こるたびに、旧悪をたてに、ビンタ、撲るの連続で、いじめぬかれた。しまいには、自身無実でもぼくがやりました、と自衛のために言うようになってしまった。

食べ物につながる記憶を辿ると次から次へと出てくる。私は、まわりの人々に印象が良かったことから、子ども心に、ずるく賢く立ちまわっていた。時々寮長先生が不在だと奥さんからお呼びがあって、部屋の中でゆっくりとご馳走になった。旅館の番頭さんの家に学校の帰りに立ち寄るよう言われ、食べ物を内緒で持ち帰って弟と分け合った。またボイラーマンのおじさんが焼き芋を作っておいてくれ窯のそばで急いで頬ばったことなど度々あった。

〝××島玉砕〟に感想文を書いて、旅館の女将からごほうびに特大の供餅を貰った時は最高に嬉しかった。行李の奥に隠したその宝物が、その日のうちに盗まれてしまった。犯人は同室の者で、ほかの班の上級生と共謀して持ち出し、崩して固いまま噛ってしまった。

戦争が激しくなってゆく状況の中で、旅館の離れに、たまに客があった。疎開児童の境遇を訴えるように話し、同情をかって、僅かな食べ物を乞うこともした。

〝面会日〟は、くじ引きであったが、裕福な家と貧乏な家とに差があった。食糧等を運んでくる親たちとの面会は、子どもたちの心待ちの日であった。私もそうであったが、それを横目で見て、とうとう一度も来てくれなかった者は、悔しい思いの連続であった。

皇国少国民錬成の場でもあった疎開生活は、朝の点呼〝宮城遙拝〟からはじまった。雪が降るようになると、寮ごとに自習を中心に、授業が行われた。「欲シガリマセン勝ツマデハ」「撃チテシ止マン」の標語とはうらはらに、上級生による下級生に対する献納と称した御飯のまきあげ、町の薬局で、栄養剤エビオス、わかもとなどの、ひそかな購入、甘いものに飢えて、チューブ入り練り歯磨き、絵具、女の子の間には、お手玉(大豆、小豆、いり米などの入った)を親元から送ってもらうことが流行した。手紙の検閲も厳しくなり、郵便局から先生に戻されることも度々あった。

冬が近づくにつれ虱が発生した。ホワイトチイチイ撃滅と称して、日課のように潰した。指先がドス黒い血で染まるほどであった。女の子は毛虱も湧き、すき櫛で寮母さんたちに退治してもらった。寝小便も数多くあり、毎日洗濯物も大変で、当時一八歳から二三歳位の寮母さんたちは献身的に世話をしてくださった。

私たち六年生は進学のため二月二四日帰京した。早朝帰宅、リュックを肩から下ろすとホッとする間もなく、朝から艦載機の襲来、夜はB29と、蛸壺のような防空壕に一日入ったままであった。B29が夜空に低く飛行してゆく姿を見て、恐怖心はどこかへとんでしまい、歯痒い思いとが交錯して子どもの目には鮮やかに映った。その夜、校舎の半分を焼失、第一日目から異常な体験をしてしまった。三月九日夜から十日にかけ、B29三三四機の大編隊が波状襲撃をかけて来た。焼夷弾が無数に落とされ、十万人の死者、東京の下町、三七万戸を焼き尽くす大空襲となった。

諏訪台の横穴防空壕から見た情景は、下町の四方八方周囲から火の手があがり、強風にあおられ一面火の海となり恐怖の一夜であった。この諏訪台から遠く浅草方面は、仁丹堂松屋デパートなどの焼け崩れた残がいや、隅田川にかかる橋がよく見とおせるほど焦土と化してしまった。

この時期に、下町の学校に帰って来た六年生の中で、死んだ者、肉親を失った者は、数え切れない。

この大空襲で、学校区の八〇パーセント、残った校舎、六年生のために用意された卒業証書も全て焼失した。後日、手にした卒業証書は、わら半紙四分の一の大きさガリバン刷りという粗末なものであった。今日現存しているものは一枚もない。

私の家も、その後の空襲で灰となった。そして、好まれざる外来定住者として、父の実家(羽生市の在)納屋の二階を借り、もうひとつの疎開生活体験が、つづいて行く。

疎開学童日記

大阪市東粉浜校　外山　禎彦

一九四四年(昭和一九年)七月、サイパン島が米軍の手におち、日本本土への本格的空襲が現実の問題となり、東条内閣が退陣してまもなく、全国の諸都市で学童疎開が始まった。

当時、大阪市東粉浜国民学校四年生だった私は、級友とともに親許を離れ、大阪府泉南郡牛滝村の谷川に臨むひなびた数軒の宿屋へ集団疎開することになった。以下は当時の日記からの抜粋である。

現地について十日ほどしてからこの日記は始まっているが、まず「食い物」のことから書き出されている。

昭和一九年

九月二八日　木曜日　晴

今日はおやつは栗であった。五つ、とてもおいしかった。それから紙の飛行機を作った。

十月二四日　火曜日　晴

今日は体練大会でした。朝五時に起床し、七時頃出発しました。向かふへいってから僕たちのざせきへすはった。

しばらくしてから僕たちの番になった。きば戦だ。僕たちは運動場へ出た。きっと勝つぞと心にちかった。三島先生の合図で突撃した。まず松井君と戦った。とちゅうでやめて五年の西岡君と戦った。しばらくしているうちに落ちてしまったので、松井君の方へ行った。松井君も落ちてしまったので向かふへいった。とたんに「やめ」の合図がなったのでやめた。赤はぜんめつだ。白の勝ちです。こういうふうにやっているうちに、体練大会はおはった。

一一月五日　日曜日　晴

今日、朝食後荷物がとどいた。その後で明治節の日にあたるはずだったキャラメルとこんぶがありました。昼前、手紙が来ました。手紙が来ると何だかうれしいです。

夕方、くつとげたのはいきゅうが有りました。僕はげたが当たりました。

一二月八日　金曜日　晴

今日はたいせうほうたい日だ。大東亜戦争以来三年目だ。朝食後大広間でたいせいほうどく(大詔奉読)式があった。

昭和二十年

一月一日　月曜日　晴

今日は目出度も昭和二十年の元旦を迎かへた。朝、ざうにをいたゞくまへにおとそをいたゞいた。しばらくして大広間で四方拝の式があった。その後でいもん袋をもらった。こんぶとあめももらった。飛び上るほどうれしかった。中にはしゃうぎ(将棋)などが入ってていた。

一月一四日　日曜日　晴

今日は日曜なので授業はなかった。

昼から爆音がした。敵機のようだったので見ると、飛行機はみえなくて飛行雲が見えた。その後で清本君が病室へ行くのでふとんを運んだ。行く途中に爆音がしたのでふと見ると向かふに敵機が一機飛んでいた。僕はにくらしくて石を投げてやりたくてたまらなかった。

日記を書く前、葛城山がもえているということが内畑(地名)から電話がとゞいた。僕は心配でたまらない。

二月九日　金曜日　晴

朝会は雪が積もっていたのでなかった。授業は岩間先生がをられないので花岡先生にならった。昼からの耐寒訓練はなかった。

風の吹きまくる雪の中で食器洗ひにゆくのはたいへんつらかった。

三月一四日　水曜日　雨ノチ曇

点呼の時、先生が「昨晩、大阪は大空襲があった。」といはれた。それを聞くと僕は急に家が心配になりました。

昼前、僕にお母さんからはがきが来た。昼からまた五年生とちゃんばらをした。
四月三日　火曜日　晴
午前中はふき取りに行った。昼からまたつくし取りに行った。
夕食にはふきとつくしのおかずであった。つくし取りがすんでからまたどじょうを取った。
五月三一日　木曜日
「だれか先生の御飯を夜中の内に取ったものがあるだろう。」といはれた。だれも申し出て来るものはなかった。授業前〇〇であるといふことがわかった。
午後はたき木運びがあった。今日はたいへん熱(暑)かった。夕食後、映画があるようだ。
六月十日　日曜日
昼前、△△、◎◎、××が逃げたということがわかった。すぐ探しにいったが見つからなかった。「先生になぜ早くとどけなかったのだ。」と先生に大変しかられた。後で先生がいってつかまへてこられた。
夕食前、また〇〇が逃げた。米良(級友)等が自転車に乗って追ひかけにいった。
六月二五日　月曜日　晴
今日うれしいうれしい面会日だった。授業をしてゐると二、三人来られた。それで先生は「みんなむかへにいって来い。」といはれた。皆来るが僕とこはまだこない。東風谷橋まで行くとお母さんがいた。すぐにあとからねえちゃんと妹が来た。昼食後お父さんが来た。左の親指をけがしてほうたいしていた。別れる時はいやな思ひをした。
七月三一日　火曜日　晴
のみ五匹以上取ったので朝会は休んでもよかった。授業は道場で行(な)った。習字の清書をした。「帝国陸海軍ハ本八日未明西太平洋ニオイテ戦闘状態に入レリ」と書いた。
朝、食器を洗ってから清水をきのう授業前にいじめたのでしかられた。にぎりこぶしでほべたをいやといふほどなぐられた。
八月一三日　月曜日　晴
池田君が家内中で紀見たうげ(峠)の方へそかいしてしまった。五年女子の小糸が死んでしまはれたので、さうしきがあった。其後、杉山へたき木取りに行った。
八月一五日　水曜日　晴
今日はぼんである。昼から兵隊ごっこをした。僕は大ゐ(尉)になった。
遊びつかれて寮にいると宇和川先生が「日本はむじょうけんこうふくした。だがまだ負けていない。最後までがんばれ」といはれた。敵のデマせんでんと思へてしかたがない。残念だ…。

八月三十日　木曜日　晴後曇

午前中は内畑行きであった。其時、B29、B25、P38など飛んでいた。夕食後大きくB29が見えた。夕食には白いごはんにかしはがあった。

九月四日　火曜日　曇後雨

授業は道場でした。修身の時間に「アメリカの戦艦の上でかいぎ(九月二日)があった。」と先生が話された。

十月一五日　月曜日　晴

今日は家へ帰るたのしい日だ。四時に起床してふとんを荷作りした。朝会がすんで土間の前へ整列した。土地の人に別れをつげてなつかしい牛滝を後に出発した。

三時過ぎになつかしき母校に到着した。さつまいものおみやげをもらって家へ帰った。うれしくてうれしくて筆にも鉛筆にも書きあらはせない。

家が馬鹿に小さいように感じた。夕食には残しておいて下さったかんづめを開けてごちさうをしていただいた。（大阪府立長野高校勤務）

凍る夜の声（ある疎開児童の記憶）

大阪市北野校　西尾　一

綱敷天神の境内に皆揃った。回りに父や母や兄姉らがほとんど涙ぐみながら立っていた。私たちは何か遠足へ行くような不思議な嬉しさと変な不安の中にたたずんでいた。出発という時、人垣の中から祖母が涙を一杯ためて駈けより、私の手に何かを握らせた。手を開いてみると錦の袋に入ったお護り札であった。

暑い列車の窓にひろがる風景に皆声を上げて嬉々と運ばれていった。「次は虎姫」との車中アナウンスが耳にひびき、やがて砂埃の立つ長い道を私たちは歩いていた。

村の小学校の裁縫室という大きな畳敷きの部屋に座ると初めて心の中に奇妙な悲哀のような感情がこみ上げて来た。夜は大きな月がぽっかりと窓外に浮かんだ。すると一人の女の子がふいに泣き出した。「お母ちゃん」と言ったようだった。それに連れだつように三人、四人と泣き声が湧いた。男は泣くものでないと教えられてきたことを思い、私たちは必死に唇を結んでいた。

それからは暑い日が続いた。勉強は五年、六年の別で教室に入って習っていたが、何も覚える気がしなかった。外出すると目の前に大きな伊吹山が立ちはだかり、真っ白な雲の峰がむくむくと私たちを見下ろしていた。

村の生徒とは常に喧嘩が起こった。大阪弁を笑われるとそこにたちまち殴り合いが始まった。しかし村の子には泣きながら帰る家があった。私たちは傷ついた友を抱くように例の裁縫室に帰った。

ときたま母の手紙とおかきをつめた缶が送られてきたことがある。ところが先生は検閲と称して中身を調べ、ときには取り上げることもあった。父母への葉書はすべて先生の眼を通さねば出せなかった。「何か食べるものを送ってください」と書いた葉書は即座に破り捨てられた。その葉書には戦闘機の絵が印刷されていたことをその色とともにまざまざと思い出す。

秋になった。村の辻々には真っ赤な柿がみのり、畑にはさつまいもが土からときどき顔を出していた。私たちは昼も夜も麦が大半のお碗一膳と芋づるの煮たのを食べていた。

先生のお碗は山盛りの麦飯でお箸が半分以上沈んでいたが、私たちのはお箸を立てるとすぐ底に突き当たった。

あまりお腹が空くので夜そっと畑に入り、さつまいもを五、六個失敬して、甚平のふところに入れ、小使室の暗闇でそのまま噛った。何とも言えない甘味が口中にひろがり、じゃりじゃりという土を吐き出しながらむさぼるように食べた。その音を聞きつけた女の子が「私にもちょうだい」と寄って来たので、ひとつを袖でこすって土を落としてやると嬉しそうに噛りはじめた。

一日に一度外出を許された。私たちは防空頭巾をかぶり、伊吹おろしの吹く中をそれぞれの家を訪ねてゆくのである。村の大方は速水という姓であった。いずれも大きな家で炉や大火鉢があり、私たちをあたたかく迎えてふかし芋などを食べさせてくれる。いつか誰々はどの家という風に顧客先ができていたようであった。風呂も入れてくれ、ほかほかのふかし芋をバケツに入れて意気揚々と帰ってくると、たちまち男女生徒が断りもなしに手をつっこみ食べはじめるのであった。

冬、毎日毎日雪が降った。私たちは男十人、女十人ずつに分けられ、四つの寺に分宿した。私の入れられたのは確か光現寺と言った。初老の住職がやさしい人であったのを覚えている。寮母さんは松浦さんといって、村ではもっとも美しい人だった。雪が積もりはじめると先生は学校へ行かなくなった。夜は私たちに講談本を読んで聞かせた。

本堂で男女が枕を向けあって寝たが、障子の穴から雪が吹きこみ、うすい夏布団の襟が朝は凍っていた。

先生と寮母さんはいつか仲良くなっていたようだった。私たちが寝た枕の向こうで火鉢を囲み、松茸を焙って、酒を酌んでいた。あまりの良い匂いに思わず全員が起き上がると「これはお前らの食べるものじゃない！」と一喝された。私たちは首をすくめて暫く黙っていたが、そこここで、しくしくと泣く声が聞こえはじめた。先生は酔いで真っ赤な顔をして怒鳴りつけた。

私たちの唯一の楽しみは焼け火箸でシャツの縫い目に並んでいる虱の列を退治することだった。すうっと焼け火箸の先で撫でてゆくとぷちぷちぷちと音を発して死んでゆくのである。女の子の髪にもよく虱がひっついていた。

寝小便をすると翌朝、雪の中でその布団を掲げて立たされた。皆がその子をかばうと先生は全員を素足で雪の中に立たせた。

ある吹雪の夜、私たちが暗い灯の下で今日訪ねた家のことなど話していると、酔った先生が入って来て「これから全員外出をする、ついて来い」と言った。先生はどてら姿で先頭に立った。私たちは眼の中に入る吹雪を拭いながら雪の中を素足草履でひたすら歩いていった。ある村の入口のようなところに雪の小山があった。ここを掘れと先生の命令で素手で懸命に掘ると瓦の束が縄で括られ、山のように積んであった。その凍った一束ずつを男は持たされ、女の子は二、三枚ずつを持たされた。雪はなおびょうびょうと闇に鳴り、私たちの手は全く凍り、しばしば瓦をとり落とした。そのたびに先生の怒号が聞こえ、私たちは泣きながら懸命にその重みに耐えた。泣き声の合唱は吹雪の中を衝いていつまでも続いた。

あれから四十数年、凍る夜のらんらんたる星座を眺めていると、かすかにあの泣き声が今でも聞こえてくるようだ。

そこにも歌はあった
―ある集団疎開児童の生活より―

大阪第一師範学校女子部附属国民学校
穴吹　廸子

〝銀翼連ねて　南の前線
ゆるがぬ護りの　海鷲たちが
肉弾砕く　敵の主力
栄えあるわれら　ラバウル航空隊〟

大阪第一師範学校女子部附属国民学校五年生の私たちは、四年生の女子と一緒の時も、そうでない時も、移動する時にはいつも整然と並ばされ、兵士の行進よろしく大声で軍歌の〝ラバウル航空隊〟を歌いつつ歩を進めた。

昭和一九年九月、五年生の二学期はじめ、まるで夏期学校に行くような気やすさで、集団疎開児童としての生活に入った私。体が小さく食も細く、最初は余っていた御飯がだんだん足りなくなって、ひもじさを味わうことになろうとは知るはずもなかった。

大阪府下南河内の観心寺、その前にあった楠公教育のための修練道場(当時は楠正成は国民の理想像であった)──それが私たちの生活の場。

昔の小学校のような鐘の音で六時起床、すぐ着がえて戸外へ級ごとに整列、遅かった級はたとえ女子であろうと全員に教師のビンタが飛んでくる。一人一つずつの紙張りしたリンゴ箱を机にして勉強していたが、午前の授業が始まる時、前向きに箱を並べて教室らしい体裁にした。その頃、おおむね学科の授業は午前中で、午後は薪運びや農作業がほとんどだった。

家族との文通も初めてで、両親からの手紙を心待ちにしたものだったが、会いに来てくれる面会日をどれほど待ったことか。面会日といっても、家族とともに食事はできず、少しでも我が子に何か食べさせたいという親の思いから、隠れて食べることになり、結局はいつもはペロリと平らげてしまう夕食をその日は残して、先生から〝おしおき〟を受けるハメになる友だちもあった。私は、廊下の押し入れの前で柳ごうりの衣類整理を手伝ってくれた母が、人目を避けながら突然卵焼きを口に押し込むように入れるのを強く拒んだ。子どもなりに、正義感がそれを許さなかったからである。

〝昔、昔、その昔
椎の木林のすぐそばに
小さなお山があったとさ　あったとさ
丸丸坊主のはげ山は
いつでもみんなの笑いもの
これこれ杉の子　起きなさい
お日さまにこにこ声かけた　声かけた〟

授業が終わり、作業も終わったひと時、ほっとして、みかん一つとか、栗三粒とか、干しうどんをバリッとひとくだきとかのおやつを食べた時、こんな童謡もみんなの口から出てきた。おやつといえば、みかんの皮も、送ってもらったお手玉のいり豆も、栗林で拾った生栗も、椎の実も、とっておきのおやつ。私など、家から送られたイーストと呼んでいた薬(エビオスに似た錠剤)のビンの中に、細かく刻んだチーズが混ぜてあるのを、こんなにおいしいものがまだあったのかと、ひそかに舌つづみを打ったものである。

ある午後のおやつの時間、みんなきちんと正座するように言われ、かしこまった私たちの頭上で、「恐れおおくも皇后陛下におかせられては、疎開児童の身の上を案じて、御歌を添えてビスケットを御下賜くださいました。その大御心に感謝して味わいなさい。これから一人ずつ順に手渡します」と教頭先生があらたまった声で話され、一人ずつ前に出ては紙袋をうやうやしくおし頂いた。

次の世を背負うべき身ぞ
たくましく正しく伸びよ里に移りて

皇后陛下のありがたい御心を思い、この御歌を愛唱するようにと、どなたの作曲か知らないメロディも教わった。今もはっきり歌えるくらいであるから、何度も歌っただろうとは思うが、それよりも長い間口にしなかったビスケットのおいしかったこと！　最後の一枚になるまで、ほんとに少しずつ味わって食べた。

ある日、師範の教生の先生方が面会に来てくださった。私たちよりほんの少しお姉様というだけで、とても貫禄があった。いろんな話をしているうちに、その中の一人が、一緒に歌いましょうと一小節ずつ歌いながら口移しで教えてくださった。

〝名も知らぬ　遠き島より
流れ寄る　椰子の実一つ
故郷の岸を離れて
汝はそも波に幾月〞

きれいな声で、やさしいお姉様から教わる歌は、私たちのその時の心情にとてもピッタリくるものだった。涙がこぼれそうになった。教生の方々が帰られた後も、私はひとり心の中で小さくつぶやくように、また友だちと一緒に大きな声でと、何度も歌ったが、それがあの有名な島崎藤村の詩だったとは、何年か後に知ることになった。

日課のように掃除や参拝をした楠公の墓や観心寺の後には、何百段も登った山上に、後醍醐天皇の御陵があり、毎月掃除と参拝をさせられたものだが、それはまた、昭和二十年三月の大阪大空襲のあの夜の私たちの避難場でもあった。私たちは、はるかかなたの赤い空を怖さ半分、野次馬半分のような気持ちで、最初はざわめきながら眺めていた。その後、何人かの友だちの家が焼かれ、家族の誰かが亡くなられたりのニュースが入るなどとは思いもしないで……。

その夜仰いだ空は美しかった。しんと静まりかえった御陵の森の暗闇の中で、歌声も出てこず、次第に息をひそめながら見上げたその日の大阪の空、大阪が焼かれた夜の空、赤く染まった空、を私は忘れない。夜中に目覚めたとき耳にした、宿舎裏の川の流れの音とともに――。

（現姓　大石　京都府亀岡市在住　一九九〇年五月記）

夾竹桃

大石　廸子

夾竹桃の紅乱反射せる夏の日に
敗戦迎えぬわれ少女にて

終戦記念日迎ふるごとに夾竹桃
乱れ咲くなりわが眼裏（まなうら）に

いくさ終えし日は遠ざかりぬ
されどなお夾竹桃のわが胸を刺す

粟一つ弟に分けし集団疎開の
面会日のおやつ吾娘(あこ)は分かるか

スパルタの教師と友の意地悪と
ひもじさ淋しさに耐えし集団疎開

集団疎開せしわが年令(とし)に近づける
吾娘（あこ）と並びて花火見あぐる

吾娘(あこ)に託す夢もはかなし核の恐怖
満ちたる未来思いえがけば

（一九八五・八　作）

兄の手紙

大阪市喜連校　繁田　京子

昭和二十年三月、大阪大空襲の時は小学五年生だった。私の住まいは大阪市ではあったが、市と府の境で喜連国民学校に通っていた。市内は一九年から疎開が始まっていたが、私たちの学校は市内の外れにあり大丈夫だろうということだったが、大空襲以来疎開となった。

隣村に親戚知人のある人は籍だけ移して家から隣村の学校に通っていた人が沢山いたが、私は母方の親戚で和歌山県岩手町の小さなお寺に妹と二人預けられた。お寺は上がり物も多く、見たこともない白い御飯を食べさせてもらって快適に学校に通ったが、ここで大阪の子といじめられた。何とか仲よくやりはじめたが、ある日、おばさんに、この寺も集団疎開児を預からねばならないので、あんた達は返さんといかんのや、と言われた(のちに私が二十歳になった頃、父から私たちが来たので、今までもらっていた米等がまわってこなくなった他の親戚が返さないと縁を切ると連判状をおばさんの所に持って来たことを聞かされた)。当時八歳年上の兄は国鉄職員だったおかげで、すぐ荷物を貨車に積んでもらって喜連に帰ったのが四月末だった。

学校では校長先生が疎開先をやっとさがしてこられて五月五日に出発という時だった。去年から市内は疎開が始まっているので近辺は受け入れ先がなかったらしい。集団疎開に合流させてもらって今度は島根県邑知郡高原村西福寺というお寺に行くことになった。

母は枕の中からアズキを出しどこから手に入れたのか「おはぎ」を作ってくれた。学校の校庭で母はこれが最後の別れになるだろうと泣き、父は柱のかげで泣いていた姿を思い出す。でも泣きくずれることなく、大阪はお父さんとお母さんで家は守る、戦争が終わるまでの辛抱やから体に注意してな、また面会に行くから…と別れた。はじめは遠足に行くような気分だった。車中では親の心づくしで食べたことのないようなものが皆のリュックサックから出てきた。私はおはぎだった。

ところが夜になるとまた、空襲警報発令、どのあたりだったか汽車から降りて土手に身を寄せた。寒かった。その頃から不安になり、女子がまず泣き出した。トラックに荷物のように積まれて山また山とかなり走った。やっと着いた西福寺には村人が国防婦人会のタスキをかけて迎えてくださった。こんな小さい子どもを親はよく離したとおばあさん達が泣いておられたのを思い出す。

六年生男女四十名程は西福寺、次の村、次の村と三つに喜連国民学校の生徒が疎開した。私の妹は隣村で四年生だった。私たちはすぐ午前中は村の学校へ勉強に行った。往復一時間位の所だった。

ところが、疎開児は悪いと断られ、お寺で勉強することになった。男子が道中いろんなものを盗むからとのことだった。とにかくお腹がすくので畠のなり物等とったものだった。女子は恩恵にこうむっていた。

毎日の食事は、あっちの部落こっちの部落とおいかごを背負って野菜等、その日の食糧を頂きに行く。夜はわらじを作って、それをはいて行くが、子どもの手で作ったのは少し歩くともう破れて、後ははだしで、帰りはどの子の足も血が出ている。班ごとに行くが遠い部落に当たると夕方になる。暑い夏、川の水を飲んでは歩いた。そんな遠い所へ行っても少ししかもらえない時もあり、子ども心に沢山くれる所はわかっているので、今日は沢山食べられると喜んで出かけた。

お寺の方が死んだニワトリをうめたのを掘り起こしてきて、先生が料理されたこともあった。先生のどんぶりは山盛りで私たちのは少なかった。男の子が弁当箱のすみに寄せて食べると三口くらいだった。私はお母さんはいつも自分は食べなくても私たちにくれたことを思い悲しかった。

裏山でまだ青い柿をとってきて、夜ふとんの中で食べたり、栗も青いうちに食べた。でもこれは、みな、男子が取ってきたのをわけてくれた。

あの頃でもやはり派閥があり、わんぱくグループに居るといろんなものがもらえた。栗、柿の皮は見つからないように本堂の縁のふし穴から下に捨てた。後日三一年ぶりに寺を訪れた時、住職様が寺を修理するのに板をめくると一カ所皮の山があった、と話されて三一年前を思い出した。

午後からは必ずシラミとりで、五月に来て八月になると服もボロボロ、シーツはなくなった者が多く(シーツはホータイ等いろんなものに使った)、持ってきたセッケンは早くからなくなり、風呂は何日かに一度で頭・体はシラミだらけで、先生は順番に衣服を大きな釜に入れてたいてくださったが駄目だった。

そんな頃、朝体操している時、何とも言えないドドドドッ……という音のする方を見るとあのキノコ雲が立っていたように思う。あわてて本堂に入った(後にそれが原爆とわかった)。あくる日からケガ人等本堂に寝かせていたし、お巡りさんや兵隊さんが来たり、何だかあわただしかった記憶がある。

間もなく重大ニュースがあり、ガーガー鳴るラジオで聞かされたが、さっぱりわからなかったが、先生やお寺の方が泣いておられた。敗戦だった。これからどうなるとか、そんなことより終われば大阪に帰れると皆喜んだ。


今まで何人かの男子が逃げたが、いつも川本の駅でつかまり連れ戻されて、ひどく先生に叱られている姿は悲しくて泣いた。やっと帰れるということがわかってからは、六年生ともなれば今まで、押さえつけられていた先生に反発する者も出てきた。


疎開中の手紙は全部先生が検閲して、良いものだけ渡された。戦争が激しくなり、手紙もあまり来なくなった。両親からも何通かあったのに一通も残っていない。ある日先生が読み終わって、これは大切にするようにと言われた兄の手紙、それだけが荷物の底にあった。今も持っている。最後に紹介したい。兄一九歳であった。

『京ちゃん、其の後も元気よく勉強してる事と思っている。お父さんはじめ家内一同無事暮らしているから安心するがよい。先日照子(妹の名前)から手紙が来て家へ帰りたいとか、縁故疎開がしたいとかいろいろなさけない事を書いていた。「早く面会に来てくれ、毎日家を思い出しては涙を流している」等、兄さんは非常に残念に思った。もう四年生にもなっていながら、まだ康子(一番下の妹)にも負ける様なことばかり伝えて来ている。兄さんも一六の春より半年神戸で勉強した事があっただろう、自分も今考えて見るとずい分つらいものである。どんなに叱られても家へ逃げて帰ろうかとさえ思った。

でも頑張り抜いて来た、それもぜんぜん知らぬ人ばかりの中にまじって勉強を競争していたのだ。そのことを思えば同じ喜連の町で育ち同じ教室で机を並べて学んでいた友達ばかりだろう。だが、親のもとを遠くはなれた疎開先で勉強するお前達の気持ちは兄さんもよくわかっている。この戦争は是非勝たねばならぬ大戦争だ。勝ち抜く為にお前達が皆たくましく疎開して行ったんだ。こんなことは兄さんが言わなくても京ちゃんらはよくわかってる事だろう、そして今お前達の出来る最大の親孝行とは「親に心配をかけない」これだけだ。暑いにつけ寒いにつけ親はいつも心配しているんだ。雨が降ればぬれながら学校へ通っているんじゃないかとか、表で女の子の泣き声を聞けば今頃あゝして泣いているんだろうか、等と絶えず心配している。この親の心配しているのをお前らが「お父さんお母さん御心配はいりませんよ、こちらはこうして居りますから何も心配する事はありません」と言って元気づけてやるのが親孝行の一つであると考えなさい。照子にはあまりむづかしいことを書いてやってもわからないと思ったから別に何も書かなかったが、今度照子の居る寺へ行く時があったらこの事を充分よくわかる様におしえてやってくれ。説教の方はこれくらいにしてこれから喜連の様子や大空襲下に奮闘する大阪の街の様子をお知らせする。もうそろそろ梅雨の時候に入り野の緑山の松風も身にしみる様に美しい。空にはまだあの可愛い声でさえづる「ひばり」が元気よく又愉快にはばたいている。時々「つばめ」が虫をくわえては我が子に食べさせるのか勢いよく家の中へ飛び込んで行くのを見る。敵機撃滅に燃ゆる闘魂を両翼にみなぎらせて二機三機勇ましく飛んでいます。すべてが平和な昔の様だが見方によって非常に戦時的だ。そしてこの町からも幾人かの兵隊さんを戦場に今日も送っている。この辺は田植えが遅れているのかまだやっていない。苗代にはすくすく元気にのびた稲が今日か明日かと田植えを待っている。今年は博(次兄)ちゃんが上手に畠の世話をしてくれたので「じゃがいも」がよくとれた。中には大きいのも沢山あった。「えんどう」はとてもよく出来ると思っていたのに実のなる様になってから虫がうるさい程つきあまりとれなかった。庭の待避壕の横や表の畠には今年も「なんきん」がいきいきしたつるをのばして、沢山とれるだろうと思う。大阪もだいぶひどく空襲を受けているが少しも恐ろしくもない。焼い弾により少々損害を受けたがこんなものはしれている。兄さんの勤めていた管理部は先日大鉄(今の近鉄アベノ)百貨店の五階へ引っ越して来たが五階の窓から大阪の市内を見廻したところまだ大阪の町はそのまま残っているよ。もう二、三十回爆撃に来ても全滅はしないよ。とても広いからね—敵の爆撃のない日はさびしいくらいだ、安心するがよい。では今日はこれくらいにして筆を置くが梅雨期に入り気候が非常に悪いから体に気をつけて病気にならない様に気をつけなさい。それから照子ちゃん、康ちゃん達と一緒に写してやった写真を同封してあるから照子にも見せてやってくれ。そして時々出して見るのもよかろう。さようなら。

京ちゃんへ　昭和二十年六月二十日

〝それから手紙の字がちょいちょい間違っているから注意しなさい。わからぬ字は先生によっく聞いてでたらめを書くな』

何年か前にこの話を兄にすると覚えていないから見せてほしいと言った。

読んで、これはたしかに自分が書いたもの、一九歳位で親のように妹に書き送った頃の気持ち、時代背景、書かねばならぬと書いたように思う、としみじみと言った兄は、今一九歳の子にこの気持ちわかるだろうか、とポツンと言った言葉がまた、私の心に残る。

集団疎開

大阪市森之宮校　中原　敏雄

昭和一九年六月に「学童疎開促進要綱」が閣議で決定されたのだから、それから二カ月ほどの間に、学校側と保護者とでどんな話し合いがあったのか、今となっては知るよしもないが、父は四国から養子に来ていたし、母は大阪生まれであったので、わが家では、はじめから集団疎開と決まっていたようであった。

クラスは集団疎開と縁故疎開にわかれたが、縁故疎開は仲間を裏切って一人で逃げ出す卑怯者のような感じがして、友だち同士の間では「エンコ」と少しばかり侮ったような呼び方をしていた。

学校も家庭も、あわただしいことであったろうが、ともかく私たち、森之宮国民学校の六年生は滋賀県に集団疎開をすることになった。

出発の前日であったと思うけれど、校庭で壮行会のようなものが行われた。朝礼台の上で私は六年生を代表して挨拶をした。何と言ったのか全く記憶がないが、前にあったマイクがＪＯＢＫ、現在のＮＨＫ大阪の録音用マイクであったのに、拡声用のマイクと勘違いをして小さな声で話し出し、やりなおさされたことを覚えている。

放送局の人が合図を送りながら「カッターおろせ」といったのは、おそらく円盤に録音したのだろうか、夕方のニュースで放送されたはずだが、母とどこかへ外出していて、時間に間に合わなくて聞けなかった。

滋賀県蒲原郡馬渕村の真光寺が疎開先であった。東海道本線の近江八幡駅から歩いて約一時間、汗びっしょりになった服を着替えて、地元の小学校の受け入れ式に出席した。挨拶をすることになっていたので、前の日に考えて書いておいた紙をポケットから出そうとしたが入っていない、着替えた服から出すのを忘れたのだ。仕方がないので、「これからよろしくお願いします」とだけ言ったが、担任の先生の不満そうな顔に、疎開第一日目から何とも情けない思いであった。

その日の夕食に出たおはぎの大きくて甘かったこと、すでに食糧不足の始まっていた大阪から来た私たちを興奮させるのに十分な食べ物であった。ただ、次の日の朝、猛烈に喉が乾いて、寺のまわりを流れる小川で洗面する時に飲んだ水のおいしさは、まさに甘露であった。

真光寺の住職は一二三常真さん、その一二三さんという名字が珍しく、また面白くて、本堂の左手にあったお住まいの表札を何度も見上げたものだった。

本堂の前の廊下に荷物を並べ、仏様の前に布団を敷いた生活も一カ月ほどで、急に学校に近い国道沿いの産業会館に宿舎が変更になった。住職の奥さんの病気が理由だと聞いたような気がするが、実際はどうだったのか。

私たちを預かるについて何かトラブルがあったのではないだろうか。教頭先生が食事の時に箸を指にはさんで合掌するよう指導されたのを、たまたまその先生が不在の時「あんなことは餓鬼のすることです」と住職が苦々しげに言われた。それからしばらく、教頭先生のことを、みんなで餓鬼と仇名した。また大阪から父母たちが面会に来た時、私たちの食事、それは大根を刻みこんだたきこみ御飯だったのだが、それを見て「かわいそうに鳥の餌のようなものを食べさされて」と非難がましく言った人がいたそうだから、何か受け入れの問題でうまくいっていなかったのだろうかと今になって思われる。

小学校では疎開した我々だけでクラスを編成していたので、土地の子どもたちに苛められたりすることはなかったが、いっしょに遊ぶこともなかった。ただ、預かってもらっている学校への手前もあったのか、先生の指導はかなり厳しかったような気がする。休憩時間に遊びに夢中になって、授業に遅れ、全員宿舎に帰らされたこともあった。皆を整列させて宿舎までべそをかきながら帰ったが、そんな時は級長の私の責任ということで、全員の前で先生に叱られるのがとても悲しかった。夜になって、先生の部屋に呼ばれてまた叱られたが、火鉢に炭がかんかんにいこっていて、一酸化炭素中毒になったのか、気分の悪さをこらえながら話をきくのが、とてもつらかったのを覚えている。

それでも始めの頃は修学旅行気分で、実際には戦争が激しくなって、伊勢への修学旅行は中止になったのだが、そんなに大阪へ帰りたいとも思わず、皆と遊びくらしていたようだ。畦路のそばを流れる小川に釣り糸を投げ込んだら、いきなり鮒がかかってびっくりしたことや、ふざけていてお寺の池にはまったことなど、楽しい思い出になっている。

地元の子どもたちと仲良くさせるためか、相撲大会も開かれた。父が相撲好きで、いつもラジオの中継放送をいっしょに聞いていたし、相撲の雑誌もよく読んでいたので、相撲には自信があった。体が小さくて、力も弱かったので、相手の力を利用した、肩すかしとか、うっちゃりが得意技でかなり強かった。それで対抗戦の選手に選ばれたのだが、いざ土俵上で対戦してみると、いきなり腕をつかまれて、そのままぐるぐるっと振りまわされて放り出される始末、技も何もあったものではなかった。やっぱり食べ物が十分でないせいかと変なあきらめ方をした。そういえば、その頃はやっていた、高峰三枝子の「湖畔の宿」を「ランプ引き寄せふるさとへ、書いて又消すゴハンの便り」と替え歌にしてよく歌った。

宿舎の一階に吊るしてあった干し柿のいくつかがなくなって、ひどく叱られた頃からだんだん暗い雰囲気になっていった。お正月に村の人たちが、家を遠く離れている私たちを慰めようと家に招いてくれたが、その時のみかんやかきもちが楽しみであった。けれど、「あの家は沢山おやつが出るが、あの家はあんまり出ない」などと言い合った覚えがあるが、だとすれば、好意を食べものの量ではかっていたことになる。今思えば、ずい分子どもらしくない感情だが、それだけ食糧事情が深刻になっていたということか。それにしても、毎日の食事がどんなものであったのか、全然記憶に残っていないのは何故だろう。あいつの方が量が多い、とか、あいつは良い家によばれて、とか、食べ物にかかわって、まるで憎悪にも似た感情で悩まされていたに違いないその頃を忘れてしまいたいという力が、心のどこかで強くはたらいているのかもしれない。

稲刈りの手伝いにも行くことがあった。一家の働き手を戦場に奪われた農家にとって、猫の手も借りたい思いであったろうが、何せ都会育ちの小学生のすること、束ねた稲をもう一度束ね直すなど、かえってありがた迷惑であったに違いない。私の手伝いに行った所は、主人が戦争で失ったのか、片腕の人の所であったが、何となく不機嫌であった。

時には、近くの川の岸に生えている植物のつるを取りにいくこともあった。澱粉を取るということであったが、はじめの頃は大きなつるが面白いように切れたので、わいわい騒ぎながらやっていたが、そのうちに細くて硬いつるだけが残るようになってくると、疲れだけが溜まって、帰り道の大八車を引くのも億劫になるのだった。

一度だけ大阪に帰ったことがある。それは逓信省の航空機乗員養成所を受験するためであった。戦時中のことだから、飛行機乗りには憧れていたが、それは海軍や陸軍の少年航空兵であって、郵便物を運ぶ飛行機乗りでは、そんなにかっこよいとも思われず、どうも気がすすまなかった。しかし、久しぶりに大阪に帰れると思うと、それの方が嬉しくて先生に承諾の返事をしてしまった。家に帰って腹一杯食べたあんこをメリケン粉のかわで巻いた母の手作りの菓子、食べすぎたための胸焼けをサイダーを飲んで癒すのも疎開先では考えられないぜいたくさであった。

試験は小学校で実施されたが、講堂に集められ、まるで徴兵検査と同じように裸でよつんばいにならされて、お尻の穴まで調べられたのには驚いた。自転車の構造を使って、重力や推進力を問うような問題が出たと思うが、理科はそんなに好きでなかったし、もともと乗り気でないことだったから、いいかげんに答えを書いておいた。不合格と聞かされてほっとしたが、一緒に受けたM君が合格と聞いた時は、成績を張り合っていたライバルであっただけに、いささかショックであった。けれども、あとで合格を辞退したと聞いた時は、彼が集団疎開から途中で縁故疎開に変わったために、「ああ、やっぱりな」と変な優越感を抱いたのも、軍国主義教育の影響であったのだろうか。いいかげんな答えを書いた自分を棚に上げて、お国のために働かないとは何たる不忠者だ、などと思っていたとすれば全く恥ずかしいことであった。

湖国の冬は寒くきびしかった。栄養状態も悪く、肌着などにも不自由していたから、たちまちシラミに悩まされた。シャツの縫い目にびっしりと産みつけられた卵を何とか退治しようと、二階の窓から雪の降る屋根の上に放り出しておいたこともある。雪はそのシャツの上に降りつもったけれど、卵はどうにもならなかった。

戦況が悪くなるにつれて、英霊を駅まで迎えに行くことも多くなった。夜、冷たい風に吹きさらされて、汽車の到着を長い間待っているのは、とても辛かった。そのためか、出迎えの様子はほとんど覚えていない。

卒業の時期も近づき、上級学校への進学もどうなるのか不安な毎日であったが、三月始めに大阪に帰ることになった。その頃、皇后陛下からということで、みんなにビスケットが配られた。例によってお礼のことばを述べさせられ、疎開児童を励ます御製を唱和した。その後で恭しくビスケットをいただいたが、紙に包まれた枚数だったから、あっというまに無くなってしまった。

大阪に帰る日は大雪であった。ゴムの長靴など、とっくの昔から手に入らなくなっていたから、ズック靴のまま、三十センチも積もった雪の道を駅まで行進した。汽車の中では、冷たく感覚のなくなった足をさすりながらも、半年ぶりに父母のもとに帰れる嬉しさに、子どもたちの声がはじけていたに違いない。

けれど、そんなに苦労をした集団疎開から帰って来たのに、わずか半月後の卒業式前日、三月一三日に大阪は大空襲をうけ、六月一五日は学校も我が家も焼けて無くなってしまったのである。

当時の同級生の消息は、学校も廃校になってしまったので、十余年かけてやっと十数人しか判明していない。一度、集まって思い出を語り合うことも計画したいと考えながらも、どんどん月日が過ぎてしまう。担任の先生もお亡くなりになってしまった。

昨年三月、三四年間の教師生活を退職し、それを機会に近江八幡に転居した。何となく疎開当時のことを思い出したかったことも、その理由の一つになっている。

馬渕小学校は昔の校舎が残っていた。真光寺は境内の真ん中にあった大きな樹がなくなっていたが、昔のままであった。訪れてみたら住職御夫妻もご健在、嬉しいことに、当時の寮母さんも、三人来てくださってしばらく昔話に花を咲かせた。この次は当時の級友たちと、ぜひもう一度訪れたいと思っている。（当時の住所　大阪市東区森之宮東之町五一三）

疎開学童の自殺未遂事件

東京都神宮前校　福田　直

太平洋戦争末期の昭和二十年半ば、連日連夜の空襲の合間を縫うように最後の機会で「富山学童集団疎開」に参加した。六年生から入学式前の新入生まで男女生徒合計八六名であった。富山県の西側、石川県境に近い砺波平野の中央辺り、一級河川庄川のほとり二本の大杉のある大きなお寺が落ち着き先となった(現在、付近にチューリップ公園がある)。

同年一一月の初旬までの足かけ八カ月間の不自由な疎開生活の間、色々な出来事があったが、疎開学童の自殺未遂事件もその一つである。

六月の中旬、お寺の脇に仮便所を作るため大量の粘土が必要となり、四年生から六年生まで約二十名がめいめいムシロを持たされ炎天下を約三㎞くらい和田川を渡り峠を越えて採掘現場にむかった。六年生のK君は最初からご機嫌が悪く、ブツブツ文句ばかり言ってダラダラ歩いていたが、下級生にその態度をからかわれたのに端を発し日頃の不平不満が一挙に爆発して、持っていた泥入りのムシロを投げ出して「こんなつらい疎開生活ならいっそ死んだ方がまし」とばかり大声で泣き叫びながら、近くの和田川に飛び込んだ。幸いにも川が浅かったのとそばに居合わせた寮母さんが急を聞いて駆けつけ川に入って下流に流されるK君を救助し少々水を飲んだだけで大事に到らなかった。

K君の家は千駄ヶ谷のお屋敷で、女系家族のお坊ちゃま。蝶よ花よと育てられ、ピアノ、オルガンはもとより文芸百般に優れた色白な好少年であるが故に炎天下の泥運び等、到底彼の限界を越えていたものと思われる。

父母をはなれて

大阪市清堀校　中西　広全

太平洋戦争

小学校一年の頃は、林先生は戦争の話をするのがとても上手だった。日本は、真珠湾攻撃でアメリカ海軍の不意をついて大勝利をおさめたことや、スマトラ、ボルネオ、ガダルカナル島を次々と占領し、ソロモン群島まで行ったことを詳しく話してくださった。

よく、ちょうちん行列もあった。でも、世界地図を見ていると、アメリカはあまりにも大きく、不気味だった。

ミッドウェイの海戦で、山本五十六元帥が爆死された。この頃から、日本は反対にアメリカ軍に押しまくられ、占領した島も取り返された。そこに、アメリカは基地を作って、偵察機を日本の近くまで飛ばした。

小学校二年の中頃から、警戒警報が時々発令した。敵機が来たから用心しろというわけだ。電灯に黒い布をかぶせ、光が外にもれないようにする。爆弾が落ちても、ガラスが割れないようにたすきがけに紙をはる。防空壕もほった。家が丸焼けになったら、そこに避難するためである。隣組で消防隊ができた。そして防火訓練をいつでもやった。男の人は国民服に戦闘帽、女の人はモンペをはいて、水を入れたバケツをリレーで回して、火に水をかける練習をした。

お米も配給になって、満州で採れるこうりゃんがまじって、みな黄色いご飯を食べた。栄養が不足してはいけないというので、学校でこの頃給食が始まった。

戦闘機や軍艦をどんどん作らなければならないので、鍋や釜や、はさみなどの鉄を供出した。それでも、日本軍はじりじりと負けて、アメリカの戦闘機が本土にまで偵察に来るようになった。空襲警報も時々発令する。

三年生の夏頃になって、子どもたちはいざという時足手まといになるので、大阪から離れることになった。田舎に知り合いがあるものは個人疎開と言って一人で行く。僕たち知り合いの無い者は、学校から集団で田舎に住むことになった。集団疎開だ。

本善寺

僕たちは奈良へ行くと聞いていた。「奈良だったら鹿もいるし、大仏さんもあるし、大阪から近いしちっとも淋しくないぞ」と、遠足にでも行くような気分であった。

その日が来た。皆、学校の前に整列して給食のコッペパンをリュックにいれ、水筒を斜めにさげて出発だ。先生も父兄もついておられる。阿倍野から電車に乗って、橿原神宮で乗り換えて、そこから単線だ。吉野の一つ手前の吉野神宮で降りた。見渡す限り畠ばかり。その間のあぜみちをすごく歩いた。僕たちと一緒に吉野川も遠くで走っている。右手に山がせまってきて、その麓の本善寺という、大きな古寺についた。思っていた奈良とは、全然違う。鹿や大仏さんなんかどこにもいない。奈良県吉野郡吉野町字飯貝という、淋しい村だった。

お寺は広々としていた。僕たちの部屋にはもうこうりがついていて、それぞれエナメルで自分の名前が書いてある。一緒についてきたお母さんがこうりをあけた、もう一度僕に説明してくれた。下着にもみな名前が書いてある。服には大きく住所と名前、血液A型と別の布に書いてはりつけてある。筆箱、箸箱、洗面器にも、エナメルで名前が書いてある。その青い光る文字はちょっと淋しい。

その日、僕たちは遠足に来たようなつもりで、広いお寺の中を走り回った。父母たちは、「また面会に来るよ」と言って、安心して帰って行った。

日課

その日から、先生と寮母さんとの生徒たちの集団生活は始まった。

大勢で生活するのは、はじめはめずらしいことであった。

夕食は、寮母さんが、竹の杓子で味噌汁をついでくれる。それを順番に並べる。お膳の上がそろうのに相当ひまがかかる。

「このご飯を食べて、丈夫な体を作り、日本を背負う子になります。いただきます」といっせいに挨拶をする。

何をするにしても、廊下につってある木板を先生が叩かれる。トントントンという音で、寝る時間となる。大広間に集まって、「つぎの世を、背負うべき身ぞたくましく、ただしくのびよ、里にうつりて…」と皇后陛下御製の歌を合唱する。

それから布団を敷き詰めて、二人ずつ一緒に寝るので寝苦しい。

「トントントン」朝六時、起床の合図だ。洗面道具と、木の茶椀を持って吉野川へ下って行く。ごろごろ転がっている磯の匂いのする石を踏み、転びそうになって浅瀬へ行く。清らかな水を使って、顔と茶椀を洗う。

お寺に戻ると拭き掃除、本堂の縁側は何百年もの間、雨にさらされてすじばかりだ。苔も生えている。雑巾で少々ごしごしやっても、あまり変わりは無い。

それがすむと、みな本堂に座る。坊さんが御経をあげる。坊さんは絞り出すような声で、一節ずつとなえると、僕らも一緒にそれについて言う。

「があんこんちょうせんがーん。

ひっしむじょうどう、
しいがんふーまんぞーく…」

これを一年間くりかえしたが、結局何も意味はわからなかった。

朝ご飯は奈良県で有名な茶がゆだ。お寺のへっついさんの上の二つの大きな釜に茶袋をほりこんで作る。お米が底のほうに沈んで、ほとんど茶ばかり。これでだいぶ、お米が節約できる。それにひねこうこが三切ればかり。

その後、畳の上で勉強。食台が机に早変わりする。算数と国語ぐらいを先生が教えになって、勉強は朝でおしまい。

昼からは自由時間だ。家へ手紙を書く者。将棋をする者。裏山へ登る者。軍艦ゴッコ、探偵ゴッコ、デンコンマラ等。何でもする。

福崎先生

福崎先生は僕たちの担任だ。柔道三段で、がっちりした体だが、背はそれほど高くはない。子どもの頃に喧嘩をして作った傷が頭に点々と禿になって、誰かが「七つ星」というあだなをつけた。色白で、太い眼鏡の奥から、小さな目が光っている。先生は、きれいな字を書かれるのと、ピアノがうまい。歌もうまい。

お寺の本堂にはオルガンがあって、先生は皆をそこに集めて、オルガンをひいて、一緒に歌を歌った。

「ぐんぐんあらわしぐんととぶぞ。
見たか銀翼この勇士
日本男子が精こめた…。」
「とんとんとんからりととなりぐみ。
ごはんのたきかたかきねごし。
あれこれめんどうみそしょうゆ。
おしえられたりおしえたり。」

等と戦争に関係した歌ばかりだ。またそんな歌しかなかった。先生は自分で作詞作曲して「疎開の歌」を作られた。

「北よ吉野の清流と
南に高く六雄に
しっかり抱かれきたえられ
父母遠きこの土地に
ああわれわれ、健男子。」

この歌は何回も歌った。

福崎先生は、翌年の春頃までおられて、兵隊にとられ、夏頃終戦で帰ってこられた。

面会

本善寺にきて一週間もたつと、加藤が自分のこうりのそばでしくしく泣いていた。家に帰りたいということだった。寮母さんになだめられてしゃくりあげていた。先生は加藤を「三日坊主じゃ無いが五日坊主」と言って叱られた。

あくる晩は雨羽が泣いた。次の晩は富田だった。でも他の者は、「日本男子はこんなくらいでは泣かないぞ」と自分に言い聞かせていたので、涙は見せなかった。

でも、一カ月もたって秋も深まると、淋しさがこたえてきた。お寺のつぶれた山門の屋根、色ずいたいちょうの木、見るものがすべて悲しかった。母にあいたい気持ちは、喉の所までこみ上げていた。景色が滲んで見える程であった。

月一回の面会を指折り数えて待った。本善寺の小門に床几を出して座りながら、吉野川をまたいでいる鉄橋を眺めていた。面会の日には、その上に電車が走るのを待っていた。向こうからこちらへ電車が走れば、それから三十分もすれば誰かが面会に来るはずだ。それが自分の家の者であることを期待した。

その日は、父兄が次々やってきた。親を見つけると飛び上がってその子は走っていく。御馳走を、重箱や弁当箱に詰めて持ってきている。おやつにきなこや豆も持ってきているが、一カ月はもたない。

僕は、上の姉が持ってきてくれた卵焼きや、蒲鉾が輝いて見えた。瓶にでんぶを詰めて二つぐらいいつも持ってきた。これを帰ってからご飯に振りかけて食べた。

金龍寺

吉野神宮の駅の近くに、金龍寺というお寺があって、僕の家がお寺だったから、その関係で時々遊びに行っても良いようにしてくれた。

お母さんは僕の下着をそのお寺にあずけておいてくれた。週に一回はそこに着替えに行った。金龍寺の奥さんは四十から五十ぐらいで、体格が良くて、優しくて、顔の面積が広くて、ハワイ生まれの日本人だった。でも、いつも白いエプロンを掛けて裁縫をしていた。奥さんは僕が行くたびに粟もちや、きびもちを付け焼きにしてくれた。かきもちも焼いてくれた。ビタミンが偏ってはいけないというので、母から預かっている薬も飲ましてくれた。

そこには「しずえさん」という娘さんがいて、青白い顔で、いつもマントを羽織っていて、僕を見てはイヒヒヒと笑った。おばさんの話によると、何の病気かわからないのにどんどん痩せていくんだそうだ。しずえさんは何カ月も後に山羊のようにやせ細った。医者にみてもらっても原因がわからないので易者に見てもらうと「鬼門の方向に何かきたないものがある」と言われた。よく調べてみると、お寺の北東の方向に牛小屋があって牛の糞だらけだった。その牛小屋を他の所に移したら、しずえさんはみちがえるように血色が良くなって、太りだしてきた。

宮崎ねえさん

宮崎ねえさんは僕たちの係の寮母さんだ。けれど寮母さんと呼ぶのはやめて、先生と呼ぶようになった。しばらくして、その呼び方もやめておねえさんと呼んでくれと言われた。

宮崎ねえさんは、中ぶとりだった。顔は目が少しつり上がっていて美人に近い。それに左ぎっちょで、ご飯や味噌汁を左でついでくれる。てきぱきとよく働き、きついねえさんだ。

宮崎ねえさんは皆を集めて、よく昔のお菓子の話をした。

「シュークリームおいしかったね。舌がとろけるみたいで。それにチョコレートがどろどろっとのっていて、こうして食べた…」

とお菓子をつまみあげて食べるまねをした。

その頃、一週間一度、二十世紀の梨をおやつに食べた位で、そんな贅沢なお菓子はとっくに姿を消していた。あれは夢だったのだろうか。あんなものがいつ食べられるようになるのだろうか。皆も負けずにお菓子の話をした。

ある日、福崎先生が僕たちを集めて、宮崎ねえさんの悪口を言っていた。

「この非常時にお菓子の話をするなんて、国賊だ。あんなやつ柔道でぶっつけたるぞ」

と先生は背負い投げの真似をした。

「それに、左で味噌汁くみやがって…」

と左手で柄杓を使う真似もした。皆、ぱちぱちと手をうって喜んだ。

その話を、誰からか聞いた宮崎ねえさんは、真剣な顔つきになって、それからしくしく泣きだした。お姉さんは皆を集めて、「先生が本当にそんなことを言ったのか」と聞いた。そして「先生を呼んで来てくれ」と言った。

福崎先生は不機嫌な顔つきで現れた。

「わしがいつそんなことを言うた」

と先生は皆をにらみまわした。

「貫野、わしはそんなこと言うたか」

貫野はすぐにけはいを知って、

「言いません」

と言った。

「西巻おまえは」

「いいえ、おっしゃいません」

僕はたまらなくなって、

「先生ゆうたやんけ、ゆうたやんけ。おねえさんを背負い投げするかっこうしたくせに」

と片ひじをはって、先生ににじりよった。

「この、うそつきもの!」

と先生は僕に一かつした。

「他にゆうたと思うもんでてこい」

と先生がすごみをきかすと、皆すくんでしまった。

「どや、中西、これでも言うた言うんか」

「はい、皆はうそつきです」

僕はえりくびをとられ、ふりまわされた。

あくる日、先生は僕のことを「デマ発表デマ発表」と言われた。僕はわけがわからなくなってしまった。

村の子供

一一月になると秋も深まり、空は高くなる。まんじゅしゃげが畦道にもえる。ごしょ柿も今にも落ちそうに熟す。その頃、飯貝村の水分小学校の一教室が僕たち疎開の子のためにあけられた。

運動場に集合して、村の子どもたちと初顔合わせをした。村の子は、手や足までも黒い。それに言葉も違う。

「われら、大阪から来たんけ。のうわれ」と言った。

「そうやで」

「そらなんぎやの。おっとろしないけ」

「おっとろしてなんやねん」

「そんなんわからんのけ。おっとろしよ」

言葉がおかしいというと、向こうもこっちがおかしいと笑う。

福崎先生が、村の子と合同演劇会をしようと言った。僕と塩崎が、劇の脚本書きである。僕の書いた「一匹と八匹」の方がおもしろいと言うので取り上げられ、何回も練習した。

演芸会の日には、村の女の子は、かすりの着物に、日本手拭いを頭にかぶって、水穂踊をやった。輪になって、何回も同じ歌で踊るので退屈した。「他にだしものはないか」と言うと、それでしまいらしかった。それにくらべて、疎開組は、劇が二本、それに合唱もあって変化にとんでいた。先生は、「村の子と町の子とこんなに違いがあるのか」とひそかに自慢していた。平素、「おかいのしゃぶしゃぶ、こうこのぱりぱり」と食べ物の貧しさを軽蔑していた村の子に、この日だけはしかえしをしてやった。

相撲

一二月にもなると、粉雪が降って、一尺ほどつもる。大阪と違うきびしい寒さだ。本善寺の大広間には、木製の四角い枠の中に鉄板のはった大火鉢が所々に置かれ、炭だけはふんだんに使って、火が入った。父兄会が僕たちのために作ってくれたものだ。寝るときは一つのこたつに四方からつっこむようにしてくれた。

塩崎先生は、暖かくなるようにと、相撲を取ることを提案され、番付を発表された。

東の横綱、羽黒山は貫野、関脇は神風、滋賀、男女川は堂之本、西の横綱双葉山は僕、照国は西巻、安芸海は木下、その他大勢の番付が大広間に張り出された。行司は塩崎で力は弱いが声は良い。名調子だ。僕は運動神経は鈍いが、体格がよいので好成績だ。

貫野は運動神経抜群のガキ大将で、技はあざやかさがあるが、頑張りのたらん所がある。僕との取り組みの時、僕の片足を取って、「よいしょ、よいしょ」と見せ物のように土俵の中をひきまわした。僕は貫野の裏を取ってこかした。

貫野はきげんが悪くなり、後で家来の滋賀と堂之本を呼んで何か相談をしていた。

滋賀がやってきた。

「中西君、遊べへんか」

それから、堂之本もやってきて、

「中西君、本堂で相撲とれへんか」

とニコニコ顔で言った。いやな予感がしたが、ついて行った。本堂で、滋賀と堂之本は僕の足を取って引きずり倒すと、いつのまにか貫野が現れて、僕の上に馬乗りになった。

「こうさんか」

「何がこうさんや。三人もかかってきやがって」

「なにぬかす。相撲のとき卑怯な手使いやがって」

と貫野は一応は僕を取りおさえたことに満足して、

「えらそうにしてたら承知せんぞ」

とすてぜりふを残した。それから三人はどこかへ行ってしまった。

しらみ

その年の暮れる頃から、誰からともなく、ごそごそ体中を掻くようになった。寮母さんが皆の下着を洗濯してほすときにしらみを発見した。

パンツの縫い目、毛糸の編み目、袖口などにしらみはいた。捕まえてよく見ると手の指のような足をもがくように動かしている。生まれてはじめて見た。

その日から、天気のよい日には、一斉に並んでしらみ取りがはじまった。下着を縫い目でひっくり返してみると、卵がぴかぴか光ってこびりついている。あわてて逃げようとしているやつもいる。爪の間にはさんでつぶすとプチンと手ごたえがある。殺しても殺しても、どこからともなく湧いてくる。しらみを絶滅させるなどということは諦めて、しらみ取りを暇つぶしと考えるようになった。そのうちに体の方がかゆいのになれて、それが当たり前となった。

僕は金龍寺まで行って下着の着替えをしていたが、おばさんは、「この間はしらみを二四五匹も殺しましたよ」と報告した。その時は僕が一番かゆくなかった日で自信があったのだ。たぶん二四匹ぐらいだと思っていたのに。

男子は丸坊主だったが、女子は毛じらみをわかした。天気のよい日は、庭にえん台を出して新聞紙を広げて、くしで髪の毛をといていた。黒いものがポロポロと紙の上に落ちる。見ると黒いしらみが足をよじらせている。髪に湧くしらみが黒いとはこの時はじめて知った。

夜になって、火鉢を囲むようになると、貫野は言った。

「福永、しらみを持ってこい」

福永は、腹巻にしらみを蓄えていて、いつも出せるようになっていた。

「はい、おやぶん」

福永のしらみは、金の十能の上に五・六匹のせられる。それを火鉢の上にかざす。しらみはあわてて外に逃げ出そうとするが、すぐに火箸で真ん中によせられる。ちりちりという音がするとぷちんという音がして、しらみは飛び上がりおだぶつとなる。皆は手をたたいて喜んだ。何の罪もないのに、いじめられているのは、僕たちだけでは無いと知るのだろうか。これは毎晩のように続いた。

B29

真冬ともなると、雪の降らない日の方が、朝の寒さが厳しい。零下三度はざらで、昼間でも五度までは上がらない。そのかわり、一点の雲も浮かんでない、青天井となる。

吉野川の向こうの五条山の上の青い空に、敵機が時々現れるようになった。「B29という爆撃機だ」と、先生はなかば敵を尊敬するかのように言った。B29は白い飛行機雲を青天井にあざやかにひいた。

豆粒のような日本の戦闘機が現れて、B29の下からまわり、腹から攻撃しようとしていた。

後ろからでは機関銃で逆にやられるそうだった。日本機がB29にとどきそうになると、急に敵機が消えて、先の方を飛んでいた。先生は、あれはロケットを使ったのだろうと言った。その時から、僕は、アメリカには勝てないと思った。

本善寺の坊さんが住んでいるところにラジオがあって、よく大本営発表を流していた。

始めに聞こえる音楽で、今日の戦争は勝ったか負けたかわかるようになっていた。

「海ゆかば、みいづくかばね
山ゆかばくさむすかばね
かえりみはせじ。」

というおごそかな音楽の時は、戦死者がでたときで、この頃これの方が多くなってきた。アッツ島、サイパン島も落とされて、日本軍は玉砕した。この頃から神風特別攻撃隊が出動した。

ある日、高木校長先生が皆を広間に集めて、

「皆さん、サイパン島、アッツ島を日本軍は手放すことになりました。後は、本土決戦のみとなりましたが心配はしないでください。日本には秘密兵器がありますから、ぜったいに負けません。もしアメリカ兵が上陸してきたら、大和魂をもって、死ぬまで戦いましょう」

と言われた。本善寺の坊さんも同じようなことをその後言われた。

B29が吉野にも一度舞い込んで、空襲警報となった。みんな防空頭巾をかぶって、裏山へ避難した。

そのとき一発の爆弾が、吉野山に落ちたそうである。

三月の空襲

三月のある日、五条山の上が真っ赤に染まった。大阪のある方向だ。大阪が大空襲にあい、丸焼けになったという噂が流れた。

面会日に来た父兄は、モンペ姿や、国民服を着てやってきた。

「家は丸焼けになった。さぁ、親類の田舎へ一緒に帰ろう」

と子どもを迎えに来た者や、

「家は焼けたけど、あんたはもうちょっとここにおりや。遠なるけど、田舎から面会に来るよってに」

と言う父兄もいる。

「家は、助かったけど大阪は半分焼けてもうたわ。上六から大阪港まで見えるんやで」

とのんきな人もいる。

自分の家が焼けたと泣き出す子もいた。

僕の家は今度はどうやら助かったらしい。

便所

どうしてみんなはこんなに行儀が悪いのか、おしっこを便器の外にこぼす。便所には、藁草履が置いてあったが、べちゃべちゃだ。おしっこを踏まないように、遠い所からやるのでよけいにおしっこがこぼれる。そんなことの繰り返しで、便所が便器みたいになって、下駄を置くようになった。

女の子は寒いからと言ってとことんまで我慢して便所に走ってくる。木野さんなどはその常習犯で、「もれるもれる」と言いながら、スカートを股にはさんでよじれるような格好でやってくる。一番ちびの瀧さんなどは便所につくまでにもらしてしまって、野村ねえさんに叱られて大声で泣いていた。

ある晩、富田のきちがいように泣きわめく声が聞こえた。

「蛇や、蛇や」

と泣きわめきながら、富田が便所から帰ってくる。寮母さんも、生徒もみんなその声に何事かと飛び起きた。便所をみにいったが、そこには蛇はおらずに、おしっこが蛇の形に流れていた。富田はねぼけていたらしいが、人騒がせなやつだった。

さくら

春になると吉野名物の桜が一面に咲いた。本善寺の庭のしだれ桜も花をつけた。山門の前に、去年から工事中だった橋が完成し、その橋のたもとに見事な桜の木があったので桜橋という名がついた。

吉野山へも行った。吉野神宮の駅の近くから、金龍寺の横を通って「七曲がり」という登り口がある。そこから、文字どおりきつい坂を七回曲がると吉野のロープウェイの乗り場あたりに出てくる。そこには八木屋という旅館があり、真田山小学校の生徒が疎開していた。蔵王堂があり、義経の千本桜がある。八重桜や、そめいよしのと言う桜が咲き乱れている。福崎先生は、

「日本男子は、桜のように、ぱっと咲いて、ぱっと散れ」

と言われた。その頃、桜弾といって、爆弾に人間が乗って、敵を攻撃する兵器が出てきた。そう思ってみると、桜って悲しく見えた。

六月の空襲

六月にまた大空襲があった。前のように、五条山の空が焼けて、真っ黒な雲が湧いて、こちらへ押し寄せてきた。それから黒い雨が降った。次の面会の時、大阪はほとんど焼け野原になったと聞いた。姉は、

「広ちゃん。うちの家は焼けたよ」

と言った。僕は何も感じなかった。

「よその人もみんな焼き出されたんや。自分の所だけ残ったらかっこ悪いよ」

と言った。父母は関屋という所に疎開しているそうだ。

滋賀のお父さんが、体中包帯を巻いて面会に来た。滋賀の家が燃えているとき、お父さんはもう一つ家財道具を運びだそうと、火の中をくぐったそうなんだ。その時、全身火傷をした。そして、警察病院にはいったが、看護婦さんの目を盗んで面会に来たそうなんだ。お父さんが帰って一週間程してから、滋賀のお父さんが死んだということを誰からか聞いて知っていた。滋賀は銀杏のような目を泣きはらした。滋賀の肉親は全部おらなくなったようで、残るはおじさんだけだった。このおじさんを、滋賀は「たこつりおっちゃん」と呼んでいた。「たこつりおっちゃんがいつか迎えに来る」と滋賀は信じていた。

食べる

集団疎開への配給が減ったのか、米が少なくなった。しゃぶしゃぶの御粥の中に団子が浮かぶようになった。昼や晩ご飯は、始めはどんぶりの上まであったのが、下の方へちょろりとしか無くなってきた。百回かめばこれ

でも栄養は取れるんだと先生がおっしゃった。それが、豆がまじるようになった。おなかがすくので、野原へ食べれる草をつみに行った。毒芹以外はすべてつんで、ご飯に入れるようになった。豆や草は消化が悪く、みんな腹を下した。おかげで骨と皮となり考える力もなくなり、ただひょろひょろしているだけだった。

吉野川へ鮎を釣りに行った。しかし小魚は腹のたしにならなかった。そこでお寺の渡り廊下の下の池の鯉に目がつけられた。鯉を釣って、勝手に台所からコンロを持ってきて、縁側で小枝を燃やした。ものすごい煙だが、それにまじってうっとりするような匂いが流れてくる。思えば一年間、魚というものを口にしていない。みんな鯉を一口ずつ舌にのせた。なつかしい、忘れていた味が口中一杯に広がった。そんなわけで池の鯉は一匹もおらなくなり、坊さんに大目玉をくらった。

八月一五日

サイパン島、硫黄島が敵に占領され、沖縄の日本軍も玉砕したので、残るは本土だけとなった。

橿原神宮駅へグラマン戦闘機が飛んできて、駅で電車を待っていた人たちに機銃掃射をあびせて、皆殺しにした。広島と長崎に落下傘爆弾が落ちて大変な死者が出たらしい。それを新型爆弾とも言った。日本の秘密兵器はいつでてきて敵をやっつけてくれるのだろう。

ある日の正午、重要な放送があるので皆集まれと藤沢先生が言われた。何もわからないで集まっている所で、ラジオがかけられた。天皇陛下の玉音が流れ、その御声はふるえているようだった。

藤沢先生が重く低い声で、

「日本はポツダム宣言を受諾することになりました」

と言われた。先生や寮母さんがわっと泣きだした。僕たちはその様子を見て、ただキョロキョロする者や、中にはゲラゲラ笑う者もいた。野村ねえさんが、

「日本は戦争に負けたのです。皆さん、どんな苦難が待ち受けているかもしれませんが、がんばりましょう」

と言われた。僕は、

「天皇陛下は馬鹿や、何で降参するねん」

と言った。皆と口々に、

「アメリカ人来たら、竹槍で殺したるわ」

「奴隷になるのんいやや」

と言った。

引きあげ

十月二四日、本善寺に来てから一年と二カ月になる。アメリカ兵が上陸してきたら、みんな奴隷になるからこのままいようという意見もあった。けれど実際は意外と

おとなしいという事もわかったので、いよいよ、この日、本善寺を引きあげる事となった。

　みんな骨と皮でよくがんばった。みんなの父母が迎えに来た。この一年は十年のように思った。だから、帰る電車の中で、夢を見てるのではないかと思った。目が覚めたら、やっぱり本善寺ではないかと疑った。

吉野への学童疎開

大阪市清堀校　米田　孝造

　一つの戦争が起こるたびに、難民があふれ、家族とりわけ一番弱い者である子どもが、戦争の犠牲になる。私が小学校一年生の折、日本は太平洋戦争に突入してしばらくの頃だった。校長先生の訓話といえば、真珠湾で亡くなった先輩の話等であった。この戦争が、日本の国だけでなく、国民一人一人の運命を変えてしまうことなど、夢にも考えられなかった。

　小学校一、二年の頃から、非常時、非常時と大人が騒いでいた。まず都会の空き地という空き地は、貯水池や畑になっていた。防空壕が、各戸で掘られた。日々の生活は配給でまかなわれていたようだった。衣服は切符制だった。食料は、玄米やこうりゃん米だった。だけどアイスクリームやうどん玉等買いに行った。相撲が国威高揚とかで盛んであった。相撲のブロマイド集めやべったんが流行していたし、野外では、もっぱら戦争ごっこが大流行。二年生の二学期の頃より道路の狭い所に建てられている家等が、国の都合で強制移転させられていった。

　僕はそんなことの中でも夢中で遊んでいた。

だが、遊べなくなってしまう日がやって来た。三年生の二学期だった。ある日疎開組と縁故組とにわけられた。親戚が大阪郊外にある者は、縁故を頼って去っていった。僕等は、三年生六十数名、吉野本善寺に決定。朝早くから運動場に集まった。学年別に行き先は一緒だが、上市と吉野神宮とに分けられた。子ども心に不安と楽しさがいり交じっていた。これが一年間も続くとは、思わなかった。みんなで行くので淋しくなかった。先生も一緒だったから。リュックを背中に、ハイキング気分だった。

　先に柳ごうりが届いていたので、広い寺院の奥の部屋を区切って整理した。天井の高い広い大広間は寝室。大きな襖絵が描かれている部屋は布団部屋。食堂は、台所に近い離れ座敷みたいな所だった。月に一度、面会日もあった。面会日には、自分の好きな食べ物を持ってきてくれた。

私たちは毎日の生活で食事のこと以外は面会日を指折り数えて待っていた。中には父母恋しさのあまり、脱走する者もいた。

まず、寺の生活、そして衣食住は以下のとおりであった。朝七時に木たくの音に起床し、本堂廊下の掃除、読経、食事、学校というコースである。みんな集団登校であった。衣服は、面会日に持って来てくれる。はじめのうちは、みんなも川で洗濯などしたが、父兄がきてくれる者は着のみきのままだった。

それも、最初は、気にならなかったが、大阪空襲後は、全く様子が変わってしまった。春と夏の衣服の着替えが、できなくなった。下着の着替えができなくなったことは、不衛生で蚤・虱を発生させた。冬の午後のひなたぼっこには、僕などは、腹巻きのまわりにしらみの卵がくっついてとれなくなり、金槌で叩いたものだった。友だちはしらみを火鉢の中にほうりこんで、ポンという音をさせていた。蚤にいたっては、夏の夜中に、寝入っている最中かゆくなり、布団をバタバタ両手で払い、敷き直して寝入るが、またもかゆくてしかたなくなる。それで布団の真ん中に座っていると、左右から一匹一匹とせり上がってきたものである。メンソレータムをベタベタ塗っては眠りこむ以外に眠れない。でも十日もすれば虱君ともお友だちになれるのだとはこの時知った。

次は食事のことである。食べ盛りの七歳から八歳までの子どもである。ひもじさはゴマ塩のゴマ、からしの粉、柿、とうもろこしの生まで食べた。スカンポという草の茎の皮をとって食べた。疎開の子どもは、食べれるものは何でも食べた。醬油まで飲んだものがいたが血を吐いた。名前が東郷という友人だった。吉野の名産の葛切りといわれているもの、春雨と呼んでいたものは、みそ汁や酢のものにして食べた。僕らは、他に乾燥したものを盗んでは火鉢の上へ置いては、焼いて食べた。春は、スカンポやカラスノエンドウという草の種を食べた。夏から秋にかけては、近くの栗や柿を盗って食べた。

以上のような状態の日々の生活は燃料となる製材所の木片を、もらいにいくことだった。朝は早く冬などは、落ちている木片といっても小三の子どもには、冷たく重く感じられた。本善寺より一里の所であった。また、裏山へ下枝や枯木を拾いに行かされた。学校生活は集団疎開で低学年のため午前で終わった。午後、先生の指導で相撲の大会をやった。日曜日などは、行軍よろしく吉野山の如意輪堂や水分神社へ参拝し、軍歌を歌って帰った。

日常の生活の中で先生以上に忘れられない人は、寮母さんである。学徒動員か軍事工場と同様に国の方針で、一六から二五歳までの女の人だと思う。この寮母さんが、やがて主役を務めなくてはならない時がやって来る。戦争が激しくなると男の先生は全員行ってしまった。すると、食事や日常の衣食住、子どもの身のまわりのことは、寮母さんの仕事であった。この寮母さんにも手におえない子どもたちが、やがて生まれてきた。男の先生がいない世界は、たかが女の先生ということで、集団の力で、反抗したりした一団が生まれた。食事のことでは一番よく表れた。みんなの朝食の折、少ない食事、大和の茶がゆといわれるものをみんなは順々に茶碗をリレーして食事が配られる。さて次に二杯目の折り返し、膳の下の別の茶碗が廻されてくる。自分の分をへつって親分の子どもの食事として、食事を入れる。そこで入れない僕などは、次の日などは、二杯目のみんなのリレーの中に入れてもらえず、大きな声で「僕の分も入れてください」と、寮母さんに泣き声まじりに訴えたものである。

僕などは、よく反抗したのだろう。「山猫のサンタ」と呼ばれた。吉野の冬は特に寒い。木の角火鉢に、四、五人の子どもが台所の残火をもっては、火を入れて手を暖めた。ところが意地悪が、自分一人で独占しようとして喧嘩になり、僕は怒る。すると髪の毛が逆立つらしく、山猫なんぞという良いアダナをもらう。そんな僕にも、春から夏になると、寺の外へ出る機会があった。寺の外へ一人遊びに出ると、近所の子どもがいてグミをとってはくれたりした。唯一の救いだった。

下村さんという寺の境内の中に住んでいられた方によく味噌をもらいに行った。そして最後にこう言われたのを覚えている。「お母さんに頼まれているから、あげるけど、もうこれ以上うちも味噌は、あげられないのよ」学校の先生か、警察か知らないけれど公務員だった下村さんも貧しい中で僕に味噌をくれたのだと今しみじみ思う。

その他に、大勢で小学校の教室でセルロイドの下敷きで叩かれ、痛い痛いと泣き叫んだものである。一部の力の強い者が弱い者をいじめる世界、子どもだけの世界、やさしさや、いたわりの無い世界が広がる。今でも当時の写真を見ると、志賀や貫野、青木などがどんなことをしたか、感情が思い出せる。他の子(私であった)の着物の帯を自分のふんどしにして水泳に使っていた。また池田五兵衛君などは、志賀に少し反抗したせいなのか小さかったので弱いためか、みんなで押さえつけられて、盗んだ栗の焼いたものを頰につけられ火傷で水ぶくれになっていた。釣った池の魚を三枚におろしては、食えと言われて食べた子もいた。そんな志賀もやがて、父親が大阪の空襲後に迎えにやってきた。

そんな生活も、ある日突然、変わる日がやってきた。敗戦の詔勅の生放送であった。突然ラジオの前に何か言っていることはわかったが何が何だかわからなかった。先生や寮母さんがすすり泣いていた。僕らは、わからずにいた。それは敗戦だということを後で知った。僕などは先生が戦地へ召集されたときに思った。「戦争は負けるか、勝つかは早くしてほしい」負ければ帰れる、勝っても帰れる、早く帰りたかったのである。

終戦となると、僕らの廻りは変わってきた。次から次へと父母が面会に来て帰れる者は、個人的に帰って行った。大阪の様子も知らせてくれた。早よ帰りたい、早よ帰りたいが毎日だった。だが二、三十名は最後まで誰も迎えにこなかった。そこで、秋口に、身の回りのものをもってあこがれの大阪に帰阪したのだった。

何もない焼け野原の大阪清堀から近鉄百貨店が見える大阪だった。その清堀は焼けただれた校舎でも、しっかり建って僕らを迎えてくれた。

一番楽しい思い出をなつかしさを残している清堀は、まだ建っていたのだった。

私の、集団疎開の頃

東京都赤羽校　渡部　邦子

東京・芝・三田にあった聖坂国民学校は、五年生になって終わりを告げた。

跡地には、隣接の南海国民学校(現在の三田図書館)が移り、学童たちは南海、及び赤羽校に分散された。

私が、赤羽校に移った六年生の昭和一九年八月、個々の家庭の縁故疎開組と、栃木県塩谷郡塩原町の旅館(三軒位)の集団疎開組に分かれて東京を離れた。

勉強する時は、級別に旅館の部屋が教室になったが、黒板も教材らしきものもなく、教科書とノートだけで長くは続かなかった。「勉強しないと、あなたたち便所掃除しか仕事ありませんよ」と言われた女の先生には、小さいお子さんがおられた。

もれた小水も凍るトイレも当番で掃除した。

温泉につかりながら、冬の寒さでツララが何本もぶら下がっているのが眺められた。

医者通いをする子もいたが、私の左手首には、しもやけをこじらせたと思われる跡が一つ残った。

旅館の裏庭に、生徒が並んでシラミとりをしたり、乾布摩擦をした。その時、先生が作詞された、

「今度、このたび、国の為に、遠く離れて北に行く……」の、低く重い軍国調の歌を、握りこぶしを振って皆で歌った。

旅館の広間に学童が集まり、正座して皇后さまの御歌、

次の世を背負うべき身ぞ　たくましく

正しく伸びよ　里にうつりて

を節をつけて歌ったこともあった。そのあと、丁寧に紙に包まれたビスケットが配られた。

私は、子どもたちに向けて配られたにもかかわらず、東京に住む父の元へ(母は病死)封筒に入れて送った。

家庭から送られてくる食べものの差し入れなど、一旦は教師のもとへ集められたようだ。

名ばかりのお汁粉や、角切りのバターを一つご飯の上にのせて頂いた。

刻んだ芋ガラの味噌汁も、初めてだったが何でも食べた。

学童のお姉さんが、保母さんとなって一緒に来ていて、私たちの世話をしてくれていた。

箒川沿いに歩いて、「木の葉化石園」を見学したり、湯本の神社の高い石段を上がって、逆杉を仰ぎ見たり、方へハイキングに出かけたのが唯一の楽しみだった。

五人位の一部屋には、火鉢が一つ置いてあるきり、遊び道具がなかった。

「てんかん」の発作の起きる友だちが一人混じっていた。

初めて親元を離れた子は、最初のうち、泣いたりおねしょする子もいたようだった。

面会日が待ち遠しく、母親たちが東京から来るのを知って、玄関先に児童が押し寄せた。

白髪まじりの太った旅館のおじさんは、灰色のセーター姿で帳場の前に座り、ニコニコして出迎えていた。

私には、東京から母親代わりの十歳上の姉が、面会に来てくれて嬉しかった。

食糧難時代、たくさんの都会人が一ぺんに集まってきたので、土地の人たちとの摩擦もあったらしく、後年、姉の言葉の端々から想像された。

六年生は、中学入学準備のため、翌年、二月二二日に東京に戻ってきた。

電車が遅れて夜になり、自宅へ向かう道は雪が積もっていた。

学童たちは、上京前にお土産を買いに外出して、先生に叱られたのも、「欲しがりません、勝つまでは」とか「ぜい沢は敵」という時代だからと思った。

戦争末期、昭和二十年三月の国民学校の卒業式らしいものは、ごく簡単に手早く済ませたが、それに伴う卒業証書などは未だ貰っていない。相次ぐ空襲と物資不足で、印刷する余裕などなかったのだ。

非常措置をラジオで放送したのを聞いて、私立の中学校は無試験で入学した。

塩原から帰って三カ月後の五月、戦災で焼け野原になり家も全焼、アルバムも何も一切を失った。

焼け跡にバラック小屋が建つ頃、私と入れ違いに行った五歳年下の弟が、塩原の疎開地からやせ細った姿で戻ってきた。

食糧事情がますます悪くなった中で、礼儀正しい物言いで、いとおしく抱きしめたくなる気持ちだった。（千葉県八千代市）

『ボクちゃん』と俺

大阪市江戸堀校　朝比奈　一蔵

その朝、新聞を開いて、紙面を一瞥しただけで、網膜に何かが突きささるような感じがしたのです。〝集団疎開〟の四文字でした。
奥田継夫氏原作の『ボクちゃんの戦場』が映画化される記事で、それだけでは通り一遍の、フーンという思いだったのです。これまでも新聞紙上で集団疎開の記事をちょこちょこと見ていたのですが、自分には関係がないと、読むだけでほとんど無反応でしたが、今回は〈氏は江戸堀国民学校四年生の時に島根県加茂町へ集団疎開〉とあり、エッエーという気になり、早速本屋さんに原作を取り寄せてもらうことにしたのです。本が手元に届くまでの一週間は何が書かれているのか、あれこれ想像し、全部悪い方に考えが傾きました。本屋さんから届いたとの知らせをもらい、取りに行って本屋の親父さんから、「朝比奈さん。ぎょうさん名前が出てきまっせ」と言われ、悪い予感があたった。とうとう疎開中のワルサが告発されたとの思いにかられ、四十年間忘れられないが思い出さないように古い大脳皮質の奥にしまい込んでいた集団疎開の《俺》が白日の下にさらされることになってしまった！　残念！　と思いました
本を持ち帰り読もうとしたのですが、読み急ぎ過ぎ、とても書かれている内容まで頭に入らず、自分の名前の出ている所ではドキッとして、二度三度読み返し、少し安心してまた読み進み、なんとか読み終えたのです。いつ、どのような形で誰をと言うことは出来ませんが何しろ、どでかい態度でクラスでのさばっていたことだけは確かで、大勢の者が恨みと怒りを持っている上、自分が存在するだけでも、うとまれていたはずですから、十中八九自分の〈ワルサ〉の数々が書かれていると思い込んでいました。それだけに安堵の胸を撫でおろしたのです。にしても、原作者の奥田氏の記憶がよみがえって来ない。入学以来敗戦によって終了した集団疎開を含めて五年間、一緒のクラスだったのに。後刻考えてみたら、彼は品行方正の優等生、こちらは悪ガキ、思い出さないのも

当然かと思いました。その後、『ボクちゃんの戦場』の映画化が軌道にのり出した頃、それまで誰とも音信不通だったのに、どこをどう探し当ててくれたのかクラスの山村氏(旧姓勝くん)より連絡をもらい、四十年ぶりに数人の疎開仲間と合ったのですが、途端に奥田氏をはじめ、それぞれの顔が小学生時代と重なり、はっきりと思い出しました。

話は当然疎開になり、必然的にいじめになり、楽しかった話題は出てこず、こちらは気が重い。昔のいじめはガキ大将がいて、暗黙のルールがあり、現在のいじめはだいぶ様子が違うというようなことが書かれたものを見たことがありますが、こと疎開中のいじめに関しては、決してそんなものではなく、朝、目を覚ました時から夜いじめの相手が寝入るまで、何をするにも一緒、作業分担も決められた相手と班を組んで、その中にいじめの相手がいても拒否することもできず、いじめの時は教師は屁の突っ張りにもならず、二四時間緊張のしっぱなし。違いと言えば、いじめられる方が時代が時代だけに精神的に強かったということでしょうか？　それだけにいじめられた人々は一生忘れることはないでしょう。当然でしょうね！　その分こちらとしては一段と気が重く、後悔先にたたずです。

度々言われる言葉ですが、足を踏んだ人はすぐに忘れるが、踏まれた人は踏まれた痛さをいつまでも忘れない。韓国・中国をはじめ、東南アジアの人々が常に日本人の行為を非難されるのも行為の重大性や比重に差があるとは言え、同じ気持ちの現れではないでしょうか？

疎開体験が人格形成に影響

東京都精華校　嘉藤　長二郎

私は、昭和一九年九月から二十年一一月の一年三カ月間(国民学校の五～六年生)、東京都浅草区(当時)蔵前から宮城県刈田郡白石町(当時)へ学童集団疎開をしました。(帰京後、昭和五十年一一月以来、平成元年十月までの一四年間に七回訪問)

疎開生活は、①ひもじかった。②寂しかった。③寒かった。④虱(しらみ)に悩まされた、等の辛い想い出もありますが、田舎のない江戸っ子として今となっては、南蔵王山麓での秋のきのこ採り、冬のそり滑り、春の摘み草、夏の川遊びというように四季の自然と東北の素朴な人情に触れた貴重な体験でもありました。

その中、進学のために昭和二十年三月七日に帰京した寮生六年十名中、五名が三日後の十日、東京大空襲で戦災死したことは、何のための疎開だったのかとショックを受けました。そして、先生の言うとおり、身心を鍛え、少年航空兵を志願して特攻機に乗り、鬼畜・米英艦隊に突入して死ぬ(「一人一機一艦撃滅主義」)。「残された親たちは……。人生とはこれでよいのか――」との疑問を抱きました。

昭和二十年八月一五日敗戦。混迷の社会情勢の中、ここでの生活体験がその後の私の人生に大きな影響を与えました。すなわち、①物を大事にする。②権力や教師の言うことに懐疑の念を抱く。③平和と民衆の幸せについての推進を人生の課題の一つに選んだこと、等です。

地方公務員として住民の身近な課題に取り組んで三十数年(併任、組合執行委員一一年)。そして今、「冷戦から新時代に」と世界の二大潮流も変わろうとしていますが、昭和四九年九月から関わりだした学童疎開体験の継承を、「一五年戦争時」(昭和六年九月満州事変～昭和二十年八月大東亜戦争)に少年期を過ごした一人として、これからも続けていかなくてはと、日夜考えて行動しています。(全国疎開学童連絡協議会副会長)

思い出の学童疎開

大阪市佃校　広瀬　瑠美

昭和一九年五月、私たちは大阪市佃国民学校より、島根県とどろき村、法海寺へ集団疎開をしました。

まるで遠足にでも行くようにはしゃいで、満員の汽車にゆられて遠く遠く感じました。八時間くらいかかったそうです。

疎開先に着き、自分の物か人の物かわからないまま毎日をお寺で過ごし、夕方になると皆泣きました。親恋しさに――。

三年生といえば、やっと学校に馴れた頃、親元を離れて知らないお寺で暮らすのは、ほんとに淋しかった。昼間は、山へ行って遊んだり都会にない楽しさがありました。夜になると、昼の遊び疲れや勉強で寝込んでしまいますが、夕方日が沈む頃、お腹もすいて母が恋しくつらかった。からだには「しらみ」がわくし、お寺のおばさんには叱られ「おかあちゃーん」と何度泣いたかしれません。

その頃、大阪は空襲で火の海だったそうです。幸か不幸か私の父が、今のPTA役員をしていて、一週間に一度遠い疎開先に面会に来てくれました。おみやげを持てるだけ持って父母が来ました。友だちに全部分けてあげ、皆で食べたきな粉を覚えています。

　私の場合、ひとりっ子のため両親が甘やかして、会いたい一心で面会に来るのです。でも帰るとき、親子が畑の中で泣きました。今思うと、私より子を残して帰る親の方が辛かったと思います。私はただ大きな声で「また来てな」と泣きながら別れました。

　そのときに母が作った短歌を読んでください。

あきらめて　別れを惜しむ母と子が
また逢うことを　誓うたそがれ

年をとりて　なぞなぞ言いつつ母と子が、
寮（お寺）への道を急ぐ夕ぐれ
昭和二十年五月一五日

桑の木の青きか中の法海寺
守らせ給え　疎開児童を

逢いみての後の心の淋しけれ
今宵もぬらす　吾子しのびて
昭和二十年五月、　母

　この四つの短歌は、母がどれほど辛かったか今もって涙が出てきます。母の作った歌を読むたびに親孝行を、と思います。

　でも、今小学四年生の母となり、遠い島根まで面会に来てくれたことはうれしかったけれど、面会に来られない他の子どもはどれほど羨ましい思いをしたか、自分さえよければよいと考えた親の代表的なものだと思います。

　家庭のいろいろな事情で、子に逢いたい思いは同じでも行けない親もあり、戦争で家も失くした人もいたと思います。いま考えますと、私の親は、そんなことを考える余裕もなかったのだと思うのです。

　だから、私の子どもには忘れ物をしても、私が持って行くことはしません。雨が降ってもかさも持って行きません。持ってきてもらえない他の子どもがかわいそうに思えるからなのです。（旧姓・藤岡）

あの日、あの時

大阪市大宝校　西脇　明美

「ドカーン」　私の背後に焼夷弾——

間一発、命びろい――
真っ黒く焼けただれた死体は、人形のように横たわり
人々はハードルの選手のようにそれをとびこえて逃げまどう――
走る――夢中で走った。それは阿修羅と化した地獄絵図――
三月の夜明け　爆音と共に　大阪の空を一瞬にしてオレンジ色に染めあげた炎――
それはまたたくまに無限に広がり、人々の小さな倖せさえ奪ってしまった。生死の表裏――。
あの日から四十数年　母の背にせおわれた赤子の妹ももう二児の母――。
あの大空襲の夜　今でも私を叱る母の気丈さが怪我一つなく無事に逃げおえた故と思う。
その母も　あの時　今の妹の年と同じではなかったろうか――。
落葉を五十枚集める宿題を忘れた私は
母に叱られ手を引かれ早朝の御堂筋に落葉をひろいに行った――。
強制疎開で家屋もとりはらわれた広い道路は　より広く　森閑としていた――。
幼い日の私たちの絶好の遊び場所――。
悪夢のように　すべてが灰となり　その廃墟に平和の戻った日
あの御堂筋には銀杏のかげすらなく
冷たくよどんだ道頓堀の橋のたもとで
しっかり母の手をにぎり　終戦の日の暑い夕焼けを見た――。
大都会に静寂を知った時　私の故郷は失われた日だった――。
今、歓楽の中に息ずくネオンの灯は
その平和の狂態を演じ
水面にその縮図をえがく――
あのいまわしい夜　同じ堀に焼けただれた身に水を求め　帰らぬ人となった多くの人々のいたことを　今は知る人も少ない。（東京都江東区）

学童集団疎開体験記

大阪市桃丘校　伊藤　文子

「文ちゃん、ちょっとあれ見てごらん。恐いこと書いたあるわ。あーこわ」

昭和一九年二月、冷たい北風の吹く大阪市天王寺区上本町六丁目の交差点で、一緒に歩いていた母が突然指差して言った。

『一億死方用意！』

関急百貨店(現在近鉄百貨店上本町店)の外壁に、白地に黒で書かれた垂れ幕が灰色の空の下で不気味にはためいていた。母は、寒さと驚きで色を無くした顔を肩掛けで覆い直した。

太平洋戦争の勃発からわずか二年余りで、戦局はすでに悪化の一途を辿っていた。

昭和一九年八月末、大阪の第一次学童集団疎開が実施される。

(当時の大阪の家族の状況)
大阪市天王寺区北山町三五番地に居住
父　平蔵　　商業
母　ツギ　　家事
姉　多栄子　家事見習
姉　貞子　家事見習
兄　利雄　大阪高等工業学校学生
姉　要子　清水谷高等女学校生徒
姉　好　夕陽丘高等女学校生徒

昭和一九年七、八月頃(?)、学校から学童集団疎開について急きょ説明があった。私は、家族、とりわけ母と離れて暮らす淋しさを紛らすには、現在一緒に勉強をしている気心のよくわかった大勢の友だちとの共同生活がよいと考え、縁故疎開よりも集団疎開を選んだ。家族も同意見だった。

昭和一九年九月九日、大阪市桃丘国民学校初等科五年在学中に、大阪府中河内郡縄手村大字四条の「南正院」に集団疎開する。

縄手村は、現在の近鉄奈良線瓢簞山駅南側を山手に行った所か？　今はすっかり変わってしまって見当がつかない。

引率の先生　中村留三郎先生
寮母さん　西沢澄子さん

当時は、駅のすぐ傍に「宮下牧場」があり、放牧された牛が美味しそうに草を食んでいた。そこから山手へ、左に民家、右に、岩の間を小川が流れているやや狭い道を三、四十分(?・)登って「南正院」に着く。大阪の町中に住んでいる私にとっては、かなり山奥のように感じられた。

「南正院」の寮は本堂とは別棟である。近くに滝が落ち、白い着衣の人が滝に打たれ、お経を唱えながら行をしている。岩間を川が流れ、楓、樫、その他の木々が幾重にも繁りうっそうとして皆の顔も青く染まっていた。私はなぜか緊張してしまってお腹が痛くなった。

九月も十日近くになると、山の夕暮れはもう薄ら寒く、滝の音も川の流れももの寂しく、しかも親や兄姉たちと別れてただ一人(もちろん、先生や友だちとは一緒だが)いつまで居るかもわからず、心細くて、お炊事の〝西口のおじさん〟(近くに住んでおられたらしい)が作ってくださった心づくしの夕食にも涙がポロリ、咽喉が詰まって食欲がなく、美味しそうに食べている友だちが不思議だった。これが私の集団疎開第一日目の印象である。

疎開生活も日が経つに従って家族との面会や、手紙のやり取り等もあり、淋しさもだんだんと和らいで行った。特に、〝西口のおじさん〟の手に成る〝大豆と昆布〟の煮物の味は母の味付けとそっくりで、懐かしい母の傍に居るようでとても元気が出た。

《「南正院」寮での生活の状況》

○朝起きると大阪の方を向いて「お父さん、お母さんお早うございます」と皆で挨拶をする。それから、「先生お早うございます」「皆さんお早うございます」と挨拶をし合う。

○山の下の縄手国民学校の教室、または寮(雨の日)で勉強をする。

○近くの山や丘で遊んだり、中庭で体操をしたりして身体を鍛える。

○部屋、手洗いの掃除を皆で手分けしてする。

私は末っ子で、家に居る時は手洗いの掃除をしたことがなかったが、誰もが嫌がることは自分が見本を示さなければと子ども心に決意し、一生懸命にする。先生は、私には何も言われなかったが、後日、面会に来た母にそのことを言って褒めてくださったそうである。母は、「まぁ、あの甘ちゃんのあの子が…」とびっくりしたとか――。

○自分の肌着等、小さな物は近くの小川でおのおのが洗濯する。〝桃太郎〟のおばあさんだと笑い合った。

○ある日、洗濯物が干してある時に、突然雨が降り出す。私たちは慌てて自分の物を取り入れ、部屋のどこへ掛けようかと場所取りをしていると、タッタッタッと先生が部屋へ走って来られて、「あの洗濯物は誰のかね」と指差された。皆一斉にその方を見る。何と寮母さんの洗濯物だけがしょんぼり雨に打たれている。「君たちはいつも寮母さんにお世話になっているのにこれはどういう事かね。それから君も病気の時大変お世話になっただろう。君も、自分のことだけ考えていてはいけないよ。わざとした訳ではないだろうが、これからは気をつけるんだね」と言われた。

先生の言われたことは洗濯物に限らずこれからの集団生活に非常に大切なことだと深く心に残った。

○先生が、家族からの手紙を持って部屋に入って来られると、皆、自分の名前が呼ばれるかなと互いに顔を見合わせながらドキドキして待つ。来た来た！　懐かしい家族からの手紙が!!　思わず顔がほころぶ。

家族からの初めての手紙を手にした時は、嬉しさと共に不思議な気がした。いつも一緒に暮らしていた家族から手紙をもらうなんてこれはどういうことなのか…、やはり自分はひとりぼっちでここへ来たのだなぁーと分かり切ったことを改めて思う。

父、母、姉たち各々にいつも私のことを気づかい、姉たちは、可愛い人形や花の絵、押し花やしおり等も送ってくれて、それを見ながら一緒に遊んだ時のことを思い起こす。何となく淋しくなった時は、家族からの手紙を読み返そうと封筒を開けると、フワーと暖かい空気を感じ家族の笑顔が現れ、〝文ちゃん元気？〟と話しかける。〝ふん、元気や〟と私。ずいぶん勇気づけられたものだ。

食糧はもちろん、日用品も日を追って極度に不足してきたため、家族からの手紙も（後に島根県へ再疎開していた頃には）、便箋がなくて、広告の裏や、ノートをちぎって書いてあり、封筒も百貨店の包装紙等で作られていて物資の窮乏ぶりがうかがえる。（家族からの手紙は、私の記念品として今まで大切に保管していたが、大阪市が近い将来「平和資料館（仮称）」を設置されるとのことなので、太平洋戦争関係学童集団疎開資料の一部として寄贈させていただくことにした）

○「南正院」からやや離れた所に「南公道場」があった。そこには六年生が集団疎開していたので、二、三人が組になり、おのおのの先生のコメントを持って相互に行き来する。〝伝令〟と呼んでいた。野草繁った山道をおしゃべりしながら、また、秋は薄をタクトにして振り回し、歌をうたいながら歩くのは大変楽しく、私は〝伝令〟が大好きだった。時々「南正院」の可愛い犬〝シロチャン〟も一緒で、私たちの方を振り返り振り返り、したり顔に先導してくれる。

そんなある日、〝伝令〟に行った友だちの一人が、「南公道場」の寮母さんが、なんとバターで先生の大きな靴を磨いているのを見たと言うのである。今ではバターなど、どこの店でもあり余っているが、当時は食糧すべてが配給制で、とりわけ貴重な栄養源であった。

多分「南公道場」に居る人たちの食糧として割り当てられたものに相違なく、ひもじい子ども心にこの不当な取り扱いが許せなかったのであろう。今思えば、当時すでに初老の寮母さんにしてみれば、自分の息子のような年齢の先生を、至れり尽くせりで世話をするのが生き甲斐であったのかもしれないが、子どもたちと一緒の生活の中で、大人としては、時節柄真に慎むべき行為ではなかったろうか。

○雨の日は外で遊ぶことができないので、時々五組程度に分かれて、即席に劇をしたりして先生と共に遊ぶ。

○疎開地が大阪市の近辺であったため、保護者との面会日が割合多く、面会日にお母さんたちが両手いっぱい荷物を持って歩いて来るのを見ると、とても嬉しかった。見慣れた〝ロンドンバッグ〟に、手作りのお菓子、衣類、姉が作ってくれた人形や絵、学用品、日用品等がいっぱい。

家族皆のことを色々と聞いたりして、すぐに時間が経ってしまう。世界で一番好きな母に会える面会日はやはり一番楽しかった。帰りは、セーターやスカート、シーツ等、大きな汚れ物を持って帰ってもらい、次回にまた持って来てもらう。今思えば、戦時下の忙しいお母さんたちに大変な苦労をかけたものだ。面会日が終わると次はいつかとすぐ待ち遠しくなる。

面会日にお母さんたちが持って来てくれたお菓子は、皆一度一緒にして、それを各生徒に少しずつ分配される。先生の〝集団生活は皆平等〟の考えと、その日面会がなかった生徒への配慮であったのだろう。

○就寝時は朝と同様に、大阪の方を向いて「**お父さん、お母さんおやすみなさい**」と皆で挨拶をする。それから先生、皆に〝おやすみ〟の挨拶をする。電気が消えてもヒソヒソ、クスクスと暫く続いていつの間にか静かになる。時々寮母さんが、夜中にお布団を蹴飛ばしている者はいないかと見回り、風邪などひかないように気づかってくださっていたようである。

昭和二十年三月一四日、最初の大阪大空襲の日、当地でも警戒警報が発令され、全員が防空頭巾をかぶって先生に導かれ近くの小高い丘の横穴(昔のお墓とか、奥に何かがお祀りしてあった形跡があり、不気味なところ)に避難する。大阪市街の方向の夜空は真っ赤で皆びっくりする。大きな大きな、赤い赤い夕焼けのようで、その中に電柱があたかも軍艦のマストのように林立して黒く浮かび上がる。一瞬、怖いというか、美しいというか、両極端が混じり合った何とも言えない変な気分になる。まさかその中で、自分の家が焼かれ、家族が猛火の中を命からがら逃げ惑っていたとは考えもしなかった。

翌日、大阪から先生や、町内会の役員の方が来られ、私の家が焼失したが家族は全員無事で、とりあえず町会長宅に身を寄せていると聞く。私の家の辺りは相当広い範囲にわたって焼け、友だちの中にも家の焼失した人がいた。

また、大変悲しいことに、この空襲で、一緒に疎開していた友だちのお祖父さんとお祖母さん（大阪市天王寺区上宮町在住）が、家と共に焼死された。

自分の家が焼失したと聞いた時、大切な物が全部無くなったかと悲しかったが、家族が全員無事で元気だと知り、また、自分の家だけではないと自身に言い聞かせ、泣いてはいけないと頑張る。

また、大きな姉二人が、新しい着物（いずれ結婚準備のためと、京都の通いの呉服屋さん、通称〝まさはん〟と母等が品選びをしていたのを時々目にしていたので）が手も通さないまま焼けてしまって、さぞ悲しい思いをしているだろうと想像していたが、後日、これらの着物は奈良の知り合い宅に疎開させてあり、無事であったことを知り、自分のことのように安心する。

（当時の大阪の家族の状況）

昭和二十年三月一四日の最初の大阪大空襲の前から、昼夜を問わず頻繁に警戒警報が発令され、夜もゆっくり眠れない。昼間の疲れでぐっすり眠っているところを警戒警報のサイレンで起こされ、モンペを穿き、防空頭巾をかぶる間も目が開かなくまだ夢心地だ。父は、家族の全員がちゃんと避難できる格好をしているかと、いつもしつこく点検する。しかし、毎夜起こされると眠くて眠くてもう嫌だ。夢見心地で壁にもたれ、伸ばした両足の上にモンペを置き、穿いた振りをして父の目を誤魔化したことが何度もあった、というのは姉、好の後日談である。

燈火管制下で明かりをつけられないのが幸いしたか？

父は父で、警戒警報で待機中、暗がりの中で手洗いに行くのに方向を間違えて「戸が開かない、開かない」と言って壁をガリガリと掻いて皆に大笑いされたとかもあったらしい。

いずれも戦争中ならではの悲しい笑い話である。

三月一四日の大阪大空襲で、大阪市大王寺区北山町二五番地の家が焼ける。幸い家族は全員無事であった。

夜の突然の大空襲で、あちこちで焼夷弾が暴れ回り、数軒先に落下した焼夷弾が我が家を奪う。近辺は皆木造住宅のため火は一瞬に燃え広がり、皆動転して火の手のない方向へ必死に逃げる。家財道具類は一切持ち出せなかった。状況が一段落して気がつくと、母は大根の入ったバケツを提げ、また姉貞子が手の届くままにとっさにひっつかんで逃げた、玄関の窓の下の学校行きの鞄と風呂敷包みの中には、夕陽丘女学校に通学中の姉、好が習っていた和服の片袖が入っていたとのこと、本当に逃げるだけで精いっぱいの状態であったという。

焼け出された家族は、一時身を寄せていた町会長の家から、三月?日、大阪市住吉区万代西六丁目の叔母(母の妹)宅に移る。叔母一家は、主人の実家の和歌山県へ疎開する。

『戦局緊迫下の国から命じられた家族の職務』

父　平蔵　　敵の本土上陸に備えて国民義勇隊員となる

母　ツギ

姉　多栄子

姉　貞子　　女子挺身隊員として大阪兵器補給廠に勤務

兄　利雄　　学徒勤労報国隊員として川西航空機、名古屋陸軍造兵廠に勤務

姉　要子　　学徒勤労報国隊員として枚方市の信管工場に勤務

姉　好　　学徒勤労報国隊員として学校で工場の仕事をしたり、勤労奉仕に出たりする。自宅が学校の近くのため、自校防護生となる。

昭和二十年四月?日、私は、大阪市住吉区万代西六丁目の家に帰り、三、四日(?)家族と共に過ごす。この一時帰宅は、多分次のような理由による。すなわち、戦局はますます悪化し、B29は連日のように大阪上空に侵入、被害があいつぎ、縄手村にも警戒警報が頻繁に発令されるようになり、時には空襲警報も発令され、疎開学童の安全性が重大問題となって、遂に島根県への再疎開が決定。

しかし、いったん島根県のような遠隔地へ疎開してしまえば、今後、生きて家族とお互いに元気に顔を合わすことができるかどうか、予断を許さないほど戦局は逼迫していたための配慮と思われる。

《私の「南正院」寮での集団疎開生活を振り返れば、戦時下という大きな危険、制約はあったにせよ、立派な先生、やさしい寮母さん、いい友だちに恵まれ、大阪の家族からも近く、面会日の回数も割合に多くて楽しく明るく過ごすことができて幸せだったと思う。

なお、終戦後大阪に帰ってから聞いた話では「南公道場」でとてつもない事件があったそうだ。すなわち、当時の子どもの目にも、すでに四、五十(?)がらみとみえ

た既婚の、いつも生徒の規律に厳しい男子先生が、学童との共同生活の場で、二十歳そこそこの未婚の若い寮母さん(たまたま近くの家の娘さんだった)に無理に言い寄ったはてに中絶までさせておきながら、自分は反省の色もなく、そのままぬくぬくと教職を続けていたというのである。私の父は、当時学校の保護者会(現在のPTA)の役員をしており問題にもなったそうだが、結局父母たちの知らぬ間に内々に処理されてしまったようである(なお、「南公道場」には複数の先生と寮母さんが居た)。そんなことを当時は知る由もなく、大憤慨したのはかなり後のことであった》

昭和二十年五月一二日、島根県飯石郡吉田村字吉田の「円寿寺」へ再集団疎開する。先の「南正院」寮での疎開生活の体験と、三、四日の帰阪で感じ取った大阪市民の緊迫した生活の様子からか、一回目の時とは異なった気持ち(私も頑張らねばならない)で、家族との再度の別れの淋しさを振り切って出発する。

汽車を降りると、デコボコの山道をまるで荷物のようにトラック?(屋根がなかったと思う)に揺られ、山また山の中を通り(かなりの時間であったと思う)ようやく辿り着く。

長い高い石段を登り切ったところに「円寿寺」がある。境内には、樹齢何百年と思われるような大きな銀杏の木が高くそびえている。時はまさに五月の若葉の頃で、若葉の間を洩れる太陽はキラキラと輝き、戦火に見舞われた哀れな灰色の町とは全く異なり、何とも長閑な風景である。昼夜を分かたず空襲に脅かされている大阪の家族に、たった一日でもこんなところでゆっくりと過ごし、グッスリと眠らせてあげたらと思う。

山の手の方向にはお墓が段々畑のように並んでいる。寮はお寺の本堂で、奥深くお祀りしてある阿彌陀如来様と一緒の生活である。悪いことをしないかとこれから先、常に阿彌陀如来様に見られているようでちょっと気詰まりな感じだ。

「円寿寺」寮の近くに、島根県知事田部長右衛門さん一族が住んでいるお屋敷がある。

「円寿寺」は田部一族の菩提寺でもあるらしく、家族揃ってのお墓参りの姿を時々見かけた。

《「円寿寺」寮での生活の状況》

○勉強は本堂で行う。本堂では院主さんの朝のお勤め、その他のお祭、時にはお葬式もあり、教室の雰囲気には程遠く、勉強は「南正院」寮の半分もできればいいところである。(お経を毎日聞いていたので、意味が分からないままに出だしの節回しを覚え、大阪に帰ってから皆の前で高らかに「ナームサムセー、イッサイキンギョエーエーエー、キンギョエー」と真似をして

父母兄姉に吹き出されてしまった）
○お墓を横手に、山道を登って薪拾いに行く。新しいお墓を見ると、死んだ人が化けて出て来ないかなぁ、とちょっと怖く、〝キャァー〟と早足で通り過ぎる。
○秋は銀杏の落ち葉と実で、境内は黄色の絨毯を敷いたようになり、実を拾い合って遊ぶ。
こんな時はすっかり〝山の子〟になりきっていた（私は、疎開前は痩せ形であったが、薪拾いや、きれいな山の空気のおかげか大阪に帰った時は、黒くて太くて頑丈な体格になっていた。父が私の首を見て割り木のようだとびっくりした。大阪の子になるとすぐに元に戻った）。
○時々全員がリュックを背負って田部家の穀倉へお米を取りに行く。
○手洗いは外にしかなく、夕暮れ時や夜中は、近くのお墓を意識して、怖くて三、四人連れ立って行く。
○食糧事情も悪く、山へむかごを取りに行ったり、カボチャを蒸してお塩を振りかけて食べる。
　これも友だちの話になるが、四人で境内で遊んでいると、先生たちの住んでいる別棟に郵便屋さんがやって来て、郵便鞄から手紙ではなく、白い紙包みを取り出してソッと渡した。その日は先生の家族が来ていて、夕方美味しそうなスキ焼きの臭いがしていたそうだ。

スキ焼き等、思いもよらない時代―「ああ食べたいなぁー」しかし自分たちにはなかった。子ども心がどんなに悲しく深く傷ついたことか。幸い？　にして私はその時は〝知らぬが仏〟であったわけだが、「南正院」寮の先生が実践されていた〝集団生活は皆平等〟の精神は、ここにはあまり無かったように思う。

（当時の大阪の家族の状況）
昭和二十年五月三十日、大阪市住吉区万代西六丁目の家から、大阪市天王寺区北山町二七番地（桃丘国民学校正門前）に転居する。三月一四日に焼け出された家（二五番地）のごく近くで、知人も多く、家も広く、交通の便もよい。
○昭和二十年六月一日、焼け出されてしばらく住んでいた大阪市住吉区万代西六丁目の家が空襲で焼失する。これは、当地を引き払って北山町二七番地に転居した翌々日の、まさに紙一重の助かり方であった。「もう二日居たらー」と、家族はゾッとしたそうである。その後も北山町二七番地の家の前、また近くにも不発弾がしばしば落ち、何度かヒヤヒヤさせられるが、焼け残ったのは運としか言いようがない。

昭和二十年八月一五日、終戦。

多数の軍関係者、一般市民、他国の人々の尊い命を奪った太平洋戦争がやっと終結する。近くの民家へ、いわゆる玉音放送を聞きに行くが、電波が悪く、雑音がひどくて何を言っているのかさっぱりわからない。先生が後から、日本が戦争に敗れたと言われたが不思議と何の感情も湧かず、これでやっと親や兄姉の元へ帰ることができると思った。

以後は、ただひたすら大阪へ帰る日を待ちわびる。

《私の「円寿寺」寮での集団疎開生活を振り返れば、引率の先生、寮母さんの顔ぶれも「南正院」の時と変わり、山深い地で周りも寂しく、町へ行くこともなく、面会ももちろんなく、家族的な愛情もなく、〝集団生活は皆平等〟の精神もなく、無い無いづくしで「南正院」寮での生活と比べると、全体にもの悲しい、暗い生活であった。が、きれいな思い出として、美しい山の緑と青い空ととともに、今も強く心に残っている人(知事さんのことは後述)がある。その人―院主さんの奥さんは、二六、七歳(?)の清楚で美しく聡明な人で、私たちを見ると、いつもやさしい眼差しと笑顔で接してくださった。松江女学校を出て、当地へ嫁いで来られたとか。ある日、「遠き雲なつかし」という表題の本を手にして、淋しそうに笑っておられるのを見て、自分の身に照らし合わせ、「この人も遠く両親や姉妹の元を離れて一人で淋しいのだろうか」と思ったりした。紺絣のモンペと上っ張りを着た天女のようなその人が、当時私の心の支えであったのは、互いの淋しさへの共感に加えて、遠いなつかしい母の像をその人の上に重ねていたせいかもしれない》

昭和二十年一一月の月初め、やっと懐かしい大阪の家族の元へ帰る。

島根県の山深い当地は、すでに〝寒い〟という感がある。吉田村を去る日、田部知事さん宅に全員が招かれ、広間で、一人ひとりのお膳でお赤飯等昼食のご馳走になる。

着物に羽織りを着た知事さんから私たちに、親元を離れて暮らしてきた今までの苦労のねぎらいと、無事に家族の元に帰り、元気で暮らされるように等の挨拶があった。(その筋のお達しか、知事さん個人の心尽くしによるものか、子どもにはそのへんの事情はよくわからないが、私は後者と信じたい)

先祖代々の古く広いお屋敷、大広間、塗り膳、塗り椀、着物姿の初老の知事さん等(大阪で家族揃ってお正月の祝膳を囲んだ時を思い出した)、子どもながら耐乏生活を強いられ、一部の大人への不信感等、精神的、物質的にゆとりのカケラもなかった長く辛い日々を一瞬忘れさせるような誠に典雅で美しい光景であった。

先日、「島根の山林王」と題するドキュメンタリー風のTVを見て、今は知事さんのお孫さんが当主であることを知り、当然の事ながら、年月の経過を改めて思い知らされた。

また、うっそうと繁る田部家の山林を見て、知事さんからおみやげに杉(?)の木の下駄を皆にいただいたのを思い出した。きっと田部家所有の森林の木で作られたのだろう。いただいた下駄は、前栽用の下駄として、父が長い間使わせていただいた。島根でのせちがらい疎開体験の中では、知事さんのやさしい人柄も救いの一つであった。

疎開学童の帰郷は、人員と輸送力との関係で、日程の割り振りに時間を要したのか、私たちの帰阪は終戦の日から二カ月半も経ってやっと実現し、なつかしい家族の元へ帰ることができた。だが家族に甘えているひまもなく、厳しい現実に直面することになる。翌年三月には、女学校の入学試験が待っていたのだ。それも、過去三年間位は、戦局悪化の混乱状態のためか、「内申書」と「口頭試問」のみであったようだが、来年は「筆記試験」もある。疎開生活の後半は勉強どころではなかった。その分の勉強の遅れを取り戻さなければならない。縁故疎開から早く帰った人、また、残留組の人は、すでに九月から授業を受けている。好姉さんと一緒に夕陽丘高等女学校へ通学できる日をめざして、一生懸命勉強する。

一年二カ月ぶりに見る桃丘国民学校は、米軍に接収されていた。やむなく五条小学校の校舎で勉強する。五条小学校の屋上に立つと、辺りは一面の焼け野原で、鉄筋の建物がポツと残っているだけである。家は焼かれ、それまでの家族皆の生活の証しの品々も灰となり、一家は幾度か生命の危険にさらされ、大変な苦労を強いられた。私もまた、子どもなりに二度としたくない苦い疎開経験を味わった。だがただ一つ、一番大切なこと、家族全員が怪我もなく、奇蹟的に無事であったことを喜ばねばならない、と焼け野原を眺めてつくづく思ったものである。もしも、噂どおり、大阪に原子爆弾が落とされていたなら、私は確実に孤児になっていたのだから。

集団疎開体験の記

大阪市桑津校　中西　久乃

四五年前の五月、当時国民学校六年生だった私は、大阪より遠く離れた島根県にある三瓶山の麓、志学のお寺(現在大田市)に集団疎開で行く事になった。

当時、六年生女子一九人に女先生二人と寮母さん一人に守られて、その間六カ月余りではあったけれど、子どもだった私には大層長く感じたものでした。お寺では家族の皆さんで心身のお世話下さって、今も御恩は忘れられません、四五年後の今も年二度のお便り程度ですが続けています。

当時は、日本国民は日の丸を仰ぎ、君が代を歌って、お国の為に天皇の為に、大人も子ども達も戦争に勝つために、〝欲しがりません勝つまでは〟と戦火の下を飢えをしのいで生きていたので、子どもなりにも親元を離れて淋しさや、悲しさはお互いに我慢しながら必死で生きていました。父や母に書く便りには本音で書くことはゆるされなかった。毎夜誰かが淋しさにお布団かぶって、すすり泣き、つられてあちこちで声がもれていました。おねしょして皆にいじめられることも……。今思うとみんな我慢のはけ口だったのでは、大自然の中とは云え都会育ちの私達には、とても厳しい毎日でした。

学習などはほとんどなくて、朝食おかゆを食べたら、お弁当持って山に松やに取りや、山菜取り又は野菜づくりと云う日課でした。朝は雨の日以外は谷間の湧き水を大きな桶を二人で山の段々をかついで上がるのです。(私達の生活用水で大きな水がめに一杯にする仕事)子どもには大変きつい労働でした。

雨の降る朝はうれしかった。本堂の雨だれで顔を洗い縁がわで手紙を書いたり、つづくりものを広げたり、おばあさんに薬草履づくりを教わったりしたものです。

そんな中で、通称東の原へ行く途中に兵舎が有り特攻隊の兵士がおられて時々お寺に、私達を尋ねて下さって、似顔絵や短歌を書いてもらったり、一緒に歌ったり、楽しいひとときを過ごした事など、今も想い出の一つになっています。あれから四五年もたち私の記憶も年々うすれて行く中で忘れられない一枚の紙に書かれた兵隊さんの、和歌の一節です。縁あって出雲の地で共に終戦を迎えたあの頃の私達にはピッタリの歌、

山鳥のほろほろと
　鳴く声聞けば
　　父かとぞ思う母かとぞ思う

今どうしておいでかと思う時、きっと六十路を超えてあの頃の事を私達と同じ想いでおられる事でしょう。

子どもを生み育てた母親として、私は子どもたちに、平和な世界を残してやりたい願いで平和行進に毎年参加しています。(京都府在住　現姓　狩野)

私の空襲体験

大阪市福島校　宮崎　徳蔵

衛生兵として中国大陸から南の島サイパンへと転戦した兄の戦死の公報があって、私に知らされた時は、学童疎開先の広島県松永市金江村にいた。

国民学校三年生の頃でした。兄はどんな死に方をしたのか子ども心にそっと考えたりした。仏前に手を合わすことを理由に戦下の大阪へ、一度帰りたいと思い出し母に会いたいこともあって先生に許可をもらい、寮母さんと大阪への便につれて帰ってもらいました。

大阪はいく度かの空襲で焼け野が原と化していた。実家のあった福島に帰ってきて私は茫然とながめていた。母はモンペ姿に防空頭巾というかっこうで私を迎えてくれました。

久しぶりの大阪でした。悲しいことに実家は空襲で既になくなっていて、焼け残りの借家の別の家が私を待っていた。あちこちに焼けた白壁の土蔵だけが残って木造の家はほとんど焼け落ちている。

仏前で手を合わせ、兄の冥福を祈った。

母は、あんたえらい時に帰って来たなぁ……と、私に言った。明日は大阪空襲の予報だとのこと、そんな母の言葉通り一夜明けたら空襲警報発令。母と姉と私の三人は小さな防空壕へ、体を二段にして（母が上、姉が中、私が一番下という格好）、B29が加える焼夷弾の投下を息をひそめて空襲の過ぎ去るのをじっと待っていた。わずか一～二メートルのところに六角型した焼夷弾が突き刺さっていた中に布のようなものに油脂が含まれていた。直撃だけはまぬがれたんだ、何回目かのこの家も母と二人で焼け落ちるのを無念の涙で眺めていた。消火作業どころか火の勢いの方が大きくて、着のみきのまま逃げるだけだ。廻りの家々はメラメラと燃え炎の町と化していた。

空は昼なのに夜のように暗かった。どこからかドラム缶が爆発する音、トタン板が空高く舞い上がっているのが見えた。あれは地獄絵図の様を思わせる様子だった。

明けて福島公設市場には死体がぞくぞくと集められ、死体の山となっていた。私の体験した空襲は六月七日の三度目の大阪大空襲だった。

それから広島の疎開先に帰り、学友とまた元の生活が始まった。八月一五日、先生は今日は天皇陛下の大切なお話があるので遠くへ行かないように、との声があり、ラジオから流れる玉音放送を聞いた。どれほどの重大放送だったのか子どもの私にはわからない。戦争が終わったんだ、日本は負けたんだと先生から聞かされて知った。

終戦を迎え大阪へ帰って来た時は元気のない体でした。毎日ひもじい思いをして過ごした数年間、私にとって発育盛りで大切な頃でした。大阪駅から福島までガレキの町を先生や友だちと学校まで帰ってきた。私の空襲体験、まだまだ書きたいこともあったが、悲しいことばかりで胸がつまります。多くの人を失った太平洋戦争、単なる終戦記念日だけで思い出すことのないよう、忘れることのないよう、今の平和を感謝したい。

座談——僕たちの疎開

大阪市北田辺校　下和佐保雄
吉原　修一
門脇　彰

六年生の「ガキ」のときに集団疎開があった。三クラス一二〇名が、大阪府南河内郡丹南村の来迎寺（らいこうじ）で、三人の先生、四人の寮母さんと一緒に半年間の共同生活を送った。

A　比較的地元の人々との関係がよかったのではないか。

B　われわれが集団疎開の第一陣だったから、暖かい目でみられたと思う。

C　それに確か、引率の先生方のご実家が近所にあって、そういう点からもわれわれの疎開先の選択が、上手にされたわけか。

B　大阪の小学校はたくさんあったわけだし、疎開先をどこにするか、ということはだれが決めたんやろか？

A　そうやな、僕の従兄弟は大阪市の上の方で割り当てしたのと違うか。それにしても、受け入れ側に、相当違和感があったんとちゃうか。風呂へ入りに行った帰りに、村の悪童から石をぶつけられたことを覚えてる。

僕らが帰った後に、来迎寺へ来た下級生は、地元からどういう扱いを受けたのか。

C　何といっても、食い物のことが一番きつかったなあ。

B　そうや。別れて初めて一緒に暮らしていた親のありがたさが身にしみて判ったという感じで、ほんまに面会日が待ちどおしかった。

A　母親が交代で手伝いに来るという日もあった。もちろん自分の子どもの世話をみるのではなく。洗濯とか溜まった仕事を手伝っていた。近かったから、できたことと思うが——。

B　近かったんだけれど、残留組との間にコミュニケーションがなかったのは残念な気持ちがした。

C　電車で勝手に家に帰ろうとした奴がいて、駅に着く前に先生に捕まえられてしまったんやったか。顔に墨を塗られて、本堂の奥に座らされていた。ショックだったし、イヤーな感じがした。

A　「脱走」とか言ってたけど、ああいう事件は一回きりだったんだろうか。

B　今から思うと、わりと近いところに住んでる親元へ帰りたくて仕方がない、というのは自然な気持ちで、無理からぬことだけど……。

やはり、半年間先生や同級生と一緒に暮らして、文字通り寝食、苦楽をともにした、という体験が、自分にとってはたいへん貴重だったし、後になって何らかの組織の中で、しっかり堪えることができ、伸びていくうえで大きな要素になったと信じている。

A　勉強の方はどうやったかなー?

C　来迎寺に着いた直後の半月か一カ月ほどは、ほとんど授業らしいこともなくて、一日中ふざけて遊んでるような暮らしが続いて、何だか楽しい毎日やったような記憶がある。

予科練くずれの先輩?のような人が、しばらく滞在して、みなに号令のかけ方なんかを教えてくれた。

A　そうそう、僕はちょうど声変わりのときで、よく声が出ないのに、号令をかけさせられて辛かったから、よく覚えている。先生か寮母さんの知り合いの人だったのと違うか。

B　生活が落ち着いてくると、授業も時間割り通りにきちっとやられるようになった。

冬頃かと思うけど、進学を控えていたので、入試問題集を一冊渡されて、みなでその本を音読したこともあった。

A　確か夜は、部屋の真ん中にぶら下がっている裸電球の下にみなが集まって勉強した。昼間は机を並べて勉強できたけれど、夜は各自本や筆記用具をいれてるミカン箱のようなものを台にして、予習・復習の真似事をしていたのではないかな。

A　また食い物の話しに戻るけど、子どもやから、おやつがないのも切なかった。当時、梅肉エキスというおなかの薬があって常備薬としてみな、家から持たされていた。それを少しずつなめたり、また歯磨き粉もちょっと甘味があるような感じで、口をごまかせた。

A　僕は、家のそばにさつま芋を少し作っていた。疎開してから収穫期を迎えたわけだから、こんな立派な芋がとれたと言って、母が面会日に持ってきた。後でその芋を生のまま噛っていたら、寮母さんが見つけて、ちゃんと焼いて食べさせてくださったことがあった。

Ｂ　シラミ取りの話が出なかったけれど、いろいろ辛いことがありました。だけど、私にとっては、貴重な体験が懐かしく、また誇りのように思える年齢になったなーと感じているこのごろです。

Ａ　むしろ忘れてしまいたいような思い出なのかもしれないけれど、やはり、しつこく記憶をよみがえらせるよう努めることが、この時代に生きた人間の責務なのかもしれない。

ひとけたの子どもの目

大阪市北田辺校　服部　恵子

(一)非国民

北田辺小は大阪市のモデル校だった。私の学年は男女各六クラス、三・四年生は分校での二部授業である。国民学校となった三年から分団編成の集団登校となり、式典の場や本校の職員室に配属将校の姿を見かけるようになった。

一二月八日以降、分校から防空頭巾だけを持って本校に集合。集団下校の隊列を整え校門を出るまでの時間を計る。また走って分校に戻る。この避難訓練が何度も行われた。

一七年の寒い時期「開戦前夜」という映画を観た。白人のスパイに、軍港を見せまいと主演の田中絹代が、ハンドルにしがみついて、スパイを道づれに崖を落ちていった。軍港は呉、スパイはゾルゲと思った。アトラクションに淡谷のり子さんが寒そうな白いイブニング姿で現れたとき「非国民、売国奴、死ね……」館内にすごい怒声が飛んだ。でも腕を組んだまま「別れのブルース」を歌い終える頃には、歌詞が聞こえるくらい静かになっていた。

四年生になってすぐ総選挙があった。父と義兄が選挙の話をしていると母が「女に選挙権が無いからこんなこと(戦争の拡大)になる」と言った。なぜ男だけかと尋ねると、父は「男も一定の税金を納めている人だけで、全員ではない」と言う。このとき「不平等」を知った。

二学期、教科書に「神風」の標題で元寇があった。室戸台風の話だけでなく、高知への船旅で台風にぶつかり椿泊(つばきどまり)という港に引き返した、この夏の経験もあって、休み時間に大きな声でしゃべった。「偶然、室戸台風級の台風がぶつかったとしても、船が木造じゃないし台風を避けることもできる。神頼みなんてダメ」と、廊下に気配がして長靴が見えた。次の時間、Ｙ女教師は教室に入るなり「非国民」と言って私は立たされた。自分では対応しなかった将校は「つまらない奴」だが、Y女教師の単純さ、弱さは同性として情けなかった。

(二)バック・グラウンド

船乗りの父と教師だった母の末っ子に生まれた私は、当時には珍しい民主的な家庭に育った。質問には、いつも誰かが答えてくれて、女優岡田嘉子のカラフト逃避行の話では、六年上の姉が「地図帳」を見せて説明してくれた。皇紀二千六百年式典の際は「年表」を見せてもらっている。この頃は、「教護連盟・視学・特高・不敬罪」何でも知っていた。母の郷里で長崎通さんから「クリークでお米をといだとき、手に何か絡まった。頭皮のついた長い髪だった」召集され、中支から帰ったと聞く。二年の夏休みだった。

「ベルリンオリンピック」を見た。棒高飛びの長いシーンにかたずを呑み、マラソンの優勝者、孫(そん)さんについて「あの人は朝鮮人なのに日の丸をつけさせられて、どんなに悔しいか」表彰台の画面を見ながら母が言った言葉は重かった。

(三)学徒出陣

四年生の秋、女学校だけ英語の授業時間が少なくなったり、五年制の中学、女学校の修業年限が一年短縮されるというので、急に姉の進路の話が浮上した。

一八年になると、中国大陸から〇〇師団南方へ転進とか、ガダルカナルから撤退という記事が目についた。

五年生になってすぐ、山本五十六戦死の報が、アッツ島守備隊玉砕の記事は涙で読みにくかった。父の勤務が不規則になって、駅までの見送りがほとんど出来なくなっていた。

イタリアが降伏した頃、勤労女子挺身隊要員を戸別訪問で調べている。母は「娘の生き方を他人にとやかく言われる筋合いはない」と怒っていた。

学徒出陣「雨中の分列行進」の大きな記事は悲しかった。母が「あたら若い命を……親御さんはどんなに辛いだろう」と涙を流した。私は、ほんとに男の人は可哀そうだと思っていた。

父の同僚村上のおじさんが亡くなったのもこの頃かと思う。

マキン・タラワ守備隊玉砕。徴兵年齢引き下げ、子どもにも敗色濃いことがわかる。

学校から帰ると、従兄の哲夫さんがいた。幼い頃、ブランコを押してもらったり、少し乱暴な扱いで遊んでくれた従兄である。ほんとに久し振りで、母と私は「夕食を一緒に、もうすぐみんなも帰るから」と引き止めたが、

「急ぐから」と帰った。母は後ろ姿を見送りながら「哲夫はお別れにきた」と顔をそむけた。私も「出動命令が出たナ」と思いながら、かすむ後ろ姿を見つめていた。

この隅田哲夫さんは、潜水艦伊号一八四に乗務。一九年六月一九日、サイパン東方で米護衛空母搭載機の攻撃により沈没。と米軍資料によって数年前に判明した。二三歳だった。

(四)最後の会話

一九年の春休み、久々にゆっくり新聞を拡げている父に「これからどうなるの」と尋ねた。しばらく考えていた父は、

「人間が生きていくのに心の自由が一番大切なこと。その自由は不断の努力がなければ守れない」と言う。戦争が、日本はどうなるのかを聞いたのに、うまくはぐらかされたようで考え込んだ。

今は、否応なく戦争に協力した、あるいはさせられた親世代の痛恨の思いが切ない。父との最後の会話となった。

六年生のクラスは、三人も、知ってる人がいて嬉しかった。男女各六学級もあったので、年度替わりの編成替えは苦になった。担任も感じのいい男の先生ですべり出しは好調。運動場のプールが完成間近なのも楽しみだった。

五月三十日、母の郷里から「父上無事か」という電報が届く。翌日、母と姉が関西汽船KK.に出向いた。三一日夜、全員揃ってから「父が乗務していた滋賀丸は、三十日午前九時過ぎ、室戸岬の沖合で米潜水艦の魚雷を受けて沈没。生存者があるらしいが詳細は不明」と聞かされる。姉に「父の生存の可能性はない」と言われると――たった一度しか叱られたことがない、日本にいなかった父と私の初対面が三歳近かったこと、年間一〇〇日足らずしか家にいなかったことを思った。計算した。「わたしは損や、お父さんと三年も一緒に住んでへん!!」と沈黙を破った。みんな、ただ涙を流していた。

一週間後、学校から帰って玄関を開けると、内から憲兵が出てきた。母が「うちの娘です」とついて出た。私の前に立った憲兵は「お父さんのこと誰かに話したか」「いいえ」と答えると語気を和らげ「あの潜水艦はやったから安心しなさい。軍の機密だから、決して口外しないように」と言う。母が私を見て、必死にうなずく。

「そんなこと判ってます」とだけ言った。

憲兵が母に何か言っていた。その間「この大ウソつき、室戸岬にアメリカの潜水艦がいることを隠したい、だから口止めに来たんだろ。攻撃なんてできないくせに見えすいたウソつくな! 一週間も経って口止めに来る

とは、間が抜けている。いい年をしてお悔やみも言えないのか……」帰るまでお腹の中で悪態をついていた。

室戸岬に「滋賀丸遭難碑」が建っている。海に投げ出された四十名を救助された室戸の方々が、百数十人の死者を悼んで建立されたものである。判明した乗客・乗員の氏名が刻まれている。乗員の始めにある堀内吉之助が私の父である。

室戸岬に米潜水艦が来ているのだから、サイパン玉砕も驚かなかったが「玉砕」という言葉に何とも言えぬ悲痛な思いを深くした。

(五)集団疎開

一九年七月、サイパン玉砕後、お尻に火がついた感じで疎開が始まった。二学期の始業式は、歯が抜けたように級友の姿が減っていた。

九月、六年女子約五〇名が、矢田先生の引率で南河内郡の法雲寺へ集団疎開した。六年は入試前というので、最も近いところになったらしい。半年間で、特に記憶に残っていることがらを挙げてみる。

一、一二月七日　正午頃と夜中の南海大地震。

一、地震のしばらく後、空襲警報がでて、避難準備を整え、寒い廊下に整列すると解除になった。真っ暗な竹やぶの防空壕に入らなくてすんだ。昼間一度だけ壕に入っている。

一、日本機の墜落事故。見に行った友人がいる。

一、侘しいお正月早々、空襲で大阪の家が焼けたのでは……と泣き出す人がたくさんいた。

一、週刊誌の半分位の大きさで、薄い小冊子が配られた。口答試問用の時事用語集である。「八紘一宇、撃ちてし止まむ」から「転進、撤退、玉砕」まで、字句通り解説されていた。この冊子だけは残っていないのが残念である。

一、雪の多い冬で、何度かかなりの積雪があった。

二月末、卒業・入試が近いので家へ帰れることになった。北田辺の駅に着くと、駅員さんが除雪していた。明るい日ざしがまぶしかった。

(六)空襲と敗戦

三月一三日〇時前、ラジオは大阪に大編隊が向かっていると伝えた。二階に上ると直ぐに地響きのような爆音、物干場に出ると黒い機影が空を覆っていた。花火のような焼夷弾が降っていた。波状攻撃という切れ目のない機影、北から西の空が真っ赤になるのを見つめていた。

一五日、穴のあいた講堂でまったく長話のない卒業式があった。プールの水があったから二教室を焼失しただけですんだと聞く。

中学校・女学校の入試中止、全員入学となる。簡単な入学式で校長曰く「無試験になって、本来なら本校に入れない人がたくさん入っている」と。その後も、「この学年は、学力、体力とも最低の学年」と宣(のたま)う。二〇年代後半に大阪の教育長を勤めたM氏である。他校でも同じようなことを言われていて、私が知る限り愛校心や勉学心と無縁になった人も少なくない。

空襲が激しくなり、熟睡できないのに、防空壕の補強、湧き水の汲み出しなど雑用も多かった。

六月下旬、一年の私たちが焼跡整理に出た。点在するがれきを集め始めた九時頃、警報が出た。急いで焼け残りの校舎の半地下に入ると、すごい地響きがして割れたガラスが降ってきた。静かになって出てみると、私たちが散らばっていたあたりに大穴があき、大きな爆弾が突きささっていた。「不発弾でよかった」と話している警防団の人に「何キロぐらいですか」と尋ねると「五〇〇ぐらいかな」と答えてもらった。

敗戦の日は暑かった。明るい夜が戻ってくる、でも、死んだ人は帰ってこない、という想いだけだった。

「一億総ざんげ」の大見出しに、おなかがひっくり返る思いがした。一億一心、一億火の玉、戦中の標語に、八千万人位なのにすごい大サバ……と思っていたが、今度は責任を問えない子どもにまで責任をばらまくのか、ひどすぎる！　激しい怒りだった。「国民に責任を転嫁するもの」と批判もあったが、当時の言論人、マスコミの論調は低く、一過性だった。そして上意下達に馴らされていた多くの大人は、従順にそれを受け入れてしまった。このことが、戦後処理をいい加減にし、未解決の問題を今も引きずる結果となった。ポツダム宣言は、七月末である。「国体護持」のために費やされた半月余りに何があったか。広島、長崎、ソ連参戦による犠牲者は、国体即天皇制の犠牲者である。この事実を忘れてはいけないと思う。

子どもの目で一五年戦争をみてきた私たちが、真実と本音を語り合い、正しい歴史認識をもつ努力を続けなければ……と思う。

また戦後の学制改革で共学の最初に当たった私は、六・三制の切り換え時「兄弟がいるから」と、進学を断念した級友がいたことを忘れない。

昔々の「女に学問はいらない」という感覚と、男子優先の考え方は根強く、それが質・量ともに男女格差を温存してきた。戦争による男性の減少は、女性にも苛酷な状況を強いた。「均等法」ができても、なお格差は大きい。その歴史的背景を視野に入れて、本当の民主主義を根づかせるためにこそ、男女格差をなくす必要があることを理解してほしい。（昭和七年生）

集団と縁故

縁故疎開・集団疎開

大阪市清堀校　中島　一郎

昭和一九年十月二七日、私は祖母りうと共に奈良県の吉野へ向かって旅立った。

一生の別れになるかもしれない旅なのに、戦争に勝ったらすぐに大阪に帰れると言われて、きさんじに阿倍野橋より吉野行きの電車に乗った。

昭和一九年六月三十日閣議決定により、学童疎開促進要綱というのが発令され、わが母校、大阪市立清堀国民学校の三年、四年生は奈良県吉野郡吉野町字飯貝真宗東本願寺別院、六雄山本善寺にすでに疎開していた。

本隊は八月頃にきていたが、私は以下にのべる理由によりおくれて集団疎開に参加したのである。

昭和一九年の初夏、大阪の街中は大変あわただしくなっていた。

町中の男たちはあらかた兵隊にとられていったし、中学校の上級生は予科練に志願させられたり、残りの学生、女学生たちも動員により工場等にかり出されていたようだ。

我が家でも父、新一は昭和一八年三月に入営していたし、叔父たちも皆あっちこっちに兵隊として配属されていた。

大阪はまだあまり空襲による害はなかったが、外地での戦局の悪さは大本営発表の戦力がいかであっても国民はぼつぼつと感じとっていたようだ。

街では女、老人に竹槍をもたせて本土決戦のあることを宣言していたし、子どもにすら国のために死ぬことをおおっぴらに教えていた。食糧事情もだんだんと悪くなってきて肉や卵も特別な人でないかぎり手に入りにくくなってきた。

大豆や豆かすが主食になってきたし、さつまいもを代用食にするようになってきた。

学校で疎開の話が出されて、田舎のある人はできるだけ田舎の知人宅へ疎開し、それができない人は集団疎開で疎開するむねを伝えられた。

我が家でも親はずいぶん分心配したのであろうが、祖母の妹の家、当時府下中河内郡南高安村字垣内(現八尾市垣内)へ、私はおじゃまする事になった。

山下家は、小作の百姓ではあるが、五、六反ぐらい作っていたのだろうか、食糧は一応たくさんあるので、「一郎さんの一人ぐらい何とでもなる」と、引き取ってくれた。

なんせ私は中島家の長男である。

垣内では一応町のぼんぼんであるし戦前の中島家の力は、まだ少し影響力をもっていたようだ。わりあい大事にしてもらった。

村立南高安村国民学校に転校した。先生は服部秀子先生といって同じ垣内の人であった。

以後兄妹とも世話になるのだが町の子は要領がいいのか、他の疎開者(あっちこっちから来ていて組に五、六人程)と共にあんじょうしてくれた。

当時私の組の級長は青ばなをたらした地主の息子だったが何かはっきりけじめをつけられたように思う。が村の子どもたちは珍しさと山下家の顔で仲良く親切にしてくれた。

一学期が終わって通信簿を見ると何日間もこちらで勉強していないのに「優」が増えていたのに驚いた。

もうすでに食糧難といえ、まだ統制もよくきいていて戦後のような農村と都市の感情的なものもまだ生まれていず、おりからの夏休みになっても田舎のおばあちゃんの家に来たような気持ちで楽しく暮らしていた。

が何日か経つにつれてやはり大人たちはそうもしていられなくなったのだろう。やがて荷物をまとめて突然また大阪へ帰ることになった。

九月になってまた清堀国民学校に通うようになったが一学期とは大変様子が違っていた。三年生以上は大部分疎開していたので、五組もあった、我々三年生も少人数の二組になっていた。いわゆる残留組である。

昼食は日々にひどくなっていく食糧事情の中で学校給食がはじまっていた。試験的には二年生頃にもあったように思うが、学校給食の「はしり」であったのだろう。

初期の頃に出されたパンは色黒の大きなひし形のパンであった。

四時間目が終わると当番がパンと味噌汁をとりに行かされた。味噌汁は木製のくり抜きバケツで二人して運んだ。熱い味噌汁は三年生には二人でもっても持ちにくいものであった。

私たちはまだパンにはなれてなかったので空腹であってもパンを残す子どもが多くいた。先生が「このパンにはわらが入っている」と言ったので、よけいに食べにくかったのではないだろうか？

そのうちパンもいろいろ変わっていった。だしをとった後の昆布や、蜜柑の皮が入っているのが確認できた。

でもカレー粉で味付けしたパンは小型になっておいしく食べることができた。朝礼でもラジオ体操の後の校長先生の話は大本営発表の戦果報告が主であった。

何々方面において我軍は敵艦何隻航空機何機をやっつけた。我方の損害は微々……。

いつも同じような発表であった

私は朝刊の読めるところを少しずつ読んでいたので校長先生が言われる前にその内容はだいたい知っていた。

級友たちはその中に敵の軍艦も飛行機もなくなってしまうだろうと思っていた。

秋が深まるにつれて組の学童もまた先生たちもどんどん減っていった。先生たちは兵隊に、子どもたちは夫を兵隊にとられた母親と共に家財道具をなげうって田舎の親もとへ引っ越ししていった。

学校で再び集団疎開の募集があった。

今度は私もこれに参加することにした。

吉野への電車はカーブの多い単線を音をきしませて走っている。沿線には手のとどくところまで、今を盛りと「みかん」が、うれていた。吉野もこのような豊かな所だろうと思った。

実りの秋を見ながら吉野への旅は家族との離別の情を考え人々もそうであったように先行きに思いを迷わしていた。

初めて来た吉野の里

大和上市駅をすぎ鉄橋を渡ると吉野神宮駅。国家神道の華やかな時代、吉野神宮は官幣大社として有名である。

この駅での第一歩がその後の私の成長に大きな影響をおよぼそうとは子ども心には感じなかった。

大勢の同級生にむかえられ、先生に紹介された。荷物を置くと祖母は「しっかりしいや」と言って大阪に帰って行った。

ずい分さびしい思いをして帰って行ったのだろう。

集団生活にはすぐになれた。朝、木板の音で目を覚まされる。〝コンコンコン〟、大きな板を木槌でたたくとその音は寺内中ひびきわたった。

私はまず布団や寝間着を自分でたたんで洗顔する。はじめてすることなので面白かった。

裏の杉山の谷より竹筒にひいた水を各自の洗面器にとり顔を洗う。なんせ小学校の三年生、当時の言い方で数えて十歳、顔一つ洗うのにしても大変な事だ。

あっちこっちをかたずけたり掃除をして朝礼のあと本堂に入ってお経を読む。ざら紙に印刷されたお経を住職にしたがって読むのである。難しい漢字ばかりだがふりがながしてあるのでいつの間にか、三つ程のお経をおぼえることができた。

朝食時は誰も何もしゃべらない

寮母さんのいれてくれるご飯、味噌汁を順ぐり手わたしにしながらそれぞれの器の中の量をじっと見ているのである。多い少ないを見くらべているのである。

今の世の中でも子どもたちにはありうる事だが、食べ物のない時代の子どもたちの心の中はなおさらである。いくら食べてもまだまだほしいのだ。多いとか少ないとか、寮母さんや先生方も大変だっただろう。食べ物の話は山ほどある。

私は初めの頃はあまり食べ物への執着はなかったが、その中に皆と同じように思うようになっていった。

朝食はご飯と味噌汁と漬物。

昼食は野菜の煮たものが多かったように思う。夜は汁ものがつく事が多かった。

中でも「とうめん汁」「団子汁」は今でも絶対に忘れられない味である。

「とうめん」とは「はるさめ」「しらたき」「くずきり」の類である。乾燥させたものを煮つめると細鉛筆ぐらいの太さになる。それを「味噌」で味をつけたものだ。

汁のつく時は少しご飯の量が少なく、そのかわり汁のおかわりができた。

みんな二、三杯は食べた。

成人後この味が忘れられずに太い「とうめん」をさがしたが長い間細いものしかお目にかかれなかった。

「団子汁」もうまかった。

うすい味噌汁に小麦粉のといたものを杓子で落として大根等をきざんだものが入っていた。戦後家で何度も代用食として「団子汁」を食べたが吉野で食べた味にはおよびもつかなかった。大きな釜でたくから「団子」によく汁がしみるのだろう。「団子汁」にはあまりおかわりはなかった。

でもいずれにしてもどんぶりいっぱいの汁は満腹感が味わえた。

造り酒屋で新酒がしぼられたのだろうか、ある日、はっぴを着た人が黒ぬりの「こうじうた」に酒かすを入れてはこんできた。

大阪でみたような酒かすでなく(板状でない)少しどろっとしていた物だった。

その日は男子生徒と先生とで境内に防空壕を掘ることになり穴掘り作業をしていた。

小学三年生ではたいした穴も掘れない。でも力いっぱい作業をしたので大変たのしかった。

誰かが今日の昼食は「かす汁」だと伝えた。級友は皆喜んだ。満腹感を想像した。

やがて先生が「今日は土地の人のお世話でかす汁が作れた」ということと、たくさんあるので全員おかわりができることをおっしゃった。

大根や人参の入ったかす汁は大変おいしかった。二杯目のおかわりは全員だ。三杯目もいつもより多くの人が食べた。それでもまだ残っていた。

希望者は五杯目もおかわりをした。お祭りさわぎだった。

食後、全員が真っ赤な顔をしてにこにこしていた。

しばらくした頃、先生方があわただしく走り回っている。半分以上の生徒が「かす汁」に酔い、寝かされていた。

中にはぬれ手ぬぐいで頭を冷やしてもらってる人もいる。

のびているのは女生徒が多い。女の先生も寮母さんも寝ころんでいる。私は顔こそ赤かったが、元気だった。おかげで午後の穴掘り作業は中止になった。

一度だったが夕食に「すき焼」をしてもらった。先生方が手分けをして材料をそろえてくださった。吉野山へ行って牛肉を買ってきてくださったことが報告された。

久しぶりの家庭的雰囲気。一つの鍋を八人程でかこんで食べたように思う。

その当時、大阪では牛肉の配給等はなかったようなので、まだ私たちはめぐまれていたのだろう。

母親たちの援助もあったようにも聞いた。吉野の里は山国である。私がいた期間に魚は二度しか食膳にのらなかった。

私の家庭は比較的に魚類が多かったので、これには参った。その二度の魚は鮭であった。先生は、「この鮭は君のお父さんがおる戦地の近くでとれるんだ」と、おっしゃった。私はたいへんなつかしい思いでこの鮭を食べた。

当時父は兵隊として北方方面守備部隊の任務で千島列島の、「択捉島」に行っていた。父も好物であった鮭だがいやに塩辛かった。

面会日

面会日はたいへん待ち遠しい。

みんな朝から楽しみに待っている。曜日についてはさだかでない。隔週だったのか、月二回だったのか思い出せない。

いつも来る家族、いくら待っても来てくれない家族。

私には祖母がずうっとかよってくれた。その当時母は肋膜炎を患いその後静養していて、とっても吉野までは無理のようだった。春になって暖かくなれば来てくれるとのことで、いつも祖母「リウ」がかわりに来てくれた。

風呂敷にいろいろなものを包んで背にしょって来てくれた。まず着替え物である。私は吉野で一度も洗濯はしていない。みんな祖母に持って帰ってもらった。

そして楽しみな食糧品だ。ちりめんじゃこを甘辛く煮たものを茶筒の古いのに入れて持って来てもらった。母の心づくしだ。

食品はいろいろと工面して持って来たのであろう。その中に、「ふりかけ粉」がある。戦争が激しくなり、また、配給される食糧も少なくなってきた頃、家々の食卓に、「ふりかけ」が、歓迎された。

おかずがなくなっても麦飯の上にふりかけて食べればたいへんおいしく食べることができた。

入れ物のふたを回して穴を出し筒を振ることにより中より魚粉や青海苔、胡麻が出てくる。

祖母は顔も広く、よくあっちこっちに出かけていって手に入れてくれていたのだろう。

六月二三日は私の誕生日である。その日はちょうど面会日とかさなっていた。前の面会日に祖母は誕生日には何を持ってこようかと聞いた。私の誕生日は尾頭付きの鯛と赤飯と決まっていたがなんせ戦時中である。小豆は手に入っても鯛は「無理」との事である。

我が家でかたり草になっているのだが、私はその当時「塩味でもよいからおはぎを作って来てくれるように」とたのんだ。祖母は何気なく引き受けてくれたが、砂糖等はなかなか手に入りにくいのである。

私は「塩味」というものは砂糖はいらないものと思っていたのだがそうではなかった。祖母は苦労してたっぷり砂糖の入った「塩味」の、おはぎを持って来てくれた。

感謝この上もない。ありがたい事であった。たいへん懐かしい思い出である。

もらい風呂としらみ

月に数回、風呂に入れるようになっていた。吉野川の川向かいの上市まで、風呂をもらいにいった。

冬の川風ふく吉野の里は寒かった。当時、新築されたばかりの「桜橋」をわたって行くのである。この桜橋は桜の木ばかりでかけたと言われる程きれいで大きな橋だった。往きしなは寒かった。「防空ずきん」をすっぽりかぶり両方をポッケトに突っ込んで二列に並んで橋を渡った。

町で何組かに分かれ篤志家の家に行った。私の行った家は大変大きな家であった。奥さんが出てこられて「こんなに小さいのに、かわいそうに」と言ってくれた。小学三年生では一人で満足に体も洗えない。でも風呂につかるだけで楽しかったし、気持ち良かった。あまり風呂に入らないので「あか」がたまって体がかゆいものと思っていたのだが、そうではなかったようだ。私は何も知らなかった。他の人はそれまでよく「しらみ」取りをしていたが私は「しらみ」とは無縁だと思っていた。

風呂の順番を待っている間に級長の中西君が私のシャツを見て「やあやあ」と言って「しらみ」を見つけてくれた。

私はその時はじめて「しらみ」というものを見たのであるが私一人ではその「しらみ」はなかなか発見しにくかった。

その後数回家庭風呂に入れてもらったが、いつの間にか、上級生が住んでいる旅館の風呂に行くようになった。風呂に入れさす家も大変だったのであろう。「しらみ」が原因したのではないかとも思った。

濡れたタオルを腰にさし、あたたまった体をいたわってまた、橋を渡って本善寺に帰って来ると、てぬぐいは川風にさらされて、棒のようになっていた。

風呂のあくる日は板のように凍った手拭で顔を拭いた。大阪とちがう寒さだった。

春先になると「しらみ」にもなれた。春のひだまりにシャツを脱ぎよくしらみ取りをした。シャツやパッチの縫目に列をなしてしらみが住みついている。小さいのは次々と殺せたが、なかには五ミリにも育った大きいのがいた。私の血を吸って大きくなったのだが殺すのがかわいそうになって、もとの縫目の奥に入れてマスコットのようにしたこともあった。分身のように思っていたのだろう。小さな瓶にしらみを入れてもって歩いている子どももいた。祖母は私の着替えを持って帰っては熱湯で洗濯をしているとのことであった。それでもしらみはなかなか取れにくいそうだ。

学童疎開

名古屋市矢田校　西川　邦子

私は五年生の二学期に三年生の弟と名古屋の矢田国民学校から兵庫県の上郡へ縁故疎開した。転校第一日目の朝礼からぜんぜん違った雰囲気の中で、みんなに見習ってついていった。言葉のアクセントの違いにとまどい、女子生徒三十名ばかりの小ぢんまりした教室で私はめずらしがられ、すぐ友だちもできた。担任の森繁子先生他の女の先生にもやさしく思いやりをいただき、後々まで有り難くかみしめている。名古屋の先生からの励ましのお便りや事務職員の先生が運動ぐつの配給の順番がきたと切符を届けてくださり、母が真新しいくつを送ってくれた。

それをはいて雪山訓練に行き、慣れない山道でも滑らなくてすみ、先生の御好意今もってうれしく涙の出る思いです。

空腹をまぎらすように、弟といつも一緒に川原へ兎の草を取りに行った。鎌を使うすべも知らず、手で兎のエサにする草をとった。冬になってだんだん草が枯れてなくなり、困り果てた。晩ご飯が済むとすぐ弟と近くの伯父の家へお風呂へ入りに行くのが楽しみでしたが、底板の浮く釜風呂に慣れるまでずい分時間がかかった。

つるべでの井戸水汲みも大変だった。ある時、一つの食物を弟と取り合ってガラスを割ってしまい、祖父に寒い縁側に追い出され早く名古屋へ帰りたいと寒さと不安で眺めた星空はキラキラとそれは美しく輝いていた。反対に良い思い出もあります。

川で泳げるようになったこと、春は山へぐみ取り、秋はきのこ取り、よもぎやよめな摘み等。

君がため春の野にいで若菜摘む
　我が衣手に雪は降りつつ

この百人一首は今もって当時を思い起こす大好きな歌です。

「集団疎開から縁故疎開へ」に寄せて

東京都平久校　田中　育子

昭和一九年八月、当時東京平久国民学校三年生だった私は、日毎に激しくなる戦火を逃れ、学童集団疎開に加わった。新潟県西蒲原郡岩室村で、最初は旅館に入ったが、間もなくお寺へ移った。父貞一（当時五八歳）、母リョウ（同五二歳）、次兄新吾（同一四歳）など、家族の心配をよそに、また父とは最後の別れとなることも知らず、遠足気分で上野駅を出発、長い疎開生活が始まった。

翌昭和二十年三月十日の東京大空襲で無差別爆撃を受け、東京の下町一帯は焼土と化した。その直後の三月二六日には、あれほど私の学童疎開に反対だった父が食道ガンで病死、疎開先へは「チチ、シス、カエレ」の電報が入ったが、激しい戦況下の東京へ帰ることはできなかった。父の死後、知り合いの紹介で母と次兄は栃木県下都賀郡稲葉村大字下稲葉へ疎開した。次兄が新潟へ引き取りに来てくれ、まだ半数以上も残された友だちと別れ母の待つ栃木県へ向かったのは六月のことだった。集団疎開生活十カ月間の思い出といえば、ただ空腹、二メートルも積もる雪のなかをころがりながら地元の学校へ通ったこと、しらみ取り、ワラ布団の中で泣いたことくらいか。

第二の疎開先、下稲葉は戸数わずか数十戸の寒村で東、黒川、西、小倉川という利根川の支流に挟まれた貧しい集落だった。男体山から吹きつけるカラっ風が肌身をさす典型的な坂東平野である。

梁島(やなしま)家という農家の一間を借り、その奥の薄暗い一間に荷物が入っていた。見覚えのあるタンスの上に父の遺骨と写真が置かれてあった。父の晩年の子であったため、精一杯の慈愛を受けた父の写真の前で小さな手を合わせた。たった八年間の父娘であった。今から思えばこの時から私の苦労は始まったようだ。

そして以後五年間の長期にわたる疎開生活は、ちょうど少女期と重なって思い出深い。

疎開っ子、といじめられたこともあったが、仲よしの友だちも多くて出来て、水浴び、自転車の三角のり、麦ワラで作るホタル籠、とうもろこしのヒゲで作る人形、たけのこの皮に梅干しを包んでしゃぶるおやつ、数えればキリがないほど田舎の生活に馴染んだ。東京から二時間ほどの処だったから、B29が飛来し、防空頭巾をかぶって麻畑へ隠れたこともある。たんぼの草取り、イナゴ取りと勉強どころではなかったが、あのまま東京の下町で住んでいたら経験することのできなかったであろう素朴な田舎のくらしが今はなつかしく、ふる里を持たない私にとって、心のふる里のように思い出される。疎開、特に戦争のそれは、決してあってはならない事だが、子どもの戦争体験はその後の苦労をのり越える大きなバネとなって生かされて来たことは確かだ。

しかし、今の子どもたちには体験させてはならないことに間違いはない。(京都市伏見区向島二ノ丸町六八)

縁故疎開

「別れ」・「出会い」
―戦争を生きのびた者のつとめ―

大阪市玉造校　楢崎　寿太郎

「朕深ク世界ノ大勢ト帝国ノ現状トニ鑑ミ非常ノ措置ヲ以テ時局ヲ収拾セムト欲シ茲ニ忠良ナル爾臣民ニ告ク朕ハ……」

私が、この玉音放送を聞いたのは縁故疎開先の岡山県和気郡塩田村。国民学校四年生の夏でした。

その前々月の六月一日、大阪大空襲で玉造（東区東雲町二―一九八）の居宅が焼失し、祖母（セイ）と叔母（和子）が防空壕のなかで焼き殺された。「荼毘にふすと異臭が、焼け野原いっぱいに……」と、涙ながらに話す祖父（寿満男）。急遽、帰省した陸軍士官学校の叔父（大典）の口からは「お前の友だちだった赤井のカネちゃんも（滋賀県へ集団疎開）力尽きて路上で焼死していた」と、聞かされた。

終戦の日から間もなく集中豪雨が襲い、吉井川が氾濫した。せっかく、戦災を免れた家財がすべて浸水してしまった。この水害の直後、私たち家族四人（母・静子、妹・富子、寿子）も、祖父たちが疎開した岡山県御津郡円城村上田西に移った。傷心の祖父は、大阪への引き揚げを復員するであろう父（寿男）に託した。

昭和二十年九月、平和に生まれかわった円城小学校に再転校した。だがその後、二年七カ月の間、ずっと「ソカイジン（疎開人）」の悲哀と辛苦を味わされた。

祖父の郷里でもあり「おえりゃーせん」の岡山弁も流暢に口をついて出るようになっていたのに……、なぜか徹底的な「いじめ」に遭った。

「いじめ」は、登校初日から始まった。学年・集落単位で下校する時、AとBがちょっかいを出す、ささいな小競り合いが次第にエスカレートする、突然「やれ！やれ！」とCたちがはやすと、前後左右、四方八方から鉄拳、つぶてが頭をかすめる。容易に逃げられない、巧妙な布陣で波状攻撃をしかけてくる……。気弱で、きゃしゃな私などひとたまりもなく、完膚なきまでに打ちのめされた。

こんな「けんか」が、秋祭りのころまで続いた。いつも負けて、泣いて、逃げ帰った。「いつ」襲われるか、「なぜ」殴られるのか、まったくわからない。だが、いつもキーワードは「ソカイジン」「ソカイジン」だった。

「今日もやられる?」と直感した日は、掃除もせずに逃げ帰った。だが、翌日はそのことが「いじめ」の正当な理由になった。恐れをなしたある日、親戚のある集落(三納谷や湯布)に迂回して帰ることを思いついた。その日の下校は楽しかった。罵声も殴られもしなかった。風にそよぐ木々の音や野鳥の声もよく聞こえた。途中で級友たちと別れてUターンして帰路につく。だが時には、暗くなるまで森に潜み、満天の星空を灯りに家路についたことも幾度となくあった。

ある時、片山君がわが家まで同道してくれた。いつもの松尾神社のお旅所辺りまで来ても……、誰も手も口も出さない。DもEもF君も何事もなく振る舞っている。こんなことが何回かあった。が、片山君がいない時はうっぷん晴らしなのか、いつもの数倍こっぴどくやられた。

片山君を意識したのは、この時から。彼は温厚で信望もあり、下級生の頃からG君、I君らと級長ポストを競った秀才。野良仕事や牛の世話も器用にこなし、工作時間に作った「わら草履」は堅牢で大人顔負けの実用品に感心した。運動神経も抜群で学校対抗リレーではいつも全校の期待を一身に集めていた。

「ソカイジン」への洗礼は卒業式を間近にひかえたころ、また再燃し、執拗な攻撃を浴びた。二年七カ月の間で、私の唯一の反攻の記録は、Nの太股に拳大の石を命中させたことである。この時のNの形相と怒号は、いまも鮮明に脳裏に焼きついている。

大阪に引き揚げる日。前年夏、復員した父に無心した私の宝物「黒い野球バット」を片山君にプレゼントした。そのお礼状が機縁で文通がはじまった。戦後四五年、彼からの手紙はスクラップ三冊に、様々な思い出とともにぎっしりとファイルされている——。

私の心の師、清水公照さん(東大寺長老)がこんな講演をされた。「私も先の戦争で、いまの韓国と中国に徴用されました。多くの戦友が亡くなりました。生きて帰ったからこそ言えるのですが、戦争があってこそ体験できたことも色々あり、その後の人生に様々な指針を与えてくれています。戦争は絶対あってはいけないことです。そのためには、人それぞれが得た「戦争体験」を後世に伝え、生かすことが大切です。この活動こそが、生きのびた者の務めではないか……」

師の講話に影響され、やっとこの原稿を書き始めた。悲しい別れをしたカネちゃん、片山範男君という終生の友とめぐりあえたソカイ。これからは、ささやかな戦争体験である「終戦の詔書」のころを語り継いでゆきたい。

級友の死

大阪府玉島小　門田　嘉弘

私は昭和九年二月生まれである。昭和一五年に小学校に入学。二年生で太平洋戦争がはじまり、敗戦の翌年の二一年春に卒業した。国民学校と名前も変わったが、この間に戦争の影響をまともに受け、卒業まで五回の転校をくりかえした。五年生の三学期になると、大阪市内への米軍機による空襲が激しくなり集団疎開が始まった。私どもの送られたところは高槻市の山間部の寺院であった。寺の本堂で、初めて親元から離れた集団生活を体験した。食物は不足し、痩せこけ、授業はほとんどなく、毎朝、朝食前に全員が正座して「帰妙無量寿如来」で始まる経文を唱えさせられた。昼は農家の手伝い、夜は空腹をかかえて食物の話ばかりしていたことを思い出す。

二十年六月八日に、自宅が全焼したため母とともに茨木市にあった母の実家に、身を寄せることとなった。縁故疎開である。ここでも授業はほとんどなく、軍馬の飼料に供出するための草刈り、学校の運動場を耕したサツマ芋畑での作業などであった。疎開児童は、体力もなく農家の子どものように農作業ができるはずもなく、教師によく撲られ、つらい思い出ばかりである。戦争も末期に近づいた七月末には、この地域にも空襲警報がよく聞かれるようになった。ある日、草刈り作業中に警報が鳴ったので、作業を中断して教室に入った。その直後、米軍機（艦載機）が教室を機銃掃射し、二人の級友が負傷死亡した。既死の状態であった。

その時の惨状は今でも忘れられない。軍国主義教育を受け、ただ勝利のみ信じていたが、終戦の放送はこの地で聞いた。

戦後四五年過ぎた今でも、疎開の思い出はつらかったことばかりである。楽しかったことは思い出せない。

今や日本は経済大国、世界一の援助大国となった。戦争の体験を持たぬ世代が人口の半分以上を占め、生活も豊かとなった。繁栄も続いてほしいが、戦時中のことを思い出すと、今より貧しくなっても、いつまでも平和日本であってほしいと思う。

疎開地をたずねて

43年目に語り合う集団疎開

大阪市天王寺校　小西　久子

当時六年生の私は、一九年の夏に、弟と一緒に奈良県五条市の桜井寺に集団疎開をしました。六三年の一一月三日、天王寺小学校の同窓会に出席をし、東京より出席して居られました川口浩様。三浦真木夫先生。芝本秀雄先生。五年六年を担任して頂きました、稲垣勝先生と四十数年振りの邂逅をいたしました。

疎開地の五条国民学校では、縁故疎開、集団疎開組共々、一緒に机を並べ、高等科の人と一緒に山に薪取り、麦踏み肥料運び、秋の運動会等々、同じ様に参加、勉強をしました。

受け入れ側の学校の先生、又地元の町の方々の御配慮のお陰様で、集団疎開の学童に暖かく接していただいた事と思います。

しらみだらけの頭に水銀軟膏を塗り、三角巾で包んで町の銭湯に行きました。

持って行った地球印の鉛筆を、地元のお友達の柿と換えて貰い食べ、先生に見つかり、夜中にお寺の本堂の板の間に正座、男子生徒に女子一人混じり、きつく叱られたこと。

本堂の床下にありました薩摩芋を、お墓の陰で、生で食べた時の甘くて美味しかった事など、食べることの想い出ばかりです。

翌年三月に進学のため、帰阪しましたが、三月一三日の大空襲では、焼夷弾の直撃を受けて片腕の無い女の子を横抱きにしたおばさんと、私は妹を背負い、母は弟の手を引き、無数の人達と一緒に平野の方へ逃げました。

父と配給で貰った軍の毛布一枚を持ち、田舎に行く途中、機銃掃射に会い線路の側の麦畠に伏せ、動き出した電車に乗り僅かな芋の干したのと替えて貰ったこと。母の着物と黄色の太い胡瓜と替えて貰ったが種ばかり大きく固かった事。動員先で空襲に会い、今里の工場より大道二丁目の家まで歩いて帰りました。

毎日毎日、生きるのが精一杯で、疎開地に残った弟の事も、廃墟の天王寺駅へ母と迎えに行き、痩せていた事だけは覚えています。

疎開の荷物をこしらえる時、母が、「浴衣の裾の中にお金を入れてあるから、困った時に使う様に」と、象牙の印も一緒に貰いました。

極限の中での親の気持ちが、今判りました。

焼け出されたり、戦後の台風で家が被害に会ったり、色々と有りましたが、今も拾圓札二枚と一緒に手元に有ります。

学童と共に苦難の中を乗り越えて来られました、先生方も御高齢となられ、又学童も定年還暦も間近かな世代となりました。今、平和な日本に生存する幸せを喜ぶと共に、若い人々に語り伝え、体験者で平和の輪を繋ぐ事に貢献をしなければと考えます。

疎開地の学校での作業始めの言葉——。
一、絶対無言
一、敏速正確、器物愛護、規律厳正、作業に励まん
寮でみんなと歌いました。

おーやこどんぶり、おすしにべんとう、サンドイッチ、ラムネにサイダー、牛乳。

三浦先生に教わりました。

戦時、戦後体験から得た教訓を次世代へ

大阪市天王寺校　川口　弘

一九八七年五月一七日、奈良県五條駅頭に天王寺・五条(含・宇智)各小学校の同窓・恩師・現両校校長合わせ約六十名が、四三年目の再会現地同窓交流会に集った。この前年に戦後初の再会の級友からの疎開地再訪希望を五条の級友ルートを頼りに両校幹事の三カ月のスピード実現であった。

再訪希望の背景には戦時下ながら大阪市・五条町の並々ならぬ御配慮、御尽力による温かい処遇を受けた同窓同郷意識が育っていたからです。都会学童を温かく援助受け入れるべしとの厳命を伴った施策が実施されたことは、その後の記録(大阪中央図書館蔵)でも明らかです。

もちろん当時はいじめ、けんか、ひもじさ、異端視等もありましたし、シラミに代表される生活状態も避けられませんでした。しかし、現地校教諭担任の現地学級に数名ずつ編入され、ともに勉学勤労奉仕等に汗を流したことが五条を第二の故郷と想う少年時代を形成してくれました。

疎開生活の哀歓は諸兄姉の記述と大差ありません。こ

れ等は平和飽食時代の若い親や子どもたちには想像すらできない事でしょう。人間は同様な境遇に直接、または推測できる体験をしないと実感・共鳴できないのかもしれません。

しかし、日本の覇権への列強の反攻、ABCD包囲網に対抗する軍国日本の孤立化のもとで日本人、とりわけ少国民は軍国皇国選民意識下で純粋培養されていたわけです。形は異なっても今でも世界各地でいろいろな体制下の国民教育のあるのがわかります。

戦火をまじえる戦争はほとんどなくなりましたが、経済金融人種差別貧劣学歴身分等による国家、地域、個人間の抗争は絶えるどころか、激しくなっています。民主主義体制への変革復興経済大国への道で得たもの、失ったものも多いと思います。今こそ、歴史の教訓をくみとって、地球規模で調和を計る人間味豊かな次世代へ継承発展させるべき秋(とき)だと思います。

(疎開時五年　東京・葛飾区柴又在住)

村のお寺に疎開の子が来た

京都府上和知校　渡辺　法子

私は『ボクちゃんの戦場』と同じ時代の子どもですが、集団疎開を迎える田舎の子どもでした。

それでも、シラミ、ノミにいじめられ、毎日毎日ガジガジと体をかきむしり、芋のつる、かぼちゃのつるはもちろん、タンポポ、スイスイ、何でも食べられるものは食べてきました。母が、麦のおかゆに、ぬかを混ぜてつくってくれたことを思い出します。

私は、父を三歳の時、病気でなくしました。戦時中のこととて、戦死ではなく、病死をした父親を持つ家庭は、肩身の狭い思いをしなければなりませんでした。まして封建的な農村のこと、ただ冷たいだけでした。

一戸から一人二人と招集された家は、はなばなしく村人に尊ばれ、戦死された人達は村ではまるでおまつりの様な騒ぎで、村の墓の正面に石碑が建てられました。

そんななか、婦人会等でその分、必死で活躍しておりました母など、どんなにつらく肩身の狭かった事でしょうか。

一七歳だった中学生の兄もとうとう堪えられずか、特攻隊として出て行ってしまいました。出発の前夜、母と兄が抱き合いオンオンと泣いていた姿、それから毎日毎日泣き乍ら、小さくなって畠の草取りをしていた母の姿は、もう母が亡くなって二五年にもなる今も尚、私の目にやきついてはなれません。私はそんな姿をみ乍ら「何んでかなしいんやろ」と不思議でたまりませんでした。近所の人達が「兄ちゃんは偉い、兄ちゃんはかしこい」とほめてくれるのに……。

子供心に姉達の憧れの的であった予科練に志願して行った近くの青年も、やはり父親のない家庭の長男だった事を思い出します。

その兄も終戦後シラミだらけの体で、小さいリュック一つ背おって帰って来ました。「隊長は自害された、ぬくぬくとワシら帰って来たのが恥ずかしくて、人に見つからない様に駅から隠れかくれて帰って来た」と。夜でした。そんな兄の足元にくずれる様にして泣いていた母、やはり悲しいのか嬉しいのかと私は思ったものでした。

でも、この歳になり人の母になり、戦時中の母親には幸せそうな、たのしそうな母親の姿を思い出す事は出来ず、どれ程に戦争と云うものが人を不幸にするものかも一層はげしく胸をつきます。

私の家庭は、農村に住み乍ら非農家だったのです。少しばかりの畠には麦、野菜を作っていましたので、国からは少しでも畠で麦を取る者には、米の配給たべものの配給はありません。その上男手のない私の家庭では、百姓はみんな母と姉妹の仕事だった。稲作でなく、畠仕事でも一〇歳やそこらの女の子には大変つらいものでした。百姓の家(稲作もある)では大人がすいすいとやってのける事でも、私らにはどんなにかつらくきびしい仕事であった事でしょう。

村の共同作業でしたが、お国のためにの杉の根刈りは一層きびしく、近所の大人の男の人達の中でチョロチョロとついて山深くまで行ったものです。

学校の行事として、戦場の馬達の食糧として、下校して必ず草を刈る仕事もありました。雨の日も、暑い暑い真夏でも、それを計りにかけて一カン目だったかランドセル替りに四キロの道を、おいそと云うわらで編んだ背負いひもで背負って行くのです。毎日のこととて、今日はどこの草を刈ろうと学校から帰ると我れ勝ちにと、大きなかまを持って出かけました。学校に着く頃には、背中は草でかぶれ、その上、ノミ、シラミと今頃では想像も出来ない様な子供達の体であった事でしょう。

京都から舞鶴へと国道がしかれました。その丁度、道になった私の家の畠や建物等、国にどれだけの値をつけてもらって買い取られたものなのでしょうか、いやそれは、金や銅や鉄と同じ様に、心から国への供出だったかもしれません。

その国道がついたので、何百年と続いて来たもとの田舎の道は、いち早く子供達が開墾しなければならない場となったのです。固い固い道路を私たちは、明けても暮れても、トンガやつるはしで五センチ、一〇センチと畠にして行きました。そして、お国のために働いていられる兵隊さんの食糧としての豆をまきました。

小さい子供には、炎天下のそうした作業は苦しいどころのものではありません。自分の背丈程もあるつるはしを、ふり上げるだけでも、どれ程つらいものでしょうか……。

農家へ食べものを売ってもらいに、幾度近くの家々を廻った事でしょうか。でも、決まってこうでした。「今日はどんな着物持ってきたん……」京都の都会から、毎日毎日何十の人々が着物や帯、立派な置き物を持って買い出しに集まってくる農家では、たとえ近くの顔見知りの家とてひとかけらの同情もありません。〝なんであのおばあちゃんとこ、大根いっぱい干したるのにくれへんのやろ、お金持って行ってるのに……〟と、大人への不信を抱いたものでした。

お腹をすかし、草を刈り、家の畠仕事から何から何までせねばならない私は、農繁期となれば親戚へ、朝暗いうちから、夜は木々の間に見えかくれする月をたよりに真っ暗な田舎の道を一目散にかけて帰るまで、子守に手伝いにと明け暮れました。

学校では勤労奉仕として、学校からまだ遠く四キロ五キロと歩き、今度は急な山道をのぼり薪出しをするのです。肩へくいこむその痛さ、つらさは今も決して忘れられません。三回往復は当り前でした。私は二回目の時、目の前が真っ暗になり頭は痛くどうしようもなく手さぐりで草の茂みへ座り込んでしまいました。トントントントンというみんなの足音が、何だか聞こえなくなっていきました。そして集合場所へどうして行ったのか憶えてはいないけれど……「すこいことした、うそついた、だました」と先生やみんなになじられました。

水田へ入り、いなごや害虫取りも子供の仕事でした。足にはまんまるくなったひる――だらりとぶらさがったひるが足のあちこちに黒々としていました。でもいなごは、その日のたのしいうれしいおやつであり、夕食でした。

見るのさえこわかった桑の木の尺とり虫も、毎日学校へ数を記した入れものに入れて、持っていかねばなりません。馴れれば事もなくとれるけれども、少しも気持ちのいいことではありません。ある夜、いっぱいになったマッチ箱を枕元に置いてねたのです。朝、箱のすきまから這い出した虫は、頭髪に、耳にフトンにと、うじゃうじゃとうごめいており、あのときのこわさ、気味悪さは、今、私が幼虫がこわい原因だろうと確信できます（あんなこわいことは、いまだかつてない）。

それにもまして、まだまだつらかった思い出は、学校の一時限目の校庭での訓練でした。田舎の学校の庭は、雨が降れば人の足ででこぼこになります。そこに水がたまり、霜柱ができ、氷が張る、その上をちっちゃな真っ赤なしもやけだらけの指で、はだしで足を高くあげ元気よく行進するのです。雪の日も雨の日も、いてついたあの氷の上を、半袖とブルマースでの行進。足の痛さ。〝なんでこんなことするんやろ〟しもやけの指はひびが切れて、朝降った雪が赤く染まっても……。でも体の調子がどうしても悪い時、「先生休ませてください」「おなかがぽんぽんに張って、パンツのひもが痛いくらいや」。それに対して、本当に苦しい時だったのに……、「いもでも食いすぎたんやろ、バカモン」。みんなの前で恥ずかしかった！〝この先生、大きらいや〟それからずーっとその先生はきらいのまんま卒業したけれど。

まだまだ、数えきれないほどの労働は、私たち子供に村の働き手として、兵隊さんの馬の食糧をと強いられたが、でもそんな戦時下においても、田舎の子供たちの楽しみがありました。川底の石の数まで読みとることのできるようなきれいな川である由良川です。百姓をしている家の子供が持って来る、そら豆の煎ったものを少しわけてもらって、川の水でしめらし、陽の落ちるまで水とたわむれました。

それにもまして、体力訓練、修身、労働しかなかった学校で、若い女の先生が、こっそりとクラスの子供を引き連れて、河原へ行き、そこで童話を読んでくださったのです。手のないお姫様の話を、今も憶えています。聞き入っているみんなの目からはポタポタと涙が落ち、〝こんなお話がほんとにあるんだろうか〟〝外国のお話をもっとききたい〟。生まれて初めて聞く、未知の世界に〝おばあちゃんやお母ちゃんのしてくれる昔ばなしとはちがう〟〝もっともっと聞きたい、美しい絵ももっと見たい〟〝何でこんなこと学校でせえへんのやろ〟私は思っていました。

今、この年になり、私の仕事を通じて、今では特に飢えに飢えていた自分の幼少を思い出します。一度、その先生にお逢いしたい。勇気のあるその先生に、もはや逢うことはできない、一言お礼がいいたいのに。

苦しい仕事はたえられた、不足も言えなかった、というよりも、言うことすら知らなかった幼少の時も、私はまかり通るいじめ、差別——先生も大人も、当り前として、堂々と行われていたことだけは、腹が立って腹が立ってしかたありませんでした。金持ちの子、先生の子供、いつもきれいに身を飾っている子は、どの先生にもひいきをされました。私は子供心にそれだけは許せなかった、というよりもその先生や大人たちがきらいでできらいでたまらなくなりました。今だから白状できるけども、そのきらいな先生の漢字テストに、私は落書きをして何も答えを書かずに出しました。やがて呼び出され、頬が落ちるほどたたかれました。ああ、今この年になり初めて自分の胸中を吐き出し、何かすがすがしい感じでです。

思いだしましたが、何も甘いもののないとき、お寺の甘茶、四月八日の甘茶の日は先をこぞって寺へ走ったものです。その甘茶の寺へ疎開で京都から子供が来る……。ああ、甘茶は……。私はそう思いました。その後の甘茶のことは何も憶えていませんけれど。疎開の大虚寺の子供たちのために、私らの仕事もふえました。ぜんまい、やまぶき、わらび、よもぎ……とまたまた、自分の分よりも多く取って、寺へ運んだものでした。

はいからな服を来た都会の子、白いきれいな顔した女の子、男の子。そうっと草や木の蔭から寺の庭で体操をしているランニングに半ズボンの男の子を見るために、よく寺へ行ったものです。田舎にはない珍しい苗字の子もいました。そんな子が自分のクラスに入ったときは自慢のタネでした。

そして好きな男の子はすぐにきまり、その子に食べてほしいばっかりに、夜になっても山歩きした、そんなおもいは今でもほほえましい。二つ年上の姉などは寺へごはん作りや洗濯の手伝いに行ったと話しています。

先日、田舎の寺の近くに住む、叔母に聞いた話ですが、今和歌山に住んでおられる中年の女性が、疎開していたお寺になんとしても行きたくて行きたくてたまらず、たずねてこられたらしい。寺まで案内して家へ立ち寄ってもらい、話をして帰られたそうだが、その人の疎開での思い出、どうしてももう一度たずねてみたい、その心の奥にはいったいどんな思いが詰まっていたんだろうか、と今考えさせられております。

父親もなく金もなく、貧しかったはみ出し者の私でも、やっぱり都会の子供と同じように必死で何も言わず、天皇陛下のためにお国のためにと、けなげにも懸命に生きていたんだなあと、少しばかり切なくなってまいります。子供らしい生活は何ひとつなかったんだろうけれど、この年になるまで行きのびてきた事実だけは、自分自身が大切に見守ってやらねば、と思っております。そして、現在の子供たちは、幸せに大人にならねばならないんだと。

手づくりの数珠

大阪府滝井校　西田　新

一、

大学同窓生のKさんから、「あなたも学童集団疎開の体験者なら協力してよ」と言われたとき、お易いことと二つ返事で引き受けたが、写生や、食事の記録などとっくの昔に処分していたから、お寺の名前も駅名すら思い出せない。小学校へ電話を入れる。校長先生が電話口に出られたが「校史にも石川県鹿島地方へ疎開した、と書かれているだけで、お寺の名前も判らないのです」との返事。一〇〇年近くの校史のうち半年間も学校を閉鎖するという重大事件だったのに何の記録もないとは、と驚くとともに、これでは自分たちの手で記録を残さねばと心に決める。

石川県地図は疎すぎるので、五万分の一の陸測地図と石川県電話帳から寺院の頁をコピー、記憶を頼りに絞ってゆき、そこが鹿島郡鹿島町(当時の滝尾村)尾崎の明泉寺であったことと、最寄り駅が能登部駅であったことが判る。

二、

そして、五月連休の雨の日、その明泉寺を訪ね、その少し前にいまは故人になられた当時の住職さんの奥さんを東京に訪ねて、故桜井和上が残された手記なども読み、当時の記憶と結びつく新しい認識も加わる。以下、疎開生活の事実のいくつかを記す。

学童集団疎開の期間

昭和二十年三月一四日の大阪大空襲の直後の四月のある夜、学童集団疎開に参加する三年生から六年生までの男女児童と、それを見送る父母たちが、滝井国民学校の講堂に集合した。

食管法による主食の配給が出発日の前日から断たれたことを補償するため、袋入りの乾パンが児童たちに配給された。しかし、その袋が破れていて、乾パンが講堂の床にこぼれた。われわれが次々と出て行くとき、そのこぼれた乾パンを争うようにして拾っていた見送りの父母たちの姿が今も脳裏に焼きついている。

国鉄は、学童疎開専用列車が仕立てられた。それでも途中の駅で長時間停車したりして、大阪から七尾線の能登部駅まで一昼夜以上かかったと思う。その駅へ朝か夕方か、いつ頃着いたのか記憶がない。桜井和上の手記によると「リュックサックを背負って、列車を下りる小さな子どもたちを見て、涙のこぼれる思いをしたことが四十数年後の今でも頭の中に残っている」と記されている。

その疎開先に定着してから、ドイツ降伏のニュースを聞かされる。

そして日本も終戦、十月の朝早く大阪駅へ下りたち、まだ薄暗い駅前に闇市が軒を連ねて人々がうごめき、京橋駅を下りたとき、焼野が原の中に京阪電車の蒲生駅(現在の京橋駅)のプラットホームだけがあって、遠くから近づく電車が何の障害物もなく見ることができた。幸い、われわれの校区に空襲はなく、一部、延焼防止のために強制的に取り壊された住宅はあったものの、全員、親のもとへ帰ることができたと思う。

疎開地での生活範囲

われわれは、現地の国民学校へ通学せず、明泉寺内ですべての生活が行われた。それも、本堂とその裏に設けられた各人が柳行李一個ずつを置くだけの狭い個人空間と共同の食堂、便所、洗面所および本堂前の庭に限定されていた。タケノコの生えている裏庭、それに続く墓地、お寺の二階や三階などの立ち入りは禁止されていた。

従って、現地の児童たち、村人たちとの交流は一切なく、一枚の新聞、一冊の雑誌、一台のラジオもなかったから、社会の窓は、住職さんから時々聞くお話だけであった。

薪とりや、畑の草とり、米、豆、醬油など生活物資の運搬労働で寺の外へ出る以外、門から出ることは禁じられていた。国鉄の線路には大阪へ通ずる唯一の手段としてほのかな夢があったが、半年間一度も線路の上を歩くことはなかった。一度、何かの用で一人で集落の外へ出る機会があった。私は熱心に志願し、「西田君に」と指名された。雨の日だったが、ただ一人で道を歩いているという自由の喜びを味わうことができた。

学校教育

滝井西町という同じ校区の三年生から六年生までの六十余人の子どもたちに四名の先生が配属されていた。一名の男の先生と、三人の女先生である。男のK先生は大正デモクラシーの世代でおとなしく、三名の女先生はいずれも独身であった。

その四人の先生方が、三年生から六年生までの各学年を担当し、一二〇畳の本堂の四隅で同時に授業が行われた。いま考えると、国語と算数のみの記憶しかなく、軍事教練や体育の教育さえもなく、ましてや、理科も音楽も図画工作もなかった。少なくとも私の六年生の授業は半年間生彩がなかった。

すでに終戦後のこと、一人の女先生に交替があって、小柄で色白でポチャポチャした一見かわいい若い女の先生が配属されてきた。その二、三日後、本堂裏の柳行李が並んでいる狭くて暗い通路に全員並ばされた。「わたし、力が余ってるの」と、何の理由も告げられずに、子どもたち全員の顔面にビンタが飛んだ。終わってからしばらく、みんな呆然としていた。しかし誰ひとり泣き出す子どもはいなかった。隣室に居たほかの先生方は当然このことを知っただろうが、あるいは事前に知っていたかもしれないが、知っていて知らぬふり、何の弁明もなかった。

その後、子ども心に不可解だったことは、われわれ六年生のグループと一緒のときに特にそうであったが、戦時歌謡曲の〈お使いは自転車で／気軽に行きましょ／ランラン〉とよく口ずさんで「わたしこの歌が好きなの」と、しゃあしゃあしていたことである。それでも、三、四年の低学年の子どもたちには「こわい先生」として恐怖による支配がまかり通っていたように思う。

終戦になる前も、次代の戦力となる少国民の体力を向上させる訓練や、軍事教練、必勝を信じさせる思想教育など全くなく、翻って終戦後、当時は空気がきれいでよく星が見えただろうに、一度として星座の見方など教わったこともなかった。

食べたもの

本堂から廊下続きの板張りの一間に、二列に長い台が並び、その両側四列に子どもたちが座って食事した。賄いのおばさんが二人おり、盛りつけが終わると、鈴が鳴らされ、全員が所定の席について食事をした。多分、先生方もその食堂で生徒たちと一緒に食事されたように記憶している。食器一杯のご飯の半分は、大豆や南瓜であったが、帰阪後のしゃぶしゃぶのおかゆや、代用食のことを思えば有り難い食事であったと思う。私の斜め右に三年生の妹が同じ向きに座っていたので、食器の中までよく見えた。まだたくさん残っているなと思っていた食器のご飯がいつも、ぱっと無くなった。はじめはよく噛んで丁寧に味わい、最後に口いっぱいに頬ばって一気に喉を通すことでたくさん食べたという満足感を自作自演していたようだ。

ある日、食事の時間でもないのに三時頃突然、食事を告げる鈴が鳴った。その意外さに喜び席に着くと、食器の中に、ふかしたての大きな二個のじゃが芋があった。多分、近所の方が、収穫した新じゃがを贈られたのだろう。半年間の疎開生活のうち、最もおいしい食べものであった。もちろん、バターもマーガリンも食塩さえもなかったが、食べたあとしばらく、みんな感動していた。

反対に、最もまずかったもの、それはネズミのふんであった。満州から船で送られてくる大豆にはネズミのふんが混入しており、炒り大豆の中にもそれが混じっていた。炒り大豆の硬さに比べて「ぐにゃ」と柔らかいので噛んだとたんにそれと判る。大豆が勿体ないので異物ごと飲み込み胃に収まる。今でもその時の味を思い出せば、どんな物でもうまいと思う。

今回の現地訪問で住職さんから聞いたことだが、住職さんたちの家族のおかずに焼いた魚が一尾盗まれた。生徒全員を集め男の先生が一人ずつ口臭を調べると、すぐにその盗人が判ったそうである。先生がその子どもを連れて来て謝らせたときの光景が、当時同じ年頃の子どもだった住職さんに強い印象を与えたのだろう。貨幣価値の全くない世界であった。みんなが「猫に小判」の猫であった。

衛生状態

浴室は子どもたち七、八人が入れる程度の広さであったから各学年ごと男女別に八回に分けて入浴した。何日に一度入浴できたのか覚えていない。衣類、特に肌着の洗濯をいつ誰がどこで、どの程度の頻度で行ったのかも覚えていない。とにかく「シラミ」が大発生した。「シラミ」を多数保有している者と、ほとんど保有していない者がいて、個人差が大きかった。廊下の手すりに濡れたタオルを並べて干してあったとき、その上をシラミが動いているのを発見した。移動方向が同じなので、どこから来るのかと逆追跡してゆくと、一枚のタオルから大勢のシラミが両側へ拡散中であることを突き止めたことがある。その拡散源タオルの持ち主はすぐに判ったが、その持ち主の子どもはいささかも悪びれることなく、ほかの子どもたちも、自分のタオルに付いたシラミを爪でシラミつぶししてしまえば、その持ち主の名前もすぐに忘れてしまったことだろう。

授業中、隣に座っていた生徒が、自分の衣服からシラミを捕まえてきて机の上にのせ、鉛筆の頭でそれをつぶすという作業をやっていた。その衣服にはシラミがたくさんいたので次のやつを捕まえるのに時間は要らず、その作業は連続的に行われていた。私はそれを見ながら、身を引こうともしなかった。その机は三～四人が並んで利用する型で、授業が終わると本堂の片隅に積み重ねられた。

さすがの先生方も、シラミ汚染を問題視され、撲滅作戦が実行される。それは子どもたち全員の衣類を集めて浴槽で煮ることである。もちろん、衣類の色がほかに染まったりしたが、この作戦を幾度か行うことにより残党たちもついに消滅した。最初の汚染源は誰かが大阪から運んできたものである。

夏には便所にハエのウジ虫が大量発生した。大人用の木の突っかけを履いて便所場へ下りるが、床面にたくさんの虫が這っており、それを踏むと滑って転びそうになる。床はタイルであったように思う。シラミもノミもハエも昆虫である。多少は迷惑したが、水と空気と食品は汚れてなく、粗食ということもあって病人は出なかった。

住職さんのこと

初めて明泉寺へ着いたとき、本堂の向かって右隅にオルガンがあったのでみんな驚いた。鹿島郡の各村に分宿していた同じ滝井国民学校の疎開先で、オルガンがあったのはわれわれの明泉寺だけだった。住職さんがオルガンを弾かれ、作曲もされた。紙芝居も見せてもらった。本堂から食堂へ行く廊下の横の周辺に障子窓がない、いつも薄暗い部屋があって、紙芝居の時だけ入ることができた。ラジオも新聞もなかった生活の中で、その部屋に入るときは胸がわくわくした。大阪の街路で紙芝居屋さんの自転車の荷台に積んであった紙芝居立てはみんな知っていたが、初めて明泉寺の紙芝居を見たとき、まず紙芝居立ての装置を見て子どもたちは驚嘆の声をあげた。それは、扉が左右のほか上方にも開くたいそう洒落たデザインで、しかも、直管形ランプで紙面を照明する構造になっていた。この紙芝居装置も住職さん自らデザインされたものであった。蛍光灯のない時代に、直管形ランプの発想と入手の情熱にただただ感服する。住職さんの「語り」がまたうまかった。子どもたちは一巻が終わると「もう一巻」と唱和した。

八月一五日正午から重大放送があるということで、先生方は全員ラジオの聞ける場所へ外出された。しかし、当日も翌日の朝までも、生徒たちにその内容は知らされなかった。一六日の午前、本堂に集合した生徒たちに説明したのは、われわれの先生ではなく、住職さんであった。

三、

そのご住職さん、桜井鎔俊和上が昨年八九歳の生涯を終えられたことを今回知らされた。終戦直後の昭和二二年に、東京の豊島区に布教活動のための「真々園」を創立され、「真仏教協会」を創立された。その協会機関紙「真仏教」を、桜井和上の奥様から頂き、その記事を読んで初めて、四五年前に疎開児童を受け入れられた時のことを私は知った。以下その一部を引用する。

ある日、村内の全寺院住職が村役場へ招集され、「いよいよ当村も疎開学童をお引き受けすることになりまして……寺院以外に住居させる場所とてないから、できれば一カ所に、止むなくば二カ所に分割してでも引き受けていただきたい。責任は村にある訳ですから協力は惜しみません」と、村長から頼まれた。事情を聞くと、町内単位の編成で六二名の中に兄弟、姉妹がいるという。分割されると知らぬ疎開地で兄弟、姉妹がバラバラに住まねばならぬという。分割せずに引き受けるとなれば村内最右翼の寺院、明泉寺と誰しも思うのが当然である。聞いたとたんに筆生は腹をきめた。

荷物棚、洗面所、便所等はすべて自己負担で準備した。何分にも物資欠乏の時代のこととて、毛布と食器だけより持って来ないのであるから、バケツ、やかん、鍋、釜、箒など消耗すればそれきりで補充はきかない。寺院の備品はずい分多く消耗した。……野菜は村民の順番供出で不自由はさせなかったが、魚類不足に困り果てて筆生の就職していた軍需工場の配給の余りを、できる限り利用させた。

終戦の日がやってきて、やがて両親の元へ帰れると聞いて喜んだあの子どもたちの顔《もうこれで、戦争だけはいやだ》と、あの時ほど思ったことはなかった。

あの第二次世界戦争の末期の二カ年……止むなく軍需工場に手を貸して、成りゆくままに任せた日を送った中に、ただひとつ語り得る良心的行為としては、家族もろとも悪戦苦闘した疎開学童の世話だけであった。誰からも一言のお礼の言葉も聞かなかったが、筆生の良心的満足だけが唯一の報酬であった。(法難第六章　二十世紀の決算より)

四、

召集されて父が留守の大阪では、母と一つ上の姉が空襲警報の都度、遠くのレンコン畑や淀川堤へ二人の小さな妹たちをかかえて逃げていた。そのとき私は、空襲の恐怖を体験することなく安全に能登の一寺院で生活していた。これが学童疎開の目的であり、それがすべてであったのかもしれない。

しかし、そのご縁で四五年後、村の住職さんの奥様にお会いすることができ、奥様自らの御手で真々園に成った実で作られた数珠を頂戴し、それをいつも服のポケットに忍ばせている。

最後に、世界学童疎開関西展実行委員会を推進している奥田さん、赤塚さんはじめ会員の方々と、その活動を私に伝えてくれたKさんに感謝します。(昭和九年生)

(合掌)

残　留

残留児童からの発言

大阪市玉出校　清水　保

学童疎開、それはある暑い夏休みの午後、粗末な二枚のわら半紙にガリ板刷りの学校から家庭への回覧板でやってきた。

大忙しの中で作られたらしい文面は、薄くかすれたインクとともに、何となく私たちに不安を与えるに十分だった。

昭和一九年八月、夏休みもそろそろ終わろうかとしている頃で、激戦の戦地と比べ私たちの住む内地はまだ大した空襲もなく、戦場とは遠い感じだった。

だが戦争はそこまでやって来ていた。学童疎開―それが私たちの戦争だった。

学校では、父兄説明会、学童説明会と毎日続き、四日目の朝には三～六年生のほとんどがもう疎開専用列車の汽笛とともに、全員疎開していってしまった。

数日後、新学期が始まる。疎開に行かない一、二年生は平常通りだが、三～六年生残留者は各クラス五十名、三・四年、五・六年の男子クラスと女子クラス計八クラスの複々式授業と減っていた。全校学童数二千八百余名を誇った大阪市立玉出国民学校も、わずか一にぎりの大阪市残留者のためのミニ分校と化していた。

さらにその中から、昨日は二人、今日は一人、ズルズルと転校者が抜けていく。縁故疎開に行く人たちだ。

それにしても残留者が多い。不審に思った学校が残留理由調査をやって、驚く事実が判明する。費用の問題が浮かび上がってきた。

疎開費用一名一カ月十円、残額国庫負担。当時各家庭とも子どもの数は多く、平均四～五人、これ等の学齢に達した子どもが三人でもあれば、月三十円もの疎開費用がいる。一般的サラリーマンの月給が六十円位の時代だから、月収の半分も子どもの疎開費用に持っていかれたら家庭の財政はたちまち破綻は必至、そこで命は惜しいがお金も無い、仕方がないから残留となる。

経済的困窮者には全額国庫負担という制度があるとは言われてはいたが、学校ではその手続きを取らず放置したので、このような現象が出て該当する子どもたちが悲しい思いをする結果となった。だが、かなり遅れて困窮者家庭児も国庫負担の制度を利用し、全員元気に疎開していった。

反対に、シュンとなったのは残留すべき運命の確定した〝残留学童〟たち。

彼等には永久に疎開する術が全くない。完全に見放された存在だった。そして、その中に私もいた。クラスは半分の四クラスに減り、人数は半分以下に減った。

絶望的な空気が学校中に流れ、先生たちもこの残留学童たちを持て余し始めた。

少国民新聞、少年(少女)倶楽部、鉛筆、ノート、消しゴム、ズック靴、教科書等々は全部配給制となり、それが全部疎開先へ送られ、大阪市内では何も配給が受けられない。都会には原則として子どもが居ない、ことになっていて、私ども残留学童は子どもの数に数えられてはいない。そんなありさまが続いた。

先生の中にも正義漢がいて奔走してくれる先生もいたが、せいぜい戦前の古雑誌を集めた程度で、先生自身が頭をかいて苦笑い。そのような空気の中で、何とかして疎開しようという努力が続き、時々、一人、また一人と転校し、教室が僅かずつ淋しくなっていく。

日増しに濃くなる絶望的空気の中で、それでも抵抗することも試みられた。

二宮金次郎の故事にならい、自宅から大きいお盆を持ってきて砂場の砂を入れ、割り箸で字を書いてみた、×。到底実用にならない。二宮金次郎なんて本当に実在したのか？　そしてお盆で勉強したのか。嘘だろう、僕等にできっこないのだから……そのうえ、用務員室から苦情が来て、「割り箸かて戦争でもうおまへんねんで、そない取りにこんとくれやっしゃ」

よっしゃ、そんならでっかくいこう。私たちはジャングルジムに全員が登った。先生は竹の棒で地上にデッカク字を描く。これならましだ。ただ子どもの私たちは、背が低いのでジムに登らないと全体がよく見えない。「アーシンド、もうあかん」。今度は先生が音を上げて、これも×。

家にあった水彩絵具を学校へ持って行き、皆で舐めてしまった。黄色が一番甘かった。図画、このような事情で×。

もう何をやっても×、×、×。

何もすることが無くなった頃、学校は閉鎖となった。陸軍地上部隊と、中部軍征空部隊が学校全体に駐留、私たち学童は学校を追い出されてしまった。

外の国民学校では、まだまだ授業を続けているというのに……。

その頃一、二年生の教室では一体どうなっていたのか知らない。

翌、昭和二十年の元旦、元日の式典でもあるのかと私は学校へ行ってみたが、兵隊の歩哨が立っているほかに、学童の姿はなく戦時下の寒々とした風景だった。

市民館でも借りて寺子屋式授業でも再開しよう、という動きが父兄の間で動き始めている、と聞いたが、校長は無視し再び校門を私たちに開けることはなかった。

春、四月、今度は一、二年を含む学童全部の疎開していくこととなっていたが、果たして幾人の学童がいたのだろうか。

去る三月一三～一四日の第一次大空襲で、私たちの住む町、玉出は決定的な大打撃を受け住民は激減、学校講堂、幼稚園、市民館も消防分署も全焼。南海本線玉出駅も乗客激減のためか廃駅となり、すべてが灰燼と帰した。

そして私も悪運強く焼け残った我が家とともにその灰の中に暮らしていた。

軍国教育の最後の光景だった。

私の学業もこの時が最後だった。

私は国民学校五年生中退となっている。

付添教員として

浅井君の葬儀

昭和二十年二月十日

大阪市御幸森校・付添教員　梅沢　静子

二月十日、寒波のきつい夜だった。

深夜、三回目の空襲で飛び出した途端、駅前あたりに、火の粉が凄い勢いで舞いあがるのを見た。

戦火ではない。旅館の家事だった。ホースは凍っていて消火に手間どり、わが校の日の出、玉屋寮がまたたく間に全焼、六年生男女と、四年生の男子の一部が焼け出された。

不幸にして、四年生の男子二名が焼死、男の先生は遺体を探し続けて、家事現場で夜をあかした。朝食も抜きで探し続けた。

翌日、午前十時過ぎ、浅井君は焼けくずれた便所の窓際で、黒い塊になって発見された。僅かに残った防空頭巾の布端と、眼鏡が残って、浅井君と判明。葬儀屋に連絡した四年生担任の田中先生は、しみじみと嘆いた。

「いつ空襲があるかわかりまへんので、こっちからは出て行かれまへんけど、死体を持って来てくれはったら、焼きます」と。

途方にくれた先生は、棺桶を買うことから、運ぶ車を借りること、安置するお寺を探すこと、何もかも、田中・南両先生が走り廻って準備した。

二月一二日、午後三時から四時まで、式は寮に近い三条通りの寺で行われた。

彼と別れを告げるため、門前に並んでいるのは、疎開の教師と生徒だけ。六年男女と四年男子の一部は、寮が焼けて大阪に帰り、残った三年生から五年生までの男女の生徒が、僅かに並んでいるだけだった。

疎開のよそ者という悲しさだろう。

ただ、式の間は空襲もなく、本堂から流れる読経に耳をかたむけて、誰も咳一つする者もいなかった。ゆっくりと静かに霊を慰めることができた。

やがて、小さな棺桶に納められた浅井君は、寺から運び出されて、古い大八車にのせられた。

同学年の生徒たちは、目を赤くするもの、肩を震わせて泣き出す女の子もいた。

田中先生が車の前を引き、うしろから南先生が押して、ゆっくり焼場に運んでいった。

浅井君の母親であろう。小柄な婦人が、小さな包みを左脇に抱えて、泣きじゃくりながら、車の裾によりそって歩き出した。

身動きもせず見送っていた生徒たちはみな、鼻をすすり、目を拭き出した。

「かわいそうやぁ…」

幸恵が、叫ぶような声を出して泣き出した。

二列に並んで見送っている生徒たちの間を、頰をさすような冷たい風が吹き抜けた。

私の集団疎開

大阪市菅南校・付添教員　由上　龍男

昭和一九年九月二日、大阪市菅南国民学校集団疎開付き添い教師として、新婚間もなく大阪駅より特別列車で出発した。膳所駅より逆走して江若線を近江今津へ。西天満、堀川校は近くに疎開。菅南校は木炭車の国鉄バスに分乗して三、六年生は西庄村へ、四、五年生は海津村へ、村民の出迎えを受け海津国民学校校庭に着く。入村式を終え四年男子は、学校前の石井田助役宅を宿舎に提供されたのですぐ到着、その他は湖岸に沿う村の東端より少し離れた高台にある明大ボート合宿所に入る。作業員のおばあさんと寮母さんが待っていた。人数の割に狭いのと、常に人が住んでいない所だけに何かと不自由である。村役場に交渉して女子は近くのお寺に移ることになった。住職一家の温かいお世話になるが、広い本堂での生活はどうも落ち着かない。いつまで続くかわからない疎開なので、再度村役場の世話で、村の中央にある民家に移ることになった。三軒続きで中央に理解ある老夫婦が住んでいる。東側を宿舎に、西側を炊事場、食堂等に使用できて落ち着くことができた。すぐ南側のしじみの取れる湖岸で洗面できる。天気のよい日は遠く近江富士が望める。工作道具一式を持って来たので、柵、机、箱火鉢等生活に必要な物を作ることができた。どうやら宿舎らしくなった。分解して運んだ自転車を組み立て、六カ所に分かれている宿舎の連絡に役立つ。黒いベークライトの食器に入る雑炊の味は何とも言えないものである。さつまいもの茎の皮をむいて食料に。主食すら不足であるが、子どもの欲しいのはおやつ。遠足気分でやって来たのに、いつまでたっても大阪へ帰れない。淋しさのあまり隠れて泣く子、手紙の来るのが何よりの救いである。冬季積雪が予想されるので、秋には野菜の貯蔵をしなくてはならない。慣れない雪国の生活を体験。スキーは楽しいが、道あけ、屋根雪落としは容易なものではない。陸上交通が絶え、一日一便の船も途中で停泊してしまうこともあって、空襲はないが安心して暮らせることではなかった。

疎開40年目の再会

私の関係している非核平和宣言都市吹田市立少年自然の家が近江今津にある。疎開地に近いので、疎開生と吹田の児童との会合を、ちびっこ今昔物語として市の行事をもった。散らばった疎開生二十人が集まったくれた。戦時中の生活用具を集め、食事も当時のものにして四十年をもどす工夫をした。疎開生ひとりひとりが当時を思い出して話してくれるのに時間を忘れての会合ができた(ビデオあり)。食事の前に唱えた言葉を今も忘れず言ってくれたが、今の子どもには理解できない。淋しさ、不自由さ、物の大切さ等々よりも親と離れての生活の上、大阪の家が、親の命がいつ爆弾で失われるか、この不安は言葉では言えないと、戦争体験疎開生でなくては知ることのできないものである。

二日目は疎開地を訪ねた。宿舎近くの今も残る警防団詰所の前に来た時、女性のひとりが大声をあげて立ち止まった。そこは時たま訪ねに来てくれる親といっしょに泊まることのできる面会宿泊所である。友だちは時々親子いっしょに寝るのに自分は面会が少なく、うらやましく見えた建物である。そのまま残ってあるのに驚いての感激の声であった。

男性のひとりは、ぜひとも寮母さんに会いたいと。それは父は兵隊に、母と妹は広島に疎開、疎開終了の二十年十月に帰るところがない、孤児になった彼に寮母さんは多額のお金を渡して別れたお礼に会いたい。ひとりぼっちになった彼は親戚をたらいまわしにされ、話にもならない生活を体験、今はスーパー経営者となっているが、戦争の生んだ社会はとても想像のできないものがある。疎開生は口をそろえて、国と国との戦いは絶対にあってはならないと。

大阪市西船場国民学校学童疎開

大阪市西船場校付添教員　中野　栄

大阪市西区西船場国民学校の六年生女子三十一名と、三年生男女三十二名、計六十三名の学童が四名の教員に引率され、疎開先の島根県簸川郡久木村国民学校校庭に到着したのは昭和十九年九月二十三日午後であった。

疎開寮となるべき二寺院の防寒設備と生活設備のため当分は久木校の教室に分宿した。

十一月二十日応急施設が出来上ったので、わが受持の六年女子十八名と三年男子十四名は久木村原鹿の覚専寺寮に入った。

寮主任と寮母の二名で三十二名の疎開児について二四時間勤務ともいうべき世話をすることになった。

本堂は教室であり、食堂であり、遊び部屋になり、寝室にもなる為、冬期防寒対策設備十分に施された。当地方は西北からの季節風と吹雪が荒れるので、どこの屋敷も西から北に廻って松の大樹の防風林(地元では築地松)が屏風の役を果たすけれども、吹雪を防ぐためには更に戸や障子のたてつけに二重の目張りをしてその上を筵で覆うことにした。

炊事場や風呂場は庫裏の近くに設け、両便所は本堂の裏に、渡廊下に沿い設けた。

＊　＊　＊

学童疎開の一日の行事及び生活予定は、

○六　時　起床、掃除、ラジオ体操、境内行進

○七　時　本堂にて朝礼の後、真宗の勤行・南無不可思議光、法蔵菩薩因位時……

○七時半　朝食

○八時半〜十一時半　学習(個別指導)

○正　午〜一時半　昼食休憩

○一　時〜三時半　体操、図画、工作、音楽、習字等

○三時半〜五時半　自由時間

境内で遊び、小川で鮒とりなど、落穂拾い、いなご取り、氏神都牟自神社神苑で寫生、音楽などの遊戯、簸川の堤防や洲で自然観察や採集など、学童はわれら以上に遊び方をいろいろ工夫創作するものである。

○六時〜七時　夕食

○夕食後―自由時間

○十　時　就寝消燈―冬は掘り炬燵のまわりに

●三十二名の中には寝ごと、寝ぼけ、夜泣きや、もらすもの、夜半の小用をこわがるものなど、夜の母親の苦労を味わされる。

課外活動―
○一日遠足　松江城、一畑薬師登高、田伏登山、出雲大社参拝、稲佐浜、日御崎、＊九千社、西船場他寮と交歓交友等

＊　＊　＊

学童の健康

異郷の地で、集団生活であるから学童の健康維持、衛生の推進には特に留意した。

このような環境にあって疎開まもなく、六年女子一名がジフテリアに罹り即刻村の隔離病舎に収容された。本人には早々に隔離され淋しい病舎での数日であったので可愛想な思いをさせたことになった。

次に春先に女児が集団的に虱に襲われ、その退治には困った。その退治には二週間ほどかかった頑固なものであった。本堂の日当たりのよい縁側での虱退治風景は情けない限りであった。貧民窟のようでもあった。熱湯消毒と併せて漸く駆逐できた喜びは大したものであった。

＊　＊　＊

疎開さん（地元では疎開児童をこの愛称で呼んだ）の食事情について

○主　食　簸川平野は日本でも有数の米どころで白米が充分に配給された。
○副食物　魚肉は恵曇（えもと）から、牛肉は農協から配給された。蔬菜類は各部落から自家栽培の新鮮なものを頂いた。
○間　食　十六部隊から交互に届けられた。餅、餡入餅、牡丹餅、蒸しパン、芋菓子、ポンポン菓子など子どもの好むばかり沢山届けられた。

いづれみな、親許離れた異郷に疎開生活をしている子どもへの憐れみの情の籠もったものばかりである。よい村へ疎開して来たものだと子達は勿論、大阪の親御一族みんなみんな心から感謝した。

こうして疎開児童はすっかり村に溶けこみ村の皆さんとも親しくなり可愛がっていただいた。学童が疎開中に覚え日常使っていた出雲ことばを話し、簸川郡川久村（旧稲）が第二の故郷になったことを偲びたい。

ダンダン、ダンダン。ゴット。オゼー。エースコ。ワリースコ。チョンボシ。ゴシナハイ。バンバマシテネーヤ。タダモンアリガトウゴザァーマシテネヤ。大ハイゴン。（岡山市中島田町一―五―八　八二歳　元大阪市西船場国民学校訓導）

青年から

墨絵が動いた

大阪市立市岡商業学校　谷川　照夫

大阪初の夜間大空襲――翌一四日は終日湿っぽい空と焼け焦げたにおいに街はおおわれていた。当時一五歳の私は市岡商業の学徒隊員として日立造船桜島工場にかり出されていたが、あの頃の気風としてその日も交通途絶など問題とせず、平常どおり持ち場についていたように思う。あれからすでに四五年、遠い昔のことながら折にふれ脳裏をかすめるあの動く墨絵のようなものに出会ったのは、その帰り道一面焼け野原と化した心斎橋筋は中程のことであった。あれは確か大丸を少し南へ下った八幡筋？　西川のふとん屋辺りであったろうか。見はるかす廃墟の彼方に蜃気楼のように浮かぶ高島屋に向かって、家路に急ぐ無言の群れ。その一群の末尾にあった私の左手に何かしらうごめくものの気配が感じられた。一瞬足を止めたが、何も見えない。しっかり見渡したが何も無さそうだ。立ち去りかけたが妙に気になる。見えるは黒焦げの金庫にアメのような鉄骨、赤茶けた瓦礫の山――とその時だった。墨絵がじわっと動き出したのは……。崩れそうな穴から小さな防空頭巾がヨチヨチ寄って来るではないか！　黒ずくめの中に目だけが光っている。煤けた顔は男か女か？　走り寄る私のゲートルにしがみつく。三つ四つでもえらい力だ。じっと見上げる小さな瞳は何か言おうとしているが、言葉にはならない。

墨絵のような子どもはホッとしたのか、急に放心したように眠りこける。夕暮れて人影まばら、心細くなり、近くに見える校舎まで（大宝小学校か）その子を背にして何とか辿りつく。居合わせた地元の人（警防団？）に事情を告げ子どもを預けた――そのあたりで私の記憶は朦朧となっている。今はもうあの子の消息を知る術もないが、無事であれば五十に近い働き盛りと思う。ただ幸せを祈るのみである。

私の心ブラには、この大阪にもあった「禁じられた遊び」の残像がいつまでも消えることは無いであろう。

壊れた部品

疎開展会員　山本　仁一

私は、大正と昭和のはざまに生まれたので、いうなれば昭和の歴史を最初から、一人の庶民として歩かされ、そして歩んできました。

軍靴の音を身近に聞き、戦地の兵隊さんに慰問文を書いた少年時代が過ぎて小学校を卒業する頃には、店頭の生活必需品はしだいに乏しくなり、街角で弾よけの千人針に一刺しを求めて立つ女性の姿を見かける風景が多くなりました。そんな時代の流れのなかで、海軍の志願兵となり軍服を着けることになったのです。それが私の戦争で始まった青春でした。

昭和一八年秋、予科練習生として入隊したのは四国の松山航空隊でしたが、翌年早々には宇和島に移り、春には海を渡り中国の山東省青島で飛行訓練を受けました。

その頃はもう戦局は悪くなって南方の戦線で日本軍の敗退が続いていたときでしたから、私たちの基地も米軍戦闘機の攻撃を受け数十機の練習機が撃破されたり、練習機が訓練中に行方不明になるような事故が起こったりしました。

飛行練習生を卒業し、海軍で最後の搭乗員として実施部隊に転隊したのは二十年二月の末のことでした。それから終戦までの半年を、偵察索敵・船団直衛・対潜哨戒が主な任務の佐世保航空隊で勤務につきましたが、沖縄を失って、いよいよ本土決戦という時でしたから、少なからぬ仲間が特別攻撃隊の基地に転出しました。

私の隊でも戦艦大和の特攻作戦で前路哨戒の任務につきましたが、その後まもなく特攻隊の編成があり、最後の飛び立ちの日の近いことがひしひしと感じられる毎日でした。

その間にも基地は敵の銃爆撃が繰り返され、軍港に係留されていた航空母艦は魚雷攻撃の目標にまでなりました。そのような執拗な敵襲によって人員や航空機・施設の損害も少なくありませんでしたが、索敵に発進したまま帰投しなかったり、地上勤務者が作業中に事故で死傷するようなことは幾度もありました。

識者は、あの戦争が消耗戦であったと言いますが、正にそのとおりで、交戦国の双方が使用した膨大な量の兵器弾薬や軍需品だけでなく、評価もできない額の庶民の財産が硝煙とともに消えてしまいました。そしてなによりも、かけがえなく大事な人の命を、数えきれないほど失ってしまいました。またこの戦争は消耗戦というだけでなく、戦場と後方の区別のない、熾烈な戦いでした。それは日本軍が占領した地域はいうに及ばず、本土すらも例外ではありませんでした。

このような意味では、私のように軍隊に少しばかりの期間、籍を置いただけで「これが私の戦争体験です」と語ることは面映ゆく、またおこがましいとさえ感じます。

そんな私の体験のなかで、一人の補充兵が作業中にプロペラで頭を割られて目の前で死んだ光景は、いまだに忘れることはできません。

補充兵というのは、現役徴兵を免じられた人が、非常時に戦力補充のために応召された兵員ですから、ほとんどは妻や子があり、招集されるまではさまざまな職業についていた人たちで、志願兵や現役兵に比べると体力も劣り、年齢も高くて、なかには四十を過ぎた人もいました。

それは、晩春の雨あがりの朝のことでした。

水上基地のことですから、飛行機発進前のエンジンテストはパートの運搬台車上で行うのですが、狭い基地パートで十数機がエンジンを始動し、全速回転を試みるのですから、その風圧は大変なものです。整備員はそんななかで機体の点検やエンジンの調整のため走り回るのです。よほど気を配っていないと事故が起こる危険な作業なのです。

その日搭乗する偵察機のエンジンテストに立ち合い、先輩操縦員の操作を主翼の前縁で見守っていた私が見たのは、強い風圧にバランスを失ってよろけた整備兵が、私の機のプロペラに吸い込まれた光景でした。鈍い短い音を聞いたと思います。『危ナィ……』おそらく倒れる姿を見たのと同時だったでしょう、私は叫んだのですが、声にはならなかったと思います。わずかばかりの血しぶきが上着にかかっただけでした。

それだけでした。事故は防ぎようのない瞬間のできごとでした。私は操縦席の先輩に「止メー」の合図をするのが精いっぱいだったのです。

遺体は素早く繋引車の運転席に載せられて運ばれていきました。同僚たちの数人が無言で、その流れた血をホースの水で洗ってしまいました。

作業はすぐに元どおり続けられました。点検が行われましたが、プロペラの先端に少しばかりの毛髪が付着しているだけで異常のないことがわかると、エンジンテストを再開しました。何ごともなかったかのように。

今にして振りかえると、すでに神風特別攻撃隊に編成されていた私は、自分が死ぬ場所は、砲火に焼けた赤い空と硝煙にかすむ海との交わるあの線上で、その日は明日かもしれないと覚悟を決めていた時でしたから、この一人の整備兵の事故死は、たった一つの小さな部品が壊れたほどにしか感じていなかったと思います。

そんな私は自分の命も一つの部品だと覚悟していたか

らなのでしょうか……。

『本当にそうだったのか』そんな疑問が浮かんできます。

聞くところでは、あの整備兵はもう四十歳に近い、昨年暮れ応召された補充兵だったということでした。

この命がもう自分のもので無かったあの時の、あの私の顔を自分で見ることができたとしたら、きっと感情のかけらも見られない、凍てたような表情のものだったに違いありません。

そんなに思います……。それが私の戦場での生きてはいてももはや魂を失くしたあの時の顔でした。（滋賀県大津市）

空襲の日

大阪市浪速区で被災　村田　正信

B29の空襲が始まり、東京、名古屋に編隊の空襲があり、大阪にも散発的な攻撃があったが、私は忠君愛国の念に固まっていたので、大本営の発表を信じ、切迫感をあまり感じていなかった。

ちなみに、当日の災害に対する大本営の発表は次のようであった。

［B29大阪を本格夜襲。盲爆の火災消し止む。九十機中七一機屠る］。

三月一三日の午後一一時頃に警戒警報が発令され、続いて空襲警報が発令された。連日の警報であったので、馴れてあまり恐怖感が無かったが、防空壕に入り、居眠りながら解除を待っていた。

一時前であったと思う。表の道路が騒がしいので出てみると、道路一杯に火の玉が点在し、近所の人が火叩きで消している。私は慌てて飛び出し消火に従事。消し終えて屋根を見上げて愕然とした。屋根の上にも火の玉が燃えている。当時、召集で若者は一人も残っていなかったので、私(三一歳)は［防空主任］を命じられていたので、屋根まで上るのは私の責任である。高い梯子を恐々登り懸命に消火。消し終えて道路に降りたが、近所の人が誰も居ない。見れば向かいの家が燃え始めている。消火を断念し、逃げられたのであろう。

待っていた妻子を先に逃がし、なお懸命に消火をしたが所詮は蟷螂の斧。付近の家が一斉に燃え始め、消火を断念せねばならなくなった。上着を頭に被り、火の粉を避けながら大通りの26号線まで逃れ、道路端の防空壕に避難しようとしたが、満員で入れない。地下鉄の大国町駅まで走ったが、男は駄目であると入れてくれない。避難場所が無くなり、私は大通りの真ん中で立往生してしまった。

火達磨人間

両側の家が燃えてきたので、火の粉が飛んで来て衣服に付く。隣にいた人と消しあっていたが、空気が乾燥してきて、消し切れなくなったので、私は上着を防火用水に漬け対処したが、その人は漬けることに躊躇されている間に、衣服の一部が燃え始めてきた。人間の本能であろう、恐怖のあまり走りだされ、三十メートル程走られた所で大きく炎が上がり、アッというまに火達磨になられた。両手を上げ、虚空を摑みながら焼け死にされた。まさに、この世の地獄であった。

明け方、鎮火してきたので、妻子と落ち合い先と決めていた、花園町の義兄宅に向かった。幸い近鉄(当時は近畿日本鉄道)は運行していたので花園行きに乗車。が、その家の前まできたとき、足が竦んでしまった。［無事に逃げたであろうか］。

飴色人間

翌日焼け跡を見にいった時、近所の焼け残りの土蔵の近くで人集まりしているので、覗いてみた瞬間私はハッと息を飲んだ。焼け残りの道具の中に人の死骸が交じっている。衣服は焼けていないが、全身が干涸らび飴色になっている。足が悪いので、土蔵に逃げ込まれたのであろうが、周囲が焼けてきたので空気が乾燥。皮膚から水分が蒸発する。逃れ出ようとされたが、入口が閉ざされ開かない。戸を叩きながら悶絶されたのであろう姿を想像して、その場に立ち竦んでしまった。

戦災孤児哀れ

その他にも多くの悲惨なことを経験したが、私には未だに忘れがたいことがある。戦災孤児のことである。学童疎開から帰ってきたが、学校は無い、家も焼けて無い、両親の姿も無い、頼るべき親戚も無い。阿倍野橋の近くに、そうした子供がたくさん集まり、腹が減るので道行く人に食べ物を乞うている。私にも求められたが与える物が無い。(堪忍してくれ)と心で謝りながら、涙がこぼれた。

翌日、少量のジャガ芋を隣人からいただいたので、それを持って阿倍野橋に走った。家には妻がいる。幼い子供が二人いる。皆が待っているのは判っているのに、気が狂っていたのであろうか、それさえ忘れていた。皆が喜んで食べてくれる顔を想像していたが、期待が外れた。生(ナマ)であるので食べられない。……それでも、齧り始めた孤児がいたが、私の顔を睨んでいる。［お母さんなら、煮てからくれただろう」。

その後、戦災孤児はどうなったであろうか。今どうしているだろうか。未だに私の心は疼く……。（大阪市阿倍野区在住）

アンケート

子どもの頃、戦争(疎開・空腹・引き揚げ・その他)があってから四五年、世界にも学童疎開のあったことが明らかになりました。

戦争を世界的にも風化させないために、今ふたたび、旧子どもからのメッセージが必要な時期です。あの体験は何だったのか、さまざまなキーワードを核に、貴重な体験を寄せてもらいました。(到着順)

永　六輔

お腹がすいた!
いじめられた!
寒かった!

早乙女　勝元

私は一九三二年生まれです。ただし早や生まれでしたので学童疎開を免れ、かわりに東京大空襲でやっとのことと一命をとりとめました。去るも地獄なら残るも地獄で、当時の子どもたちはあの戦争の最大の犠牲者だったと思います。戦争ははじめ、海のかなたで行われていましたのに、一九四五年幕あけから国土が戦場と化し、子ども・女性・年寄りたち一般庶民に惨禍がしわ寄せされたのです。それが、現代戦争の宿命というか、本質なのでしょう。私は体験者の一人として一夜にして十万人もの生命が奪われた〝炎の夜〟を書きつづけ、語りつづけなければならぬ、と心しています。たとえ、焼け石に水であろうとも…。

灰谷　健次郎

集団疎開が辛かったかと問われれば、私の場合辛いことより楽しいことの方が多かった。(だからといって集団疎開を正当化できるものでないのはもちろんである)

飢えていたので山や川へ、木の実や魚をとりに行った。子どもにとってこんな面白いことはない。桑の実で口を真っ赤にさせたり、バケツにどっさりドジョウをとってきて寮母さんにほめられた。供出(村の部落で食べ物を出してくれたのだ)に行って、荷車の後ろにまわり、そのとき貴重なサトウをちょろまかしたりした。どういうわけ辛いことより楽しいことをより多く思い出す。

集団疎開などというのは最悪だが、子どもは命さえとられなければ、どんなところでも人生を楽しむことということもまた真実だ。

安達　瞳子

ピカッという閃光に、みんな棒立ちになりました。朝礼前の校庭にしゃがみ、へのへのもへ字のいたずら書きをしていた時です。父の生家である広島県豊田郡安浦町安登の浄念寺へ疎開していた当時の私は、わら草履にモンペ姿、小学校三年生でした。いきなり空襲警報が鳴りひびいて寺に戻ると、アメリカの新兵器爆弾が市内に投降されたという大人たちの話。空が暗くなり、ケガ人が避難してくるという噂に寺はお結びをにぎって待ちました。今思えばあの地獄図から四十キロも離れた所まで犠牲者がたどりつけようもなかったのに……。

今も私は、戦争の恐ろしさを瀬戸内の美しい海とともに、昭和二十年八月十日のあの原子爆弾の一蒼白い光を思い出します。

石田　とし子

会津で生まれ育った私は疎開の経験はない。だが昭和二十年から二四年にかけて私たちのクラスにも五、六名の縁故疎開の級友がいた。はぎれのいい会津弁を話すその人たちは、私にはまぶしく、うらやましくさえ見えた。なかには先生の特別の許可をもらい、講堂のピアノを弾きこなすSさんがいた。私はSさんが身を寄せていた商家に遊びに行き、ピアノを見せてくれとせがんだ。彼女はボロボロのバイエルを大事そうに抱え、私の前に座ると弾きはじめた。すりきれた畳の目を鍵盤にして！　私の耳には畳をたたくにぶい音しか聞こえなかったが、彼女の耳にはきっと空襲で焼けてしまったにちがいないつややかなピアノの音が響いていたのだろう。疎開の級友は田舎の子どもたちに一歩進んだ文化の香りを運んでくれた。

山田　太一

私の場合は集団学童疎開ではなく、行政の「強制疎開」で家を取り壊されて、小学校三年生の春、家族と東京を離れました。いまでも親の転勤による転校、際立った例としては「帰国子女」の体験などに類似したものを感じます。原因となった戦争が悪いのは言うまでもありませんが、風土の違う世界で生きたことは、マイナスばかりではありませんでした。

尾島　きみ枝

住んでいた町が空から降る爆弾で火の海になったのです。阿鼻叫喚の巷、静かで平和な町が地獄絵図さながら血の町に変わったのでした。逃げると火があとから追いかけてくるのです。母は防火水槽のあるたびに水を自分にもかけ、私にもかけてくれて、やっと郊外までやって来ました。でもすぐ目の前で何十頭もいる牛舎がゴウゴウと炎をあげて燃えているのです。鎖でつながれたままの牛たちがたけり狂っているのを見たとき、私は恐ろしいより可愛そうで母とともに念仏を唱え、合掌したのでした。

有末　省三

勤務がある父だけを残し、親戚の家に疎開した。

障害児であった私は、地域の子どもたちとの接触はほとんどなかったため、それに対する思い出は、まずない。ただ戦争、疎開といった混乱のため、治療などを受けるチャンスがなくなり、私のからだが決定的に悪くなったのは事実だ。

戦争は、一般の子どもたち以上に、障害児に犠牲を強いるものだということを、声を大にしてさけびたい。またそのことと共に、今後作品を通して追求していきたいのは、現在第一線で働いている人々が持っている、意外に深い心の傷についてである。多くの場合、彼ら自身きずいてはいないようだが、あの体験の結果、自己主張ができくなったとか、消極的な性格になったといったことが必ずあるはずであり、それが今日の社会現象の一つの原因になっていると思うからだ。

長谷川　潮

私にとって「戦争」の出発点にあるのが学童疎開です。一九四五年三月、やがて国民学校三年の私が疎開していったときから、私と家族との生活は破壊されました。

直接的には学童疎開終了後のことになりますが、私は少年時代に障害者となり、今日まで障害者として生きてきました。戦争がなかったら障害者になることはなかったでしょうし、私の人生は私が体験してきたほど辛いものではなかったはずです。

しかし、私たち以上に辛かったのは、死んだ人々でしょう。私はともかく生きのびて、わずかではあっても生きる喜びを知りました。生きのびた者は、だから生きている限り戦争を否定していかなければならないのです。（一九四五年三月～八月、東京から福島県へ学童疎開）

尾辻　紀子

昭和一九年の夏休み、横浜市立神橋国民学校四年生だった私は、一年生の弟と二人、父の郷里、甲府近郷の農家に縁故疎開した。その頃諸国民学校には疎開児童が幾人かいた。ある日、飛行機が校舎低く飛び、先生の誘導で全校生徒は畦道に逃げ込み、身を伏せた。と、弟が私を探してか村道に走り出た。〝あっ〟と思った瞬間、顔や手にやけどのある傷病軍人の先生が、弟の背後からおおいかぶさるようにして、道わきの草むらに倒れた。全人の動くかげを敵機が見つければ機関銃を向けられ、全滅するところだった。偵察機だったのか、田の上を旋回しただけで飛び去っていった。その後、授業は各集落ごとに神社などが教室に使われた。

黒瀬　圭子

私の家は関門海峡をのぞむ風師山のふもとにありました。毎日、門司の港から兵隊さんを乗せた軍用船が戦地に向かうのを、縁側から日の丸の小旗をふって見送りました。

昭和二十年六月九日、空襲警報のサイレンが鳴って、私は庭の防空壕に飛び込みました。幾筋もの探照灯が点滅する美しい夜空を見上げていると、突然、雨が降るような音をたてて、火のかたまりが落ちてきました。黒い煙におおわれた門司の街が、炎の柱をあげてメラメラと燃えはじめました。昨日まで建ち並んでいた門司の街が、一夜のうちに消えてなくなりました。

川のように潮が流れる美しい海峡にたたずむと、この美しい海が何千何万の兵隊さんを戦場に送ったあの悲しい海峡であったのだと、今でも幼い頃の衝撃が体を走ります。

いいだ　よしこ

昭和二十年、国民学校一年生で名古屋市に住んでいました。空襲が激しくなってきたので、三月、父の故郷、奈良県吉野村六田へ母、妹、弟と疎開しました。予定していた家に入れず、遠い親戚の離れに母子四人小さくなって暮らしていました。田舎なのになかなか食糧を分けてもらえなかったのでしょう。父はわざわざ名古屋からリュックいっぱいにカボチャなどを詰めて運んでいました。弁当らしい弁当が持って行けずみじめな思いをしたものです。野菜や川たにしなど、山野をあさって食物を集めました。妹が大家さんの家の猫のエサのダシジャコを取ったと言って笑われたりしました。父と一緒に山遊びに行った時、ササユリの蜜を私たちが甘い甘いと吸うので、父がふびんがっておりました。こんな状態でも母は妊娠し、終戦の明けの正月、末の弟を生みましたが、何とこの赤ちゃんは栄養失調で金髪。進駐軍の金髪の女の子にあこがれていた私と妹は大喜びでしたが、両親はどんな思いだったことでしょう。

水上　平吉

水上かずよへのアンケート依頼ありがとうございます。残念ながら彼女は一九八八年十月三日他界しましたので、せっかくのご依頼ですが、どうすることも出来ません。彼女には、戦時中、岡山県の田舎や大阪のおじさんの家にやっかいになったことがあり、『ごめんねキューピー』(佑学社)で幼児体験をもとにした作品があります。また、大空襲に見舞われた北九州を舞台にした絵本『南の島の白い花』(葦書房)があります。両親に死別しての親戚での暮らしゆえ、学童疎開とは、異なるかと思いますが、戦争の傷跡は彼女の心にも大きなかげとなっていたことにはかわりありません。ご成功を祈ります。

海老坂　武

〈国民学校〉三年のときに富山県の高岡の近くに疎開しました。先祖の墓のあるお寺への縁故疎開です。お寺の本堂には五十人ぐらいの兵隊さんが寝起きしていました。あんな田舎で何をしていたのでしょう。戦争が終わって十日目ぐらいだったかに、一台あったトラックが消え、皆大騒ぎをしていました。指揮官が食糧を積み込んだままどこかへ行ってしまったとのことでした。

松井　やより

私はキリスト教の牧師の家庭に生まれ、小学校四年の一九四三年に栃木県矢板市の小さな教会の牧師館に疎開した。

教会の会堂が軍に接収され、兵隊たちが泊まっていたが、年配の兵士まで上官に殴られるのを見るのが何よりイヤで、日本軍への嫌悪感を子ども心に持った。

それにクリスチャンは、国賊だと地元の人々から白眼視され「スパイ」などと落書されたりした。

勤労奉仕のイナゴや草むしりなど農作業が思うようにできず、いつも上級生にぶたれた。しかも、足を痛めて手術し、歩くのが一時不自由になると教室でいつもいじめられた。東京の言葉を話しても教室中で笑いものにされた。

疎開中に、父が徴兵で中国大陸へ行ってしまい、母は子ども六人と祖母の一家七人の食糧を確保するため、農家の人たちに屈辱的な思いをさせられた。

このような悪夢の日々だったので、敗戦の八月一五日、妹たちと抱き合って喜んだのをおぼえている。

キリスト者、疎開者、障害者として受けた差別体験は、農民や地方都市への憎悪を培ったが、今は別の見方で、あの苦しみの体験をふりかえることができる。空腹のつ

らさよりも差別の方がより深い傷を残すのだ。

黒柳　徹子

私はいま、偶然にも東ドイツから帰って来て、この本を読みました。何もかも爆撃でなくなってしまった、ドレスデン、ライプチヒなど見てきました。今も残る空襲の跡、くずれた建物の前に立って、ドイツの人たちの悲しみを、私はあまり知らなかったのだと思いました。この本は「世界中を敵にまわしたドイツの子どもたちも疎開していた」という新しくも悲しい出来事。そして、あのとき日本だけじゃなく、こんなに沢山の国の子どもたちが、同じように大人のいう通りに疎開し、つらい思いをしたのだ、とくわしく伝えてくれます。私も疎開しました。子どもは可哀そうです。いつも大人を信じて、文句を言わないで従うのですから。（『世界にも学童疎開があった』の帯文より転載）

学童疎開の概要

―大阪市の事例を通して―

大阪市教育センター　赤塚　康雄

1　学童疎開とは

第二次世界大戦末期、日本帝国政府が指定した重要都市の国民学校初等科の学童を、個人的に、あるいは集団的に農山村地帯へ疎開させたことを学童疎開といい、個人的に疎開（縁故疎開）できない子どもを学校単位で疎開させたことを学童集団疎開と称している。

ただし、学童疎開は、日本だけの現象ではない。イギリスでは、一九三九年九月に、ホームステイ方式で行われているし、ドイツ、ソ連でも実施されている。

2　邪魔者は疎開させろ

昭和一九年六月、米軍は、サイパン島に達し、北九州へのB29の爆撃が始まった。日本空襲が日常化する事態が予測され、政府は、昭和一九年六月三〇日、「学童疎開促進要綱」を閣議決定する。その趣旨は、防空の必要上、学童の縁故疎開を奨め、それが不可能な学童に対して、勧奨によって集団疎開に参加させることであった。

東部軍のある参謀が、「都市防衛上、足手まといを疎開させろ」と主張したことに象徴されるように、子ども、老人、女性は、足手まといであり、都市部から、遠ざけようとして、疎開が発想されたと推定される。「本土は戦場となる故、老人、子ども及び病人はみな殺す要あり、これらと日本は心中することはできぬ」と洩らした将軍もいる。子どもは、防衛作戦上、邪魔者であった、ということであろうか。

3　疎開などもってのほか

しかし、家族のなかから、母と子を、あるいは子どもだけを疎開させることは、当時の家族制度から、大きな問題だった。そして、また、子どもたちは、学校で我が国は神国であり、不滅である、と教え込まれていた。その神の国の子どもが、米軍の空襲を恐れて逃げ出すわけにはいかなかった。第一、神州は不滅であった。

陸軍の強硬派、右翼らの反対も強かった。ある右翼の政府への建白書には、「皇都をお護りもせで、逃避のみこれ念とする疎開政策が、我が美風を破り、日本精神を如何に蝕むか多言を要せず」と批判し、「神州不滅を信ずれば、全土これ安全なり」と述べていた。

時の東条英機首相も、また、「日本古来の大和魂、国民精神を十分発揮する」ことこそ「我が美風」であり、その「国民精神の基盤は日本の家族制度であって死なばもろとも」という気概が必要であり、「疎開などもってのほか」との考えを持っていた。

大阪でも、上本町の百貨店最上階から、「一億死に方用意」と垂れ幕が下がり、一億玉砕の決意を呼び掛けていた。

4　疎開には意義づけが必要だった

米軍が、着々と日本へと近づいてくる現実のまえに、大和魂や神州不滅だけでは、対応できないことは明らかであった。

政府は、「学童疎開促進要綱」を一歩進めて、昭和一九年七月二二日付で、文部次官通牒を発し、「疎開都市ハ東京、横浜、川崎、横須賀、大阪、神戸、尼ケ崎、名古屋、門司、小倉、戸畑、若松、及八幡ノ各都市」であること、「疎開ハ直ニ之ガ実施ニ着手シ、一日モ速ニ之ノ完了セラレ度コト」と指示した。

しかし、家族制度破壊への非難、保護者・子どもの不安を和らげるために、疎開事業実施に当たっての意義づけが必要だった。学童疎開の「思想」を構築しなければならなかったのである。

一　疎開は戦闘配置につく姿

疎開は決して田舎へ逃げるのではない。帝国将来の国防力培養のためであって、「帝国学童の戦闘配置を示すもの」と大達茂雄は、力説した。以後、疎開を戦闘配置につく姿という文字、説明が、新聞、広報紙に氾濫する。

二　政府は楠木正成・正行父子の別れを引いた

政府は広報誌『週報』で、具体的に、次のように意義づけた。

戦ひの場に一抹（いちまつ）の女々(めめ)しさもあってはならない。少年正行(まさつら)は年歯(ねんし)僅か十一にして桜井の駅に父正成(まさしげ)の言葉に従ひ、健気(けなげ)にも恩愛(おんあい)の袂(たもと)をわかちて武士の子の道を歩んだ。いま一億ひとしく戦ひの場にのぞみ、楠公父子の尽忠を己れの心として起(た)つ。われらにまた何のやましさがあらう。時に冷厳として恩愛の袂をわかって戦ひの道をゆかねばならないのだ。全国主要都市に学ぶ幾十万の子等とその父に母に、今それが要請されているのだ。皇国を継(つ)ぐ若木の生命(いのち)をいさゝかなりとも傷つけ失ふことなきを願ふ国家の大愛のしるしとして実施される学童集団疎開である。父も母も子も、欣然、昭和の楠公父子となれ

三　大阪市も楠公父子をもちだした

疎開附添教員に対して、阪間大阪市長は、次のように励ました。

子どもを疎開させる父親が大楠公ならば、あなたたち教員は、河内へ帰った正行をあのような忠臣に育てあげた母親であり、忠臣の恩知左近に当たる。子どもを立派に育ててほしい。

四　現場になるほど表現はエスカレート

ある教育実践家は、「夫婦共に死し、親子もろともに死す如きは不尽の至り」であり、「一人にても生き残り神州護持に任すべきのとき」と述べ、大阪の一校長は、「皆さんは敵の空襲を恐れて疎開するの

ではない。御国の役に立つように疎開するのです。兵隊さんの出征と同じです。」と子どもに語った。十三国民学校では疎開は「学童ノ直接戦争参加デアル」と位置づけた。

「足手まとい」の疎開は、楠木正行現代版となり、遂には、「兵隊さんの出征」にまで行き着いたのである。「死なばもろとも」の精神も、「もろともに死す如きは不尽の至り」へと逆転した。

5　大阪市は臨時学童疎開部を設けた

疎開事業を遂行するために、昭和一九年七月二四日、教育局に臨時学童疎開部を開設し、準備に入った。まず、疎開先を決めるために、現地調査を実施した。

その一方で、校長や区役所の庶務課長を集め、打ち合わせ会を開催するなど細部を詰めて、各学校の受入先を決定した。

学校に対しては、『学童集団疎開学校準備指針』を示し、用意を急がせた。

6　学校も準備を急いだ

姫里国民学校では、七月早々、疎開に関する調査を実施した。七割以上の子どもが疎開に賛成し、新聞は、「学童進んで希望、親も大愛に醒めよ」とキャンペーンをはった。

東田辺国民学校では、七月一四日に緊急保護者会を開き、「縁故疎開か集団疎開か、あるいは残留か」の決定を迫った。

此花区では、八月七日に全集計が明らかになった。

こうした調査を実施し、保護者や子どもを説得するかたわら、校長や保護者会長らは、疎開現地を視察し、寮舎を決めた。

7　疎開できない子どももいた

一　弱い子どもは、はずされた

出発の日が近くなると、身体検査が行われ、虚弱と判定された子どもは、集団疎開からはずされた。将来、強兵になれないし、疎開先での集団生活に耐えられないからである。四分の一から五分の一ぐらいの子どもを残留児童として爆弾の降る大阪に残した学校がある。

二　部落の子どもは残らざるを得なかった

集団疎開に参加するためには、お金や寝具、衣類が必要だった。それを用意できず、爆弾がさく裂する大阪に残らざるを得ない子どもがいた。

更に、こんな子どももがいた。学校では給食がある。それを残して帰り、弟や妹にやるのである。親に分ける子どももいた。このような子どもは、ここで、もし疎開したら、残る家族はどうなるだろうと心配し、疎開を断念した。被差別部落の子どもが多数在籍した有隣国民学校の事例である。

同校の一訓導は、日記に、「縁故疎開の話を切り出すや次から次へと事情を話す。聞けば何れも、もっとも。集団ではふとんなく縁故では相手に二〇人も子供があり。どうしていいか、母と余の顔をかわるがわる見つめているのもいじらし」と疎開勧奨のための家庭訪問記を残している。

有隣校は、学校ごと集団疎開からはずされた。

8　子どもたちは、疎開地へ

一　うきうきと、まるで修学旅行に行くように

子どもたちは、遠足や修学旅行に行くような気持ちで準備を進めた。阿倍野国民学校の一学童は、次のように日記に書いた。

●学校へ行って疎開の話を聞いた。たいへんうれしかった。又帰ってお父さんに伝えると､お父さんは、大へん喜ばれた。（昭和一九年八月二〇日）

●今日もまた、一〇時に学校へ集合した。うれしくてうれしくてたまらない疎開である。（八月二一日）

二 「勝つ日まで、大阪よさようなら」

疎開第一陣となった阿倍野区の疎開学童の出発の様子を、こんな見出しで、新聞は報じた。子どもを送り出す保護者の側は、楠公父子の別れを諭されても、不安と心配を消せるものではなかった。校庭で出発式を済ませ、校旗を先頭に、天王寺駅に向かう常磐国民学校の学童を見送る保護者の姿を、「子供たちがみんな泰然として歩いてゆくのに比べて見送るお母さんのなかにはハンカチを目に当てている人もある」と伝えている。

9 疎開先での生活が始まる

一 けなげにも歯をくいしばって

うきうきした気持ちは、列車が大阪から遠ざかるにつれて、心配と不安へと変わってくる。軍国の少年少女は、弱音を吐いてはいられない。福井県へと夜行列車でたった榎並国民学校の三年生の子どもは、寮舎に入った翌日、さっそく母に手紙を書いた。

●お母さん、お元気ですか。ぼくも元気よく遊んでいます。ぼくは汽車に乗ってから長いこと寝ました。ぼくは本流院へ行きました。

その一週間後に出した手紙もけなげである。親を心配させてはいけない、という気持ちからだろうか。それとも、教師の指導があったのだろうか。

●お母さん、お元気ですか。もうすっかりなれました。大阪へは、帰りたくありません。安心して下さい。僕たちは、みんな仲よくくらしています。早く早く大きくなって、あのにくい米英をたたきつぶしてやります。それまでは、決して帰りたいとはいいません。勝つまでは、どんなつらいことがあっても、決して、帰りたいとはいいません。お元気で。

二 家庭は疎開先へと思いをはせる

家族から、一人離れて、遠くへ疎開した子どものことが心配だった。ある女学生は、疎開先にいる桃丘国民学校五年生の妹に次のように書き送った。

●縄手村へ行ってからもう一月たちましたね。どんなお寺でしょうか。強い体になって下さいね。勝つまでがんばりましょう。あまり水を飲んだりしないようにして、夜はちゃんとおふとんを着て下さいね。ねびえをして先生にめいわくをかけないようにね。では体を大切になさいね。

10　さびしくて、つらくて、ひもじい疎開生活

あのうきうきとした家をたつときの気持ちも、がんばろうという決意も、次第に弱くなり、さびしい、つらい、ひもじい生活に涙する日がやってくる。

一　お母さん、何か持って来てください

そうした気持ちに耐えかねたのか、前記榎並校三年の学童は、矢継ぎ早やに、手紙を書き、食べ物を、切手をと訴えた。

●お母さん、今度の面会に来るときには、なにかもって来て下さい。おかしでも、コエフトールでもよろしいから持って来て下さい。それから、ハリを送って下さいね。つぎきれも送って下さいね。たのみましたよ。あとから、もっと小包を送って下さい。そのときに切手を入れておいて下さいよ。面会に来るときには、おかきでも、何でもよろしいから、きっと何か持って来て下さいね。

二　窮乏の市民生活のなか、母は応えられない

大阪の窮乏した市民生活のなか、食べ物を送ることなどできない。軍国の母は次のように諭すよりなかった。

●たびたびお手紙ありがとう。元気な様子に、母さん安心しますが、お手紙が来るたびごとに、小包を送って下さいと書いてありますね。小包を送りたいと思っても、今は大阪中どこの郵便局へ行っても小包は送ることができませんのよ。今しばらく、ほしい物があってもがまんして下さいね。おかしでもコエフトールでもほしいと書いてありますが、おかしの配給なんか、大阪ではありませんよ。兵隊

さんは、一〇日でも二〇日でも、ごはんを食べずに戦争をしていられるのですから、博ちゃんも、ほしい物があっても、今しばらくがまんして下さい。

●手紙がくるたびに、何か送ってください、あれがほしい、これがほしい、と書いてあるのを、母さんは読むたびに、情なくなって泣きます。今、日本は何をしているか、何のために大好きな母さんから離れて、遠い遠い福井へ行っているのかよく考えて、少しぐらいほしい物があっても兵隊さんのことを思って、がまんして下さい。

求める子どもも、たしなめる母親もつらい日々であった。

三　耐えきれず逃げ出す子もいた

東粉浜国民学校五年生の子どもの日記。

昼前、△△、◎◎、××が逃げたということがわかった。すぐ探しに行ったが見つからなかった。「先生になぜ早くとどけなかったのだ」と先生に大変しかられた。先生がいってつかまへられた。夕食前、また○○が逃げた。自転車に乗って追ひかけにいった。（昭和二〇年六月一〇日）

こうした子どもが多かったのであろうか。疎開生活に入って間もないころ、大阪市教育局長は、「無断ニテ帰阪セルモノアリシハ洵ニ遺憾ノ次第」と学校長に通達した。

ひもじさ、さびしさ、親恋しさ、いじめ、その原因はいろいろだった。いずれにしても、子どもたちは、帰りたかったのである。

11　その頃、残留の子どもたちは

玉出国民学校の残留組に、昭和一九年九月初め、集団疎開組から寄せ書きの手紙がとどいた。先生が読み始めた。

「残留組の皆さん、お元気ですか。私たちも、無事疎開地へ着きました…」。教室は、静まり返った。数日後、また一通届いた。「先生、読まんといて！」、激しい声が飛んだ。「自分だけ食糧もあり、安全な地方へ逃げた奴に手紙なんぞ出さへん」。残留児童は疎開児童に激しい敵意を持ち、そしてあの激しい空襲下に死んでいったのです。病弱のため残留し、学校棄民となった清水保の怒りの声である。

昭和二〇年三月一四日の空襲後、前記有隣校の校長は、市役所へ報告した。縁故疎開組を除いた残留者二八人は、「右者三月一三日一四日ノ戦災ニヨリ家庭ト共ニ離散シ学校ヘノ連絡ナク調査不能ナリ」と。

スラムにあった徳風国民学校の報告には、「残留者一四名、行方不明ニ付調査不能」とある。

『ボクちゃんの戦場』を書き、集団疎開政策を批判した奥田継夫は、「疎開組が残留者をうらやましく思った以上に残留組は疎開組をうらやましく思い、劣等感すら抱いている。疎開組は優越感を意識していないが、今でいうエリートだったのだ。彼らはしかも、国がレッテルをはった落ちこぼれだった」ことに気づき、「集団や縁故が次期戦闘要員の確保だったためにその網からもれた身体障害児、虚弱児、精神薄弱児らは国から切り捨てごめんになった。ここには棄民の思想が働いている」(世界にも学童疎開があった)ことを指摘している。

12　体力増強は疎開政策の柱だったが

一　体位の低下

疎開生活に入って、子どもたちの体重は減っていった。強兵をつくるための疎開生活の破綻であった。

二　病気になっても医者はこない

疎開生活が長期化するにつれ、子どもも教師も病気に襲われがちになる。しかし医者は来てくれない。養護訓導が寮舎を飛び回り、医者がわりに治療に当たらねばならなかった。田辺国民学校養護日誌には次のような記載が認められる。

●宮元訓導昨夜ヨリ熱下ラズ、ムルチン二CC又ハオムニン二CC　朝夕二回注射スルモ体温下ラヌヲ以テ安静セシムル様ニ取計ヒテ処置スル(昭和二〇年二月六日)

●前日同様宮元訓導手当施行スルモ体温下ラズ　急性肺炎ノ疑アルヲ以テ（略）注射スル（二月七日）
●前日同様宮元訓導種々ト内服セシムルニモカカワラズ下熱セズ　胸部疼痛ヲ訴エ来タルヲ以テ三日市ノ古川医師ノ来診ヲ乞フ様取計ヒタルガ防空演習ニ付キ　来診出来兼ネルトノ返事ナリ　朝夕交互ニムルチン二CCオムニン二CC注射スル（二月八日）

13　敗戦、そして引揚げ

一　八月一五日

阿倍野校六年生の疎開先での日記

●一億泣いても泣いても泣ききれぬ。どうして先祖の人たちにおわびできようか。また天皇の心はどうだろう。きっと僕らは仇をうつのだ。

二　鬼畜米英も、一転友だちに

桃丘校の近況を知らせる便り

●学校からの帰り、お家の前で、ワン・ツー・スリーとアメリカ兵に教えてもらっています。

14　縁故疎開は、なお続く

一　疎開生活は敗戦で終わったのではない

故郷大阪は焼野原、集団疎開は終わっても、縁故を頼って再び、田舎へ戻らねばならなかった学童も多かった。もちろん、縁故疎開先にいる子どもは、そのまま農山村での生活が続く。

二　敗戦後もいじめは続く

そうした子どもへのいじめは続いた。戦後、いっそうひどかった事例がある。玉造国民学校四年生の一学童の疎開先、岡山県円城国民学校生活の思い出。

●いじめのキーワードは、「ソカイジジン」

いじめは、登校当日から始まった。学年部落単位で下校する時、突然「やれ！やれ！」と、Cたちがはやすと、前後左右四方八方から鉄拳、つぶてが頭をかすめる。容易に逃げられない。巧妙な布陣で、波状攻撃をしかけてくる。いつ襲われるか、なぜ殴られるのか、まったく分からない。だが、いつもキーワードは「ソカイジン」「ソカイジン」だった。

恐れをなしたある日、迂回して帰ることを思いついた。だが時には、暗くなるまで森に潜み、満天の星空を灯りに家路についたことも幾度となくあった。

明治以降、都市の発達は、農村の犠牲のうえになされてきた。この歴史的な優位者であり、近年の収奪者である都会の人間に対する地方住民の個別次元での報復だった。佐藤秀夫(国立教育研究所)は「ターゲットに縁故疎開の子どもが選ばれたのだ。」という(品川歴史館紀要第四号)。

15　疎開史研究も終わらない

「一椀の食、一着の衣と雖も単なる自己のみのものではなく、また遊ぶ間、眠る間と雖も国を離れた私はなく、すべて国との繋がり」で生きねばならないことを『臣民の道』は、教えていた。国策として疎開が始まれば、そこに身を置くことが、国民としてのつとめということになる。

疎開から漏れ落ちた残留児童は、「当時の小国民の大部分が果たした疎開を完遂することが出来」ない、不忠の子どもであり、「取り残された不安が残留児童の精神の領域を大きく占め」(疎開の思想)たことだろう。

被差別部落、「在日朝鮮人」、「身体障害者」、病虚弱者など、比較的、多数残留に追い込まれたと考えられる人たちの資料が得られない。

しかし、そこから、疎開を切る視点はどうしても欠かせない。否、むしろ、そこからみなければならないだろう。そうした思いで、私は、雑誌『部落解放』や『全朝教通信』で次のように呼びかけさせてもらった。

戦争を生きのびた世界の子ども展（疎開展）
今秋、大阪で開催　ぜひ御協力を

太平洋戦争下、子ども時代を送り、学童疎開を体験した人びとは、五十歳代に達した。後世の子どもたちに同じ思いをさせてはならないと次の要領で疎開展を開催する。

期間　一九九〇年九月五日～九日
場所　大阪府社会福祉会館（大阪市中央区谷町七丁目四番一五号地下鉄谷町六丁目）
内容　展示、疎開当時の写真、日記、手紙等
講演　疎開体験者の話（外国の体験者）
映画　ボクちゃんの戦場、さようなら子供たち（フランス）など
文集「戦争を生きのびた子どもたち」の作成と販売

疎開展を成功させるため、学童疎開展実行委員会（代表、奥田継夫）を結成、資金を募っている。
（事務局　大阪市教育センター内）
団体　一口　三万円　個人　一口二千円
送金先　郵便振替口座　学童疎開展実行委員会大阪七－八六三九七

また、同実行委員会では、残留者、在日朝鮮人、被差別部落、身体障害・病虚弱者からとらえた学童疎開の視点が必要と資料（聞き取りを含めて）を探している。
連絡先　大阪市教育センター（港区弁天一－一）電話〇六－五七二－〇六〇三　赤塚康雄

疎開史研究は、まだまだ完結していない。

世界にも学童疎開があった！
――疎開の思想――

奥田　継夫

世界の学童疎開

第一次大戦（一九一四～一九一八）の頃、飛行機が戦争に参入した時点で都市の空襲が予測され、学童疎開が戦略として考えられた。

だからこそ、ドイツやイギリスでは第二次大戦勃発（一九三九）と同時に実施されている。

スペイン（スペイン戦争下）

それに先立つこと二年、スペインではフランコ軍のゲルニカの無差別爆撃（一九三七）後、一万四〇〇〇人がイギリス・フランス・ベルギー・スイス・ソ連に疎開。共和国政府の所在地、バルセロナの陥落直前にはクエーカー教団が子どもだけをフランスへ疎開させた。

スペイン戦争による難民は約五〇万人。

イギリス（各戸疎開）

一九三九年（S14）ドイツに宣戦布告する二日前から五〇万人が移動、合計七六万四九〇〇人の学童が疎開。ただし、

(1)　空襲がすぐなく、長引いたこと。
(2)　預かった家から苦情が出たこと。

(3)　宗教上のしきたりなどの違い。

などトラブルがたえず、四二万人しか田舎に残らなかった。

形はホームスティ方式(各戸疎開)で、見知らぬ農家に少人数ずつ預けられた。

フランス（オラドゥールの悲劇）

フランスにも学童疎開があったが、数字はつかめていない。

一例として、疎開先で学童一名をのぞき、全員がナチスに虐殺されたことが明らかにされている。

ロレーヌからの疎開児童数約二〇〇名が一九四四年六月十日、オラドゥール村の村民約四〇〇名とともに教会に閉じ込められ、射殺された。助かったのはゴドフラン君、ただ一人。

ドイツ（縁故・集団・残留）

ヒットラー政権下ではその数、約一〇〇万。日本の集団疎開(五〇万)に比べると、はるかに多い。一九四〇年に出された疎開指令。

(1)　ごく小さい子連れの母親は地方の一般家庭へ。

(2)　十歳以下の子どもは一般の引き受け家庭へ。

(3)　十歳以上の義務教育終了までの子どもは集団で宿舎へ。宿舎はユースホステル、ホテル(後には別荘・農家)など適当な建物へ。

参加は一応自由だったが、国策に従わない者は非国民だった。これは天皇の命令にそむく者に非国民のレッテルをはった日本と同じである。

ポーランド（子ども収容所）

ポーランドでは世界に類を見ない子どもだけの子ども収容所が、ナチスドイツによってつくられた。

理由は、

――ナチが勝手につくった法律に違反したポーランドの子どもが、ドイツの子どもに悪影響を与えるから。

というふざけたもの。ここでは七歳から一六歳までの少年少女が重労働につかされた。その数二万八〇〇〇人。

「人種的に価値のないポーランド人はただちに強制収容し、ドイツ軍に奉仕すべし」

ナチ親衛隊長、ヒムラーのこの政策は日本の国家が朝鮮の国民にとった政策と同じである。

ソ連（レニングラードとモスクワ）

親たちが心配したのはロンドンが経験したような空襲のことだった。子どもたちの多くは親元を離れて、大きな集団に入れられて疎開した。ただし、何千という子ども(多くの両親も)が移動中、ドイツ軍の進撃にあって、命を落とした。

レニングラード市当局は六月末日までに三九万二〇〇〇人の学童を市外に移すことに決め、二一万二二〇九人を送りだした。

この他、モスクワにも同じ現象が見られる。

ユダヤの子ども

アンネ・フランクが死を賭した避難を疎開と考えると、ベルギー・オランダ・デンマーク・スウェーデン・ノルウェー・東欧諸国にも多くのアンネ・フランクがいて、アメリカなどへ縁故疎開している。

アジア・東南アジアの子ども

加えて、ベトナム戦争下にも学童疎開はあったし、大戦下の中国・タイ・マレーシア・インドネシアの子どもたちも被害を受けた。

これらの国に国策としての学童疎開があったかどうかは目下調査中である。

現在

イラン・イラクやプノンペン・アフリカの一部の国は戦争、または戦争の危機にさらされている。子どもたちはどうしているのだろうか?

学童疎開はあるのだろうか?

日本(疎開の思想)

日本では三つの形があった。

(1) 集団疎開＝いじめの思想・集団アレルギー

(2) 縁故疎開＝袋叩きの思想・田舎(ひな)と都会(みやこ)の確執。

(3) 残留＝棄民の思想・虚弱病児ほか。

戦後四五年たって、学童疎開は、

――子どもの命を救うための政策。

と、関係者(当時の役人と教師)は自画自賛するが、真意は、

――次期戦闘要員の確保。

――空襲下における足手まといの排除。

の二点だった。

結論

ことほどさように、いったん国家と大人が戦争をはじめると、子どもはまぎれもなく〝受難〟し、両

親との死別、別離、疎開、いじめ、空腹、栄養失調、ノミ・シラミ、死などに直面し、否応なく、純粋無垢ではあり得なくなる。疎開とは受難の思想である。

戦争を起こすのはいつの時代でも、どの国でも大人だ。

本展の目的

——戦争をおこす国家とは何か?

——戦争をおこす大人とは何か?

その意味を問う。

——**悪を生む腹は今なお、受胎可能である。**

ーブレヒト

戦争児童文学リスト

1990年6月現在☆絵本
協力／小前　恭則・奥田継夫

①　学童疎開（集団、縁故、残留）

谷間の底から　柴田道子　東都書房（岩波書店）　1959／いつか太陽の下で　岡村太郎　講談社　1966／ゲンのいた谷　長崎源之助　実業之日本社　1968　1200円／ボクちゃんの戦場　奥田継夫　理論社　1969　1800円／かげろうの村　谷真介　ポプラ社　1970（偕成社文庫）　450円／お父さんが子供で戦争のころ　明村宏　毎日新聞社　1972／手旗信号　滑川道夫　講談社　1972／里の子日記　松岡一枝　私家版　1973／神がくしの八月　さねとうあきら　偕成社　1975（文庫）　450円／あかりのない夜　上坂高生　童心社　1977　950円／☆大もりいっちょう　長崎源之助　絵・鈴木義治　偕成社　1978／夜のかげぼうし　宮川ひろ　講談社　1978　980円／一子ちゃんの手紙　大和田一子　光書房　1979／かぼちゃ戦争　はまみつを　偕成社　1980　950円／マンガ・ボクちゃんの戦場　政岡としや　ほるぷ出版　1983　800円／焼けた空　船渡和代　汐文社　1984　980円／☆お母ちゃんお母ちゃーんむかえにきて　奥田継夫　絵・梶山俊夫　小峰書店　1985　980円／たま子の戦争　林洋子　けやき書房　1985　1400円／世界にも学童疎開があった　奥田継夫　日本機関紙出版センター　1500円／東京へ帰る日まで　宮川ひろ　講談社　1985　980円／ぼくたちの戦争　田波靖男　実業之日本社　1986／十六地蔵物語　原田一美　文研出版　1988　1200円／ほくたちの九月マリーの十月　新井教夫　大日本図書　1300円／映画に出演した少年たち　奥田継夫　ほるぷ出版　1990　1500円／学童疎開の記録　月光小学校編　1960　390円／ごった返しの時点　宮原昭夫　毎日新聞　1

963　600円／北の河　高井有一　1965／疎開学童の日記　中根美宝子　1965　中央公論　250円／冬の神話　小林信彦　1966　講談社　480円／袋叩きの土地　阿部牧郎　文春　1968　500円／少年たちの戦場　高井有一　文春　1968　490円／失われぬ季節　谷真介・赤坂三好　虎晃書房／長い道　柏原兵三　中央公論　1969／泣くもんか　島田雅・編　サンケイ　1969　550円／里にうつりて　竹神稲二郎　立教書院　400円／疎開の子と教師群像　久米井束　創造社　860円／学童集団疎開　浜館菊雄　太平出版　750円／海に消えた対馬丸と741人の学童たち　金津正格・編　三共出版　380円／沖縄少年漂流記　谷真介　理論社　680円／疎開の思想　ゆりはじめ　潮出版／じろはったん　森はな　牧書店　1000円／☆あのこ　今江祥智　絵・宇野亜喜良／つしま丸そうなん　金沢嘉市　あすなろ書房／欲シガリマセン勝ツマデハ　山中恒　辺鏡社　2200円／赤さび色の空を見た　南部松雄　光和堂　1500円／少年の時　奥田継夫　ほるぷ出版　1981　1200円／学童疎開(詩集)　一宝実　1981　文理閣／対馬丸　大城立裕　理論社　1982　1200円／赤い三角屋根の家　渡辺たかね　深夜叢書社　1200円／最後の学童疎開　室谷幸吉　ゆまにて出版　1985／湖南丸と沖縄の少年たち　宮良作　草土文化　1985／皇太子に宛てた天皇の手紙　橋本明　新潮社　1986／子どもたちの太平洋戦争　山口恒　岩波書店　1986　500円／緑の中の廃墟　杉山毅　渓水社　1987　1800円／施餓鬼の八月　竹内和夫　沖積舎　1988　2500円／円い関係　宮本利緒　日本随筆家協会　1989　1500円／疎開記・子どものとき戦争があった　坂井真弥　晶文社　1300円／夜空のお星さま　金田茉莉子　YCC出版部　1990　1648円／修身「優」　ゆりはじめ　第三文明社　1973　980円

② 空襲

火の瞳　早乙女勝元　講談社　1964（選集6）　980円／おばけ煙突の歌　早乙女勝元　理論社　1970　940円／どんぐりふたつ　あまんきみこ　偕成社　1971（こんにちはのこちゃん）　880円／ぼんぼん　今江祥智　理論社　1973　1800円／戦火のなかの子どもたち　岩崎ちひろ　岩崎書店　1973　1100円／☆猫は生きている　早乙女勝元　絵・田島征三　理論社　1973　980円／燃える川　木村セツ子　金の星社　1973

９５０円／二十八年めの卒業式　手島悠介　岩崎書店　１９７４　１１００円／馬町のトキちゃん　安藤美紀夫　ＰＨＰ研究所　１９７６　８８０円／東京大空襲　真鍋元之　国土社　１９７６／街の赤ずきんたち　大石真　講談社　１９７７　８８０円／☆絵本東京大空襲　早乙女勝元　絵・おのざわさんいち　理論社　１９７８　８８０円／かあさんがうまれたころに　大川悦生　講談社　１９７８／☆ガラスの花よめさん　長崎源之助　絵・鈴木義治　偕成社　１９７８／ほのおの町の白い花　さねとうあきら　絵・桜井誠　偕成社　１９７８／家出ねこのなぞ　古世古和子　新日本出版社　１９７９　８８０円／東京が燃えた日　早乙女勝元　岩波書店　１９７９　５８０円／☆小さなポケット　菊畑茂久馬　絵・働正　葦書房　１９８０　９８０円／つつみのおひなっこ　野本和子　仙台文化出版社　１９８０　１２００円／ぼくたちの三月十日　坂斎小一郎　童心社　１９８０　１３００円／☆南の島の白い花　みずかみかずよ　絵・久富正美　葦書房　１９８０　９８０円／☆おかあちゃんごめんね　早乙女勝元　絵・福田庄助　草土文化　１９８１　１２００円／死んでもブレストを　早乙女勝元　草土文化　１２００円／

③　銃後、その他

二十四の瞳　壺井栄　光文社（講談社）　１９５２（ポプラ社アイドルブックス）　５００円／木かげの家の小人たち　いぬいとみこ　中央公論社（福音館書店）　１９５９　１３５０円／ゆびきり　早乙女勝元　理論社　１９６１　９４０円／かあさんがんばる　稲垣昌子　理論社　１９６６／青いつばさ　安藤美紀夫　理論社　１９６７　１５００円／青春は疑う　山中恒　三一書房（理論社）　１９６７　１５００円／ヒョコタンの山羊　長崎源之助　理論社　１９６７　９４０円／おかあさんの木　大川悦生　ポプラ社　１９６９　６５０円／おばけ雲　来栖良夫　新日本出版社　１９６９　１１００円／少女期　山口勇子　理論社　１９６９　１５００円／白い河　第一～三部　鈴木喜代春　牧書店　１９６９／戦争に負けた日　本間芳男　牧書店　１９７０／青い金魚　川村たかし　旺文社　１９７１／神風はいつ　田丸信尭　偕成社　１９７１　９５０円／さよならを言わないで　杉みき子　大日本図書　１９７１　８５０円／遠い朝　田中博　講談社　１９７１／時計は生きていた　木暮正夫　偕成社　１９７１　９５０円／母と子の川　菊地正　実業之日本社　１９７１／☆村いちばんのさくらの木　来栖良夫　絵・斎藤博之　岩崎書店　１９７１　１１００円／も

う戦争はない　丸川栄子　国土社　１９７１／化石山　岸武雄　偕成社　１９７２　９５０円／サイタサイタ　はまみ
つを　理論社　１９７２／白いとうげの道　大谷勝義　金の星社　１９７２／花はるかに　鈴木喜代春　偕成社　１
９７２　９５０円／やまびこ村のふしぎな少年　長崎源之助　実業之日本社　１９７２　１５００円／じろはったん
森はな　牧書店　１９７３（アリス館）　１２００円／マヒトよ明日がある　生源寺美子　あすなろ書房　１９７３／
竜宮へ行ったトミばあやん　古世古和子　新日本出版社　１９７３　１３００円／かくされたオランダ人　鶴見正夫
金の星社　１９７４　９５０円／子どものころ戦争があった　あかね書房編　あかね書房　１９７４　１２００円／☆
白鳥になった人形　須藤克三　絵・蓑田源二郎　ポプラ社　１９７４／雪の街の落日　森一歩　ポプラ社　１９７４／
長い冬の物語　鶴見正夫　あかね書房　１９７５　８８０円／☆一つの花　今西祐行　絵・鈴木義治　ポプラ社　１９
７５　７５０円／ひとりひとりの戦争　菊地澄子　理論社　１９７５　／向う横町のおいなりさん　長崎源之助　偕成
社　１９７５　１２００円／わたしの8月15日　あかね書房編　あかね書房　１９７５　１２００円／兄貴　今江祥智
理論社　１９７６　１６００円／石切り山の人びと　竹崎有斐　偕成社　１９７６　９５０円／☆おかあさんの紙び
な　長崎源之助　絵・山中冬児　岩崎書店　１９７６　１１００円／ポケットのいちご　中野みちこ　ポプラ社　１９
７６／悲しみの砦　和田登　岩崎書店　１９７７　１２００円／ガラスのうさぎ　高木敏子　金の星社　１９７７　９
５０円／サーカスの旗が立つ　長崎源之助　ＰＨＰ研究所　１９７７　９８０円／白鳥さん　桑島玄二　理論社　１９
７７／手拭の旗暁の風に翻る　村上義人　福音館書店　１９７７／トンネル山の子どもたち　長崎源之助　偕成社　１
９７７　１５００円／野うさぎ村の戦争　植松要作　新日本出版社　１９７７　１２００円／わかれ道おもいで道　山
花郁子　岩崎書店　１９７７　９８０円／砂の音はとうさんの声　赤座憲久　小峰書店　１９７８／☆ぼうさまになっ
たからす　松谷みよ子　絵・司修　偕成社　１９７８　９８０円／青い目の人形メリーちゃん　武田英子　小学館　１
９７９　５８０円／ＳＯＳ地底より　伊東信　ポプラ社　１９７９／天にかわりて　西沢正太郎　ＰＨＰ研究所　１９
７９　９５０円／☆トキ子のかぼちゃ　黒川常幸　絵・遠藤てるよ　ポプラ社　１９７９／☆バイオリンの村　赤座憲
久　絵・鈴木義治　小峰書店　１９７９　９８０円／雪と泥沼　赤座憲久　小峰書店　１９７９／青い目の星座　和田
登　岩崎書店　（「想い出のアン」と改題）　１９８０　１２００円／きのこのおどり　来栖良夫　新日本出版社　１９

80　880円／花吹雪のごとく　竹崎有斐　福音館書店　1980　1800円／忘れられた島へ　長崎源之助　偕成社　1980　1300円／☆いえなかったありがとう　徳永和子　絵・吉田和子　葦書房　1981　980円／一郎地蔵　鈴木喜代春　国土社　1981　980円／兵隊ばあさん　赤座憲久　学校図書　1981　900円／夕あかりの町　芳川幸造　岩崎書店　1981　980円／風の中の地図　芳川幸造　岩崎書店　1982　1200円／少年―良太の橋　松永伍一　理論社　1982　1450円／関ヶ原火薬庫物語　赤座憲久　講談社　1982　880円／☆戦争にでかけたおしらさま　さねとうあきら　絵・福田庄助　1982　1200円／冷たい夏　八木義之介　青弓社　1982　1300円／炎の中からぼくを呼ぶ　中野幸隆　文研出版　1982　980円／青い目をしたお人形ベティ　武田英子　太平出版社　1983　960円／☆おとなになれなかった弟たちに……　米倉斉加年　偕成社　1983　880円／キムの十字架　和田登　ほるぷ出版　1983　1100円／ごめんねキューピー　みずかみかずよ　佑学社　1983　880円／はちまき地蔵の話　いながきがん　学校図書　1983　900円／アコちゃんのアコーディオン　久保田昭三　太平出版社　1984　960円／☆えんぴつびな　長崎源之助　絵・長谷川知子　金の星社　1984　980円／おいで　おいで　松谷みよ子　国土社　1984　880円／戦火をこえる足音　芳川幸造　岩崎書店　1984　1200円／戦場からきた少年たち　川村たかし　講談社　1984／つばき地蔵　宮川ひろ　国土社　1984　880円／兄ちゃんのいた夏　今江祥智　理論社　1984　880円／あの日花は　土田朋子　汐文社　1985　980円／いたどり谷にきえたふたり　富盛菊枝　太平出版社　1985　960円／コンちゃんにえりまきを　高木絹子　太平出版社　1985　960円／坂道、坂道　新冬二　太平出版社　1985　960円／戦争のとき子どもだった　寺井美奈子　筑摩書房　1985　1200円／火の壁をくぐったヤギ　岩崎京子　国土社　1985　880円／よみがえった水仙　望月新三郎　岩崎書店　1985　780円／授業がなかった学校　伊藤治子　偕成社　1986　880円／やけあとの競馬うま　木暮正夫　国土社　1986　880円／北風にたつ少年　椎名龍治　岩崎書店　1987　1200円／少女と戦争　永畑道子　フレーベル館　1987　980円／のんカン行進曲　寺村輝夫　理論社　1987　1380円／ヤシの実の歌　鶴見政夫　あかね書房　1987　980円／北の逃亡者　たかしよいち　理論社　1989（中国人強制労働者）　1200円／緑の島はる

かに　かつおきんや　大日本図書　1989（台湾少年工）1350円／海辺の家の秘密　大塚篤子　岩崎書店　1989（徴兵忌避者）1300円／天竜の山にきえた少年　寺沢正美　ほるぷ出版　1989（松代大本営・朝鮮人強制労働者）1200円／東京下町　昭和の子ども　遊びと暮らし　青木春美　本邦書籍　4994円

④　長崎、広島

原子雲の下に生きて　永井隆編　講談社　1949（選集・中央出版社　1980　680円）／☆ピカドン　丸木位里・赤松俊子　ポツダム書店　1950（東方出版　1982　850円）／原爆の子　長田新編　岩波書店　1951　1200円／つるのとぶ日　大野允子他　東都書房（講談社）1963（青い取り文庫　390円）／海に立つにじ　大野允子　講談社　1965／その階段をのぼれ　森田有彦　東都書房　1965／あるハンノキの話　今西祐行　実業之日本社　1966（偕成社文庫　450円）／わたしがちいさかったときに〈原爆の子〉他より　長田新編　童心社　1967　850円／チョウのいる丘　那須田稔　講談社　1968／二年2組はヒヨコのクラス　山下夕美子　理論社　1968　940円／化石原人の告白　猪野省三　学習研究社　1969／スカーフは青だ　山口勇子　新日本出版社　1969　1300円／ヒロシマの少女　大野允子　感光社　1969／ふたりのイーダ　松谷みよ子　講談社　1969　880円／いしぶみ　広島テレビ放送編　ポプラ社　1970（文庫　390円）／歌のとどく日　広島児童文学研究会　新日本出版社　1970　1300円／見えないトゲ　大野允子　国土社　1970／あしたへげんまん　竹田まゆみ　新日本出版社　1971　1300円／八月がくるたびに　おおえひで　理論社　1971　940円／ゆみ子とつばめのおはか　今西祐行　偕成社　1971　950円／太陽が消えたあの日　長崎放送報道部編　童心社　1972／りよおばあさん　おおえひで　実業之日本社　1972／脱走者たち　片山昌造　理論社　1973／広島の姉妹　山本真理子　岩崎書店　1973　1100円／夕焼けの記憶　大野允子　国土社　1973／アイオイ橋の人影　フセヴォロト・オフチンニコフ　北畑静子訳　冨山房　1974　980円／かあさんの野菊　山口勇子　新日本出版社　1974　1300円／千羽づるのねがい　山下夕美子　小学館　1975　480円／アイリーンのとうろう　柴田克子　アリス館牧新社　1976　1200円／☆かあさんのうた　大野允子　絵・山中

冬児　ポプラ社　１９７７　７５０円／チコとじぞうさん　大野允子　国土社　１９７７　９８０円／ピカッ子ちゃん　正田篠枝　太平出版社　１９７７　９６０円／ひーちゃんはいった　大野允子　ポプラ社　１９７７／母の川　大野允子　小学館　１９７８／光の消えた日　いぬいとみこ　岩波書店　１９７８／☆まちんと　松谷みよ子　絵・司修　偕成社　１９７８　９８０円／ルルの家の絵かきさん　宇佐美承　偕成社（「原爆の図物語」と改題。小峰書店）　１９７８　８８０円／☆絵本おこりじぞう　山口勇子　絵・四国五郎　金の星社　１９７９　９８０円／はとよひろしまの空を　大川悦生　ポプラ社　１９７９／☆ピカドン　木下蓮三・小夜子　ＫＫダイナミックセラーズ　１９７９　１５００円／歌よ川をわたれ　沖井千代子　講談社　１９８０／太陽の落ちた日　来栖良夫他編　労働教育センター　１９８０／ちゃんちゃこばあちゃん　正田篠枝　太平出版社　１９８０　８８０円／長崎を忘れない　渡辺千恵子　草土文化　１９８０　１２００円／人形マリー　山口勇子　新日本出版社　１９８０　１２００円／☆ひろしまのピカ　丸木俊　小峰書店　１９８０　１２００円／☆むかえじぞう　吉本直志郎　絵・遠藤てるよ　ポプラ社　１９８１／かよこ桜　山本典人　新日本出版社　１９８１　８８０円／☆げんばくとハマユウの花　桜井信夫　絵・鈴木義治　ほるぷ出版　１９８１　１０００円／むらさきいろのピカ　馬場淑子　太平出版社　１９８１　８８０円／☆アサガオ　むらはしこまち　らくだ出版　１９８２／おこりじぞう　山口勇子　新日本出版社　１９８２　８８０円／さよなら、先生　織井青吾　ポプラ社　１９８２　９８０円／飛べ、千羽づる　手島悠介　講談社　１９８２　８８０円／はばたけ、千羽鶴　豊田清史　筑摩書房　１９８２　１２００円／広島の母たち　山本真理子　岩崎書店　１９８２　１２００円／☆ぼく生きたかった　名越謙蔵・操　絵・矢野洋子　労働教育センター　１９８２／☆ケイコちゃんごめんね　奥田貞子　絵・宮本忠夫　ポプラ社　１９８３／心でさけんでください　おおえひで　小学館　１９８３／白い町ヒロシマ　木村靖子　金の星社　１９８３　９５０円／☆長崎のふしぎな女の子　大川悦生　絵・宮崎耕平　ポプラ社　１９８３／☆ピカドンたけやぶ　はらみちを　岩崎書店　１９８３　９８０円／ヒロシマからきたマメじぞう　山口勇子　太平出版社　１９８３　８８０円／☆ヒロシマのおとうさん　高橋昭博　絵・四国五郎　文社　１９８３／四年一組にきた子　竹田まゆみ　ポプラ社　１９８３／☆ルミちゃんの赤いリボン　奥田貞子　絵・宮本忠夫　ポプラ社　１９８３／折り鶴の子どもたち　那須正幹　ＰＨＰ研究所　１９８４　１４００円／ながさきの子うま　大川悦生　新日本出版社　１９８４　８８０円／ロザリオの祈り　１〜３　さかいともみ　教育出版センター　１９８４　９８０円×３／あなたへ　大野允子　あすなろ書房　１９８５　１１００円／風のみた街　竹田まゆみ　ポプラ社　１９８５　９８０円／☆とうろうながし　松谷みよ子　絵・丸木俊　偕成社　１９８５　９８０円／ナガサキの男の子　森下真理　太平出版社　１９８５　９６０円／八月の少女たち　大野允子　新日本出版社　１９８５　１２００円／娘よ、ここが長崎です　筒井芽乃　くもん出版　１９８５　１１００円／げんさん　大野允子　あすなろ書房　１９８６　９８０円／原子野の汽笛　坂口便　あらき書店　１９８６　１１００円／ナガサキの空　畑島喜久生　らくだ出版　１９８６／ミチコとクミ　深沢一夫　文社　１９８６　１２００円／いないいない、いない　大野允子　国土社　１９８７　９８０円／消えてしまった町　坂口便　あらき書店　１９８７　１２００円／るいるいとるいるいと　竹田まゆみ　文社　１９８７　１２００円／長崎にいた小人のワランツ　大川悦生　国土社　９８０円／ヒロシマの火　山口裕子　新日本出版社　８８０円／☆わたしのヒロシマ　森本順子　金の星社　１９８８　９８０円／☆ひろしまのエノキ　長崎源之助　童心社　１９８８　１０００円／まっ黒なおべんとう　児玉辰春　新日本出版社　１９８９　１０１０円／チビ兵行進曲　熊谷本郷　汐文社　１９８９　１３００円／夏服の少女たち　大野允子　ポプラ社　１９８９　９１０円

⑤ 引揚げ

わかれ道　石森延男　光文社　１９４８／雄介の旅　吉田比砂子　講談社　１９６０／ぼくらの出航　那須田稔　講談社　１９６２／シラカバと少女　那須田稔　実業之日本社　１９６５／流れる星は生きている　藤原てい　偕成社（筑摩書房）　１９６５　１２００円／消えた国旗　斎藤尚子　だ・かぽの会（岩崎書店）　１９６６　１１００円／ま夜中にとりが鳴く　高玉宝　新島淳良訳　新日本出版社　１９６６／柳のわたとぶ国　赤木由子　理論社（「二つの国の物語」第一部に改題）　１９６６／赤い信号弾　世重　大村益夫訳　新日本出版社　１９６７／おかあさんの赤いくつ　高井節子　ポプラ社　１９７０（文庫）　３９０円／吉林の終戦　阿部襄　牧書店　１９７０／野にわたる風　那須田稔　ポプラ社　１９７０／船ぞこの人びと　那須田稔　ポプラ社　１９７０／文彦のふしぎな旅　那須田稔　ポプラ社　１９７０／ほろびた国の旅　三木卓　盛光社　１９７０／満州の長い道　吉村俊子　東都書房　１９７１／むくげと

モーゼル　しかたしん　牧書店　１９７２（アリス館）　１３００円／むくげと九六〇〇　しかたしん　牧書店　１９６３／いっせいに花咲く街　赤座憲久　岩波書店　１９７４／あすへの旅立ち　岡一太　偕成社　１９７５　１２００円／あの日夕焼け　鈴木政子　立風書房　１９８０　８８０円／妹　小中沢小夜子　金の星社　１９８０　１３００円／しず子のせんそう　吉田比佐子　小学館　１９８０／☆とうさんとこえた海　門司秀子　絵・長野ヒデ子　葦書房　１９８０　９８０円／二つの国の物語　第一部　赤木由子　理論社　１９８０　１６００円／二つの国の物語　第二部　赤木由子　理論社　１９８１　１６００円／えっちゃんのせんそう　岸川悦子　童心社　１９８２　８５０円／お星さまのレール　小林千登勢　金の星社　１９８２　９５０円／はるかな鐘の音　堀内純子　講談社　１９８２　９８０円／あのそらをとべたら　椎名龍治　岩崎書店　１９８３　９８０円／ぼく日本人なの？　手島悠介　ほるぷ出版　１９８３　１２００円／白い大地　冨岡清子　鳥影社　１９８４／スウボンの笛　大坪かず子　ほるぷ出版　１９８５　１２００円／ソウルの青い空　斎藤尚子　太平出版社　１９８５　９６０円／八月の最終列車　古世古和子　新日本出版社　１９８５　１２００円／エリカ　田中信彦　佑学社　１９８６　１２００円／スンガリー川の姉妹　和田登　ほるぷ出版社　１９８６　１１００円／国境　第一部　しかたしん　理論社　１９８６　１６００円／国境　第二部　しかたしん　理論社　１９８７　１９８０円／望郷　和田登　くもん出版　１９８７　１１００円／国境　第三部　しかたしん　理論社　１９８９　１６００円

⑥　沖縄

ひめゆり部隊のさいご　金城和彦　偕成社　１９６６　１２００円／沖縄少年漂流記　谷信介　理論社　１９７２　１５００円／ひめゆりの少女たち　那須田稔　偕成社　１９７２（文庫）　４５０円／ひめゆり隊の記録　曽野綾子　偕成社　１９７３／捕虜になるまで　沖縄・子どもと教師の文学の会編　ポプラ社／首里の町がきえる日　山田もと　金の星社　１９７７／つしま丸のそうなん　金沢嘉市　あすなろ書房　１９７７　９８０円／オキナワ夏休み　日野多香子　太平出版社　１９８０　８８０円／光と風と雲と樹と　今西祐行　小学館　１９８０／そてつ祭り　下嶋哲朗　理論社　１９８１　８８０円／南北の塔　橋本進　草土文化　１９８１　１３００円／対馬丸　大城立裕　理論社　１９

82　1200円／はだかの捕虜　来栖良夫　新日本出版社　1982　1200円／すずはもうならない　真尾悦子　金の星社　1983　950円／☆星砂がくる海　下嶋哲朗　新日本出版社　1983　1200円／☆おきなわ島のこと　丸木俊　丸木位里　小峰書店　1984　1200円／とべ、ぼくの鳩よ　下嶋哲朗　金の星社　1984　950円／八月二十二日の太陽　下嶋哲朗　フレーベル館　1984　980円／南風の吹く日　下嶋哲朗　童心社　1984／ケンの戦場日記　久手堅憲俊　偕成社　1985　880円／湖南丸と沖縄の少年たち　宮良作　草土文化　1985　1200円／デイゴの花　桜井信夫　国土社　1985　880円／☆ぼくとガジュマル　下嶋哲朗　童心社　1985　980円／☆マブニのアンマー　赤座憲久　絵・北島新平　ほるぷ出版　1985　1000円／☆りゅう子の白い旗　新川明　絵・儀感比呂志　築地書館　1985　1500円／12歳のちいさな恋　舛田武宗　ホプラ社　1987　880円／白旗の少女　比嘉富子　講談社　1989　1000円

⑦　アジア

北京へ北京で北京から　仁谷正明　学習社　1948／ベトナム日記　小林金三　理論社　1965／キムドン　ドック・ラン　加茂徳治訳　新日本出版社　1966　1400円／ヤン　前川康男　実業之日本社　1967　1580円／いればをしたロバの話　今西祐行　金の星社　1971　880円／六十人のおとうさんの家　マインダード・ディヤング　中村妙子訳　講談社　1971／赤い蝶　大野哲朗　ポプラ社　1972／母さんはおるす　グェン・ティ　高野功訳　新日本出版社　1972　1200円／サンアンツンの孤児　永井萌二　フレーベル館　1972／七歳の捕虜　光俊明　偕成社　1973　1200円／ベトナムのダーちゃん　早乙女勝元　童心社　1974　980円／がんばれダーちゃん　早乙女勝元　童心社　1975　950円／黄色い大地　坂斎小一郎　ポプラ社　1976／ぼくは戦争をみた　横山孝雄　ポプラ社　1981　880円／やせっぽちのチア　梁敏子　ほるぷ出版　1982　1100円／友情は戦火をこえて　石井美樹子　PHP研究所　1983　1100円／おばあさんのゾウ　かつおきんや　リブリオ出版　1984　1100円／サンパイ・ベルジュンバ・ラギ　かつおきんや　リブリオ出版　1984　1100円／三十五人の箱舟　ストラッチャン　講談社　1985　1200円／混血児ジロー　小山内繭

小学館　1986　880円／シャッターチャンスはいちどだけ　石川文洋　ポプラ社　1986　980円／ピースボートの夏　奥田継夫　ほるぷ出版　1988　1200円

⑧　ヨーロッパ、アメリカ

僕の欧米日記　小野満春　世界文庫　1947／僕のソ聯日記　戸泉弘爾　コスモポリタン社　1950／あらしの前　ドラ・ド・ヨング　吉野源三郎訳　岩波書店　1951　オランダ　1600円／あらしのあと　ドラ・ド・ヨング　吉野源三郎訳　岩波書店　1952　オランダ　1700円／町からきた少女　ヴォロンコーワ　高杉一郎訳　岩波書店　1956　ソビエト　680円／銀のナイフ　ヤン・セレリヤー　河野六郎訳　岩波書店　1959　ポーランド／ぼくの村は戦場だった　帰らぬわが子オレーグ　アリョーシ他　西郷竹彦訳　偕成社　1200円／ロッセルラの道　デピラート　安藤美紀夫訳　講談社　1965／歯をくいしばって　チェルド・アデマ　熊倉美康訳　新日本出版社　1966　1300円／緑のほのお少年団　ペトリーニ・ニンゾ　安藤美紀夫訳　新日本出版社　1966　1400円／夜明けのハーモニカ　マリアンヌ・モスティエ　塚原亮一訳　新日本出版社　1967　1100円／白い戦線　ルブル　武内孝夫訳　学習研究社　1969　グリーンランド／小さな魚　エリック・ホガード　犬飼和雄訳　冨山房　1969　980円／もえる貨物列車　カツシイリー　宮川やすえ訳　旺文社　1971／焼けあとの雑草　ジル・ウオルシュ　沢田羊太郎訳　学習研究社　1971　イギリス／夏草はしげる　ピーナ・バルラーリオ　安藤美紀夫訳　学習研究社　1972　イタリア／野の花は生きる　いぬいとみこ　童心社　1972　850円／強制収容所の少女　シズエ・タカシマ　前川純子訳　冨山房　1974　カナダ（日本人）／熱い砂じんの町　柴田克子　アリス館牧新社　1975　アメリカ（日本人）　1300円／ありがとうチモシー　テイラー　白木茂訳　あかね書房　1975　キュラソー島（オランダ領・カリブ海）　980円／トパーズへの旅　ヨシコ・ウチダ　柴田完二訳　評論社　1975　アメリカ（日本人）　980円／友情は戦火をこえて　アントワーヌ・ルブール　末松氷海子訳　あかね書房　1975　中東七日戦争　980円／帰ってきたキャリー　ニーナ・ボーデン　松本享子訳　評論社　1977　イギリス（疎開）　1200円／ドイツ兵の夏　ベティ・グリーン　内藤理恵子訳　偕成社　1978　アメリカ

１２００円／ベル・リア　シーラ・バンフォード　中村妙子訳　評論社　１９７８　イギリス　１２００円／ぼくのだいすきなパパ　ガリヤフキン　宮川やすえ訳　岩崎書店　１９７９　１１００円／〝機関銃要塞〟の少年たち　ロバート・ウェストール　越智道雄訳　評論社　１９８０　イギリス　１３００円／九〇〇日の包囲の中で　ユーリー・イワノフ　宮島綾子訳　岩崎書店　１９７９　ソビエト　１２００円／けわしい坂　アルベルト・リハーノフ　島原落穂訳　童心社　１９８２　ソビエト　１２００円／夜が明けるまで　ヴォイチェホフスカ　清水真砂子訳　岩波書店　１９８２　５５０円／レニとよばれたわたし　スデニュカ・ベズチェコバー　井手弘子訳　らくだ出版　１９８２　チェコ　１２００円／わたしのエマ　ウルズラ・フックス　かんざきいわお訳　さ・え・ら書房　１９８３　ドイツ（疎開）　１２５０円／あの年の春は早くきた　C・ネストリンガー　上田真而子訳　岩波書店　１９８４　オーストリア／☆スミレのせんそう　下嶋哲朗　絵・ヘンリー・杉本　ほるぷ出版　１９８５　１２００円／戦争の冬　ヤン・テルラウ　横山和子訳　岩崎書店　１９８５　オランダ　１２００円／ターニャの日記　早乙女勝元　草土文化　１９８５　ソビエト　１２００円／☆子供の十字軍　ベルトルト・ブレヒト　長谷川四郎訳　絵・高頭祥八　リブロポート　１９８６　１０００円／ぼくは英雄を見た　コレット・ヴィヴィニ　末松氷海子訳　偕成社　１９８６　１２００円／二度とそのことはいうな？　バルバラ・ゲールツ　酒寄進一訳　佑学社　１９８９　ドイツ　１４００円／世界・平和の絵本シリーズ　全10冊　平和のアトリエ　１９９０　セット価　１４２００円／☆廃墟のなかの結婚式　岩倉努　マルシニャク　マシルシチャック絵　（ポーランド）／☆トラップ一家物語　ハンス・ヴィルヘルム　（オーストリア）　１６４８円／☆番号のいれずみ　ヴィトリ　グラシア絵　（フランス）　１５４５円／☆大砲のなかのアヒル　コウレイ　ベルトン絵　（ニュージーランド）　１４４２円／☆こどもたちのはなし　ボリガー　ザヴレル絵　（スイス）　１３３９円／☆東京がもえた夜　平和博物館を創る映画委員会編　虫プロ絵　（日本）　１５４５円／☆ローズ・ブランチュ　ガッラス、イノセンティ　イノセンティ絵　１４４２円／☆ねことねずみの愛のものがたり　ニューマン　フォアマン絵　１４４２円／☆アコーディオンひきのオーラ　フォッセル　ハルド絵　１４４２円／☆ワシーリエフ島から来た少女　ユーリー・ヤコブレフ　（ソビエト）　１３３９円

⑨　ナチスとユダヤ人

アンネの日記　アンネ・フランク　皆藤幸蔵訳　文芸春秋　１９５２　オランダ　１２００円／悲劇の少女アンネ　シュナーベル　久米穣訳　偕成社（「少女アンネ」と改題）　１９６８　９８０円／二十人と十人　C・H・ビショップ　山田純一訳　ポプラ社　１９６９　フランス（疎開）／風と花たば　エイメ・ゾンマーフェルト　中山和子訳　ポプラ社　１９７０　ノルウェー／星の子　アッスル　熊倉美康訳　学習研究社　１９７０　オランダ／自由への長い旅　リザ・テツナー　塩谷太郎訳　岩崎書店　１９７２　１１００円／あのころはフリードリッヒがいた　ハンス・ペーター・リヒター　上田真而子訳　岩波書店　１９７７　５５０円／シニとわたしのいた二階　ヨハンナ・ライス　前川純子訳　冨山房　１９７７　オランダ　１６００円／アンネのばら　木島和子　小学館　１９７８　４８０円／私のアンネ＝フランク　松谷みよ子　偕成社　１９７９　９５０円／アウシュビッツからの手紙　早乙女勝元　草土文化　１９８０　１２００円／隣の家の出来事　ヴィリ・フェーアマン　野村訳　岩波書店　１９８０／ヒトラーにぬすまれたももいろうさぎ　ジュディス・カー　松本亨子訳　評論社　１９８０　ドイツ　１３００円／父への四つの質問　ホルスト・ブルガー　佐藤真理子訳　偕成社　１９８２　ドイツ　１３００円／☆トミーが三歳になった日　バウハウス絵・フリッタ　よこやまかずこ訳　ほるぷ出版　１９８２　チェコ　１２００円／やぎのあたまに　アフンカ・シーガル　小柴一訳　草土文化　１９８２　ハンガリー　１３００円／優しさと強さと　早乙女勝元　小学館　１９８３　８５０円／エルクの日記　アン・ローズ　清水真砂子訳　あかね書房　１９８５　ベルギーアメリカ　１２００円／アンネ・フランク　アンジェラ・ブル　笹川真理子訳　佑学社　１９８７　９８０円／☆おもいだしてください　あの子どもたちを　アベルス　おびただす訳　ほるぷ出版　１９８９　１１００円

※

このリストは、「私が選ぶ戦争児童文学１〜３」（白石書店）所収　長谷川潮編『戦争児童文学リスト』を参考にした。

旧子どもたちから新時代の子どもたちへのメッセージ

――あとがきにかえて――

〝戦争を生きのびた子どもたち〟への応募作文を読ませていただいた。私も同世代である。胸の痛まない「戦争」体験記はなかった。昭和は終わった、と言われるが、誰もが一五年戦争の昭和を引きずって生きていることが明らかにされている。この文集は、五十代のわれわれの世代が、子ども時代にいかに苛酷な生活を強いられたかの重い証言集である。

「白いからけし」を例にすると、敗戦後、集団疎開先から引き揚げてきた三年生の少女は、級友が次々と親に迎えられて帰っていくのに、最後まで大阪駅のプラットホームに取り残される。大阪大空襲で一家が全滅していて、迎えにこられる人がなかったのである。戦争の犠牲となった子どもの姿であった。

「凍る夜の声」には、懲らしめのためにと、吹雪の夜、瓦を何枚も何枚も持たされ、立たされたことが書かれている。最後に「あの泣き声が今でも聞こえてくる」とある。

このほかに、冬、はだしで運動場を行進させられ、しもやけの指がひび割れ、雪が赤く染まった、という話もある。

疎開した側であれ、迎えた側であれ、「錬成」という名のもとに、ひどい目にあわされた事実が浮かびあがってくる。こうした傷を胸の奥深くためて生きてきたのだ。これらを読んでいて、軍国主義を注入するためとはいえ、何もそこまでしなくても……という思いが強かった。雪の行進の時、教師に一片の理性があったなら、せめて、履物をはかせて行進させるなど、一つ手前で踏みとどまることができたはずである。それとは違うおおらかな疎開生活を送った例もある。この差はどこから来るものであろう。これらの文章は、世の教師のための一つの教師論であり、今日への問題提起でもあると思った。

残留児童からの告発もある。教育棄民の立場に追い込まれた人々の資料は少ないが、いったい、どれだけ都会に残り、空襲の犠牲になったのであろうか。

本文集は〝戦争を生きのびた世界の子ども展〟の事業の一つとして編集・発行するものである。疎開展では、この文集のほかに、写真・日記・手紙などの展示、戦争児童文学書の展示と即売、そして映画の上映がある。さらに、最大のイベントとして、ドイツからベアーテ女史を招へいし、「学童疎開体験・東ベルリンからの報告」を聞くことになっている。

本疎開展が、旧子どもたちから、新時代の子どもたちへの「いのちと平和の尊さ」を訴えるメッセージになることを願ってやまない。

学童疎開展実行委員会事務局長
赤塚　康雄

戦争を生きのびた子どもたち

1990年 9 月 5 日発行

学童疎開展実行委員会事務局　赤塚康雄

〒552　大阪市港区弁天 1 － 1

大阪市教育センター第 4 研究室内

電話　06（572）0603　内線365